THE SIEGE

BY HELEN DUNMORE

ヘレン・ダンモア　小泉博一 訳

包囲

国書刊行会

装画
ケッソクヒデキ
装訂
アルビレオ

ロス・カスバートへ

海軍参謀
Skl Ia 1601/41 g.Kdos. Chefs.

ベルリン
一九四一年九月二十九日

極秘指令

返信：レニングラードの将来について

……総統は、レニングラードを地球上から抹殺することを決意された。ソヴィエト・ロシアの転覆と同時に、この大都市の存続については、一顧だにされなくなるだろう。フィンランドも同様に、新しい国境上にこの都市が引き続き存在することに、何ら関心を持たぬと宣言した。

海軍省にとって必要とされる造船所、港湾施設、その他の軍事施設を残すようにとの海軍省の当初の要請については、全軍最高司令部は承知しているが、レニングラードにたいする作戦に基づく基本的原則をかんがみると、それらに応じるわけにはいかない。

意図するところは、この都市を包囲し、全口径の大砲による砲撃と間断なき空襲によって、完全に爆破することである。

今置かれている状況から、この都市を立ち直らせて、引き渡すようにとの要請は、市民の生存と食糧供給という問題が、わが軍によっては解決できず、またそうすべきではないという理由で、却下されるだろう。生死を決するこの戦争において、わが軍は、この大都市の市民の一部たりとも守ることに、いささかの関心も認めない……

海軍参謀

［一九三九年―一九四一年の総統指令およびドイツ全軍最重要指令より。原文は、合衆国ロードアイランド州ニューポート、海軍戦争カレッジにおいて、合衆国陸軍が、独語より翻訳した。併せて、ドイツ、ポッダムの軍事史研究局に謝意を表する］

1

一九四一年六月

　午後十時半だが、まだ、昼間の光が、ライムの葉群れから木漏れ日となって、輝いている。ライムの葉の緑が濃く、まるでだれもが待ち望むのをほとんどあきらめかけていた夏の幻覚を見るようだった。その葉に触れると、とても瑞々《みずみず》しく、柔らかく、赤児の肌に触れているようだ。

　くすんではっきりしない冬の裾にしがみついているような、そのような早春だった。けれども、それは、このような季節に、レニングラードで起きたのだ。海軍本部のあたり、ライムの木の下では、海綿状の氷の湖が灰色になっていた。海綿氷はいたるところにあって、冷たく淀《よど》んだ風が、フィンランド湾に注ぐネヴァ川に吹いていた。霜が降り、霜が解け、また霜が降りた。

　来る月も来る月も、氷上漁師たちは、ドリルで開けた穴のそばにかがみこんで、冬という季節にはお構いなしに、頭を両肩のあいだに突っ込んでいた。そして、寒さが募ってきて、まるでこの分でいけば、今年の夏はレニングラードのことなど、すっかり忘れてしまうのではないかと思われたちょうどそのとき、すべてが一変したのだ。ストレルカのまわりで、びっしりと詰まっていた氷塊から、氷が解き放たれるように急に離れた。いくつもの橋の下をくぐって、流れがその浮き氷を押し流し、海に向かって幅を広げるネヴァ川を下って行く。その浮き氷のうえでは、カモメたちが羽繕《はづくろ》いをしていた。川は満々と水を湛え、流れは速かった。さわやかな風が川面を波立たせ、目が痛くなるほどきらきら光っていた。堅固だったものすべてが、粉々に砕け、壊れ、漂い流れようとしていた。

　人びとが、ドヴォルツォヴィ橋の欄干によりかかって、浮き氷がいくつも橋のアーチの下を揺れながら流れて行くのを、じっと眺めていた。人びとが親しんできた冬の世界は、破壊されつつあった。人びとは、春を求めていたのだ。なににもまして、春を求めていた。皮膚も、あらゆる毛穴を広げて、春を待ち望んでいた。

　しかし、春は痛み苦しんでいる。たとえ春が到来しても、たとえ事態が変わったとしても、今まで置かれてきた生活状況に、どのようにして耐えることができるだろうか？

厳しい時代になった。だれも信用できなくなった。自分自身さえも、信用することができない。男も女も、怯《おび》えて埃っぽい風のなかをほうほうの体で逃げて行く。そういう人びとのうえに、ピョートル大帝が築いたこのレニングラードに建ち並ぶ、威圧するように堂々とした大きな建物が、のしかかっている。このような時代の道路にしては、広すぎる。ピョートル大帝の市の街区を通るのに、どれだけ時間がかかることか。どれだけ監視の目に曝《さら》されることか。そう、見つけやすい標的になってしまうのだ。だれに見られているか分からない。大勢の人びとが姿を消し、恐怖に包まれていた。黒塗りのヴァンが、通りを偵察して巡回していた。エンジン音に耳を澄ませる。心臓は高鳴り、ヴァンが速度を緩めると、窒息しそうになる。しかし、今回は素通りし、別の家の玄関口の前で停まる。ヴァンのドアの閉まる音が聞こえ、安堵の汗が全身を濡らす。今回は、だれか別の哀れな奴が、ヴァンに乗せられている。

春が、あらゆるものを裸に剝《む》いた。春は、三十過ぎた人びとの灰色のくたびれた肌を、顕《あら》わにさせた。春は、口の両端をきゅっと引っ張って皺をつくり、苦しみのためにこわばった口元を明るく見せた。

しかし、陽光のきらめきと鳥のさえずりが、葉が落ちてしまったライムの木の枝に、深く降り注いだ。鳥たちは、何の疑いも抱かなかった。声を限りに、そして、しっかりとした声で、まだ凍っている冬に向かってさえずった。冬が進行しつつあったことを、鳥たちは知っていたのだ。

今や六月。夜は、羽根の先ほどに短かった。濃くて微妙に柔らかい青い色以上に、暗くなることが決してない空には、黄色く輝く星が、わずか一時間しか見えなかった。

だれも眠らない。カフェから、いくつもの群衆が、うねる波のように押し出され、顔を上げて光を吸収できるあいだは、行き先など考えずに、通りをさまよい歩く。何か月も、暗い日が続いていた。

酔ってたがいに腕を組み、倒れないでいるように努めて、いかつい顔つきになっている若者たちの列が、ウニヴェルチスカヤ堤防とシュミット中尉橋の角のあたりを、揺れるように練り歩いている。家に帰ろうとはしない。おたがいに別れることなど耐えられない。町の一方のはずれからもう一方のはずれまで、島から島へ、石造りの橋と水の上を渡って、ただ歩くこと。それが若者たちのしたいことだ。

こうした夜が、幾世代にもわたって、レニングラード市民をこの市にしっかりと結びつけているのだ。ひとつひとつの夜が、この人たちの洗礼なのだ。夏の光は、人びとのからだのどの細胞にも降り注いでいるように、レニングラードのどの石粒のうえにも降り注いでいる。午前三時、強い陽光のなか、人びとは、いつの間にか、どこから行っても数マイルのところにある、とある裏通りに来ていることに気づく。そこには、小さな木造の家が数軒ある。玄関口に猫がいて、両手をなめ、ライムの木があって、鮮やかな緑の葉が高い木製のフェンスにかかっている。それに、年老いた女性がいて、小さなジャスミンの花房を胸にピンで留めて、ゆっくりと通りの方に歩を進めている。そんな光景がみられることだろう。どの花も、みすぼらしい灰色の空を背景にして、輝く星のようにくっきりと白いことだろう。まるで祖母のように、若者たちに微笑みかけるだろう。若者たちが酔っ払っても、大声で叫んでも、歌を歌っても、けっして非難することはない。若者たちがこころに感じていることをきちんと理解しているのだ。

どんなに年取っていても、こんな夜には、家の中でじっとしていることなどできはしない。こんな夜には、白《びゃく》夜《や》の予感と白夜に生まれる無鉄砲な気持ちが、またまた、かき立てられる。ピョートルがそのうえに市を築いた、氷のように冷たく、犠牲者たちの血に浸された沼地も、一羽の白鳥のようなレニングラードを支えてくれている。白鳥の翼はまだたたまれているが、夏の光のなかで身を震わせて、今にも飛び立とうとしている。暗闇がその翼に触れることはほとんどない。

風の息吹《いぶき》が柔らかい。真夜中の橋のしたでは、水がひたひたと波打っている。たとえ年をとって歩けなくなったとしても、考えられる限りの大きな幸せは、ここにいるということ以外にはないという思いに、たちまち襲われる。人びとは、この先も生き延びさせてくれるこの市に向かって、接合部分は堅固でも、だんだんに劣化してきているアパートの窓から、身を乗り出す。

しかし、今晩は、このレニングラードに、アンナの姿はない。郊外の田園に出かけていて、別荘《ダーチャ》に父親とコーリャと三人だけでいる。アンナは、試験期間が終わって、みんなで喜び合っている学生たちの部類には、入っていない。ジョークやみんながどんな本を読んでいるかなどの会話には、必要以上には加わらない。今、日中の光を浴びるこの市では、仕事から食べ物を待つ子どもたちのいる台所まで大急ぎで移動し、またふたたび仕事に戻るという、働き過ぎの母親たちで満員になっている電車が行き来する。

白夜は、多過ぎるほどの憧れを喚起する。アンナには、その憧れに目をつぶらなければならない義務がある。アンナには、五歳になるコーリャがいる。育児とほかに果たさなければならないいくつかの務めがある。学生生活を夢見るなどもってのほかだ。紙のうえで手を動かすことに身も心も慣らされていたので、長い時間を仕事場で過ごすことなど、できはしないだろうと思っていた。わずか六年前のこと、学校卒業を一年後に控え、エイロバの店に集まってはテーブルを囲んで、だれが何を言っているのか聞き分けられないほど笑ったり大声で騒いだりした十七歳のときが、どんなものであったかなど、思い出しても詮方ないことだ。何をしゃべっているかなど、問題ではなかった。幸福に満ちた騒音こそが大切であったし、腕と腕とが押し付けられたときのたがいの肌のぬくもりこそが大切だった。そこには、日焼けした肌とコーヒーとタバコとマリーゴールドの花の香りがあった。

そんなことは考えてはならないのだ。アンナは別荘にいて、両肘を、ぬくもりのあるシルバーグレーの木枠にのせて、窓の外に身を乗り出していた。しんと静まり返っていた。家には、ベニヤ板で二つに仕切られた寝室があった。半分は、アンナの父親用で、半分はアンナとコーリャ用だった。階下にはベランダに面した居間があった。この別荘という木製の貝殻のなかでは、あらゆる物音がこだました。

だが、いやしくも、別荘を所有するなど、贅沢なことだった。アンナの父親には、この作家居住区にある別荘を所有する資格を取得するチャンスはなかったが、このわずかな土地を持ち続けることができたのは、そこが、かつてアンナの祖父のものだったからだ。市の空気が汚れ、埃だらけになる夏には、いつでも、田園のこの別荘にやってくることができた。アンナは、別荘までは、後部座席にコーリャをひもでくくりつけて、自転車で行った。母親が乗っていたその自転車は、使い古されていたが、貴重品だった。

アンナは、料理を外のベランダでする。ミート・パイ作りのために、オニオンをきざみ、煉《ね》り粉を練り、じゃがいもの皮をむき、ソーセージを用意する。石油ストーブを使って外でジャムも作る。

アンナは、毎年夏の間ずっと、冬を越すための貯《たくわ》えを蓄積する。アンナは、農場のソコロフの子どもたちに、文法と書き方を教えるかわりに、蜂蜜、幾壺かのガチョウの油、それにヤギのチーズをもらっていた。ドライ・マッシュルームを作り、コーリャとふたりで採った果物で、ジャムとゼリーを作った。コケモモ、ブルーベリー、ラズベリー、ブラックベリー、野イチゴだ。アンナは、発酵した樺材の樹液で作ったドリンクを購入している。何種類ものビタミンが含まれていて、コーリャのような小児ぜんそくに特別効き目があるとされる。赤キャベツのピクルス、糸を通して束ねたオニオン、編み縄状にまとめたネギ、塩漬け保存した豆、ブラシで土を落としたじゃがいも、それらを分別して、袋ごとに自転車の後ろにひもでくくりつけて、アパートまで持ち帰った。考える以上にじゃがいもは傷つきやすく腐りやすいので、注意が必要だ。

アンナは、収穫のなかった、それまでのふた冬の間、別荘からそうした野菜や果物をどのようにして手に入れたか、分からなかった。その間ずっと食糧不足だったし、父親の作品も出版することができなかった。父親は、翻訳で命をつないでいたが、その仕事さえも、いつ干されるか分からなかった。編集者たちにも、護らなければならない家族がいた。父親の完璧に近いほどのフランス語とドイツ語の有用な能力は、いまや、危険な方向に働いている。だからといって、海外で暮らしたことがある人間のしゃべり方になってしまうことは、避けようがない。一九一二年にはハイデルベルクで一年、ある年の夏にはローザンヌにいたことがあったからだ。父親は、「外国とコンタクトをとっている人間」として尋問を受けるために逮捕される可能性もあった。

父親は、初めて書いた小説を断られたときには、あまり、拘泥せず、軽く受け流したいと思った。小説の不十分な個所を説明するために、ある雑誌の編集会議に出るようにと要請された。文章の調子が悲観的だと指摘された。スターリンが一九三五年十二月一日に行ったスピーチ「同志諸君、暮らし向きはよくなった。生きることが楽しくなった」から引いたスターリンの主義主張を受け入れて、自分の作品に反映させようとして、うまくいかず、失敗したことがあった。

「だがね。ミハイール・イリイチ。きみの小説では、登場人物たちの誰からも、前向きな感じが全然伝わってこない！　出版しても、きみの評判には役立たないと思うよ。それどころか、評判に傷をつけることになるだろうな」

「正直言って、きみが作品を提出したことですっかり驚いてしまったのだ」と会議の議長が言った。「われわれは、きみを理解しようと努力している。だが、実のところ、こんどは出来ない相談だ。きみなら、われわれが何を考えているか、分かっていると思っているんだが……」そう言って、議長は、ちょうど最高の文芸雑誌に自分の作品を提出して、出版が認められることを期待した男子中学生にたいしてそうしただろうと思われるように、そっと、憐れみをかけ、ユーモアをこめて、テーブルの上の原稿を裏返しにして、ポンと投げてみせた。「そう、われわれには、こういうものはいただけないね！」

議長は、このジョークを分かって欲しいと言うかのように、ミハイールにまばたきをした。会議のほかのメンバーは、手もとの記録ノートに目を落とすか、あるいはペンをもてあそんでいた。その面々の顔は、ひとを傷つけようとする者の胸に、きまって沸き起こる憤りのために、むっと不機嫌だった。

ミハイールは、馴染《なじ》みの人びとの顔を見た。熱い血潮が皮膚の下を流れるのを感じた。同時代の人びとの批評を受け入れずに、望まれない原稿を手にしてその場に立っていること自体、恥辱そのものではなかったか？　会議室そのものが、その恥辱で平塗されているように思われた。小説さえも恥辱で汚されたのだ。

「そうだな。ここに原稿を持ち込むべきじゃなかったな」とつぶやくように言った。

「まさしく、その通り」と議長が立ち上がりながら言った。「しかし、ミハイール・イリイチ。言わせていただければ、私はずっとあなたの小説のファンでしてね。あなたに必要なのは、ほんの少し、ほんの少し見通しの暗さを和らげることだけですよ」議長は、指を使って修正するようにと書いて見せた。「そういうことは、今のような時期、人びとが望まない。それに、そういうことをするために、われわれがここにいるわけではない」

議長は、健康そうな歯茎《はぐき》と白くて頑丈そうな歯を見せて笑った。会議室にいる人びとは、同意を表すかのように、黙ったまま、一斉にすっくと立ちあがった。会議室にいる人びとは、今のような時期、何が求められているかを知っていたからだ。

ミハイールは、小説を提出し続けたが、そのたびにやんわりと断られた。ある晩、作家同盟の同僚がアパートに訪ねてきた。

「いまは、ほかのどんな作品も出してはいけないんだ。これは、きみ自身のためなのだよ。ミハイール・イリイチ」

「わたしは、今まで通り書いているだけだ」
「そうだね。その通り。まさしくその通りだ。しかし、きみ、ほんとうに分からないのかい？　われわれは、修正を加える必要があるんだよ」
「いい小説だと思うんだがね」
「あきれたよ。こんなことをしてどうしようというのだ」

その男は、出てゆく途中、立ち止まって、何か言ってくれるのを待っていたが、ミハイールは、何と言ったらいいのか思いつかなかった。しかし、その男が立ち去った後で、それが分かってきた。その男は、ミハイールからの謝意を期待していたのだ。ミハイールのために、思い切って、言ってくれたのだ。手を差し伸べてくれたのだ。この時期に、そのようなことをする者は、危険すぎるので、そう多くはいなかった。尋問のために連行された者は、それぞれさらに百人の人びとを芋づる式に引きずり倒す可能性があった。「ことが起きたとき、部屋にいたのはだれだ？　名前を挙げろ。すべて書き出すんだ」

最新作の最終稿をタイプし終えたとき、「引出しにしまっておいたほうがいいだろう」とアンナの父親は言っていた。指がタイプのキーをゆっくり打った。正式にタイプの打ち方を習ったことはなかった。ヴェラが生きていたころは、タイプをかわりに打ってくれていた。「引出しにその小説を読ませてやりなさい。さあ、これだよ。アンナ。だれも印刷したくないようなつまらない作品を流水のように作っていた、あの若いころに戻ったようだ。若返り治療に、何千ルーブルも払うようなご時世だから、わたしが知っている秘密だって、高く売ろうと思えば、相当な値段で売れるだろうな」

アンナは、父親のそういったユーモアには辟易《へきえき》している。来る月も来る月も、こうしたことがあって、だんだん父親を変えてきている。ユーモアという体液が内側から父親を洗浄しているのだ。散歩の仕方まで変わってしまった。いったいどうしてそんなことを思い出すことになったのかアンナには分からないが、ある日、アンナは、保育園の仕事についている時、大柄な男の子のいじめっ子たちのグループが両腕を振り回し、大声を出して、だれかれとなくぶつかってきながら園庭に集まってきたため、園児のセリョーザがごみ箱の後ろに隠れるのを目にした。男の子のグループは、いじめっ子だ。みんな問題児だ。セリョーザは、壁を背にして縮みあがっている。

保育園のなかだったら、こんなことは、すぐに解決できる。いじめっ子たちを撃退することもできる。セリョーザを抱いて守ってやることもできる。そのような小さな世界では、つまり、ある世界では、なんとか、起こった事態にたいして理に適《かな》った対処ができる。しかし、そのとき、アンナの上司のエリザベータ・アントノヴナが数枚の指令書を手にして出てきた。その眼は、そこに書かれたものにくぎ付けになっている。いつも正しい考え方をしなければならないのだ。誤りがあってはならない。

エリザベータ・アントノヴナは、子どもたちを見ることさえもしない。怯えてさえいる。今は、上司の立場にいる者は、みな怯えている。その指令書の内容をどうやって説明すればいいのか？　たとえ間違った読み方をしたとしても、いったいだれが密告するというのだろう？

アンナの父親は、ヴォイノヴァ通りにある「作家たちの家」にまだ行っている。それほど頻繁に行っているわけではないが、ソヴィエト作家連合のメンバーとして、そこで毎日食事をする権利を持っていたのだ。「今日は、出かける気にはならないよ。アンナ。それに、この小説の最後の二頁を書き直さなければならないのだ」

ミハイールは、ある晩、夢を見た。ベッドに横たわっていると、だれかに片手で口と鼻をふさがれた。がっしりとして、肉付きのよい、育ちのよい人間の手だった。指は、太く脂《あぶら》ぎっていた。その手が鼻孔を押し付け、息をすることができなかった。

「それで、お父さんはどうしたの？」

「首を左右に振ってその男の手を振り払おうとしたが、さらに強く締めつけてくるんだ。それで、わたしは――」

「どうしたの？」

「やつの手を噛んだんだよ。血の味までしたんだ」

「それ、だれの手だったの？」

すると、この部屋には、怯えたアンナとふたりだけしかいないのに、ささやくように言った「コバ、つまり、スターリンの手だったよ」

アンナは何も応えなかった。それ以上のことを推察できたからだ。

「そのとき、目が覚めた。鏡をのぞくと、顔にあざがいくつもあった。汚い指の跡だよ。拭き取ろうとしたが、とうてい無理だった。たらいに水を満たして、頭から突っ込んでみたよ。もういちど鏡を見ると、水が顔をしたたるだけで、あざはそのままだった」

ミハイールはアンナを見た。アンナは、指の跡が浮き出てくるのではないかと期待しながら、その顔をじっと見つめていた。しかし、何も現れなかった。「夢だったのよ。それだけだわ」

「そんなことは分かっている」と吐き出すように言った。口に出すまえに考えることをせず、アンナはまたまた口を滑らせて、通り一遍のことを言ってしまう。

「悪夢だったんだわ」

「入り口は閉めておいてはだめだよ」

「ええ。開けたままにしておくわ」

アンナの父親は、いつも閉じたドアを恐れていた。エレベータに閉じ込められるのではないかと恐れて、いつも階段を利用した。映画館に行くと、いつも出口に近い席にすわった。

父親の収入は、三年前の五分の一にまでダウンした。夏が来るたびに、アンナは別荘での野菜畑の区画を増やしていった。花壇を全部つぶして畑にしたが、母親が世話をしていた薔薇園だけはそのままにしておいた。

三本の薔薇の木は、暗赤色のヴェルヴェットのような花を咲かせていたが、力なく花弁を広げて、あたりに芳香を漂わせていた。冬支度のために、母親は、薔薇の木の周りに藁を詰め込み、袋で覆い、根元をひもで縛っておく。アンナには、今でもその姿が目に浮かぶ。素早く動く熟練した指、立ち上がりながら膝の泥を払い落とすしぐさ。そう、それが冬仕度だった。不思議なことに、そのような母親の姿を思い出すことは容易なのだが、細長くて、何もない畑を目の前にすると、そんなときには、母親は、まったく生きてはいないかのように思われるのだ。

しかし、母親は生きている。そのことを忘れてはならない。

アンナとそり。大昔のそりに乗った幼いアンナ。母親はアンナと同じくらいそりが好きだった。父親が仕事をしている間、二人は連れ立ってよく外出したものだった。父親も行けるものなら行きたいと思っていたが、原稿の締め切りを守らなければならなかった。

アンナは、赤いそりをがたがた揺らしながら雪のなかを引っ張って歩くとき、みんなが、自分のことを知っていて、きれいなそりねという目でみてくれるといいなと思った。そりは、スマートで明るい赤色に緑色と金色のらせん模様がほどこされていた。綱は真新しく、自分でそりを引っ張ってもいいと言われていた。雪がアンナのブーツのうえにまでかかるように深くなったら、母親がさっととんできて、アンナを抱き上げてくれた。そりから、降ろしてくれたときにも、アンナはその太くて真新しい綱をしっかりと握っていた。そこから、すこし先にあった公園の近くで、だれかに呼び止められた。その女は、アンナのすぐ近くにいたので、よい香りがけむりのように漂ってきた。そのブーツの側面には、ぴかぴか光る銀のバックルが付いていて、アンナはそれに触れてみたいと思った。

「ヴェラ。大きくなったじゃないの！　みなさん、お元気？」

「みんな元気ですわ」とアンナの手をきつく握り締めながらヴェラが言った。沈黙があった。しかし、ヴェラは、それ以上何も言わず、沈黙を破るようなことはしなかった。

「ミーシャには、何週間も会っていないけど――からだの具合が悪いわけではないでしょ？」

アンナの母親は、しっかりとした口調で言った。「とっても元気ですわ。マリーナ・ペトロヴナ。わたしたちもみんな、とても元気です。ごめんなさい。アンナをこの寒さの中に立たせておくわけにはいかないの……」

「もちろん。そうよね――」

アンナが歩きながら振り返って見たとき、その女は、まだそこに立っていた。まったく動かずにいた。ふたりは、別れのあいさつを交わすようなことはしなかった。

女が通りの角を曲がると、母親は、立ち止まって、アンナをそっとそりに乗せた。普段やっているように、アンナをショールで包み、胸にしっかりとかかっているかどうか確かめた。

しかし、母親は、とつぜん、いつもと違う行動に出た。雪のなか、そりの前に両膝をついて、アンナを引き寄せ、きつく、きつく抱きしめた。母親から頬ずりをされたアンナは、その冷たさのために凍傷になるのではないかと思った。

「お母さん。痛いわ」

母親は、すぐにアンナを離した。アンナの目の前に母親の顔があった。

「お母さん。だいじょうぶ？」

母親は、コートの雪を払いながら立ちあがった。「だいじょうぶよ。心配しないで。アンナ」

アンナは何も言わなかった。母親がし忘れたので、ショールの両端をたくし込んだ。母親を見上げると、その顔は怒りでこわばっているのが分かった。母親は、まるでアンナのことなど忘れてしまっているかのように、そり綱のうえを指ではじくようにたたきながら、じっと街路の先を見つめていた。

「お母さん？」

「なあに？」

「まだ行かないの？」

「家に帰りたいのね？」

「寒いの。お母さん」

「ごめんなさいね。仕事のことをいろいろ考えていたの。行きましょう。しっかり摑まってらっしゃい。アンナ」

あのときは、何歳だっただろうか？　五歳、それとも六歳だっただろうか。その年の春から夏にかけてずっと、雷のように厄介なことがアンナの周り一帯を蔽っていた。夜、目が覚めると、闇をつんざくようないくつかの声が聞こえてきた。休暇になると、母親は、きまって、アンナを別荘に連れて行った。しかし、父親は、いっしょには行かなかった。レニングラードでしなければならないことがあったからだ。

「やらなければならないことがいっぱいあるんだよ、アンナ。いっしょに行きたいけどね――」

母親の休暇は二週間あった。その間、一分たりとも、アンナのそばを離れることはなかった。だれひとり訪ねて来なかった。アンナにつききりだった。朝は、ふたりは、ベランダで朝食をとった。アンナは、母親のするのをそのままねして、角砂糖を一つ口にいれ、紅茶を飲む前に、口のなかで溶かしてしまう。母親が読書をしている間、アンナは、人形の切り絵をして、切りぬいた洋服に色を塗る。ときどき、着せ替えが終わらないうちに、暑くなって、正午になることもあった。おもちゃも紙の断片も、アンナが落としたそのままに、ベランダに放っておかれた。それから二日たっても、そのままの状態だった。風ひとつなかった。

母親は、ベランダで、裸足《はだし》の脚をのばして、日光浴をしながら、アンナに本を読んでやっていた。その脚は、ぐったりと疲れ、ずんぐりとむくんでいたが、まるでダンサーのように、ゆったりとのばされていた。

「お母さんはダンスをしたことあるの？」

「あるわ」

「お父さんと？」

「あなたのお父さんはダンスは全然好きじゃなかったわ」

「ダンスの仕方を教えてよ」

「いまはだめよ。アンナ。あなたに本を読んであげているでしょ」

ふたりは、同じベッドで寝た。アンナは、よく寝たふりをして、寝がえりをうって腰にしがみつくので、母親は、なんとか重なり合わないようにしていた。そんなとき、アンナは、目が覚めたばかりの眠そうな声で言ったものだった。「お母さん？」

「しーっ。さあ、もう一度寝ましょうね。遅いわよ」

それでも、母親は、アンナを押しのけるようなことはしなかった。レニングラードにあるアパートの両親のベッドには、アンナの寝る余地はなかった。ここでは、アンナが背を丸め、片手を母親の腰にまわして寝た。それで、母親が寝がえりをうつたびに、古い鉄製のベッドの枠組みがぎしぎしときしんだ。

「だいじょうぶ？　小鳩ちゃん。もう寝なさい」

「お母さんが、わたしのことを小鳩ちゃんと呼んでくれるのが、大好きよ」

真夜中に、アンナが目を覚ました。そこには、温かくてひろい母親の肩があった。母親は寝返って、アンナに背を向けた。アンナは、母親の背中に口を滑らせた。母親の肌をなめ、その匂いを嗅いだ。なめたところは、全然違う匂いがした。いい味がした。アンナは、肩の裏側の柔らかでマシュマロクリームのようにふわふわした肉球にぶつかるまで、母親の身体を泳ぐように、滑らかに口を動かした。アンナは口をあけ、自分でなにをしようとしているのかを知らぬまま、その肉球を噛んだ。母親はすっかり驚いて、アンナを払いのけた。それでも、母親は、目覚めることはなかった。アンナは、母親に起きてもらいたかったのだ。アンナは、いまにも泣きだしそうな口をして、おえつし、声をたてて泣き始めた。母親は、立ち上がって、ベッド脇のローソクに火をともした。

「アンナ。いったいどうしたの？」母親の前髪が揺れて、アンナの顔に触れた。「気分が悪いの？」

アンナは、いまは、それ以上思い出すことはできない。そのとき、母親はというと、平静に元通りの自分を取り戻していた。それは、天気の移りかわりに似ていた。アンナは、ベッドの自分の専有部分で、お行儀よく眠りについた。翌朝、母親は、アンナが起きてこないうちに、おもちゃ全部を片付け、枯れた花を捨て、自分の研究論文を机の上に積んだ。

「明日帰りましょう」と、母親が言った。

レニングラードに戻ると、両親は、また寝室を共にした。毎晩、アンナは、両親の寝室に置かれた子ども用ベッドに寝かされ、両親が寝るときには、居間に移動させられた。しかし、ときどき、朝目を覚ますと、父親が、アンナの傍にある革製のソファーに、毛布にくるまって寝ているのを目にすることがあった。雷がごろごろと鳴り響いていたが、遠雷だったので、それっきり、ほとんど聞こえなかった。


この別荘での夏のことは、アンナの胸にこびりついて離れない。包み隠すことなく、アンナの頭のなかに、いつもとっておかれている。十八年前のことだった。母親が、愛情にほだされて、アンナを自分に縛り付けるようなことをしたのは、おそらくそのときだけだっただろう。そのときには、アンナの存在が必要だったからだ。しかし、その後の数年間、母親は、このことを一言も口にすることはなかった。アンナは、この夏の夜の数日以外、母親の寝息を聴きながら、母親のそば近くにいることは、二度となかった。

「ねえ。お母さんは死なないでしょ?」

「いつかは、死ぬのよ」いつものように、はっきりと真剣な口調で、母親は言った。「でもね。わたしがいなくても、あなたが生きていけるようになるまでは、死なないわよ」

「お母さんがいなければ、生きてはいけないわ」

「もちろん、生きていけますよ。いまはできないと思うかもしれないけれど、できるのよ」ヴェラは、はたして、自分が実際に死に臨んだとき、そのように思っただろうか?

それは、出産後出血だった。アンナも父親も、そこにはいなかった。ふたりが到着したときには、すでにヴェラは意識がなく、心臓発作を起こしていた。

ヴェラは、妊娠については、実地の知識があった。妊娠は間違いじゃないかと、ヴェラをからかう同僚にたいしても、実務的に、現実的に、ユーモラスに接した。ヴェラは、なんでも、黒革のメモ帳に書き、約束は必ず守るタイプの女性で、そのときには、木綿《もめん》のマタニティ・ドレスを着ていて、からかうことばに笑顔で応じた。ヴェラは、奇妙な言い方をした。「そうね。わたしたち、だれ一人として不死じゃないわ」

「不死ですって?」

「いいえ。そんなことを言おうとしたんじゃないのよ。なんて言ったらいいのかしら?」

「不可謬?」

「そう。そういうことよ」

同僚たちは、ヴェラといっしょになって笑った。ヴェラのそういう突き詰めてすべてを知ろうとしないところに、好感が持てたのだ。娘のアンナが十七歳である以上、おそらく最後になる出産を望んでいたのではないかと同僚たちは思った。結局、ヴェラは、チームの後輩たちにどんなに気に入られていたか、容易に察しがつく。ヴェラは、それとは気づかれずに、ひとを励ましたり、力になったり、教えたりすることができた。後輩たちが間違ったことをしても、むやみに怒るようなことはなかった。

しかし、アンナは、ほんとうは、母親は、赤ん坊を望んではいないことを知っていた。妊娠したのは、四十歳で、もうすぐ四十一歳になろうかというときだった。ヴェラは、研究分野では、エキスパートで、モスクワ、オデッサ、キエフへの講演旅行に出かけるところだった。

「また行ってしまうのかい？」

「たった五日だけよ。ミーシャ。ご存じのはずよ。去年の八月から予定済み。手帳にも書いてあるわ」

「ここ数日は、ここにいないんだね」

「アンナは、もう大人よ」

「そんなことしか頭にないのかい？」

ヴェラの眼の下のくまが濃くなっている。くるぶしのむくみがひどく、サンダルの革紐が、青白くふくらんだ肉に食い込んでいた。出産予定は夏の終わりだった。

「さあ。お母さん。横になって。わたしが料理するわ」

「だいじょうぶよ。アンナ。平気よ。それより、この仕事、やってしまわなければいけないのよ」

仕事は、いつも通りはかどっているようだった。出産三か月後に、キエフで開催される研究大会で発表する論文を執筆中だった。変更の予定はない、と同僚に電話で言っていた。ヴェラは、自分の責任は、きちんと果たすつもりだった。ヴェラは、ひと部屋向こうにいたミーシャと目が合ったが、ミーシャの方が目をそらした。

コーリャは安産で生まれた。直後は、万事順調と思われた。看護師は、泣き声を上げさせるために、足の裏を手でたたきながら、丈夫で立派なお子さんですよと、言った。ヴェラは、ベッドに起き直って赤ん坊を抱いた。

ある看護師が、あとでアンナにそのことを語ってくれた。

「どんなことが起きたのか、すべてを知りたいのです」と、アンナは言った。「わたしに動揺を与えるのではないかと思っていらっしゃるのでしょ。あなたひとりの胸のうちに、しまって置かないで」

看護師は、怯えたような目つきで、アンナを見た。

「何があったの？」

「あなたのその言い方――お母さんにほんとうにそっくりだわ」

アンナは、涙をふき払った。いまはそんなことを考えてはいけない。あとで考えることだ。

「どうぞ、続けてください。何があったんです？」

分娩は困難を伴うものだった。子宮収縮はぎりぎりの状態に達していたが、隣の病棟で急患があった。子宮脱症だった。数分間、ヴェラは、ひとり放置された。「ほんの数分だったのですよ。アンナ・ミハイロヴナ。七分もかからなかったと思います。誓ってもいいです」

ヴェラは、その出血のなんたるかを知っていたので、自分のシーツをめくって血を目にしたとき、怯えることはなかっただろう。それはヴェラの領域だった。病院という領域だった。何が起きたのかは、推測できたはずだ。胎盤の一部の排出が、行われていなかった。胎盤が除去されるまで出血し続けるだろうと、ヴェラは思っていた。状況は、緊急性を帯びていた。しかし、危険というほどではなかった。

ヴェラは、ベッドサイドのベルを押した。看護師がやってきた。「わたし、出血していると思うわ」と、ヴェラは、落ち着いた声で言った。

「母は、ほんとうにそのとおりに言ったのですか？」

「ええ。その場にいたのは、わたしだったのよ。お母さまのことばどおりよ」

どうやら、ヴェラは怯えていたようだ。出血を知ったとき、ヴェラは、「思うわ」と、言った。あるいは、たぶん、その看護師を怯えさせたくなかったのだろう。看護師はシーツをめくった。血を見ると、「だいじょうぶですよ。安心してください」と言った。それから、病棟の固い床に、足音を響かせながら駆けて行った。次いで、移動式ベッドが到着し、運搬係が、ヴェラをそこに移した。看護師は、がたがた音を立てる移動式ベッドに寄り添って、エレベータまで廊下を走って行った。ヴェラは、気が遠くなりそうと言いながら、目を閉じた。

それから、どうなったか？　それから、清潔だが、古ぼけた病院の壁がたちはだかり、ドアが閉まった。アンナは、これから先母親と共に歩んでいくことはできなかった。ヴェラのベッドの傍には、両手で顔を覆っている父親の姿があった。アンナは、母親の柔らかく、温かい頬に触れた。しかし、口を開けたその顔は、だれか他人のもののようだった。感覚という感覚が、その顔からすべて抜け出てしまっていたからだ。

ヴェラは、四十一歳だった。

「弱り目に祟り目ということがあるね」と誰かが言っていた。

しかし、ヴェラがこのような最期を遂げるなど、どう考えてもあり得ないことだった。まったくヴェラらしくないことだ。ヴェラは、身体のことも、病院のことも、知りすぎるほどに、よく知っていた。人びとに起こることの限界も、じゅうぶん理解していた。健康は、ヴェラの仕事であり命だった。ヴェラは、アンナに何を食べさせたらいいか、勉強時間はどれぐらいが適当かをわきまえていた。アンナの生理については、それが始まる前に、過不足なく、話してきかせていた。「わたしに子どもができるときにはね」ではなく、「あなたに子どもができるときにはね」と、ヴェラは言った。だが、じつは、そのときには、ヴェラの子どもができる時期は、もうとっくに過ぎていた。言うまでもなく、過ぎ去っていた。ヴェラには、すでに、アンナがいた。

しかし、ヴェラは、四十一歳で死んだ。ヴェラは、その子をアンナに託した。結局、ヴェラは、自分の娘を自分から解き放つかわりに、子どもをひとり娘の胸に預けたのだ。隣の病室で、うぶ着に包まれた、赤く、もがいているものを預けたのだ。コーリャだ。

十八年前の夏、幼いアンナは、母親と別荘で過ごした。ふたりだけというのは、初めてのことだった。毎晩、目を覚ますと、そこには、かならず母親がいた。そうして、眠りながら、夢を見ながらも、こぶしを母親の顔のところまで伸ばして言った。

「お母さんなの?」

ヴェラは、寝ぼけ声で「だいじょうぶよ。ここにいますよ」と、言った。毎晩、アンナが訊くのをやめて眠ってしまうまで、そう言った。

2

一九四一年の晩春、氷が解けると、アンナは休暇を過ごすために、自転車で別荘《ダーチャ》に通い始めた。コーリャを自転車の後ろに乗せて、長時間走らなければならなかったが、全然苦にならなかった。パンと赤キャベツのピクルスをたずさえ、コーリャのために、村でミルクを買った。ペダルを強く踏むたびに、冷たくて爽《さわ》やかな風が、流れるように顔をなでた。だんだんスピードをあげていくうちに、胸が高鳴り、どこからともなく、微笑みが湧き起こり、口元でほころびた。

「ほら。コーリャ。見てごらん! ソコロフ農場よ」

別荘の裏手は、土が黒く、作物に適していて、霜が降りたあとは、もろく崩れやすかった。アンナが、そこでぎこちない穴掘りをさせられているあいだ、コーリャは、泥だらけになって、棒きれや石を使って、大砲のついた要塞をいくつも作って遊んだ。アンナは、コーリャを遊ばせていたが、もう少したてば、種をまくのを手伝うくらいはできるだろうと思っていた。アンナは、コーリャのためといって、万事やり過ぎる傾向があった。そのほうが、早く片付いて、面倒がなかったからだった。そのため、コーリャを無精者《ぶしょう》にさせてしまっていた。アンナは、ふと父親の姿を思い浮かべた。父親の長くきれいな指が、頁を繰っている。「アンナ。食事は何時だい？」と本から目をあげることさえしないで言う。家にどれほどの食糧があるかなど、まったく念頭にない。

「あなたは、もっと自立しなければいけないわ。コーリャ」

「じ、り、つって……それ、なあに？　アンナ」足の先を揺すりながら、自分に歌い聞かせるようにことばを切って言った。

コーリャは、そんなことは自分でできると重々分かっていながら、腰をおろして、アンナにブーツを履かせてもらおうと、両足を差し出した。

アンナは掘るのをやめて、コーリャのようすをうかがった。コーリャは、自分で掘った穴にかぶさるようにうずくまって、銃を突き出し、バード・チェリーの林の背後に潜む見えざる敵めがけて、バンバンと撃った。それから、自分用の小さな木製のシャベルで、がむしゃらに穴を掘り始めた。そうしているあいだずっと、自分のしている遊びについて解説し続けている。

「攻撃だ！　攻撃だ！　赤軍の攻撃だ——白軍は撤退だ。やつらの部隊長が、負傷した……」

アンナはため息をついた。アンナの勤める保育園の男の児たちもみな同じように、昔の戦争にはまり込んで、夢中になっていた。しかし、アンナは何も言わなかった。「アンナが、紅白合戦なんて、ばかげてると言っているよ」と、コーリャが言うのをエリザベータ・アントノヴナが、小耳にはさんだら、ああ、いったい、どうなることか？　けれども、そのような可能性は、たしかにあった。エリザベータ・アントノヴナは、いつも、だれもが望まないときに、きまって姿を見せるからだ。

アンナは、エリザベータ・アントノヴナにとっては使いやすく信頼できる部下であったが、危険を冒《おか》してアンナを告発しないでおくほど信頼していたわけではなかった。

アンナは、当時のだれもが安全だったように、さしあたり自分も安全だと思っていた。からだは丈夫だった。この仕事には、それが大切なことだった。病気にはけっしてならないし、遅刻したこともめったにない。アンナは、自分の仕事ばかりでなく、同僚のリューバの仕事の半分も、肩代わりしていた。そのことで、リューバから気に入られていた。エリザベータ・アントノヴナは、アンナが、コーリャという子どもを育てながらきちんと働いているので、どんなことがあっても、辛抱強く仕事をするだろうと確信していた。

　アンナは、じゃがいもを畑の手前の端から五列で収穫することにしている。それだけで十分なのだ。そのとなりは、父親が大好物にしている紫色の皮のオニオンだ。父親は、それをスライスに切って、塩を振りかけるだけでそのまま生《なま》で食べる。甜菜《てんさい》の根、ホウレンソウ、それに漬物用の皮が粗《あら》いキュウリがたくさんある。前年の夏に、根に害虫が発生したために、今年はニンジンの収穫はない。キャベツ、条播《じょうま》き野菜、パセリ、ガーリック、ワケギもある。アンナは、種がうごめき始めるのを絵に描いた。緑色のふっくらとした塊《かたまり》が、土のなかをくぐってゆく道をみずから感じ取り、だんだんその身をほどいてゆき、身を太らせ、水素と酸素と残りのすべての元素をしっかりとした多肉多汁の食物に変えてゆく。

　コーリャは、アパートでの長い冬の生活ののち、ほんの数日戸外で過ごしただけというのに、もう前よりも健康になったように見えた。だんだん、二重の窓で封印された屋内生活を送ったことのある子どもに見られる、あの蠟人形のような肌ではなくなってきていた。

　しかし、氷の表面がようやく解け、そして、ふたたび土を見る希望をあきらめてしまってから久しいこの時期に、茶色の土が姿を現すようになる！　最初は、冬じゅう幾層もの氷でおおわれていた酸性土壌が悪臭を放つ。氷が解けるまえに、その土は灰色になり、腐った臭いを放つようになる。たぶんそんな臭い土でも、このような芽吹きの春へと導いてくれるとき、よくもこの厳しい冬を越してくれたと、その価値が、じゅうぶん認められることだろう。

「コーリャ！　そんなふうに、泥のなかで転げ回ってはだめよ！」

　コーリャは、ふざけるのを止め、泥だらけの地面に四つん這いになったまま、アンナをじっと見た。

「そんな保育園っぽい言い方はやめてよ――」

「何ですって？」

「うちの言い方で言って欲しいんだよ」

　アンナは、声をたてて笑い、コーリャの傍らにしゃがんで、綿入りのジャケットのなかにコーリャの丸い小さな体を包み込み、その皮膚の匂いを嗅いだ。コーリャは、目を細めて、ほほえみを返した。

「保育園の言い方をしてみようか。みなさん。この騒ぎは、いったい何の意味があるのです？」アンナが、きしるような耳障りな声で言うと、それを聞いて、コーリャは、縮みあがった。

「エリザベータ・アントノヴナみたい」

「あの人のことは言わないことにしましょ。いいこと。あなた、ラディッシュの種がどんなものか知ってる？　じつは、あなたに種を植えるのを手伝ってもらいたいと思ってるのよ。ラディッシュと春まきのオニオンとレタスもよ。そうすれば、あっという間に、わたしたち初めてのサラダを食べることになるのよ」

「ぼくがその野菜を採ってもいいの？」

「そのまえに、植えなければならないわ。わたしが掘った、ほらこの場所から始めましょ。いいこと。熊手でていねいにならすのよ。それから、棒で線を引いて種をまく場所をきめるの……条播きって言うのよ」

「ぼく、知ってるよ」

「それなら、種まきができるわね。でも、いちどに全部じゃないのよ。いいわね——こんなふうに、指でつまめるくらい。ほんの少しよ」

コーリャは、種の入った茶色の紙袋をのぞき込んだ。種の一部は、昨年とっておいたもので、あとの残りは、市場で買ったものだった。コーリャは、指でラディッシュの種をつついた。

「みんな乾いて死んでるよ」

「ちがうのよ。死んでいるわけじゃないの。去年のこと、覚えてない？　種の内部にはね。いのちの芽があるの。そして、わたしたちが、土のなかに埋めてくれるのをじっと待ってるのよ。太陽が種全体を温めてくれて、雨がそっと和らげてくれると、種は成長し始めるのよ——」

コーリャは、薔薇色の口の中と乳歯を見せて、あくびをした。

「大丈夫。ただ種をまいて、どうなるか見守っていればいいのよ。たぶん、魔法の力で、ラディッシュの種が大きくなるのが分かるわよ」

「魔法の力で？」とコーリャは繰り返した。「この条播きの深さは、これでいいの、アンナ？」

「十分よ。ラディッシュが大きくなったら、あなたが抜いてもいいのよ。お父さんがソーサーのうえに、周りに葉を並べてラディッシュを盛るのが好きなのを知ってるでしょ。あなたもきっと好きになるわ」

「お父さんは、ぼくがひとりでラディッシュを育てたって言ったら、びっくりするだろうね」

「あなたがそう言うつもりなら、ちゃんと自分で世話しなければいけないわね。きちんと雑草取りをしたり、水やりをしたりしなさいね。しなければならないことは教えてあげるからね」

しかし、コーリャは、興味を失いかけていた。それで、最後の一摑みの種を自分の条播き畑に捨てるようにまいた。

「遊びに行ってもいい？」

アンナは、じゃがいも畑に戻った。今年は、どんな失敗もないようにと思っていた。できるだけ多く栽培するつもりでいた。じゃがいもとオニオンとわずかなソーセージが手に入れば、それだけでなんとか持ちこたえられるのだ。

コーリャの解説が、また始まっていた。「攻撃！　攻撃！　攻撃！　戦車が途中まで来てるぞ――」しばらくすると、アンナの耳には、コーリャの声が聞こえなくなった。鋤《すき》を土に突っ込み、前傾し、下方に体重をあずけて、持ち上げる。鋤一掬《すく》いの土を、明るい、瑞々しい、きらきら光る空に向かって押し上げる。さらに、土は、ふたたび裏返され、砕ける。みみずが身をよじり、クモが慌てふためき、小さなかぶとむしが鋤から逃げるように、土のうえにポトポトと落ちてゆく。アンナは、からだが熱くなってきた。ジャケットを脱ぎたくなったが、コーリャも脱ぎたいと言いかねない。一羽のツグミが、ライラックの藪のなかで、鳴き声をあげた。それから、もう一声、春がもつすべての激しさをこめた声音で鳴いて、縄張りを主張した。そこから、さらに遠く離れた、芽吹き始めた木の葉でできたスクリーンの後ろの方から、樺の小枝で作った箒で、ベランダを掃く音が聞こえてきた。雪解け水が残した堆肥《たいひ》がなくなるまで、時間をかけて、隅々まで丁寧に掃いている。冬という季節を掃き去ろうとしていたのだ。

今日は六月二十一日、翌日から三日間の休暇だ。庭全体が耕され、栽培され、あたりが、ふわっと、緑色でぼかされているように見えた。レタスとラディッシュと春採りのオニオンの早い収穫が、順調に近づいてきている。アンナは、金を数える守銭奴よろしく、頭のなかで収穫量を数える。アンナは、かならずやってくる暗黒の数か月間、この収穫物をどのようにして食べようかと思案している。

一年の寒いスタートが始まったあと、アンナの部屋の窓から見下ろせるライラックが、遅い開花を始めている。ここ二、三日で、ライラックの白いつぼみの固い球果が緩み、芳香を放ち始めている。ズアオアトリが、そこに巣作りをしていた。その巣は、すぐ近くにあって、身をすこし遠くまで乗り出せば、手が届く位置にあった。しかし、アンナは急ぐ必要があった。マリーナ・ペトロヴナの別荘までは、二十キロ以上もある。しかも、道は森林のなかで、自転車で少なくとも三時間はかかる。マリーナ・ペトロヴナは、アンナに九時に来訪するように求めている。

「それから、アンナ、ぜったいに遅れないでくれ」と昨晩父親が言った。「マリーナ・ペトロヴナは、きみが会おうとしても、きみに会うことなど、あっさりと断りかねないような人だから」

マリーナ・ペトロヴナは、だれとも会わない。それが、ここ数年、かたくなに順守している信仰箇条のひとつだった。父親は、ときどき、手紙で連絡を受けていた。

「それ、だれからなの？」

父親は、答えるまえにためらった。「マリーナ・ペトロヴナからだ」

「その手紙は家に置いておかないで。ね、お父さん。いい？」父親は、「燃やしてくれ」と言いたいのだろうが、あえてそうしようとしない。こういう手紙は、郵便局を通さない。そのほうが、危険が少なくて済むのだ。いったい、アンナの父親は、マリーナ・ペトロヴナに会いに行った経験があるのだろうか？　そんなことは訊かぬがいいのだ。アンナの父親が出版できないでいるのと同じ理由で、マリーナ・ペトロヴナは、人の目に触れるようなことはない。マリーナ・ペトロヴナは、以前はかなり名声を博していたが、それが、ある日、たった一日のうちに、かき消されてしまった。ポスターからもプログラムからも雑誌からも、その名は拭い去られてしまった。しかし、幸運なことに、舞台監督のアレクサンドル・タイロフばかりでなく、演出家で、人民芸術家のフセヴォロド・メイエルホリドとも交流があったことが考慮された。マリーナ・ペトロヴナは、「マリーナ・ペトロヴナには、その手法に、本委員会の基本的方策を適切に組み入れる能力が、欠けている」さらに、「芸術仲間を選択するに当たり、思慮分別を欠いている」というかどで、芸術動向委員会からの酷評を受けた。マリーナ・ペトロヴナは、尋問を受けるために召喚されたが、なんと、すぐに釈放されたのだった。そのときでなくとも、一年後でも、処罰を免れることはなかったはずだった。マリーナ・ペトロヴナは、その名とともに、消されていたはずだったのだ。

しかし、どだい、女優には、地下にもぐって、独りひそかに隠れて活動することなどできはしない。舞台、配役陣、監督、照明、それに、とりわけ、観衆が必要なのだ。マリーナ・ペトロヴナは、歳を重ね、全盛期はもう過ぎている。演じたことのない役のリストの方が、多くなっている。マリーナ・ペトロヴナは、すっかり沈黙させられているのだ。

マリーナ・ペトロヴナは、いまも乳母が住んでいる村からそう遠くない自分の別荘で生活している。子どもの頃、よく夏を過ごした場所だ。その乳母は、役者だとか詩人だとかと自任する人びとが、いったい、どのような事情で突然豹変して、異なる意見に譲歩したり、左派右派どっちつかずになったりできるのか理解しようとしないタイプの人間だ。乳母は、みえない布で両手を拭う。そして、物事は、いつもこんなふうなんだからと、ぶつぶつと独りごつのだ。地位の高い人びとは、とかく思いついたことがあっても、それを、むやみに口にせず、自分の頭のなかにしまっておくものだ。しかし、矢面に立たなければならないのは、われわれなのだ。「いいね、あなたはこの乳母といっしょに、ただここにいるだけでいいんだ。すべてが終わり、片がつくまで危険を避けてじっとしていることだ」

その別荘は、レニングラードの中心部から、わずか三十キロの距離にあるが、三千キロにも感じられる。訪問客はおろか、そんなところまで足を運ぶ者は、ひとりとしていない。マリーナ・ペトロヴナは、自分に幸運がめぐりくることを待つほどあつかましくはない。ひっそりと身を隠していたので、世間から、すっかり忘れられていると思われた。だが、決して忘れられたわけではなく、いつも人びとの記憶の片隅に置かれていたのだ。

いつも、まっすぐ前を見ていなければならない。振り向いて、黒いヴァンを見てはならない。そうでないと、重々しいブーツを履いた男たちが、ヴァンから繰り出してきて、階段を上り、選り当てた家の戸口のまえに、三十秒間無言で立ち、おもむろに、こぶしを上げて、ドアをノックすることになる。

人びとは、最悪の事態は免れたと独りごつ。ニコライ・イェジョフの粛清の最悪だったときに比べれば、今はまだましだ。何かを信じることが必要なのだ。イェジョフ体制の数年間でさえ、人びとは、共産党員の総数の破られざる記録をまだ信じていたし、党の勢力と党とのつながりが自分たちを守ってくれるだろうという希望を抱いていた。あるいは、そのように信じ、そのように希望を抱いているというふりをして、そうなのだと、自分たちに言い聞かせていたのだ。

証拠集めを継続するために、その間、釈放されることもときどきあった。口に鉤針《かぎばり》をつけて泳がされ、水のなかから引っ張り上げられるのを待っている魚さながらで、オーリャがそのいい例だった。オーリャは、以前、ヴェラの同僚のひとりだった。ある日、パンの配給を待つ行列に並んでいたとき、アンナは、不意にうしろから肩をたたかれた。ふりむいて、その女の顔をまじまじと見つめたが、だれなのか分からなかった。

「わたしよ。オーリャよ。わたしのこと覚えていないの？　わたし、あなたのお母さんといっしょに仕事をしていたことがあるのよ」

「あっ、ええ、覚えています。もちろん――」

「あら。知ってるふりをしてもだめよ。わたしのこと思い出せなかったわね。そうでしょ？」

「ごめんなさい」

「謝ることないわ。あなたのお母さんも覚えてらしたかしらねえ？　ヴェラは、幸せそのものだったって、ときどき思うの。ちょうどいいときに亡くなられたのよ。だれもヴェラを裏切らなかったし、ヴェラもだれも裏切らなかったわ」

もちろん、言われてみれば、それは、オーリャだった。アンナの母親の秘蔵っ子のひとりだった。放射線科に入局したとき、オーリャは二十二歳だったが、十八歳にも十六歳にさえも見えた。とても背が低く、だれもがごめんなさいねと断って手で触れるほどきれいにウェーヴのかかった髪をしていた。オーリャは、才気縦横頭の切れる女性で、学年でトップの学生だった。

「このままずっとオーリャを留めておくわけにはいかないわ」とヴェラは予言していた。「オーリャは、いずれ大きなことをするひとになるわ」

「わたし、仕事をなくしたの」と、行列に並んだまま、オーリャがささやいた。

「いまは何をしていらっしゃるのですか？」

「なにも。ただ待ってるだけよ。わたし、党からも追っ払われたの。分かる？　アンナ。わたしにとって仕事はすべてだったのよ。同僚は、みんな、わたしの家族だったわ」オーリャは、うしろに目をやって、その目を通りに走らせた。「あなたに話しかけるんじゃなかったわ。あなたにも危険が及ぶかもしれないわね」

「オーリャ――」

「もう行かなくちゃ」

レニングラードのいたるところ、夜明け前の数時間は、横になっていても、絶対に我が家ではないようにと念じつつ、よその家の戸口を叩く物音に耳をそばだたせて、身の凍る思いでいなければならない。だが、決して、ぜったいに、あなたの家ではない。次期の昇進が約束され、クリミア半島での休暇の計画があり、幼いミーチャの四歳の誕生日を次の週に控えている者の家ではない。

完璧な統計表を作って提供し、党の指令にいつでも即座に服従するアンナの上司、エリザベータ・アントノヴナでさえ、四年前の二月の中央委員会に向けたスターリンの演説のあと、恐怖で陰鬱になっていた。破壊者たち、逆賊たち、敵対者たち、それに、妨害活動家たちは、対立勢力のなかだけに見つけることができるわけではない。そういう連中は、党そのもののなかにも潜入していて、非難の余地のない党の活動家、委員会のメンバーとして仮面をかぶっている党のエリートのなかにも存在した。それでは、いったい、どのようにして、それが仮面ではないということを証明できるのだろうか、とアンナは思った。自分で、このほんものの肉の皮を引き剝がすしかないのだろうか……

アンナの背後で、コーリャが身体を動かす。すっかり目が覚めてしまったようで、いきなり、立ち上がる。

「ぼく、いっしょに行きたいよ！」

「そんなことできないでしょ。きのう、そのことは話したでしょ」

「ぼくがいることが分からないように、おとなしくしているから」

「だめよ。コーリャ。マリーナ・ペトロヴナは、あなたに来てほしいなんて言っていないわ。それに、とにかく、お父さんと釣りに行く約束でしょ？」

コーリャは、そんなことはすっかり忘れてしまっていた。アンナは、コーリャの顔をじっと見つめて、そこで、ふたつの楽しみが闘っているのを見て取った。

「わたしが帰ったら、どんな獲物があったか見せてちょうだいね」

「アンナのほうがお父さんよりも魚釣りがうまいよ」

「あなたも、上手にできるわよ。魚に自分の影を見せちゃだめよ」

「どうしていけないの？」

「それはね。魚があなたの影を見れば、あなたが釣りあげるのを待っていると分かってしまうからよ」

「アンナ」

「何？」

「ぼく、動かないでいるよ。じっとしていたら、魚はぼくのことを木だと思うよ。ほら、こんなふうに」

コーリャは、胸のところで両手を組んで、まったく動かずにじっと横になっている。アンナは、爪先歩きでそっと部屋を出ようとしたが、コーリャをこのまま放っておくことはできない。両手を重ねて、仰向けになってじっとしている姿、これは、見るからに良くないし――不自然な姿だからだ。

「コーリャ?」

コーリャは跳ね起きて、アンナをじっと見つめた。

「ぼくが目をつむっているうちに出て行くかと思ってたよ！　さようならって言ってばかりいて、それでいて、行ってしまわないんだね。そんなの大きらいだよ」

3

未舗装の道が、小径に向かって狭まっている。アンナは、自転車を降りて進まなければならない。樅《もみ》の深緑色の暗がりが、樺とバード・チェリーと唐松に取って代わり、頭上で交わり合っている。アンナは、自転車を降りて、父が書いてくれた行き先への指示の紙を取り出す。

「トゥターエフ農場を左に曲がる（犬に要注意！）。それから、十字路に行き着くまで、およそ六キロそのまま進む……」

アンナは、犬については平気だった。その日、アンナは、車輪のまわりで、吠えたり、とびかかってきたりする二匹のアルザス・シェパードに追いかけられた。けれども、その犬たちは、かなりの飢餓状態にあったので、農場から自転車で丘を駆け下りて行くアンナに追いつくことなどできなかった。もしも、自転車の後ろに、丸々とした脚をぶらぶらさせる重いコーリャを載せてゆっくり走り、そのために犬たちに追いつかれでもしていたらどうなっていただろう？　帰路は、別の道をとることを忘れてはならない。

　この道路沿いに建っている塀には、木造の門があるはずだ。塀は崩れかけていて、苔《こけ》と蔦《つた》とキイチゴの這うように巻いている茎のおかげであるが、辛うじて、倒れることなく、保たれている。アンナは、その塀をよじ登ろうと思えばできるのだが、そうすれば、自転車をそこに放置して行くことになってしまう。このまま、この道を辿るほうがいいだろう。

　アンナは、自転車に乗るどころか、持ち上げたり、押したりしながら進んで行く。日差しが強くなって、暑い。天蓋のような樅の木のしたでは、大気が熱く、樹脂の香りがたちこめ、眠気を誘う。そこでは、関節炎の指がピアノを弾いているように、森の平らな路面に、木の根がいくつもアーチのかたちを作っている。松葉のクッションを枕にして、横になろうと思えば、できないことはない。そのようにして、寝ころんだまま、目を閉じることだってできる。

　アンナが、睡眠を十分にとることはけっしてない。眠っているのを起こして、洗面をさせ、着替えをさせなければならないコーリャがいるからだ。自分のことは、自分でさせなければならないが、時間の余裕がない。朝食のポリッジを作り、身の回りの整理整頓をし、洗濯もしなければならない。父親は、なかなか起きてこない。毎日午前中は、石のように寝ている。その眠りは、昏睡であり、死の眠りであり、とうてい、心身をリフレッシュしてくれるようなものではない。もっとも、そんな眠り方をしているからといって、夜中はほとんど眠らず起きている以上、驚くこともない。アンナの耳には、父親が夜中動き回る音が聞こえてくる。だれも起こさないように気遣いながら、足をひきずるように、静かに、部屋から部屋へ移動する。グラスの触れる音。咳。溜息。アンナは、身をすくませ、神経を高ぶらせ、ついには、父親を見捨てているような気持ちに襲われて、眠りに戻れなくなって耳を澄ますと、本の頁をめくる音まで聞こえてくることもある。そのような眠れない夜、長い間、ときには一時間も、動きがないこともある。アンナは、ここに思い描く。父親は、頭を胸のほうに曲げてそこに坐っているのだが、本が床に滑り落ち、疲れきって、眠れずにいる。そばには冷めた紅茶が置かれている。しかし、アンナは、睡眠をとっておかなければならない。午前中に仕事があるからだ。

　七時までには、保育園に着いていなければならない。テーブルをセットし、同僚のリューバには任せられない子ども用のトイレ磨きをし、献立表を見て、出される食事をチェックする。そして、七時半に子どもたちが登園してくるまえに、自分の脳裏に刻み込んであるリストにあげられた何十もの仕事をできるだけ多くこなす。そうしているうちに、みんなやってくる。六人、七人、十二人、十五人、つぎあてズボンと上着と帽子とブーツにその小さな体を押し込めた園児たちが洪水のように登園してくる。眠そうに足先をぶらぶらさせたり、自分のブーツなのに自分で脱げなかったり、正しい掛けくぎの場所に上着を掛けられなかったりする子どもたちばかりだ。

園児の母親たちは、五時には起きている。それなのに、いま、ヴァーシャは、母親の脚にしっかりとしがみついて、ひとしきり泣きわめかなければ、離そうとしない。あるいは、マーヤの手を引き剝がして、大急ぎで行かなければ、遅刻してしまう母親もいる。そのような騒音を圧するくらいの声で、アンナはくりかえし叫ぶ。「ご心配なさらないで！　お子さんは、お母さんが行かれたら、すぐに、平気になりますよ。かならず、五分たったら、ニコニコなさいますよ」この仕事を続けられさえすればいいのだ。コーリャを連れて働き続けられれば、それでいいのだ。

アンナは、一日中、洟垂《はなた》れっ児や泣き疲れた児やかみつく児や髪の毛を引っ張る児の世話をし、衛生的な手洗いとお遊びの時間の生活指導をする。仕事の区分線は、はっきりしている。アンナは、無資格の保育園助手で、正式の保育士ではない。エリザベータ・アントノヴナ・ザミロフスカヤは、教育学の資格をいくつかもっていて、熱心で、やたら学者ぶって理論に執着し、自分は専門家であり、自分は任されているのだということを、一瞬たりとも忘れることがない。「わたしは、ソヴィエト人民の子どもたちという概念を最大限展開させるような典型的な教育を提供しなければならないと思っています。アンナ・ミハイロヴナ、わたしは、あなたにこの責務の本質を理解していただくことを期待してはいません。あなたにはね、あなたの能力を活かしてこのことに協力していただくだけでいいのよ」

「精一杯協力させていただきますわ。エリザベータ・アントノヴナ！」アンナは、月に二度も三度も繰り返されるこのことばに、いつも叫ぶようにして、誠意をこめた返事をする。アンナは、エリザベータ・アントノヴナが、学位をいくつも取得しているのに、周囲からの信用を得ていないことに気づいていた。信用する者は、ほとんどいない。エリザベータ・アントノヴナには、支えが必要なのだ。アンナがその支えとなる最善の策は、朝上司から仕事の注文を受ける、意欲的な工場の女性現場監督になったふりをすることだ。「ご報告します。子ども用のトイレが、まだ溢れているんです。先週換えた配管が、あまり良くなかったようです」

しかし、結局、この哀れなエリザベータ・アントノヴナは、アンナにとって、なかなかもって、厄介な存在なのだ。エリザベータ・アントノヴナは、子どもがあまり好きではないし、子どもたちも、エリザベータ・アントノヴナを気に入ってはいない。

アンナは、だんだん心配になってきている。依然として、同じような崩れかけた塀が続いている。依然として、門もない。マリーナ・ペトロヴナは、おそらく、その場所をアンナに見つけさせるつもりは、まったくないのだろう。この調子でいくと、家を見つけるなんてことは、たとえ偶然であっても、起こりそうにないように思われる。アンナのために、絵を描くための鉛筆を選んでやり、その鉛筆を細心の注意を払って削ってやり、それに、新たに画用紙を一揃い買うために、支給できる額を超えて、多くの週給をアンナに払ってやろうなんて、考えているはずもない。そのほか、いろいろあるが、それもこれもみな、アンナの父親がマリーナ・ペトロヴナあての一通の手紙のなかで、アンナが描いた作品について書いたことが発端なのだ。アンナの父親は、アンナが、コーリャの世話をするために、退学しなければならなかったことを意識し過ぎていた。そのため、アンナの耳には偽りと聞こえるような褒め言葉と励ましで、なんとか埋め合わせをしようとした。アンナは、ただの働き蜂になってしまう、と父親は思った。アンナを、自分に代わって配給の列に並ばせ、コーリャの服を繕わせ、新しい牛乳を手に入れるために、何軒も店をまわらせること。いったい、そうさせることが、父親である自分が望み、必要としたことだったのだろうか?

「きみには、本物の才能があるよ。その才能を伸ばすんだ」

「ええ。あと百グラムのソーセージを余分に手に入れるためにね……」だが、アンナは、それを声に出して言うことはしない。

才能があっても、それを鍛えなければ、何の役に立つだろう? アンナは、まったく、進歩していなかった。テクニックも貧弱だ。身に付けなければならないことを、仕事と家事とコーリャの世話の合間のわずかな時間に、できるはずはなかった。アンナには、教えてくれる師が必要だった。ずっと教え励まし続けてくれる現役画家が必要だった。しかし、だからといって、現役画家たちのように、アンナも「愛国者の皮をかぶった社会主義者」であろうとする必要があるだろうか？

アンナには告げずに、無断で、ミハイールは、アンナが描いたコーリャの肖像のペン画と保育園のキッチンで働いているリューバの姿を描いた鉛筆のスケッチを、数枚梱包して、マリーナ・ペトロヴナに送った。

「お父さん。何のために、そんなことしたの！」アンナは、そのことを知ったとき、父親に声を上げた。「そんなことをするまえに、ちゃんとわたしに断るべきだったわ。もう子どもじゃないんだから」アンナは、そのとき、炎のような屈辱感に襲われた自分に驚かされた。突然、アンナの最高の作品、コーリャの肖像画が、アンナにはひどく厭わしいものに思われた。アンナは、その肖像画もスケッチも、自分の作品ではないと言いたかった。しかし、マリーナ・ペトロヴナは、その作品がまるで宝石のルビイでもあるかのように、当て物で保護し、細心の注意を払って梱包して、送り返してきた。その包みには、一通の手紙が添えられていた。自分はアンナの作品がとても気に入ったこと、アンナは、製作費を受け取ってくれるかどうか？　もしそうしてくれれば、ぜひとも、自分の絵を描いてもらいたいということが書かれていた。

「マリーナ・ペトロヴナの絵を描けですって！　わたしの技術は、まだまだ不十分なものだわ。わたしは、まったくの素人なのよ。マリーナ・ペトロヴナには、見分けがつくはずよ。それに、材料を買うのもままならないのよ」そのことばは、父親の気持ちを傷つけ、気まずそうな顔つきをさせた。悪いのは、自分だと分かっている。家事を手伝うことなど、ほとんどしていないからだ。

「違うのよ。わたしが言いたかったのは、ただ――」アンナは、急に、言うのを止めた。どうして、こんなことを言ってしまったのか？　アンナの父親の苦痛は、ただくり返しめぐってくるだけだ。アンナのためにと思って、自己を感じることができなくなる氷結面に到達するまで、こうすることを、長いあいだ、切に望んでいた。ミハイールは、長文の手紙をマリーナ・ペトロヴナに書いた。間違いなく、「すべて包み隠さず説明する」手紙を書いたのだ。アンナの才能のこと、アンナが学ぶべきなのに、学ぶことができないでいること、それが自分のせいだということ。いったい、ミハイールは、これらすべてのことを洗いざらい打ち明けるほどよくマリーナ・ペトロヴナのことを知っていたのだろうか？　そう、ミハイールは、マリーナ・ペトロヴナのことを熟知していた。

「何を書いたの？」まえよりも穏やかに訊いた。

「何も」とミハイールは言った。「ただのメモさ。マリーナ・ペトロヴナは、きみがどうしているか、知りたがっていると思うよ。きみのことを覚えているんだ。お母さんとは、とても親しかったしね」

「お母さんと？」

「その通りだ。きみは知っていると思ってたよ」

しかし、マリーナ・ペトロヴナは、ほんとうに、母と親しかったのだろうか？　わたしはそうは思わない。マリーナ・ペトロヴナは、両親に手紙をよこす場合、いつも連名だった。父は、その手紙を、いつも母ヴェラにまわしていた。その結果、母のほうがさきにそれを読むことができた。すると、母は、封筒の一方の角をテーブルのうえでとんとんと叩いて、眉をあげて、それを開封しないまま、父に戻した。

手紙のあて先は、お父さん、あなたなのでしょ？


アンナは立ち止まった。もうすこしで、自転車をまっすぐ押しながら、門をやり過ごしてしまうところだった。おそらく、アンナは、ほんとうは、門を見つけたくはなかったのだろう。マリーナ・ペトロヴナ・ザミロフスカヤは、だれもが知っていて、だれも口の端にのせたくないと思っている伝説の人物のひとりだ。しかし、アンナの父親の女友だちで、その手紙を母が読みたくないと思っている人物でもあるのだ。

「お母さん。あのひとは、お母さんのお友だちじゃないの？」

「違うのよ、ほんとうはね。あのひとは、お父さんのお友だちよ。長いあいだのお知り合いよ」

「でも、あのひとは、お母さんと友だちになりたいと思っているんでしょ？　そうでなければ、お母さんあてに手紙を書くようなことはしないわ」

「たぶん、そうでしょうね。でも、友情って、そんなふうにして生まれるものじゃないのよ」

4

門がきしんで、ひとつがいの森鳩が、樺の低木林から急に飛び立つ。鳥たちは、翼をばたつかせながら、駆け上がり、ふたたび、アンナの頭上にのびている一本の枝にとまる。クークーと鳴きながら、アンナがたてた騒音を静めようとする。門からの径《みち》は狭く、自転車は、人の目につかない塀のすぐ内側に残しておいたほうがいいだろう。

アンナは、いま興奮で胸がうずいている。数分もたてば、この別荘《ダーチャ》のなかにいることだろう。マリーナ・ペトロヴナが自分の目の前にいることだろう。

アンナは、十二枚の写真をつぶさに眺めながら、それを客観的に見ようと努力している。両親の友だちだった女性から、いまアンナが描こうとしている女性を引き離そうと努力している。その女性は父の友だちだ。そのなかの一枚には、アンナの父親が坐っている椅子の脇に、薄い色のドレスを着たマリーナ・ペトロヴナが立っている。こちらの一枚には、スラックスをはいたマリーナ・ペトロヴナが、ベリーが入った手桶のうえにかがみこみながら、上を向いている。目のうえに手をかざしているのは、陽の光が眩しいからに違いない。アンナの父親は、その後ろですこしピンボケになっている。若く見える。別の一枚では、母親のヴェラとマリーナ・ペトロヴナが並んでいっしょに写っている。ヴェラは、まるで、シャッターが下りると同時に立ち去ろうとでもするかのように、そこから離れようとしているみたいだ。この十二枚の写真は、他の多くの写真とともに、父親のアルバムに貼られている。そんなものは、全部剝がしてしまうべきなのだ。

クロイチゴがアンナの腕にからまる。この径には雑草が茂り、蔦と野生のクレマチスが木々にいっぱいからまっている。アンナは、だれかに聞き耳を立てられているかのように、そっと歩を運ぶ。成長し放題の緑の木々のなかで、アンナは、顔をしかめているようないくつかの影を踏む。道は、曲がりくねる。申し分のない夏の日の朝だ。もしかしたら、アンナは、ずっとこのまま、物音をたてず家に向かって道を進み、歩み続けるかもしれない。もしかしたら、アンナは、その家にけっして到着しないかもしれない。

数週間か数か月あとになって、だれかが、タイヤが埃だらけになったアンナの自転車を発見するかもしれない。しかし、アンナの足跡はどこにもない。メモもない。骨もない。着衣の切れ端もない。ほかのものも同様だ。アンナは、もみくしゃになった行き先への指示の紙に、目を落とす。「二番目の門まで、その道を進んで……」

二番目の門。最初の門よりもがたがたで、いまにも壊れそうで、扉の一方が、蝶番《ちょうつがい》のところでぶらぶらして外れそうだ。ブライアーの木々がその周りに密生している。アンナは敷居をまたいで門をくぐる。

葉越しの木漏れ日がいっそう降り注いでくる。樅の木が樺の木に道を譲っている。ナナカマドとチェリーもある。木の幹と幹のあいだを陽の光が流れて、骸骨のようになった去年の落ち葉のうえに、降り注いでいる。狐のあの不快な臭いがする。

アンナは立ち止まる。ここまでは、ひたすら上り坂を進んできた。しかし、ここからは、あらゆる方向に道が分岐している。そのうちのいくつかは、けもの道だ。

きっと、もっと簡単に別荘まで行く道があるに違いない。おそらく、マリーナ・ペトロヴナに試されているのだ。アンナの頭にその顔が浮かんできた。瞼《まぶた》のゆるやかな動き、頬骨の持ち上がる動き、伏し目がちなまなざし。マリーナ・ペトロヴナの美しさは、冷ややかで、温かくはない。黒髪。黒目がちな瞳。白い肌。マリーナ・ペトロヴナは、祖父が遊牧民のタタール族だった、と聞かされたことがある。

そのマリーナ・ペトロヴナの頭が、天井の壁に押しつけられることだってありうるのだ。有無を言わせず、黙らせられるかもしれない。コズロフスキー教授に、何が起こったか思い出してみるがいい。教授は、釈放されはしたものの、すでに狂っていたではないか。もはや教壇に立てる状態ではなかった。

ようやく、木々がまばらになってくる。坂道のてっぺんまで行けば、ちゃんとした道が見えてくることだろう。その通り。行く手には、森の開拓地、ライラックの林があって、そこを通り抜けると、閑静なベレゾフスカヤの灰色の別荘の大半が目に入る。

アンナは、そのライラックの林を滑るように通り抜ける。別荘の幅をいっぱいにとって、ベランダが造られている。玄関のドアが半開きになっている。アンナを待ち受けているのだ。

マリーナ・ペトロヴナは、まるで舞台の演技を終えて、メーキャップを落としたばかりのように、クリーム色の化粧着をまとっている。神経質そうにタバコをすっている。

「アンナなの?」アンナの両手をとって、当人だと見分けるものを探しているかのように、アンナの顔をじろじろと見ながら、そう言う。マリーナ・ペトロヴナの顔がすぐ近くにあって、香水の匂いが、アンナの気持ちを落ち着かなくさせる。「お待ちしていたわ」

「遅くなりましたでしょうか?」

「いいえ。遅くはないわ。でもね。わたしは、ふだん大勢のかたと会うことがないの。ですから、いつもひとと会うときは、どきどきするの。それで、心積もりしておかなければならないの」

　タバコをはさんだ手が、かすかに震えている。肌は、羊皮紙のように見え、カールした黒髪は、半白になりかけている。

「わたし、年とったでしょ。田舎の空気は、体に良いらしいわね。でも、よく分からないわ」とにっこりして言い、目を細めながら、タバコをもう一服すう。「アンナ。小さいころのように、あなたのことをまだアンナと呼んでもいいでしょ?」

「もちろん。結構ですわ」

「最後にお会いしたのは、あなたが十五か十六のときだったわね」

「十六でした。いま、二十三です」

「あなたのお父さまからあなたが保育園の保育士をしていらっしゃると聞いたわ」

「わたし、資格は持っていないんです。助手です。それだけです」

「でも、絵を描かれるのね。見せていただいたわ。いい絵だわ」

「素人です。正式に学んでいません」

「あなたはもうここにいらしてるわ。それが大事なのよ」マリーナ・ペトロヴナのその声音には、まさしく覚えがある。「さあ、家を見てちょうだい。きっと、ここでなら、わたしの肖像画を描きたいと思うはずよ」

　ふたりは、いっしょに部屋をめぐって歩く。二階には、寝室がふた部屋あって、マリーナ・ペトロヴナは、それぞれの寝室の閉じてあったシャッターを開ける。すると、薄暗がりのなかにあった部屋は、光のもとに曝される。板張りの床は、磨かれているが、締め切ってあった部屋の乾いた臭いがする。

「一日のうちで、この時刻になると、いつも陽が差し込むんだったわ。すっかり忘れていたわ……」

光が顔に降り注ぐ。冷酷でも優しくもないマリーナ・ペトロヴナの素顔を照らし出す。

どの写真のなかでも、ビロードのように滑らかだった肌は、いまでは、以前よりも乾いて、骨のうえでのび切っている。マリーナ・ペトロヴナは、もう一本のタバコに火をつけ、深く吸い込み、それから、煙をすこしずつ細く流れるように吐き出す。

「ここには、光がふさわしいわ」とアンナが言う。マリーナ・ペトロヴナは、タバコをすうのをやめて、アンナが見ているものを見ようと、目を細めて部屋のなかを見回す。小さな家具がいくつかある。色褪《いろあ》せた青色のソファー、敷物、ストーヴ、窓下の腰掛。壁はクリーム色で、木部は黒い。シャッターが開けられたために、アンナは、この別荘が、かなり高い所に建っていることが分かった。この窓からは、森の向こうに丘の稜線が青くかすんで見える。マリーナ・ペトロヴナは、窓際に寄って、外をじっと眺めている。マリーナ・ペトロヴナの頭が、窓枠の、サテンのようになめらかな木部を上下に滑るように動いている。

アンナには、ここがその部屋だと分かっている。あのひとが来て、ソファーか窓下の腰掛に腰を下ろし、窓から遠くを眺める。ここは、マリーナ・ペトロヴナの場所なのだ。

アンナの凝視のまなざしは、敏捷で、興奮して、自分の作品に反映しそうなものを嗅ぎまわりながら、ゆらゆらと、部屋のなかを揺れ動く。窓とは反対の壁側にある暖炉の真上に、とても大きな鏡がかかっている――ソファーを前に引っ張ってきて、マリーナ・ペトロヴナをその鏡を背に、ソファーに坐らせるとしたらどうなるだろう――

「わたし、やってみたいことがあるんです。マリーナ・ペトロヴナ。あの、ソファーを動かしてもいいですか?」

マリーナ・ペトロヴナがうなずくと、アンナは、ソファーを前に引きずって、したいと思っていた角度に向ける。「しばらく、ここに坐っていていただけませんか?」

マリーナ・ペトロヴナは、ひとから指図されて動くことを、どれほど嫌っているかを示すように、身体を硬くして腰を下ろす。マリーナ・ペトロヴナは、両膝をそろえ、まるで、「これはあなたの考えであって、わたしの考えではありません」と言うかのように、自分自身を自分の体から切り離して、ソファーの端に坐る。

アンナは、ことを行うのに性急すぎる。しかし、アンナの眼の前には、このようなものになるだろうとアンナの目には見えている構図というものがある。光の反射具合、頭の部分の背景、ソファーの背に回している片方の腕。その向こうに見える森の輪郭。それは、じかに見るよりも、鏡のなかのほうが、青みを帯び、謎めいた趣きをかもす。そのほうがはっきりとしたものにもなるのだ。

「わたしは、坐っているところを描いてほしくないの」と、マリーナ・ペトロヴナは言う。

アンナは、もういちど、ソファーの粗い青い布を背景にしたマリーナ・ペトロヴナの腕の曲線を眺める。申し分ない。だが、マリーナ・ペトロヴナは立っている。

「それは、違うと思います」

アンナは、このことに関して、変更を受け入れるつもりはない。肖像画を描かせるために坐っているひとが、自分の姿を鏡に映すためにそうしているわけではないことに気づく、このはじめの瞬間が危ないのだ。マリーナ・ペトロヴナは、アンナが自分を見透かすためにきているのだと思っている。自分のプライベートな世界にはアンナは脅威なのだ。マリーナ・ペトロヴナに関しては、いつもよりも厄介だ。けれども、アンナは、相手が喜んで応じてくれるようコントロールすることには慣れている。

「立っているポーズは、疲れるんですよ」とアンナが言う。

「そんなこと、わたしは構わないわ。休憩だってあるんでしょ?」

「もちろんですわ」

アンナは、ソファーを壁側に押し戻す。マリーナ・ペトロヴナは、まったくポーズといえないポーズをとって、立ったままでいる。腕は、だらりと垂らしている。頭は、首と背骨の線に垂直にしたまま動かない。

マリーナ・ペトロヴナは、間違ってはいない。立つと言ったら、こういう立ち方をしなければならないと思っている。マリーナ・ペトロヴナは、万人が欲しがる非常に多くのものをもって生まれた。いままで、しなければならなかったことは、ただ部屋に入って、自分の姿を見せるだけだった。歳月を重ねていることなど、あるいは、肌の色が褪せ、髪の毛に白髪がまじるようになっていることなど問題ではない。その唇の曲がり具合は、幸せとは、いつなんどきでも始まるものだと言っているようだ。

「わたし、なん枚か下描きのスケッチをします。ただ、ポーズと部屋と、基本的な構図をつかむためです。二十分のあいだ、その姿勢でいていただけますか?」とアンナは言う。

「もちろんいいわよ」

アンナは、マリーナ・ペトロヴナが、リラックスしてポーズをとっているあいだに、手早く寸描でスケッチする。マリーナ・ペトロヴナは、このスケッチを目にしたら、きっと、がっかりすることだろう。肖像画のモデルは、いつも同じだ。みんな、自分に似ていることを望むのだが、いまだかつて、そうであったためしがない。そういう連中は、ほかにもいくらでもあるような鋳型《いがた》になることをひどく嫌うものだ。

鋳型にしないためには、何かが必要なのだが、アンナは、まだそれが何か分からない。アンナは、描き続ける。ライラックの花。水盤に一杯のライラックの花。水盤が置かれたテーブルのうえ、そこでは、鏡がその花を二重映しにすることだろう。「さあ」とアンナが言う。「さしあたり、ここまでにして、休憩にします」

マリーナ・ペトロヴナは、自分の顔の部分がなにも描かれていない円形になっているスケッチをまじまじと眺めている。それから、「いい絵になりそうね」と言う。

アンナは、「ええ」と言うが、この瞬間は、なにも気にしてはいない。アンナは、新しく仕事を始めるときにいつも感じる倦怠感に襲われている。ことを始めるときのこのことばのやりとりは、アンナを望まぬ場所に上陸させせる。そこから自由になれるのは、ただ自分のやり方で絵を描くことによってだけだ。

「結局、あなたにはそういうことに我慢していただかなければならないわ」とアンナは、とうとう言ってしまう。マリーナ・ペトロヴナは、ぎくっと驚いたような顔つきをする。「あの、わたし、絵のことを言っているんです」

「ええ、そうね。もちろんだわ」

マリーナ・ペトロヴナは、窓のところまで歩いてゆく。アンナは、背後から光をあてられたマリーナ・ペトロヴナの輪郭を目でとらえた。アンナがじっと自分を見つめていることは知っている。だからといって、そのために自分を意識するようなことはない。ひとから見られることを気にするほど子どもではない。

アンナがいままで描いただれもが、最初は、神経をとがらせた。たぶん、アンナが描くことによって、自分の隠れた秘密を詳細にわたって暴いて、だれもが目に触れるように紙に描いてみせるのではないかと危惧するのだろう。けれども、アンナだったら、もっともすぐれた肖像画とは、そのようなことを表現するものではないと言うだろう。肖像画というものは、ありのままに晒すことではなく、正しく認知することに関わっているのだ。アンナは、アマチュアで、正式な教育を受けていないし、ことさらのように、演説をぶつ権利も持ち合わせていないのだから、理論を声高に述べようとは思っていない。自分の思いのおもむくままに、仕事をしようとしている。だが、そのように仕事をすることは、厳しい。それに、絵を描くことそれ自体十分厳しい作業なのだ。画用紙にデッサンするアンナは、線の進む方向を急に下げる。それは、ちょうど、水泳選手がバタフライで泳いでいるときの腕のかたちに似ている。簡単なように見えて、あとになって、その腕は痛みを覚えるのだ。

どの肖像画のモデルにも、自分自身について、何か気に食わないことがあるものだ。リューバは、アンナが描いたスケッチを見て、金切り声を上げた。「まあ、アンナ・ミハイロヴナ。わたしのお尻ってそんなに大きいかしら？」

「床にモップをかけていたとき、腰を曲げてたでしょ」とアンナは指さしながら言った。アンナは、同僚のリューバの広く引き締まった腰から臀部にかけての線が気に入っていた。できることなら、リューバのヌードを描きたいとさえ思っていた。しかし、リューバは、あんぐりと口を開けたまま、画用紙を見つめ続け、いやな顔をしながらも、うっとりとした表情をした。

アンナの父親は、気軽に、しかし痛みをこらえているような声で言ったことがある。「わたしの唇は、ほんとうに、そんなに薄かったかな、アンナ？」

「まあ、ほんとうにわたしの手が描いたのかしら」

「目もきみが描いているようなガラスみたいな目かい？」

「あのときは、わたしは笑っていたと思うんだが」

「光がうまくいっているかどうかを精査していない肖像画とはいかなるものか？」この文章を最初読んだとき、その意味がよく分からなかった。でも、この「光」「うまくいく」という部分が気に入って、よく独り繰り返して口にすることがあった。「光」――「うまくいく」「光」……「うまく」……「いく」だ。報告書に、何か書きこんでいるエリザベータ・アントノヴナ。光は、うまくいっている。騒ぐ声が冬の煙のように立ちのぼるなか、園庭でかけっこをしている子どもたち。光は、うまくいっている。読書しながら、片方の手をだらりと脇に垂らしているアンナの父親。光は、うまくいっている。

「お茶にしましょう」とマリーナ・ペトロヴナが言う。「去年の旬《しゅん》の時期に、うちのナナにチェリー・ジャムを作らせたの。お腹がすいたでしょ？」

マリーナ・ペトロヴナは、野菜など、食料となるものをなにも栽培していない。窓から身を乗り出して、雑草の生え放題の庭を見渡すアンナは、そのことをよく理解している。わずかなハーブさえも、栽培したことがない。そんなことは、どう転んでも、マリーナ・ペトロヴナにできるはずがない。

「そのあとで、坐ってあげるわ。あなたのためにね」

「立っているおつもりじゃなかったんですか、マリーナ・ペトロヴナ？」

「ええ、そのつもりよ。でもいまは、あなたのお父さんのことをすべてあなたから聞かせてもらいたいの。お父さんは現状をどのように思っていらっしゃるの？」

「現状？」

マリーナ・ペトロヴナは、坐りなおして、居住まいを正す。マリーナ・ペトロヴナは、指で数えながら、鋭い調子で国名を挙げてゆく。「ポーランド。フランス。スカンディナヴィア諸国。ギリシャ。オーストリア。ベルギー――まだ続ける必要があるかしら」

「いいえ。分かりました」

その通り、分かった、とアンナは思う。でも、わたしはコーリャのことも、園児たちのことも考えなければならないわ。それに、どうしたら、レタスをウサギたちから守ってやれるか、どうしたら、この冬のあいだじゅうぶんなキャベツを漬物にできるか、どうしたら、父親をうつ状態にさせないでいられるか、その方法が、分かるようになってきたところだ。それに、コーリャは成長して、また靴が合わなくなっている。コーリャにはビタミンも必要だ。わたしがこうしているあいだにも、女の子たちは、白いドレスを着て卒園しようとしているというのに――

そういう仕事を処理して、そのほかあらゆることを考えるなんて、わたしには到底できない。「わたしたちは平穏に暮らしています」とアンナは言う。「わたしたちには、協定を結んでいる者たちがいるんです」

5

ほかの百日と変わりなく、今日も、緑色と黄金色の彩《いろど》りを帯びた夕べが過ぎてゆく。そのときには、そんなことは、何も特別なことではないように思われた。トゥターエフ農場の犬どもを避けて、自転車で遠周りして帰ってきたために、アンナは疲れている。埃と汗を洗い流して、お気に入りの緑色のコットンのドレスに着替え、じゃがいもとアンチョビの鍋焼き料理を作る。コーリャと父親は釣りに出掛けて遅く帰ってくるが、アンナは気にしてはいない。鍋焼き料理が冷めて、すこしばかり表面がカリカリになってしまうだろうが、ただ、それだけのことだ。

「アンナ！」コーリャが庭から叫ぶ声が、聞こえてくる。

「二匹とれたよ！　二匹ともすごくきれいだよ」

獲物は、虹鱒《にじます》だ。濡れたモスリンにくるんでおけば、明日まではもつ。だが、アンナは、ふたりのために、これ一回限りと極上のごちそうを作ろうと心に決める。まずは、鍋焼き料理、それにバターで虹鱒を炒める。父親は、すでにこの魚をきれいに洗っていて、調理台のうえに置いてくれていた。その魚は、鱒という魚が死んだあとにいつも見せる、あの観念し切った、お役にたとうといった様子をしている。

その日の夕方のひとつひとつの出来事が、どんなに重要なことかをそのとき知っていたら、とあとになって思う。ぼくが釣った鱒は、こっちの大きいほうのだよ、と自慢するコーリャ。すっかり日焼けして、湖での一日の仕事を終えて、のんびりとくつろいでいる父親。美味しい鱒料理。

アンナは、塩気を含んだ、細かいうろこの固い殻を剝《む》く。アンナが鍋でかき混ぜて作った泡立ったバターのなかに、三人はそれぞれ、フォークに載せた鱒の肉を浸す。そうして、父親が、毎年夏の口ぐせになっていることばを繰り返す。「とれたての魚に如《し》くはなしだ。店頭に並ぶものは、市場にもってゆくまでに、味が半減しているからね」苦く、いぶしたような味のアンチョビ、そのアンチョビの油でこくと風味のついたじゃがいも。早採りのレタス。コーリャが、皿をぐるりとぬぐうためのパンの塊に手を伸ばすときに見せる、バターで光る赤い唇。

いや、アンナは、そういうもののどれにもほんとうは気づいていない。コーリャが床につくと、アンナは、父親とベランダでお茶を飲む。しゃべっているあいだ、父親はタバコを喫《す》い、温かいそよ風が、樺の木の葉を揺する。ライラックの花の冠毛が、上下に揺れ、芳香がいっそう強まる。ふたりは、真夜中をずっと過ぎても、寝ようとしない。ふたりとも夏の夜の呪縛を解きたくない、と思っているのだ。いつもと違うことは、父親が、やっと寝ようと立ち上がるときに、来るべき夜のことを思って肩を落とし、口ごもるような声でお寝みと言って、すり足で立ち去ろうとはしないことだ。父親は、しばらく娘のそばに立って、そっと手で髪に触れる。

「いったい、どんな夜になるんだろうか?」と父親が言う。

「そうね」

「母さんの薔薇が、すぐに花を咲かせるね」

「コーリャが、草取りを手伝ってくれたわ」

「それはいい。それは当たり前のことだ」

そう言って、もういちど娘の髪をなでる。「それは当たり前のことだ」と繰り返す。

「それじゃあ……おやすみ。アンナ」

「おやすみなさい」

アンナは眠っている。夢のなかで、父親が、ベッドサイドで話を読み聞かせている。本を膝のうえに開いているが、実際には、読んではいない。空で言えるほど覚えているからだ。とても怖い話だが、アンナは話をやめてほしいとは思っていない。父親は、これは大昔にあった戦争でフランス人がロシアに侵入してきた話だという。

「どれくらいむかしなの?」

「そうだね。百年以上も前の話だよ。アンナ。いつか、歴史の授業で習うと思うよ」

むかしむかし、飢餓将軍と冬将軍という、ふたりの将軍がいました。ある日のこと、ふたりは、はじめて出会いました。冬将軍は、お察しの通り、全身雪まみれで、指は、氷の短剣になっていました。将軍が、靴で地面を踏むと、草のなかに、黒ずんだ足跡がつきました。冬将軍が、薔薇の花の香りをかごうとかがみこむと、その息のために、薔薇は枯れてしまいました。それでも、冬将軍は、薔薇の花と、波のように揺れる小麦畑と、はだかで、日焼けした子どもたちが大好きでした。冬将軍は、自分の権力がおよぶ、こういうものすべてをとても大切に思っていました。

冬将軍は、雪でできた大きなコートを着て立っていました。そして、飢餓将軍に挨拶しました。その挨拶の仕方は、えらい将軍同士が、部下の死者数がある程度まで達して、話し合いに入ろうというときに、たがいにかわすような挨拶でした。

いっぽう、飢餓将軍は、意外に思われると思いますが、ほおは薔薇色、髪は頭から泉のように生え出で、目はしっとりとしてきらきら輝いていました。将軍は、水を得た魚のように、得意の境地にいました。ふたりの将軍は、それぞれ椅子に腰かけて、向かい合っていました。磨き上げた長い軍靴をはいた脚を、たがいに傾けていました。ふたりは、敵に対してどう戦うかを、自慢し始めました。「おれには、こういうことができるんだ」と飢餓将軍が言いました。「奴らの肉を粉々にして、口の両端を引き裂いてやる。唇を傷だらけにしてやる。奴らにめまいを起こさせると、なんとか焦点を合わせようとするが、なんにも見えやしない。おれが、奴らの視力に手を加えたなんて、分かりっこないさ。

肉をそぎ落として、奴らの大部分を骨だけにしてやる。何人かは、からだを水でいっぱいに満たしてやって、ベッドから動けないようにしてやるさ。おれの一番のお気に入りの敵は、身体が大きく、強くて、筋肉隆々とした十八歳の若者だ。食い物を、ストーブみたいに燃やすようにに平らげるような男だ。数週間、そいつを連れまわすが、そのあとで、その男を見に来てくれ。奴をおれの手のなかで、ローソクよりもはやく溶かして見せてやる。奴の筋肉は、たちまち萎えてしまう。だから、奴は、太くて強靭な骨だけになってしまうのさ。おれには、この若者をおいぼれに変えてしまう力があるんだ。視力を弱らせ、目脂《めやに》だらけにしてやる。歯はぐらぐらにして、パンのかけらひとつで、歯茎から歯が外れるようにしてやる。だが、食べる速さにかけては、元気な若者にかなう者はないんだがね。哀れなもんさ。

年寄りどもを、食い物を欲しがってぐずる子どもに変えてやる。それからまた、五歳の子どもを、年寄りに変えてやるんだ。年寄りだろうが、若かろうが、醜かろうが、美しかろうが、おれには同じことさ。おれには、どちらにも変えてやる力があるからだよ。おれは、二十五歳のうら若い美しい女が一、二か月、おれと生活をともにしたあと、鏡に映った自分の姿を見ないよう避けているのを見たことがある。

奴らをおれの力でやっつけられないときには、奴らをおれの味方に仕込んでやるのさ。半日もベッドに寝ていれば治ってしまうような、はな風邪だって、おれがずっと奴らといっしょにいたあとに、奴らが罹《かか》れば、たちまち命取りになってしまうんだ。

おれは、奴らから考える力を奪ってやる。感じる力も奪い去ってやる。おれは、奴らの血のなかに入り込んで、奴ら自身よりも身近な存在になってやる。奴らは、おれのこと以外何も考えることができなくなるんだ。

おい！ 将軍よ。そろそろ降伏したらどうだ」

「いいだろう」と冬将軍は、氷の爪で耳を引っ掻きながら言った。「だが、こんどは、おれのできることも聞いてくれ。おれが土のうえを覆い隠すので、緑の新芽ひとつ見ることができなくなる。おれが、木の根に、雪という樹液を流し込んでやる。そして、逃げ込むところのなくなった者どもを、みんな見つけ出してやる。道という道を雪で覆うんだ。退路を断ってやるんだ。身動きできないようにしてやる。そこでは、何も育たず、何も富み栄えることがなくなるんだ。

手や足が、少しでも覗いて見えれば、おれは、容赦なく捕まえてやる。奴らの皮膚をしもやけにして、赤紫色にしてやる。しばらくすれば、真黒になるさ。奴らの肉を、藁のなかで霜枯れた蕪《かぶ》のように、腐らせてやる。風で追いたて、ブリザードで視界を遮《さえぎ》ってやる。海を凍らせ、一歩も進めないようにさせ、暴風で、窓という窓を穴だらけにしてやる。動きを鈍らせ、見る影もない姿にさせ、恐ろしさに身震いさせてやる。水道を断ち、明かりを奪ってやる。ひと握りの燃料を手に入れるにも、腰まで深い雪のなかを歩かなければならないようにさせてやる。奴らが病気になって、無防備の状態になったら、おれが奴らの床に忍び込んで、永遠の眠りにつかせてやる。雨交じりの突風と吹雪を送り込んでやる。奴らを冷たい泥沼に沈めてやる。奴らは、毎年毎年、一年過ぎれば、おれの力がどれほど恐ろしいものかを忘れてしまうが、それこそが、おれの偉大さの証拠さ。奴らが木陰に寝転んで日光浴をする夏には、おれの存在など信じられないのさ。奴らは、いろいろ計画を立てるが、おれは、その計画には含まれず、外されている。おれには、おれの計画がある。いつも変わらぬ同じ計画がな。

だから、将軍、冬なしに、なにが飢えと言える？ おれがいなければ、奴らは、緑の新芽を食うことができるし、川で、魚を捕まえることもできる。おれがいなければ、太陽が、奴らのからだを温めもするだろうさ」

飢餓将軍は、しかめっ面をして、腕組みしました。顔を曇らせて、考え込みました。

「おれたちふたりが、まだ触れていないことがあるような気がするんだ」と飢餓将軍が言いました。飢餓将軍は、周りをぐるりと見回して、聞き耳を立てる者のいないことを確かめました。ふたりの将軍は、たがいに近づいて、顔を寄せ合いました。

「おれたちには、それぞれ援軍が必要で、おれたちが力を合わせぬ限り、おれたちは、なにもできぬな」とたがいにささやき合いました。

「その通りだ。援軍がいないとすると……」

ふたりの将軍は、たがいのために戦う軍隊を招集することを思いつきました。飢餓将軍は、急ににんまりとした笑いを浮かべました。そして、肉付きのよい掌《てのひら》で膝を叩きました。

「おれたちの両軍を合わせるのだ！　おれたちのうちどちらかがしくじっても、もう片方が面倒をみるさ。いっしょになれば、怖いものなしだ」

そこで、ふたりの将軍は、話し合いをやめました。議論は尽きたのです。そのときから、ふたりは、いつもいっしょに行動するようになったのです。


「おとうさん、だれがこの話を書いたの？」

「アンナ。書いたのはわたしだよ。でも、作り話じゃないんだよ。本当にあった話なんだ」

アンナは、夢のなかで、父親をじっと見つめる。蚊に刺されでもしたかのように、からだをぴくっと動かす。それから、寝がえりをうって、眠り始める。


翌朝、日曜の朝、その日も快晴だ。ミーチャ・ソコロフ坊やがコーリャと遊ぶためにやってくる。ふたりが遊んでいるあいだに、アンナは繕いものをし終える。父親のシャツ二枚、自分の赤いブラウス、それに、ツギあてすれば、来年の夏もまだ使えるコーリャのショーツだ。林の方から、テントを張っている子どもたちの声が聞こえる。手際よく丹念に縫い進めるごとに、針がぴかぴか光る。父親は、緩《ゆる》くなった雨どいの一部をもって、あたふたと動き回っている。アンナは、一分もたたないうちに、父親に手を貸しに行くことだろう。父親がそれをどうしたらいいのか見当もつかないでいることは、アンナには分かり切ったことだからだ。けれども、父親がそのように動きながら、口笛を吹いているのを耳にするのもまんざら悪いことではないとも思っている。アンナは、コーリャのショーツを終えたら、撚《よ》り糸をさがすことだろう。雨どいの応急の修繕にちょうどいいと思っているからだ。さしあたり、夜中に風が吹いても、かたかたと音を立てることだけは、防げるだろう。そういえば、わたしは、庭でその撚り糸を使い終わったあと、どこに置いたかしら？

　ちょうどそのとき、ミーチャの母親が、わめくように叫ぶ声が聞こえてくる。「ミーチャ！　ミーチャ！　ミーチャ！　どこにいるの？　すぐにきなさい！」

　こまったひと。どうしてあんなに大声で叫んでいるのかしら？　ミーチャはちゃんとここにいて、コーリャと遊んでいることが分かっているのに。

「ミィーチャ！」母親の声は、上ずって、パニック状態だ。アンナは、繕いものをいっしょくたにまとめて、ベランダの階段のところまで走ってゆく。何かよくないことが起きたのだ。事故だろうか――

「ダーリャ・アレクサンドロヴナなの？」

　そう言われても、母親は、息が切れて声が出ない。きっと、農場からずっと駆けてきたに違いない。ソコロフ家の人びとはみなそうなのだが、太っているので、汗のにおいを強烈に発散する。広い額には汗粒が吹き出している。仕事着のしたで乳房が上下に波打っている。

「ミーチャは、無事よ。ダーリャ・アレクサンドロヴナ。コーリャとただ遊んでいるだけよ――見て、あそこにいるでしょ。あなたは、ミーチャがわたしたちといっしょだってこと知っていると思っていたわ――」

「あなた、聞かなかったの？　ラジオを聞かなかったの？」

「ええ、聞かなかったわ――」

「戦争なのよ。攻撃してきたの。人でなしどもよ、ほんとうに不意打ちだわ」

　恐ろしい形相で、ダーリャ・アレクサンドロヴナは、口を衝《つ》いて出たことばを、さっと取り去ろうとでもしているかのように、手で口をぬぐう。

「戦争よ。分からないの？」

「ドイツなの？」

「そう、もちろん、ドイツよ！　ロシアがロシアを攻撃すると思うの？　もう、ドイツ軍が爆弾を投下してるのよ。ひどい奴らだわ」

　アンナは、澄んだ青空をじっと見上げている。

「敵は、キエフを爆撃したの」うっかり漏れた秘密さながらに、喘《あえ》ぐダーリャ・アレクサンドロヴナの口から、ことばが転がり出る。「聖都キエフよ。信じられる？　ほかの都市もらしいわ。ラジオで言っていたのは、モロトフ本人だったわ」

「モロトフですって？　それ、確かなの？」

「もちろん。確かよ。ラジオを聞いたのは、このわたしなのよ。爆弾と砲弾が、いたるところに落ちてるのよ」

　しかし、申し分のないこの晴れた空には、戦争の気配などどこにもない。このような郊外の田園は、戦争とは無縁なのだ。だが、戦争ともなれば、万事が一変する。

「子どもたちは――」

子どもたちが、つんざくような声を上げている。「だめだよ。ミーチャ！　その木の棒は、ぼくのものだよ。こんどは、ぼくの番だよ」

取っ組み合いのけんか。怒って泣きじゃくる声。「そんなのずるいよ……」

「仲直りさせたほうが、よさそうね」

しかし、ダーリャ・アレクサンドロヴナは、アンナの腕に手を押しつけて、押しとどめようとする。

「すくなくとも、ミーチャとコーリャは、けんかするのが当たり前の年頃よ。ふたりともまだ小さいから、戦争に引きずり込まれる心配はないけど、あなたも知ってる甥のヴァーシャは、違うわ。あなたと同い年の二十三歳よ。どこに送り込まれるか、神のみぞ知るだわ」

アンナの頭に、ヴァーシャの姿が浮かんでくる。きつすぎるズボンを穿いているために、はち切れそうな大きなお尻。いかにも硬そうなブロンドの剛毛。小さくて抜け目のないグレーの眼。ソコロフ家の者は、問題ない。自分で気をつけるだろう。

「きっとヴァーシャは大丈夫よ」

「いつも同じね」とダーリャ・アレクサンドロヴナがつぶやく。「ことを始めるのは、上層部の人たちで、ことの始末をつけなければならないのは、われわれなのよ」

上層部は、自分をはじめ、ヴァーシャ、それにソコロフ一族全員が、今言ったような誤った考え方を正すことを期待しており、アンナもその上層部のひとりではないのか、とダーリャ・アレクサンドロヴナは疑念を抱いて、アンナをにらみつける。それから、ダーリャ・アレクサンドロヴナは、顔色がさっと青ざめ、自分の言ったことばが違った意味にとられる可能性があることに、はっきりと気づく。その瞬間、パニック状態となって、無防備になる。

「悪気があって、言ったのではないのよ。いいわね。わたしが言った『上層部の人たち』ということばに、特別な意味があるわけじゃないの。分かってるでしょ。アンナ・ミハイロヴナ」

「分かるわ。ショックなのね。どう考えたらいいのか分からないのでしょ」

「あのファシストたちはみな、いまに追い払われるわ。それがファシストたちのなれの果てよ。うまくやりおおせられるはずがないわ。この国の若者たちが、すぐに、スターリン同志の指揮のもとで、ファシストたちを撃退するのよ」

「もちろん、そうね」とアンナは、機械的な返事をする。アンナには、それがダーリャ・アレクサンドロヴナがほんとうに考えていることではないし、言っていることも、ほんとうではないと分かっている。このような言い草は、その時期ずっと、だれの口からも、ふつうに噴出するたぐいのものだ。そのようなことばが、いかに消極的なものであるか、ひとから教えられたことがなかったとしても、田舎に住む老人たちが、二言目には神に感謝という のに似ている。幸いなことに、老人たちは、自分たちが言うことばを、ごく自然に決まり文句にしてしまうので、だれも、それを深く考えるようなことはしない。こういう地方の田園では、そういうことばは、都会よりもこっけいな響きを帯びて聞こえる。


われわれは、ドイツ軍が来ることを予期していなかったと言うダーリャ・アレクサンドロヴナは、間違ってはいない。だが、われわれは、なぜ予期しなかったのか？　なぜ、あの上層部の人たちは、何も承知していなかったのだろうか？　上層部の人たちは、だれの小説を出版すべきで、だれのものはすべきでないか、それを承知している。上層部の人たちは、人びとが、何を考えているのかさえ承知なのだ。上層部の人たちは、オーリャが職を失って、亡者のようにパンの行列のあたりをうろつかなければならないことも、知っているのだ。しかし、その同じ上層部の人たちは、ドイツ軍が、まさにわれわれのうえに爆弾を落とそうとしていることは、まったく知らないでいる。


ダーリャ・アレクサンドロヴナのまえにいつ顔を出そうか、とアンナの父親は躊躇している。父親は、ダーリャ・アレクサンドロヴナを嫌っているし、ダーリャ・アレクサンドロヴナも父親のことを嫌っていて、作家など無益なやからだと思っている。その父親は、手に壊れた雨どいの一部をもって立っている。

「アンナ・ミハイロヴナ」とダーリャが、慌てたように、小声で言う。「やっぱり、あなたが願っていたようには、例の蜂蜜をあなたにさしあげられそうにないわ」

「でも——」

「蜜蜂のこと、あなたに言っておくべきだったわ。うちの蜜蜂は、いつもよりも働きがよくなかったの。あの遅霜のせいよ。霜から護るために、プラム果樹園で焚き火をする必要があったの。今年も、いつものように売れると思っていたけど、そんなこんなで、全部家族用になってしまったの」


きっとそうよね、とアンナは思う。カロリーとビタミン豊富な黒っぽい蜂蜜。冬じゅう、間に合う蜂蜜。あなたの家のために、とっておきなさい。あなたは、かしこい人よ。わたしは、愚かですけどね。ほんとうに、こんなところで無駄話をしていて、わたし愚かだと思うわ。あなたの様子からすれば、一刻も早く、レニングラードに戻るべきだわ。いまごろ、ドイツ軍が街なかまでやってきていて、店を略奪しているわ。何ひとつ残さず、奪われてしまうわ。お父さんが、コーリャを連れて行ってくれれば。わたしは、できるだけ早く、自転車で戻って――

「お父さん！」とアンナが言う。「できるだけ早く、レニングラードに戻らなければならないわ」

6

（ミハイール・イリイチ・レヴィンの日記からの抜粋）

六月三十日

人びとが、微塵の矛盾すら感じることなく、ふたつのまったく相反する信念を抱くことができるということに驚嘆することを禁じえない。この市への脅威はない、と聞いている。広報誌で伝えられていることは、好ましくないことばかりかもしれないが、いまのこの事態は、ただ一時的なものにすぎない。我が国の軍隊は、ドイツの侵略者を追い返すことだろう。はるかベルリンまで、追い払うことだろう。わたしたちふたりは、このことを信じる。しかし、信じるわけにもいかなくなっている。破壊者たちが、すでにいくつかの店を襲撃して、棚に並んだ、オイル、そば粉、砂糖、乾燥豆類、缶詰など、保存できるものすべてを、きれいに奪い去った。マーケットの商品の値段は、二倍になり、そして、三倍になった。

かわいそうに、アンナは、田舎から戻ってみると、店という店がすでに空っぽになっているのを見て、啞然としていた。それでも、アンナは、それ以来、その分を挽回しようと、町の端から端まで自転車で走り回り、マーケットのバーゲン・セール巡りをしたり、どこかでソーセージの配給があるといううわさを聞くと、すぐにその場所を探ったりしている。こういうことは、たいてい、ただのうわさに過ぎないことがあとになって判るものだ。かりに、商品がじっさいに存在するとしても、とても買えないほど値が上がっている。

人びとが、事態がおさまるまでのあいだ、預けていた金を引き出して、家のマットレスの下に詰め込むようなことをしたため、銀行も閉じていた。今は再開しているが、一定の額以上の引き出しはできない。しばらくのあいだは、自分の預金のうち一ルーブルさえもまったく手にすることができないのだ。とにかく、われわれは、預金ゼロと言ってもいい。

しかし、手に預金通帳を掲げて、押し合いへし合いしながら、われ先にと銀行の窓口に向かう動物的で絶望的な面持ちの群衆を目にすると、気持ちが重苦しくなった。ただ、金を持っていないことが、幸いしたことがひとつだけある。もし、金を持っていたら、金のないほかの者をみな押しのけて、預金のある残りの者たちといっしょになって、大声でわめきたてて銀行の戸口をどんどんと叩くことが、アンナとコーリャにたいする私の義務と感じたことだろう。そう感じたわたしは、いったいどんな行動に出ていたことだろうか。きっと、警察に追いかけられる身になっていたことだろうと思う。

ひとはだれしも、自分の意思で行うことと、自分の意思で行わないこととをわきまえる、自分自身の確かな考えをもっているものだ。しかし、それをずっと持ち続けることは、非常に難しい。

アンナには、保育園を続けられるかどうか分からない。第一日曜日以来、誰もが、子どもたちを町のそとに送り出している。つまり、今や、集団疎開が始まろうとしているのだ。子どもたちがどこに疎開するのか、だれにも分かっていないようだ。町の南、郊外のどこかに行けば、爆撃から安全でいられるだろう。しかし、コーリャは、ここを離れることはないだろう。わたしは、「組織」をすこしも信用していない。なんらかの混乱があるだろう。それだけは、確かだ。そんなものにコーリャを巻き込ませたくない。わたしたちは、これから何が起きるかを待って、見定めるしかない。

（わたしは、なぜ「わたしたち」と書き続けているのだろうか？　わたしには、分からない。この数年間、「わたしたち」は、ついにちりぢりに分裂してしまった、と信じるようになっている。恐怖が、そうさせているのだ。ニコライ・イェジョフ体制の時代になったときには、もはや、あえて公けに人間らしくあろうなど、ほとんど不可能なことだった。街で昔の友人に久しぶりに会っても、逃げ口上を言うか、伏し目がちに、急ぎ足で通り過ぎるしかなかった。以前の同僚の消息を尋ねたり、あたりを素早く見まわして、小声で「聞いたことはありませんか？」と訊いたりすると、そのひとが蒸発してしまったことを教えられたものだ。）

しかし、わたしたちが、やっと自らの手で杭をうつようにひとつひとつ積み重ねてきた苦痛よりも、さらに恐ろしいものの顔を覗き込んでいるわたしたちが、ここにいる。わたしたちは、アリ塚に棒を差し込まれたアリたちのように、あわてふためき、うろたえている。なぜ、棒が差し込まれたのか、わたしたちには分からない。しかし、そのアリたちと同じように、わたしたちの生活も家も、ひっくりかえって大騒ぎになっている。そのことが、戦争というものがどういうものかを如実に語っているのだ。いくつかの失態や混乱、それに、自分がしていることの意味も分からずにする行動、戦争とは、そういうものだ。ずっと後になってから、運が良ければ、だれかがやってきて、起こったことをなるほどと思えるように書いてくれ、その話を歴史と呼べるものにしてくれるだろう。

このようなことをわたしごときものが書くべきではないと思っている。どうして子持ちの男が、法を犯してまで、無責任になれるだろうか？　しかし、わたしの深層にあるものがこう言っている。なにが起ころうとも、書け。

だから、わたしは書き続ける。家には、床板のしたに、こうしたノートを数冊入れておくことができるほどの小さなスペースがある。その床板には、絨毯が敷かれていて、そこに据えられたテーブルのうえには、書いた作品などが常に置かれている。アンナは、わたしの仕事の邪魔をしようなど夢にも思っていない。

　空襲警報のサイレンを数回耳にしたが、爆撃は今のところない。だれもが、ロンドンのことについて語っている。ドイツ軍が、空中砲撃を加えているというのだ。わたしたちも、同じ目に遭うのだろうか？　阻塞気球が上がっており、いたるところに、訓練を積んだ消防団があり、アパートのある区域では、子どもが屋上にいて、焼夷弾などにかぶせて消すために、砂の入ったバケツをもって警戒している。アンナの名前が、わたしたちの棟の火災監視人として、輪番表に載っている。アンナを止めるものはなにもない。食料を求めて、町じゅうを走り回った挙句、戻ってからも、指示書どおりに、窓という窓に短冊に切った紙片を十字に貼る作業に取りかかる。それだからといって、部屋が、かならずしも陰気になってしまうわけではない。ただ、部屋の明るさは、まったく六月の昼間の光らしくないものになってしまう。

　アンナとコーリャは、急襲に備えて服を着て寝ているが、わたしは、まだ着替えをしている。わたしは、とにかく不眠がちだ——それなのに、どうして、これ以上事態を悪くさせることがあろうか？　空襲があったとしても、だれがこのミハイール・イリイチの継ぎの当たったチョッキに目をくれようとするだろうか？　わたしたちは、命令されたとおりのやり方で、一目散に防空壕へと避難しなければならないだろう。しかし、防空壕には、じゅうぶんなスペースがない。だから、わたしは、わざわざそんなところに行こうとは思わない。

　まだ、何も起こってはいない。わたしたちはみな、ただ待っているだけだ。ロンドンでもこんな様子だったのだろうか？　レニングラードは、いまなお、夏の凪《な》ぎという普段の平穏な海にゆったりと漂っている。いまのうちは、いつでも、いくつかの公園で、バンドが演奏を始めるだろう、アイスクリーム売りの少女が姿を見せるだろう、それに、だれもが、水浴やボートこぎや森にベリー摘みに出かけることについて話し始めるだろう。それでも、いまはまだ、そんな日常的なことも現実味があるように思われる。戦争など、努力すれば、すぐに覚める夢のようなものなのだ。

　今朝、五時に散歩に出かけ、堤防沿いに歩いて、ネフスキー大通りを行った。数時間歩いたと思ったが、空腹も疲れも感じなかった。疲れていたら、お茶一滴でものどを通らなかっただろう。それほどひたすら歩いていたのだ。とてもことばでは表せそうにないが、どうしても、このことを書かなければならない。しかし、書いてしまったとたんに、あの高揚した状態が、すべて陳腐なものになってしまう。それは、たとえば、恋をしているものが、自分の恋のことを書くことほど鼻につくものはないのと同じようなものだ。ひとは、経験の内側にとらわれていないで、経験の外側にいる必要がある。

しかし、これは、わたしの散歩中に起きたことなのだ。あの究極の数年が、いきなり訪れてきた。わたしは、わたしたちの市レニングラードだけを見ていた。つねに存在し、そして、これからもいつも存在する、わたしたちの市だ。以前と同じように美しかったが、もはや、かっこよくもなく、誇らしくもない市だった。市は、わたしたちを粉砕するというよりも、わたしたちが市を守るように、と要求しているように思われた。まるで、市が一晩、ネヴァ川の水におのが身を浸し、それからふたたび、何も身につけず無防備な姿で、水を滴らせながら、立ち上がったかのように、あらゆるものが、生まれたばかりのように見えた。知っての通り、わたしがつくった傑作のすべては、骨格を備えている。しかし、わたしも人間なのだよと言っているかのようだ。カザン大聖堂の円柱さえ、もはや、逃げようと四散する人間のアリをいまにも押しつぶそうとする象の脚のようには見えなかった。

わたしは、ゆるやかなローブを纏《まと》った帝政ロシアの軍人ミハイール・クツーゾフの銅像を見ながら、ながいあいだ、そこに立っていた。まさに撃退しようとするナポレオン軍を、いまもなお剣で指すクツーゾフの姿がそこにあった。そして、じっさいに、クツーゾフは、ナポレオン軍を撃退した。クツーゾフは、おのが役を果たした。ロシアを救った。そのことは、動かしがたい事実で、議論の余地はない。クツーゾフ、それに、飢餓将軍と冬将軍も加わっていた。

その場にいたのは、わたしたちふたりだけだった。わたしとクツーゾフのふたり。クツーゾフ、きみには、とても結構なことだとわたしは思った。大声で何か言ったかもしれない。きみは、石だ。歴史のなかでは、きみは安泰だ。しかし、わたしたちは、まだ肉体を備えており、わけのわからない現在に閉じ込められ、予知できない未来へと押しやられているのだ。時代はおびえ、わたしたちも同じだ。人間の血の匂いがどんなものかを忘れることができさえすれば、どんなにいいだろう。あの血の熱さと悪臭を忘れられたら、と思う。そして、それからしばらくすると、血は地面のなかにしみこんで沈んでしまうので、変化して鉄の匂いを放ち始める。きみは、その一部始終を知っていたのではなかったかね。クッーゾフ？　きみは、農夫のように、耕した土のなかに、あの血を流した人びとを埋めたのだ。

　ナポレオンの軍隊に代わって、こんどは、ドイツ軍と対峙しなければならない。こんどは、混迷を増すだろう。どんな結果になるか、だれにも分からない。たぶん、きみには、分かっているんだろうがね。クッーゾフ。だから、たぶん、いまでもそうやって剣を突き出しているんだろう。

　わたしは、もしかしたら、クッーゾフに向かって、こう叫びたかったのだろう。これから、いったい、何が起ころうとしているのだ、同志陸軍元帥？　黄《よ》泉《み》の国にいるきみには、分かっているんだろ？　いまでも、わたしたちを守ってくれているんだろ？　いつも、わたしたちのそばにいてくれるんだろ！

　わたしの叫びを聞いたら、おそらく、あの石の口が動いていただろうと思う。

　だが、どこか別の場所に運び去られたくなければ、何も言わないがいい。ドイツの侵攻などには目もくれない「黒いカラスども」が、まだ街なかに姿を見せているからだ。警察の仕事は、いつも通り継続している。だから、ヴァンに押し込められれば、二度と娑婆には出られはしないのだ。

　それでも、やはり、わたしは、笑みを浮かべて歩き続けたいという気になった。きみもわたしと同じことを考えているんじゃないかい、えっ、クッーゾフ？　一歩踏み進むたびに、わたしは、さらに百歩進む力が湧いてくるような、そんな気持ちになった。

　たしかに、こういう言い草は、すべて、大げさに過ぎるのだと思う。結局は、わたしは家に戻って、娘のアンナに、義務感から、人民の義勇軍が守るルーガ防御線に関する報告書を作成することに、わたしは心を決めた、と伝えたのだ。出版できないような小説書きの老人でも、戦車壕を掘ることぐらいはできる。ルーガ防御線とは、わたしたちが、敵の進軍を押しどどめようとしている場所だ。川の名前が、このように、唐突に、防御線に付けられるなんておかしなことだ。ルーガ防御線、とおたがいに、うなずきながら、ずっと前から知っているといった言い方をする。そこは、わたしたちが、敵を食い止める場所なのだ。

しかし、わたしは、いまもなお、とても上機嫌だ。いまも、明けがたのわが市を散歩しているような気分でいる。この市は、依然として、美しく、そして、生まれたままの姿で、わたしに守ってくれと求めている。そういう市が目の前にある。わが市よ！――まるで、わたしに何か心当たりがあるようではないか。

前に書いたように、人びとが、微塵の矛盾すら感じることなく、ふたつのまったく相反する信念を抱くことができるということに驚嘆することを禁じえない。いま何が起ころうとも、何はともあれ、ここ数年間の凍結した歳月は、終わったのだ。

アンナは、一キロの塩漬け鱈《たら》と燻製《くんせい》ラードを手に入れた。

7

銅像が、いくつも姿を消しつつある。砂袋をかぶせられるか木製の厚板で覆われるかしている。地下の貯蔵所に運び込まれるか、なにか他のものにカモフラージュされている。ピョートル大帝の馬の銅像は、いまやもう、これまでのように、市を下に、天をつき破るようにして、後足で立ってはいない。ひづめは、かぶせられた砂袋のなかで砂をけり、目隠しされた厚板をけっている。

市全体が、変容しようとしている。そして、市に住む人びとも、市とともに変容しようとしている。つるはしや鋤を運んだり、塹壕掘り用の道具類を担いだり、汗と埃で顔を汚したり、靴を泥だらけにしたりしているのだ。人びとは、市の防衛に役立てようと、電車も汽車も市の外に出してしまった。人びとは、乾草のなかで眠り、小枝のたき火で、お茶のための湯を沸かし、ぼろ切れで水膨れになった都会の市民の手に包帯する。学生、児童生徒、それに老人たちが、みなここに集まって、生きながらえるために、土を掘っている。

ここは、ルーガ防御線だ。ここ以上にすばらしい場所は、想像できない。川があり、森があり、村があり、それほど奥行きのない丘がある。森は、馥郁《ふくいく》たる松の樹脂の香りを漂わせている。その香りは、レニングラード市民が、夏、郊外にピクニックに出かけるときに、いつも親しんでいるものだ。いくつかの小さな家があるが、いまは空き家だ。本来なら、母親の脚にしがみついて、夏、ブルーベリー摘みにやってくる人びとをのぞき見する子どもたちが、そこにいるはずなのだ。見るがいい。ここは、そんな素晴らしい場所なのだ！　そういえば、あの欅《けやき》の林の向こう側で、去年、サーシャが、バケツ一杯のシロオオハラタケを採ってきたのではなかったか？　サーシャ坊やは、バケツの縁からはみ出るほどいっぱい、このマッシュルームを持っていたため、よろめくたびに、バケツからこぼしていた。

もしも、ここで、ドイツ軍の侵攻を食い止められなければ、レニングラードのぎりぎりのはずれまで、雪崩《なだれ》を打って押し寄せてくるだろう。もう、それを阻止するすべはない。植林された平地、小さな丘、それに、村だけになるだろう。

アンナは、土を掘る。祖母がまだ生きていた数年前に、ソコロフ家の田舎屋敷のそばを流れる小川に、ダムを造ったことを覚えている。アンナの母親も、忘れはしない。アンナを助けてくれた人間がいた——だれかって？　ヴァーシャだ。ヴァーシャ・ソコロフは、豚の剛毛のような口髭を生やしていたが、その頃よりもずっと前のことだ。それは、ふたりが友だち同士だった頃のことで、ヴァーシャを学校にやらせないで、日がな一日農場で働かせるヴァーシャの家族を煙に巻いて、ふたりしてよく遊んでいたのだ。

ヴァーシャは、いっしょに遊ぼうと、以前よく家に訪ねてきた。川の流れは、冬の水の重みに押されて、勢いを増していた。水は、裸足のふたりには、氷のように冷たかった。たしか、春先のことだったにちがいない。ふたりは、土と棒きれと石でダムを造っていた。凍てつく水が、足のあいだを勢いよく流れるなかで、どんどん土をダムに塗りつけていた。うつむいたアンナの顔に、前髪が垂れた。ヘアピンが、外れ落ちて、水面ではねて沈んだ。見つけようと、石のあいだをのぞいてみたが、水のなかで、ヘアピンを見つけることが難しいことぐらい、アンナには分かっていた。

「ヴァーシャ！　わたしのヘアピン知らない？」しかし、ヴァーシャには、その声が聞こえなかった。ダムに気を取られていたのだ。

「ほら、ダムが水をせき止めてるよ」とヴァーシャが、叫び声をあげた。ダムの後ろで溜まった水が、膨張し始めていた。「ぼくたち、とうとうやったよ！」もう流れなくなった川をあざけるように、小躍りしながら、叫んだ。しかし、アンナは、ヴァーシャよりも注意して細かいところを見ていた。針ほどの小さな水が、いくつもダムを突き破って流れ出していた。見る見るうちに、塗りつけていた泥が崩れ始めた。

「漏れてるわ！　漏れてるわ、ヴァーシャ！」

どうどうと、水が噴き出した。崩れた裂け目から、渦を巻きながら、水が流れ出た。泥も渦を巻いて、細り、溶けてなくなった。乾いた土をなんども手ですくって、かぶせたが、指のあいだから、流れ去ってしまった。

「急いで、ヴァーシャ、助けて」

泥ばかりでなく、木の棒も動き始めた。水がダムを押し分けて流れてゆくにつれて、ついに石も消えた。水かさが増え、泥水になって、勢いよく流れた。ふたりのダムは、跡形もなくなった。

アンナは、また土を掘り始める。生きるために土を掘っている。しかし、夏の音と匂いのために、アンナの気持ちはずっと混乱したままだ。森鳩たちのあの眠そうな鳴き声が、急に調子を変えれば、かならず、だれかひとが現れて、終わったよ、もう家に帰っても大丈夫だよと言う。手足を伸ばして、よければピクニックに行って、愉快に過ごすがいい。しかし、遠方で、大砲の発砲音が聞こえる。それが、しばらくすると、遠方ではなくなる。穀物のありかを探索する飛行機が数機、畑のうえを飛んでいる。アンナにも、針の頭ほどに小さくても、飛んでいるドイツ空軍のユンカース機を見つけることはできる。

アンナは鋤をぐさりと地中に差し込み、一すくいの石の混じった土を掘り起こし、背後に投げる。そのようにして、また土を掘る。肩甲骨のあいだに激しい痛みがはしる。とつぜん、材木を運搬する作業員のグループのひとりが、怒鳴り声を上げる。「ここから逃げろ、さあ！」叫んでいるのは、アンナにたいしてではない。アンナは鋤を入れ、押しこみ、ひっくり返す。作業員たちは、立木を伐採している。

アンナのシャツは、汗でぐしょぐしょになる。アンナは、手にできた水膨れのひとつが化膿《かのう》するんじゃないか、と心配している。今朝、塩水を水膨れにかけ、ぼろ切れでくるんでおいた。手が水膨れになってヒリヒリしないものは、ひとりもいない。蜂蜜を塗れば、よほど、治りが早い。蜂蜜には、殺菌消毒効果があるからだ。位置を定めて、鋤を入れ、全体重をかけて、掘り起こし、持ち上げる。くり返しくり返し、百回、そして、さらに百回、陽の光が続く限り、夏の日、ひねもす、同じ動作がくり返される。人びとは、きのうは、対戦車陥穽用の溝のうえにいたかと思えば、今日は、塹壕のうえに戻っている。「ご苦労だった。ここでの目標は達成された。引き続き、移動する。つぎは、鉄道の駅の堡塁工事に配属されることになっている。さあ、行くぞ！」

アンナの右側にいた少女カーチャが、園庭の砂場で遊んでいるのをアンナにとがめだてされるのではないかと心配する子どものように、塹壕のなかから、斜面の土を引っ掻きながらあわてて出てこようとする。カーチャは、自分の置かれている状況を悪くして、ひとの注意を喚起することを恐れている。カーチャは、神経質なほどに迅速に命令に服従することが、かえって自分を目立たせていることに自分ではまったく気づいていない。しかし、カーチャは、十五歳だ。若いカーチャに、何を期待できるだろうか？

「だいじょうぶよ、カーティンカ。そんなに、急がなくていいのよ。さあ、こちらへきなさい。お茶を一口飲んで」

「ほんとうに？　あなたのほうが飲みたいんじゃないの？」

「あなたに、あげるのよ」

カーチャは、何も持ってきてはいない。持っているものといえば、自分の身ひとつと、すくなくとも、この数週間、いちども鋤など握ったことのないような小さくてかなりデリケートな手だけだ。カーチャは、生理が始まると、恥じらいで、顔を赤くした。生理に必要なものは、もちろん、持ってきていなかった。それで、アンナは、間に合わせに、ぼろ切れを貸し与え、川で洗って使うよう教えてやった。血は、川のなかで溶けて広がり、澄み切った水と混ざり合って、流れ去った。幸い、この時期の天候のおかげで、洗いものが乾くのは速い。アンナは、毎晩、汗でぐっしょりと重くなった自分のシャツと下着をすすいで、ジャケットだけを身につけて寝る。

カーチャは、冷たいお茶を少しずつ丁寧に飲む。

「さあ、飲んで。もう少しいかが？　お砂糖を入れたら、力がつくわよ」

しかし、アルカディ・コンスタンティノヴィチは、このところ、血を探し求めている。

「おまえたちは、ティー・パーティでもしてるつもりか？」と罵倒する。「いいか、尻をこちらに向けろ！

整列だ」

　みんなは、よろめきながら、荒れた土地を移動する。駅までは、数キロの道のりだ。しかし、いまは、すくなくとも、掘る作業はない。配置転換は、休憩と同じくらいいいものだ。鋤を肩に掛けると、こんどは、別の筋肉が痛む。

　ティー・パーティなんかじゃない……アンナは、独り言を言いながら、カーチャ、そして、その後ろのエヴゲーニア、そして、重い足取りで歩く、そのふたりに続いて並んで歩いている人びとに目をやる。みな、靴は泥だらけで、手には、ぼろの包帯をまいている。筋となった泥と汗が、日に焼けた顔を汚している。髪は、スカーフのなかに巻き込んだり、編んだり、邪魔にならないように、ピンで留めたりしている。行列が木々の下を進むと、人びとのうえに、まだらの影を落とす。樅の木の木陰のなかを進むにつれて、エヴゲーニアの赤毛が、ぱっと光ったり、すっと暗くなったりする。赤毛をよくよく見ると、赤にもいろいろな異なった色があることに気づく。さび色、赤銅色、暗赤色。エヴゲーニアは、袖をたくしあげて、いかにも強そうに見え、クリーム色の腕に陽があたって光が跳ね、そばかすのように見える。働いているときのエヴゲーニアの強靭さと体軀は、優美さを帯びている。割り当てられた塹壕の区画を掘る速さにかけて、エヴゲーニアにかなうものは、ひとりもいない。急ぐこともしないし、うんうんと唸って努力するというわけでもない。唯一可能な塹壕掘削法は、こうするものだと言わんばかりだ。自分たちに目を向けさせて、ひとからの歓心を得ようとする人たちがいるかと思えば、一方で、チョークで黒板にキーと金切り声のような音をたてる効果をひとに与える人たち――カーチャのように――がいるのは、なぜなのだろうか？

　エヴゲーニアとはちがって、カーチャは可愛らしい。小さな顔のカーチャを見ると、髪を編んだり、カールしたりしないわけにはいかない。埃や疲労には、あまり耐えられないような年頃の美少女の顔だ。目にはおびえがある。砲火の音を耳にすると、からだがこわばる。敵機を怖がっている。この場所に来る途中、最初に目にしたものは、カーチャと同年代の女の子だった。女の子は、いくつもの弾丸で、地面に縫い付けられているようにして横たわっていた。そのような光景を目の当たりにすることは、何も不思議なことではない。カーチャは、これまで、他の人たちと女の子の亡骸を、溝に移すようなことをした経験はなかった。「みんなは、女の子をそこにほったらかしにしたの」とカーチャは、アンナに言った。

「その女の子に、何かかけてやることもしなかったわ。そのまま、列を崩さずに通り過ぎて行ったの」

「それでいいのよ、カーティンカ」とアンナは、なだめるように言う。「敵は、何マイルも遠くへ行ってしまったわ。エンジン音は、聞き分けられるでしょ？」

カーチャは、アンナに憐憫と感謝のこもった笑顔を向ける。すくなくとも、カーチャを勇気づけることとは、恐怖を与えることと同じくらい容易なことだ。本来なら、今頃は、ごくふつうの女の子のように、自分の外見を気にしながら、学校に通っているはずだ。カーチャは、そうしないで、ここにいる。鋤を握れる人もいれば、握れない人も大勢いるこのレニングラードの全市民たちと、ここにいる。総勢何千人の市民がいるか、神のみぞ知るだ。ひとは、とかく、自分の置かれた状況しか目に入らないものだが、ここには、何千人ものアンナやカーチャやエヴゲーニアがいて、ルーガ防御線をより長くしようとしていることに疑いの余地はない。

万事が、急速にいつもの状態になっている。夜明けとともに起き、にわか作りに掘られた便所に列を作るのも、いつものことだ。そして、隣の穴でだれが放尿しているかなど、全然気にはしない。川の水で、ざぶざぶと顔を洗い、パンを二枚むさぼるように食べて、よろめきながら仕事に向かうのも、いつもと変わらない。疲れて目がかすんでいる。背中がひりひりと痛む。腕もじんじんとする。肩の筋肉からは、灼けるような痛みが消えない。ただひたすら、進み続けること。そうすれば、やがて、からだが温まる。それが、痛みと凝《こ》りの対処方法だ、とエヴゲーニアは言う。とにかく、このやり方を押し通すことだ。ひたすら、掘る作業を続け、その作業について考えるいとまを自分自身に与えないことだ。

飛行機の音を耳にしたら、取るものも取りあえず、まず、避難場所を求めて走ることが、常にすることだ。溝のなかで、手脚を伸ばして横たえられて、敏捷に動くことが出来ない者はいないか、確かめるのも、常にすることだ。そういう連中は、溝の奥に、避難場所を探しているかのように、じっと横たわっている。溝から拾い上げてやると、妙に温かい手脚は、力なく垂れ、頭部も顔を仰向けにして垂れ下がる。

いまここには、二つの現実がある。夜の深い闇のなかで、夏の木々が茂り、何かに驚いた鳥たちが、急に飛び立ち、スイカズラの香りが、あたりに立ちこめている。これは、昔ながらの現実で、手になじんだ紅茶茶碗の取っ手のように、滑らかで違和感がない。さらに、時間単位の掘る作業、それに、稲妻のような秒単位の閃光と同じくらい鋭く襲ってくる恐怖感、このふたつからなる新たな現実がここにある。閃光は、人影を見つけようとしている。何もない夏の畑に、温かい血の流れる肉体を捜索しているのだ。

最初に飛行機が襲来したとき、「わたしたち、ここで、みんな死んじゃうのよ！」とカーチャが叫んで、まるで、いままで、自分にはそんなことは一度も起きたことがなかったかのように、恐ろしさで目を見開いた。だれかが、このわたしを、カーティンカを殺そうとしているわ。物理と化学で最高点を取ったのに。お医者さんになるという夢があるのに。夏のダンス・パーティに着る真新しい服が、ゴスティヌイ・ドゥヴォルで待っているというのに。

「その通り」とエヴゲーニアが、いやみっぽい調子で声を上げた。「だけどさ、そんなこと言うの、恥ずかしいことじゃない？」と言って、スコップで土をすくい続けた。

一行が、鉄道の駅に着くと、すぐに隊列を解いて、作業に取り掛かる。アンナは、駅のアプローチに対戦車陥穽用の溝を掘る作業グループに割り当てられる。まず最初に、がれきを除去し、仕切り壁を崩さなければならない。眼鏡をかけ、半白の髪をした年配の女性が、つるはしを振り上げて、壁の側面に打ち込みながら、朗々と歌い始める。

そうして　その男は　熟慮の末　こう言った
ここから　スウェーデン人を脅してやる
きっと　ここに　町を興《おこ》してやる
傲慢な隣国の奴らをなじる町を……

「残念ながら　こんどは　スウェーデン人ではない」とだれかが口をはさんだ。「このファシストのならず者たちにも劣る奴らさ」

「この歌をぶっこわすようなことはするな！　続けさせろ」とほかに叫ぶ声が上がる。

自然の女神は　われわれに　宿命を与えられた
この地で　奴らを食い止め　足場を固め
海辺に　しっかと立つ運命を……

「ただね、うちの窓がぶっこわされてしまってるの。それで、雨が吹き込んでるのよ」とエヴゲーニアは、アンナの耳元で文句を言う。しかし、歌が繰り返されるにつれて、エヴゲーニアは以前にも増して、仕事に精を出して、赤毛の頭から汗を滴らせ、シャツを汚している。エヴゲーニアの傍で仕事をしていると、エヴゲーニアの狐のようなきつい臭気が、アンナの鼻を突く。その臭いは、森か、そのような場所で嗅いだことがあるような気がする。

列車が、今でもこの場所から出ていて、危険地帯からは外れる北東方面へ、疎開者たちを運搬している。ひと群れの子どもたちが、まとめられて、客車の四隅にやられ、窓を背にして、ぎゅうぎゅう詰めに詰め込まれている。六月の末には、安全のために、疎開していた人たちが、いまふたたび、レニングラードへ戻されている。だが、結局のところ、ドイツ軍が進軍してくるその道に、疎開するに等しいのだ。子どもたちは、この時期の天候にしては、あまりに厚すぎるくらい、重ね着をしている。初めて疎開する子どもたちのために、母親が気遣ってそうさせたにちがいない。だから、着るものといえば、すべて、冬物ばかりなのだ。泣き叫ぶものはほとんどいない。子どもたちは、呆然として、命じられるままに、列車に乗せられ、小柄な子どもたちは、大柄な子どもたちに顔を押しつけるようにして、出発を待っている。アンナは、そのひとりひとりの顔を、調べるようにして、眺めている。おそらく、すぐにも、保育園の園児を見つけることだろう。だが、たとえ、ほんのわずかな偶然が働いて、アンナが見つけたとしても、子どもが、アンナに気づかなければ、そのほうがいい。親しい者に目を向けたが最後、またまた、引き離されてしまうことが、恐ろしいのだ。子どもたちは、すでに二重に引き離されているのに、アンナには、まったくなすすべがない。

「かわいそうなおチビさんたち」とエヴゲーニアが言う。「あなたには、子どもがいるの?」

「わたし? いまはいないけど、以前、子どもがいて、母が面倒を見ていたの。いまは、その子は、わたしの母が、自分の母親だと思っているわ。わたしの言うこと、あなたに分かるかしら。だから、わたしのほうからは、何も口出ししないの。もし口出しでもしたら、その子に動揺をあたえるかもしれないわ。あなたはどうなの?」

「わたしには、弟のコーリャがいるわ」

「あなたのお母さんは亡くなられたのでしょ?」

「そうよ。弟を産んで、死んだの」

「それで、あなたが育てているのね。わたし、きっと弟さんはあなたをお母さんだと思っていると思うわ。大切なのは、子どもたちといっしょに、いつもそばにいて、じっと離れないでいる人なのよ」

「あの、エヴゲーニア、わたしたち、わたしたちの母親のことを話しているのね」

「その通りよ。でも、話すことって、いくらしてもし過ぎるということないでしょ？　ところで、弟さんはいまどこにいらっしゃるの？」

「ピョートルの市に戻ってるわ。友だちが面倒を見てくれてるの」

「なら大丈夫ね。あなた、学生なの？」

「違うわ。わたし、保育園で助手をしてるの」

「わたし、あなたをすっかり学生だと思っていたわ。あなたには、どこか学生らしい雰囲気が感じられるの。あっ、気をつけて、レンガが崩れて落ちてきてるわよ」

レンガ造りの仕切り壁が外側に膨らみ、一気に崩れ落ちる。居合わせた人びと皆が跳び退く。カーチャだけは例外で、いつものように、ボーッとして、夢うつつの状態でいる。

「カーチャ！　そこから退《ど》いてよけなさい！」

カーチャは、まだ気づいていない。仕切り壁が後ろから雪崩れかかっているのに、ぼんやりとした様子で、まばたきをして微笑んでいる。壁のほんのわずかな一部なのに、カーチャの近くに崩れ落ちてくるときには、じゅうぶん大きく重いものになっている。波のように連なったレンガが、カーチャのからだを地面に打ち倒す。二つ目のレンガの波が、カーチャの首のうしろ、頭、そして、倒れたカーチャのうえに、雨のように降り注ぐ。

「あっ、大変」

「早く助け出して」

素早く、死に物狂いで、人びとの手が動いて、カーチャのからだから、レンガを取り除く。人びとは、血とレンガの埃にまみれたものもろともに、カーチャのからだを傷つけずに、できるだけそっと引きずり出す。人びとは、目に映る光景を、頭では理解できないでいる。カーチャは、以前にも、ここに来たことがあるし、この仕事は、二度目のはずだ――なのに、カーチャは、危険な物音に、なぜ耳を傾けることをしなかったのか？

いまや、カーチャの耳にはなにも聞こえない。右耳から一筋の血が滲み出ている。顔は、青味がかった灰色になっている。エヴゲーニアは、からだを曲げてカーチャにかぶさっている。

「カーチャは、逝ってしまったわ」

「逝くって？」

「死んでるの」

人びとは、カーチャの遺体を、駅の待合室のかげに運び込んでいる。

「どこか、子どもたちの見えないところへ」とエヴゲーニアが声を上げる。だれかがなかに入り、カーテンを持ち出してきて、カーチャのからだを包み込む。カーテンは、換気の悪い部屋独特の黴《かび》と埃のむっとした臭いがする。

「だれか、アルカディ・コンスタンティノヴィチに伝えたほうがいい」

「それよりも、崩れかけた残りの壁を引き倒すほうが先だ。夜にならないうちに、対戦車陥穽用の溝を掘り終えなければならないんだ」

あなたのことを考えなかったわけではないのよ――

カーティンカ、本来なら、あなたは、ゴスティヌイ・ドゥヴォルにいて、新しいドレスを試着してみて、眉間にしわを寄せ、肩に羽織って、これ似合うかしらと言っているはずなのに、あなたは、いまこうして、カーテンのしたで眠っている――

そういうあなたのために、何も感じていないわけじゃないのよ。それに、もし、あのときあなたが、まだ、生きていたとしたら、わたしたち、あなたのために、何もしなかったなんてことないのよ。あなたを助けることができたはずよ――

陽の光が、待合室の角をぐるりと回って、厚いカーテンに包まれたものに触れている。衆人の目にさらされた、かなり白く、かなりデリケートな指先のうえで、陽の光が戯れている。わたしたちは、カーチャを、カーテンのなかに、それほどきつく包み込むようなことはしなかった。その場所のすぐそばから、悲鳴に似た汽車の警笛が、まるで残された時間がもうないかのように、狂ったように鳴るのが聞こえてくる。すると、列車が激しく振動し、車輪がゆっくりと回転し始めるのに合わせて、列車に乗っている子どもたちが、声を上げて泣き始める。駅に馴染みのこの小さなものは、だんだん速度を増して、人びとから遠のいて行く。

でも、わたしたちは、このまま対戦車陥穽用の溝を掘り続けなければならないの。そのことを、カーチャ、あなたは、よく分かっているわよね?

8

暗い。ぎゅうぎゅう詰めの納屋《なや》は、女の臭いがする。肌の臭い、汗の臭い、血の臭い、汚れた衣服の臭い、腫れて膨れた足の臭い。作業をして流した汗のくどい臭気がする。だが、それよりもきつくて刺激性のある、不快な恐怖という悪臭がするのだ。

ハリケーン灯油ランプの光が射して、いくつかの影を落とし、その影が、伸びたり、広がったりしている。土を掘りながら眠ってしまわないように、人びとは、二時間か、三時間ぐらいは、睡眠をとるようにしている。

ひもじい思いをしない者は、ひとりもいない。空き腹に、乾燥マッシュルーム入りのキャベツスープ一杯が入れば、体は温まり、その味も絶品だ。しかし、満腹感は、長続きしない。キャベツを食べ過ぎると、便意を催す。人影が、つぎつぎに、納屋から身をかわすように出てきて、樹間の陰でしゃがみ、身をよじって排便する。「このズボンに、何も飛び散らないことを願うだけだわ。今晩は、そんな洗い物のできる余裕など、あるはずないんだから」

今夕、やってくるはずのヴァンは現れず、配給はなかった。きのうは、四台の軍用トラックが砲撃された、とだれかが言った。夏の緑色と黄金色の大地が、変化しつつある。にわか造りの堡塁から、掘ったばかりの土の臭いがする。欅の木が伐採されると、内部の薄黄色の樹肉が震え、樹液の匂いが漂う。いま、その匂いがしている。軍用トラックと戦車が、ルーガ防御線まで、地面をえぐるようにして、道を突き進んできている。通ったあとの畑地は、めちゃくちゃにかき乱され、跡形もない。そこには、次の年に備えて、十分に成長してしまわないうちに収穫した食糧が、埋めてあったのだ。ドイツ軍の最前線が、間近に迫ってきているが、それが、どれほど切迫しているのかは、だれも知らない。ルーガ防御線は、もう持ちこたえられないだろうといううわさも流れている。決壊ぎりぎりまできている堤防のように、防御線がたわんでいる。機動力を備えたドイツ陸軍機甲部隊には、いかなるものも粉砕突破する能力がある。

どうか、敵の攻撃が、ルーガ防御線全域にわたることがありませんように。ぜったいに、そんなことは、起こるはずがない。何はともあれ、わたしたちには、戦車だって大砲だってある。それに、この堡塁がある。万単位の人間が、立ち上がることができなくなるまで、懸命に掘り続けている。それから、赤軍がいるし、市民からなる志願兵もいる。それにしても、市民からなる志願兵が、六人につき一丁のライフルしか与えられていないとは、どういうことか？　そんないい加減なことでいいのか？　まったく話にならない。わたしの知っている、あのピョートルも衛生課の仲間たちと、そこの防御線に出ている。もし、十分な数のライフルが用意できなければ、ピョートルたちを連れて行くって、わたしに言わないで。

「何でも、すぐに、信じてしまうような人たちもいるのよ」とエヴゲーニアがアンナの耳に囁く。


ファシストたちの侵攻を食い止めるものはなさそうだ。わたしの見る限り、ファシストたちは、人間ではない。どんなに多くの者が銃撃されようとも、それをこえる数の者たちがいて、先を争うようにして、わが国土に侵入し、まるで子どもたちが造った砂の城のように、堡塁を呑み尽くしてしまう。一分まえには、しっかりと持ちこたえていた堡塁が、それから一分もたたないうちに、粉砕され、見る影もない状態にされる。いったいどこにその堡塁があったのかさえ、判らなくなってしまう。


奴らは、今晩、近くで集中砲撃をしている。

「あの砲撃は、近いの？」

「雷みたいに、光ってから音が聞こえるまでの時間を数えたら、どれぐらいの距離か分かるわ」

「ばか言わないで。そんなことで分かりっこないわ」

「あらっ、いまのは近かったわ」

「さあ、みんな、いらっしゃい」とエヴゲーニアが言う。

「みんなは、そう思わなくても、わたしには、睡眠が必要なの。こんなふうに、みんな毛布を頭にぐるぐる巻きつけるのよ。しっかりとね。それから、お母さんがしていたように、両耳をたたむようにして、毛布をくるむの──そうすれば、すぐに眠りに落ちるわ」

「落ちるんだってさ。この納屋のうえに、何かが落ちてくるんだよ」

エヴゲーニアは、憤慨して、きりっと反身になる。

「まったく話にならないわ」

本能的に、みんなは、口をつぐんで、おたがい顔を見合わせる。そんな敗北論者みたいに弱気なことを言って、どうするの？　わたしたちは、いつも変わらず、精いっぱい、懸命な努力をしているのよ、とアンナは思っている。

「敵が、この納屋に砲弾を落としたって、大丈夫よ」とエヴゲーニアは続けて言う。「頭に毛布をぐるぐる巻いておけばいいのよ。大切なのは、正しい対応のしかたをするってことだけよ」

アンナは、はっと息をのむ。エヴゲーニアは、本気で、あのような突拍子もないもの言いをするつもりだったのだろうか？　こんなときに、冗談を言うことなど最悪だということは、だれもがよく知っている。性悪な人間が小耳にいれる冗談ほど、ひとを速く消し去るものはない。あるいは、性悪な人間ではないが、園庭でみんなといっしょに遊んでいて、周囲のひとからは信用されているのに、保育士たちに取り入って親しくなろうとしている園児のように、当局に密告しないではいられない者だってそうだ。「先生、さっきエヴゲーニアが何て言ったと思う？」

「ただ、頭にぐるぐる毛布を巻いて、あとは、いつものように、わたしたちの世話をしてくれている偉い人たちに任せておけばいいのよ。そうすれば、すぐに眠れるわ」とエヴゲーニアは、みんなに聞こえるように言う。「ちょうど、赤ちゃんみたいにね。心配することは、何もないわ」静謐にして、高潔な愚鈍の表情が、エヴゲーニアの顔の広々とした平面を覆うように、広がっている。エヴゲーニアは、駅の待合室から外してきたカーテンの布と藁とでこしらえた枕に、握り締めたげんこをくらわせる。もちろん、それはカーチャの遺体を包んだあのカーテンとは別のカーテンだ――しかし、いまはそんなことは考えない方がいい。

「アンナ、ここへいらっしゃいよ。この枕だったら、ふたりは寝られるわ。あなたの毛布をここへ持ってきて。これぐらいの贅沢はいいでしょ。これぐらいはね」

贅沢。エヴゲーニアの豊かな赤毛の匂い。寝ようとして背を向け、片方の肩にまとめて回したエヴゲーニアのお下げ髪のくすぐったさ。弓なりに曲げ、決然と眠りについているエヴゲーニアの、大きくがっしりしたからだ。エヴゲーニアは、目を覚ましたまま横になって、砲撃の閃光の数を数えるようなことはしない。そんなことをして、ドイツ軍の侵攻を食い止めることができるだろうか？　要は、できるだけ休息をとって、朝になって、ふたたび、帆をいっぱいに張って船出する準備を整えることだ。

そう、エヴゲーニアは、熟睡している。小さないびきをかき、鼻声で寝言を言い、片方の腕をアンナのからだのうえに載せている。温かく重いとアンナは感じる。なぜか、その感触が、とても心地よい。ちょうど、難問をすらすらと解いたときの気持ちに似ている。そうしていると、夜と恐怖とが、溶解するように消えてしまう。アンナは、エヴゲーニアの柔らかくて温かい肌に、自分の肌を重ねることで、気持ちがゆったりとしてくる。それは、だれよりも速く鋤で地面を掘り進むことができる、あのそばかすのある白い腕の肌だ。

エヴゲーニアには、だれにたいしても、このような影響を及ぼす力がある。どういうわけか、作業チームにエヴゲーニアがいれば、ことがうまく運ぶように思われるのだ。エヴゲーニアが言うとおり、だれもが最善を尽くし、できるだけ多く睡眠をとり、結局は、腹痛を起こすほど猛烈なスピードで、キャベツのスープをガブ飲みするような無茶なことをしない限り、ドイツ軍の侵攻を食い止められるだろうと信じさせられるのだ。昨日の配給から取っておいた、あのほんのわずかなパンのひとかけらをよく嚙んで食べ、それから、スープをひと口飲み、それから、もうひとかけらのパンを嚙む。食べ方は、気持ちよく、ゆったりとであって、けっしてガツガツではない。消化するだけの余裕を与えてやらなければならない。ことドイツ軍に関して言えば、頭のなかで、あれこれ想像をたくましくして、実際よりも強力な軍隊だと思うことに無駄な時間を費やすことは、無意味だ。突き詰めれば、機甲部隊であろうとなんであろうと、ドイツ軍だって、人間の集まりに過ぎない。食べて寝て、暖をとらなければならない。しかし、いったん、万事がにっちもさっちもいかない状況になり始めれば、敵が戦車を何台持っているかなど問題ではなくなるだろう。

アンナは、じっと横になったまま、エヴゲーニアの声の調子をまねて考えている。暗闇のなかで、思わず、にっこり微笑む。一時間もすれば、あたりは白んできて、みんな仕事をし始めるだろう。もしかしたら、アンナは一睡もできないかもしれない。普段なら、アンナはそんなことは心配しなかっただろうが、いまは違う。いざとなれば、歩きながら眠ることだってできる。まっすぐ歩かなくても、たいてい、だれかが気づいて、からだを押して、列から逸れないように、列に戻らせてくれる。アンナは、まだいちども、眠りながら土を掘るという芸当を成功させたことはないが、リズムをとって、そのような動作をすれば、たぶん、うまくいくだろうと思っている。

コーリャが、マリーナ・ペトロヴナとなんとかうまくやっていけさえすれば、とアンナは思っている。ものごとは、成り行きによって、なんという不思議な結果を生み出すものだろうか？　ひと月前には、まさか、あのマリーナ・ペトロヴナが、アンナを戦地に赴くのを見送ってくれることになろうとは、とても考えられないことだった。マリーナ・ペトロヴナは、まさにホームと言っても間違いないアンナたちのアパートの戸口に立って、抱いているコーリャを腰のあたりまで持ちあげ、階段の吹抜けにアンナの姿が見えなくなるまで、コーリャが手を振って別れられるようにしてくれた。

夜遅く、入り口のドアをノックする音が聞こえた。それは、ペテルスブルクの夏の夜の青い薄暗がりが、まさに、朝に道を譲ろうとするときだった。アンナは、まだはっきり目覚めていない、どこか心配げな顔をして、よろめくような足取りで、戸口まで行った。

「どなたですか?」

「わたしよ。マリーナ・ペトロヴナよ」

驚愕しながらも、アンナは、微笑むしかなかった。いったい、自分の名前を名乗るまえに、「わたしよ」などと、だれが言うだろうか? アンナは、かんぬきをするすると抜いて、鍵を一回、二回と、きしらせながら回した。マリーナ・ペトロヴナが、包みを抱えて、そこに立っていた。

「入ってもいいかしら?」

「さあ。急いで」

マリーナ・ペトロヴナが、だれにも見られていませんように。気づかれたら、どうなるかしら? どうして、ここに来たのかしら? マリーナ・ペトロヴナは、いま、何を求めているのかしら?

「お父さまは……」とマリーナが言った。

「いまは、おりません。人民の志願兵の方々と出かけてるんです」

ふたりは、おたがいを見つめあった。目の前にいる人物は、難を逃れて、自分の別荘《ダーチャ》に逼塞《ひっそく》し、アンナがその肖像画を描こうとしていた女性ではなかった。そこには、あのときのマリーナとは別のマリーナがいた。アンナに、何か用件を伝えにきたようすだ。

「ごめんなさいね」とマリーナが言った。「わたし、もう行かなければならないの」

「こんな真夜中ですよ。いまは、無理よ。すぐに捕まってしまうわ。跡をつけられていたら、わたしたち、みんな捕まることになるのよ」アンナは、自分が語気を荒げたことは分かっていたが、そんなことは、気にしてはいられなかった。アンナは、現実を軽んじ、事態の推移を甘んじて受け入れることを拒む、さらにもうひとりの人間と、いったいどうしたら、うまく伍してゆくことができただろうか? アンナにとっては、父親のことは、もうたくさんなのだ。あの人たちは、どうしてほんのわずかでも、分別というものを持つことができなかったんだろうか？　アンナが、あの人たちに都合よく、分別を働かすことができるなどと、いったい、どこから、そのような考えをひきだすことができるのか？「どうぞ、お入りになって」とアンナが言った。「それをこちらに」

包みは、ひどく重かった。

「気をつけて。そこにはガラスの壺が入っているの。でも、わたし、来るんじゃなかったわ。知っていたら、来なかったのに。あなたのお父さまが、ここにいらっしゃると思ったの」

電灯の光に照らし出されたマリーナの顔は、生気を失っていた。白髪がめっきり増えているように見えた。

「父は、行ってしまったんです。だれもかれもが、戦地に行ってしまったわ。父は、いまキンギセップのあたりにいると思いますけど、確かじゃないわ。志願兵の増援隊が急募されているんです。ご存じでしょ？」

「ええ、もちろん」

「それに応募して、父は行ったんです。「人民の志願兵」に加わっているんです」アンナは、唐突な訪問に驚愕していることを隠して、声を押し殺したまま、そう言った。アンナの父親は、もっとも戦地に行きそうにない人間だった。

「もちろん、あのひと、自分の意志で行ったんだわ……」マリーナは、まるで、独り言を言うかのように、また、アンナがまったく知らずにいて、マリーナだけが知っていた何層にも蓄積された豊富な知識をひけらかすかのように、毅然として言った。「そういうの、ほんとうに、あのひとらしいわ。ほかにお父さまから何か聞いていない？」

「いいえ、聞いていません。それに、わたし、父には期待していなかったわ。現状がどうなっているとか」

マリーナ・ペトロヴナは、幽霊のように見えた。幽霊の正体はわたしだと言わんばかりに、アパートのまわりにじろじろと目を走らせた。

「それで、わたし、ここに来たの」マリーナは息をついで、「とうとうね……」と言って、一枚の写真を取り出した。

「この写真、ほんとうに、お母さんらしいわ」

「知ってます」

アンナは、その写真を取り上げて、マリーナ・ペトロヴナが、母親に似ている自分の姿を見ることができないように、包みのガラスの壺で自分のからだが隠れるように、マリーナの方にその写真を向けてやりたいと思った。

この女は、何を言いたかったのだろうか？　アンナのなかで、記憶が煙のようによじれて、認めたくないいくつかの人物の姿になった。アンナの母親は、この女の友人になることをけっして望んではいなかった。女同士がお互いのためにできることは何でもしようと、ヴェラが情熱的に信じていたときに、なぜそうだったのか？　ヴェラといっしょに働いていた人たちで、ヴェラに愛情を感じなかった者はひとりもいなかった。女たちが、毎日、配給の列に並んで、昼食時を過ごさなければならなかったことをヴェラは理解していた。同じことを、いまや、アンナが自分でせざるを得なくなっていた。作業が終わったあと、電車に飛び乗り、それから、バスに乗って保育園まで行き、それから、別のバスに乗って帰宅し、それから、すぐに、半日のあいだ引きずりまわしてきた大きな袋のなかから食材を取り出して、夕食の支度をしなければならないだろうということが、アンナには分かっていた。マリーナ・ペトロヴナは、昼食時に、買い物袋を引きずって歩いたことがあるだろうか？　子どもがお腹を空かせてぐずるために、コートを着たままじゃがいもの皮をむいたことがあるだろうか？

　その写真のなかで、アンナの母親は、父親とその女の存在に気づかず、首を傾げて、ちらっとうえを見て笑っていた。まだ、トルマチェヴォの近くの森でピクニックをすることができた頃のことで、幼いアンナは、欅の林のなかに広げたシートのうえに坐っていた。樹影が、アンナの顔にまだら模様を作っていた。母親のサマードレスのしたに隠れている、やがてコーリャになる丸く膨らんだものをアンナは見ていた。その日は、暑かった。ヴェラのくるぶしは、むくんでいた。顔も腫れたようにむくんでいた。手には、殻をむいたばかりのうで玉子を持っていた。きっと、すぐにも、その手をのばして、写真の枠外にいる人間に手渡そうとしているのだろう。バスケットのなかには、紙に包んだひとひねりの塩もあって……

　しかし、マリーナ・ペトロヴナは、こうしたことについては、何も知りはしない。いつだって、この写真を取り出して、好きなだけ眺めていられる。しかし、母のことについては、けっして何も知ることはないだろう。それに、わたしもマリーナに何一つ教えるつもりはない。マリーナは、何のためにここにいるのかしら？　わたしたちに何を求めているのかしら？

「いま、ヴェラがこういうことを知らなくて、ほんとうによかったわね」

「そんなことないわ」アンナは、写真のなかで、夏の安らぎに浸って微笑んでいる母親の姿をじっと見つめた。あとの処理一切をわたしに任せたまま、お母さん、あなたは死んでしまったのね。コーリャにあなたの写真を見せて、「これ、あなたのお母さんよ」と言うと、コーリャは、そんなもの見たくないよというそぶりを見せて、うんざりといった声音で、ただ、「ぼく、知ってるよ」と言うなり、駆けて遊びに行ってしまうの。でも、あなたが、死ぬつもりは毛頭なかったこと、わたしには分かっているんですよ。あなたは、思いもよらなかった死に、我慢ならなかったのね。

「アンナ。あなたにお願いしたいことがあるの」とマリーナ・ペトロヴナが言う。「どうしてもお願いしたいの。でも、できなければ、断ってくださってもいいのよ。だからといって、あなたのことを悪く思ったりしないわ」

マリーナは、まるで涙を払うかのようにまばたきをした。その目は、光を帯びていた。マリーナは、いまでは、笑うと、ほりの深い皺がより、電灯の下では、髪の毛の粗さと白髪が目立つものの、まだまだ美しすぎるといってもいいほど美しかった。マリーナ・ペトロヴナは、たしか、女優だったはず。だから、ひと部屋まるまる占有してしまうほどの感情を放出することなどお手のものだった。そのような押しの強いひとと同居するということがどんなものか想像もつくというものだ。どんなに窮屈な思いをすることか。うっかりすると、そのために居場所を奪われて、追い出されてしまうだろう。そういうときに、ひとがどう感じようとも、アンナが感じることに比べれば、さほど重要ではないだろう。おそらく、そういうわけで、マリーナは、ヴェラとの友情が壊れてしまったとき、何度も友情の押し売りをすることでヴェラをいため続けたのだろう。

「あなたはここにいらっしゃりたいのね」とアンナが言った。

「ええ。一両日のあいだだけね。別荘を出なければならなくなったの。部屋を提供してくれる友だちもいるんだけど、そのかたの子どもたちが疎開するまで待たなければならないの。水曜日になるはずなの。ドイツ軍が侵入してくると、わたし独り取り残されるでしょ。それまでに、市に入っていたいと思ったの」

いらついているアンナに、感情を交えず、事務的な口調でマリーナが言った。

「ドイツ軍は、あなたの別荘までは行かないと思うわ。レニングラードに近いあの場所までは行けるはずないわ」

マリーナは微笑んだ。それは、コーリャが、乱暴で、子どもっぽい独りよがりな口のきき方をするとき、アンナがよくする微笑み方と酷似していた。結構よ。あなたが大人に協力したくなければ、わたしが、あなたのためになるように、うまくとり繕ってあげるわ。

「わたしの世話をしてくれていたナースは、ムガまで行ってしまったわ。そこに、家族がいるのよ。でも、わたしは、ここの人間なの。このレニングラードが、わたしのいるべき場所なのよ。ですから、ここにわたしを置いていただければ、二日ばかりのあいだですけど──わたし、どこでも眠れるわ。それに、外出は絶対にしないから、あなたを危険にさらすこともないわ。それから、見て──」とマリーナは言って、包みのなかに手を突っ込んだ。「食糧よ。持ってこられるものを全部持ってきたのよ。ほら、蜂蜜よ。さあ、お取りになって」

ダーク・ハニーの瓶詰め二個、ラードの瓶詰め二個、鱒の燻製の脂漬《あぶらづ》け一パック、乾燥マッシュルーム、乾燥チェリー──

「これ、ポークの脂身《あぶらみ》よ。それから、ビルベリー・ジャムは去年のだけど、ビタミンたっぷりよ」

マリーナ・ペトロヴナは、瓶や紙パックをアンナのテーブルのうえに並べた。その顔は、勝ち誇ったように輝きを放っていた。

「運んでこられるだけのものを持ってきたの」

アンナは、口にひりひりと痛みを覚えた。いままで空っぽになった店という店をかけずり回って探し求めていたものがすべて、目の前にあった。チェリーの放つ麝香《じゃこう》の香りがアンナの鼻を刺激した。すでに、アンナは、こころのなかでは、この食糧を仕分けし、蓄《たくわ》える心積もりをしていた。しかし、アンナは、言うべきことばを口にした。

「マリーナ・ペトロヴナ。わたしたちには、これ、受け取れないわ──」

「戦時中に一番ものをいうものは、食糧だってこと、ご存じのはずよ。大切なのは、食糧だけよ。アンナ、これ、全部とっておかなくちゃいけないわ。いまに、必要になってくるわよ。この前のときが、どんなものだったか、あなた、小さくて覚えてないでしょうけどね。それはひどいものだったわ……でも、あのときは、あなた、ほんとうに赤ちゃんだったものね」

「そんなにたくさんのもの、わたし、いただけないわ」とアンナは言った。しかし、アンナ自身は、あきらかにもらいたいと思っていたし、そのことをマリーナ・ペトロヴナも知っていた。そして、たぶん、マリーナ・ペトロヴナは、結局、それほど悪者になるつもりはなかったのだろう。すくなくとも、マリーナは、過去の事態の推移に、すっかり左右されるようなことはなかったので、わざわざ現在の情勢など知ろうとしなかったのだ。

「心配しないでね」とマリーナ・ペトロヴナが言った。「まだ、包みのなかには、食糧が残っているのよ。友人の家に手ぶらでは行けないでしょ。でも、わたし、何も条件をつけるつもりはないのよ、アンナ。わたしがここにいられようといられまいと、この食糧は、あなたとコーリャのためのものよ。そう、あなたのお母さまのためのものなの」

アンナは、マリーナがその最後の一言、自分の母のことを付け加えることをしなかったらよかったのにと思った。しかし、所詮、マリーナは女優なのだ。いつも、セリフの終わりに落ちをつけるくせがある。そのことを忘れないようにすることが肝要だ。そう言って、マリーナ・ペトロヴナは微笑んだ。それは、唐突で、あからさまで、臆病そうな微笑みで、アンナがいままでに見たことのあるどんな顔の表情とも違うものだった。

「もちろん、ここにいらしていいのですよ」ということばが、自分が言うべきことを頭のなかでまとめるまえに、口をついて出た。

ふたりは、滑らかな革製のソファーのうえにベッドをしつらえた。それから、窓際のテーブルに向かって坐り、お茶を飲んだ。そのとき、払暁の光の波が、十文字に貼り付けた紙のあいだから流れるように打ち寄せてきた。

「ありがたいわ。もう共同のアパート住まいじゃないもの」とマリーナ・ペトロヴナが言った。「アンナ、覚えてない？　あのスラトキンの子どもたちが、テーブルのしたを這いまわって遊んでいたでしょ。あなたのお母さまとリディア・マクシモヴナが、ふたりで育児について議論をしていたとき、いたずらして坐っている人たちの足をつねっていたわよね。それに、あの詩人がいたでしょ――何ていう名前だったかしら。行儀の悪いひとで、ちょうど夕食の用意ができるころに、テーブルの端にどっかりと腰をおろして、自分の作った詩を書きつけていたわ。そういうことにたいして、本能的に勘が働くひとだったのよ。スラトキンの子どもたちが、階段の踊り場にしつらえられたお手洗いに、いろんなものを投げ捨ててばかりいたから、何度も、だれかがそれを取り除きに行かなければならなかったの。そんなふうだったのよ。あなたのお母さまのような女性にとっては、とてもあり得ない生活だったわ」

アンナは、母親のことをいろいろ思い出している。そういうアンナは、ちょうど、自分の舌で、虫歯の穴に触れている人間のようだ。

「ああいう生活、わたしいやではなかったわ」とアンナが言った。「すくなくとも、当時はそうだったと思うの」アンナは、ごたごたと、ものがいっぱい置かれている、生暖かい台所、大人が飲むお茶に入れていた角砂糖の味、たまたま居合わせた人びとが、冷たいお茶を入れたグラスを囲んで、何時間も語り合っていたことなどを覚えていた。そこには、子どもたちの頭のうえを、絶えずざわざわと満ち干を繰り返す潮のように、会話が流れていた。その潮のした、テーブルのしたで、アンナとスラトキンの子どもたちは、好き放題に遊んでいた。アンナは、大人たちの脚の森、さまざまな靴、それに、ある女のひとの足が、急に革靴のさやから抜け出て、足指をよじらせていた様子をはっきりと覚えていた。

それから、時が流れ、すべてがすっかり変わってしまった。人びとは、共同生活というものが理想的な生活形態であると思うことを止めてしまった。共同生活は、もうこれ以上よい生活が望めない場合、これしか選択の余地がないといったものに成り下がってしまった。たとえ、なんらかの権勢とか金銭を持っていても、数平方メートルのプライヴァシーの範囲内で、その効用を図るしかないものだった。スラトキン家の人びとは、離れ離れになってしまい、子どもたちは、田舎の祖母のもとにやられてしまった。そうしていなかったら、リディアは、小説を書き終えることができなかっただろう。

「わたし、あの人たちのことは、何年も考えたことなかったわ。スラトキン家の人びとのことよ。いまは、レニングラードにいらっしゃるのかしら」

「リディア・マクシモヴナは、いい仕事をしているわ。レンフィルム映画撮影所で映画のシナリオ・ライターをしてるの。会社の人たちといっしょに疎開させられることになるわ。でも、もちろん、もう何年もあなたのお父さまのそばに近づくようなことはしていないわ。そういうことには、とっても用心深い人よ」

「子どもたちは、どうしているのかしら?」

「あの人には、子どもたちなんていなかったのよ。意外でしょ? あの人、すっかり自己改造をしたのよ。アンナ――あの人は、わたしたちには、反面教師なのよ。残念だけど、わたしたちには、とてもまねできないわ」

アンナは、マリーナ・ペトロヴナに鋭いまなざしを向け、それから、分かったわと言うかわりに、すこし微笑んでみせた。

アンナは、貯蔵戸棚のうしろの人目につかないところに、食糧を全部ていねいにしまい込んでいた。まだだれも、その食糧のいずれにも、コーリャが大好きだった乾燥チェリーにも、触れてはいないだろう。そのとき、夢の一断片のようにはかなくて、すぐにも消えてしまいそうな想念が、アンナの頭に浮かんできた。それはいまでも、恐怖をともなって、頭にこびりついている。アンナの目には、大きく開けたコーリャの口、それに、アンナがていねいに磨いてやった乳歯をのぞかせたピンク色のくちびるが見えていた。とつぜん、コーリャの白い歯は、褐色に、そして、腐りかけた色になった。コーリャは、食べ物を欲しがって口を開けたが、コーリャにやる食べ物はなかった。アンナは、自分がしていることを考えてはいけないと自分自身に言い聞かせながら、翌年の保存のためにと、冬のあいだずっと集めておいた空のガラス瓶をとってきた。そして、マリーナ・ペトロヴナからもらった食糧の前面に、姫垣のようにガラス瓶を並べて、見つからないように隠した。

マリーナ・ペトロヴナは、アンナの家を離れなかった。水曜日になっても、マリーナの友人の子どもたちは疎開しなかった。つぎの護送の機会を待たなければならなかった。子どもたちが疎開していなくなるまでは、友人のアパートには、マリーナのためのスペースはない。アンナは、マリーナが継続的に同居することで、いかなる心理的影響をこうむるかについては目をつむって、マリーナの申し出を受け入れた。戦争がもたらしたもうひとつの副産物として、感情を交えないことにしたのだ。マリーナ・ペトロヴナは、アンナと友だちになりたがっている様子だったが、まだ実現しそうになかった。コーリャは、マリーナ・ペトロヴナが気に入っていた。それは重要なことだった。そのおかげで、アンナは、コーリャに拘束されずに、火災監視の仕事についたり、配給の列に並んだりすることができたからだ。

ちょうどそのころ、志願兵の募集が始まった。その任務は、戦闘ではなく、防御用の堡塁掘りに赴くことだった。十四歳であろうと、十六歳であろうと、お構いなしだった。鋤を握ることができさえすれば、それで足りたのだ。一万人のレニングラード市民が必要とされた。いたるところに、募集のポスターが貼られ、まさにポスターの花盛りだった。「塹壕へ行け！　防御現場へ行け！　祖国を守れ！」生徒たちが長い列をいくつもつくって、登録の順番を待っていた。そのあいだのおしゃべりといったら、数学など学校の宿題のことではなく、対戦車陥穽用の溝や防御工事のことばかりだった。耳に新しいことばが飛び交った。子どもたちがいままで聞いたこともないようなことばが独り歩きしていた。「戦略的防衛。入隊登録。侵略の切迫脅威。危機」

いまや、生徒たちは、手には何も持たず、おそらく、なかにわずかな食糧と、運がよければ、着替えの下着が入ったリュックサックだけを背負って、任地に送られ、こうしたことばがどのような意味を持っているのかを知らされたのだ。

そして、またしても、アウトサイダーとしてのアンナがそこにいた。学生でもなく、もはや、労働者でもない。保育園は、一旦閉じ、再開され、疎開が最近行われたあと、また閉じられた。アンナは、最後になったトイレ掃除を済ませ、テーブルの列のゆがみを直した。しんとした静けさは、休日のようだった。エリザベータ・アントノヴナは、「疎開用役におけるきわめて重要な部署」に召集されていた。その部署は、子どもたちが必要とするものにまったく無知だったアントノヴナよりも、党のしっかりとしたスキルを身につけていたアントノヴナのほうに重きを置いたのだろう。リューバは、そこから姿を消していた。アンナは、日差しがいっぱい降り注ぐ空っぽになった保育園の部屋をさまようようにめぐり歩き、それから園庭に出た。そこには、子どもたちが育てていた向日葵《ひまわり》があって、それぞれが、元気に成長した子どもたちのように、のびのびと生育していた。パヴリク・オルロフスキーは、割り当てられた区画に水遣りをするようにと、エリザベータ・アントノヴナから厳しく講釈されたあとでも、億劫《おっくう》がって、まったくしたことがなかった。幼いヴァースカ・ピスコフは、そのパヴリクの向日葵に押されて、自分が育てた向日葵が小さくなってしまったことを知ったら、どんなにがっかりするだろう。

アンナは、戸締りをして、鍵の引き渡しをし、ふたたびコーリャと出かけて、さまようように歩いた。ふたりは、バルチック駅まで電車に乗った。そこでは、学生たちの群れが、波のように押しよせてうねっていた。交戦中の場所に連れて行ってくれる列車を待っていたのだ。

「ぼくたちも汽車に乗るの？」とコーリャが、アンナの手を引っ張って、訊いた。アンナは、群衆に巻き込まれて見失わないように、コーリャをきつく抱き寄せた。

「乗らないのよ。どこにも行かないの。とにかく、まだよ」

「ぼく、きっと優秀な戦士になれると思うよ」

「でもあの人たちは、戦うつもりはないのよ。防御のための建設工事をするのよ」

「ぼく大人になったら、絶対に戦うんだ。アンナは、どうして戦わないの？」

「わたしには、あなたがいるからよ。あなたのために、そばを離れられないでしょ？」

「ちがうよ。アンナは、保育園の子どもたちのために、子どもたちのそばを離れられないんだ。もしかしたら、みんな迷子になって、戻ってこられなくなるかもしれないからね」

しかし、そうしたコーリャのもの言いは、そんなことは自分の身には起こりっこないといったようすで、屈託のない、機械的なものだった。


そして、それから、とつぜん、それが現実のものとなってしまったのだ。アンナは、行こうと思えば、行くことができた。マリーナ・ペトロヴナは、遠慮もなく、あからさまに自分の考えを口にした。「たったひとりの子どもの面倒を見るのに、わたしたちがふたりともべったりはりついているなんて、ほんとうにばかげているわ。こんなに背中が痛むようでは、わたし、穴掘りもできないわ——いままで、自分のうちの庭でさえ穴掘りなんてしたことがなかったのよ。でもね、あなたが行ったら、わたしがコーリャの面倒を見るわ。コーリャは、わたしとはうまくいっているもの。堡塁作りはなんとかわたしたちでできるわよね。コーリャ？」

「アンナが戻ってくるまでに、できるの？」

「できると思うわ」

なんて薄情なひとたちなの、とアンナは思った。コーリャは、アンナを行かせることをかえって喜んでいた。それは、マリーナ・ペトロヴナが、かわりにここにいて、新聞紙と壁紙用の糊を使って紙張子の「堡塁」をいっしょに作って、コーリャのおもちゃの兵隊たちの大きさにちょうど合ったものにする計画を立ててくれたからだった。ふたりは、その紙張子にカモフラージュの彩色を施そうとしていた。

「でも、あなたたち、ちゃんとできるの？　買い物はどうするの？」

あなたがまだ一人前の人間じゃあないから、そう言うのよ。権利証書ももらってないでしょ。だから、あなたは、ほんとうは、ここに住んでることにはなってないのよ。あなたの分の配給の食糧がもらえないとしたら、わたしたちがもっているものを食べるしかないでしょ。

「そういうこと、みんなうまく片付けてみせるわ」とマリーナ・ペトロヴナが言った。「わたしがこのレニングラードにいるのは、志願の労役についてくれる労働者を募るためなの。わたしは、自分の権利証書を手に入れるつもりよ。いまは、尋常な時代じゃないわ。こういうときには、センナヤ・マーケットに行けば買い物ぐらいできるわよ。わたし、お金は持ってるの」

その通りだわ。ほかでもないあなたのことですもの。万事うまくやってのけることでしょう、とアンナは思った。アンナは、マリーナ・ペトロヴナにたいして相反する二つの気持ちを抱き、そのどちらに信を置くべきか決めかねていた。マリーナは、寛大なひとなのか、あるいは、利己的なひとなのか？　アンナを手玉に取ろうとしているのか、あるいは、援助の手を差し伸べようとしているのか？　マリーナの声音をきくかぎりでは、だれも疑う者はいない。それは、おそらくマリーナが訓練を積んでいたためだろう。マリーナは、女優なのだ。あとになって、いくつかの疑問が、アンナの頭のなかに、虫が這うように、忍び込んできた。このひとは、母がどうしても信用しようとしなかったひとなのだ。あのとき、ヴェラは、マリーナ・ペトロヴナからの手紙の束をテーブルのうえにどさっと置き、そのまま、読みもしないで、アンナの父親に突っ返した。

絵に描きたいとは思ったものの、住まいをともにしたいとは思わなかったマリーナ・ペトロヴナがそこにいた。コーリャは、一週間前には会ったこともなかったその女性に、全幅の信頼を置いて、いま、両腕に抱えられ、アンナに手を振って別れのあいさつをしている。マリーナ・ペトロヴナの勝ちだった。アンナの家庭のなかに、しっかりと場を占めたのだ。マリーナは、まるでそこが自分の家であるかのように、アパートのドアを開け閉めし、買い物を終えると、コーリャに「さあ、そろそろ家に帰りましょ」と言うのだった。

エヴゲーニアの腕の重みが増している。けれども、わたしが動けば、エヴゲーニアの目を覚まさせることになるだろう。エヴゲーニアには、睡眠が必要なのだ。だから、こんなふうに、そっと自分の体を横に向けて、ひとが来て起床を命ずるまで、じっと待つことになるだろう。そのときまで、それほど長い時間が残されてはいないはずだ。

とつぜん、エヴゲーニアがむっくりと身を起こす。すると、酸《す》っぱいが、けっして不快ではないエヴゲーニアの息が、ふっとアンナの顔に吹きかかる。ふんわりと温かくて、つんと鼻にくる赤毛の香りが、ふたりを包み込む。エヴゲーニアの腕は、ただ漫然と、そこに横たわっているわけではない。エヴゲーニアには、亡霊のように、なんども夢のなかに現れる失った恋人か子どもらしきものがいて、その腕が、いま、夢のなかで、その人物を抱え、手でしっかりとつかみ、その人物をエヴゲーニアに思い出させてもいるのだ。けれども、エヴゲーニアの腕の温かさには、亡霊を思わせるものは何もない。ふたりのからだは、すぐ近くにあり、ともに生きていて、死んではいない。本来なら、カーティンカもここにいるはずなのだ。アンナのもう一方の側に横たわっていて、首のところに藁があたって痛いから、わたし、こんなところに寝てはいられないわとか、「先遣隊の工兵たち」のキャンプに行くほうがまだましだわとか文句を言い続けているはずなのだ。カーティンカなら、アンナの白い脚に藁でついた引っ掻き傷がないか調べて、甲高く、腹立たしいといった調子の声で、「これぐらいのこと、あなた、だいじょうぶよね。アンナ!」と言うことだろう。そのような横柄な態度をとるのは、アンナが保育助手にすぎず、これから立派になって党に貢献することが期待されている学生の身分ではないことをよく承知しているからだ。だから、アンナが、藁の使い方や引っ掻き傷の治療の仕方をよく知っていて、まったく不思議はないと思っているのだ。カーティンカの両親は、いたずらに正規の党員になっているわけではなかった。カーティンカには、じゅうぶんな党教育を施している。

カーティンカは、朝、バケツの水に映った自分の顔を見て、にっこり微笑んでえくぼをつくり、いかにも育ちのいい女の子がするように、一方に五十回、もう一方に五十回、その美しい髪をブラシで梳《す》く。そのヘアブラシは、カーティンカが持ち歩くなら、まずこれしかないだろうとだれもが思うような代物だ。

「わたし、髪をちゃんと手入れしなければ、母に殺されてしまうわ。わたしの髪なのに、母は、自分のもののように思っているのよ。長いあいだずっと、母がわたしの髪の世話をしてくれているの」

死んでしまったひとりの人間にまつわる雑然とした想念は、そういうものだった。わたしたちは、今日また、移動させられようとしている。カーティンカを埋葬しないからといって、それがどうしたというのか? そうなのだ。だれも、カーティンカを埋葬してはくれない。そんなことをしている暇はないのだ。

地面が振動する。女たちは、毛布をひっつかんで、移動し始めている。

「大変! いまの音はなんだったの?」

「ただの砲撃よ。いつもと変わらないわ」とエヴゲーニアが、赤毛を後ろに振り払いながら、上体を起こして、落ち着いた声で言う。「でも、みんな、すこし近づいてるみたいね。アンナ、あんたはどう？　よく眠れた？」

「まあ、あんたなんて！」とライサ・フォードロヴナが言う。「どうしてそんな田舎娘みたいな言い方をするの？　いまは、わたしたちと同じレニングラード市民でしょ」

「でも、わたし、ほんとうに田舎娘なんだもん。わたしは、ただ、何かで身を立てようと、八歳のときに、この町に来ただけなの。それは、ともかく、わたしたち田舎者のどこが悪いっていうの？　すくなくとも、わたしたち田舎者は、だれかさんたちには、まるで縁のない穴の掘り方をよおく知ってるのよ」そう言って、エヴゲーニアは、ライサが不器用な手つきで地面を掘るまねをしてみせた。

「あなたは、そんなふうに、一生懸命にやっている人たちをからかうようなことを、止めようとは思わないの？」とライサが、吐き捨てるように言う。「ほら、あの砲撃の音が聞こえるでしょ。もう、わたしたちの真上に来てるわ」

「あれは、わたしたちの大砲の音よ。あなたには、その違いが分からないの？　迎え討っているのよ。あいつらにしたい放題はさせないわ」

　エヴゲーニアは立ちあがって、髪を三つ編みに結う。

「さあ、いい子ちゃんたち、じゅうぶんおめかしできたでしょ——こんどは、穴掘りをしっかりやるのよ。あなたたちの仲間のライサが、ネイルの手入れをしているあいだ、ドイツ軍は、待ってはくれないわよ」

9

（ミハイール・イリイチ・レヴィンの日記からの抜粋）

卵二個の収穫で、大勝利の帰宅。樹の間から見つけた農場で獲得できた。独り取り残されて、火の気のないストーブのそばに腰をおろしていた年老いた女性から得たものだ。けれども、その女性は、敬語を使って、金はどうしても受け取らず、まるでお天気の話でもするように、戦争について語った。

「軍隊が大挙して押し寄せてきて、家にひとがいなくなったら、めんどりや豚たちがこれからどうなるのか、皆目分かりませんわ。でも、待てば海路の日《ひ》和《より》ありってこともありますわ」

兵士だったふたりの息子と夫とは、戦死している。三日前に、息子の嫁が祖父を連れて、一番近い鉄道のS駅まで歩いて行った。

「列車が今も動いているとすれば、ピョートルまで行けますわね」とその女性は言った。「でもね、そんなに遠くまで歩けないんですよ。なにしろ、この脚ではね。それでね、店番に置いて行かれたんですよ」

そう言って、足を突き出して見せてくれた。包帯が必要な状態だった。でも、そんなことをしてくれる者はひとりとして残っていないと言う。静脈瘤がふくらはぎの内側にみみずが這うようにのたくりまわっていた。その女性の肌は、雪のように、抜けるように白かった。そんな肌をした健康な肉体を赤紫色をしたいくつもの腫れた塊が食い尽くそうとしていた。その塊のひとつが、化膿していた。アンドレイがいたら、適当な処置をしてくれただろう。

「邪魔にならないように、こんなふうに庭に坐っているんですよ。だから、太陽の光を浴びていられるのよ。太陽の光のほうが薬をつけて包帯してもらうよりもいいんですよ」と言って、戸口の木製のスツールを指さした。「あれをそとに持ち出して、坐るんです。すると、時間がいつのまにか飛ぶように過ぎてゆくんですよ」

よろよろと足を引きずりながら、わたしのために卵を取りに行ってくれた。とてもゆっくりと腰をおろし、両膝をついて鶏小屋の扉を開けて、手をなかに入れ、卵を探してくれた。やっとのことで、糞と藁にまみれた小ぶりの卵を二個取り出し、大事そうに両手で包みこむようにして、またよろよろと足をひきずりながら戻ってきた。その卵に息を吹きかけて、わずかについた藁を払いのけた。

「これが、今日生まれたばかりの卵ですよ。みごとでしょ。温かいわ。水のなかに入れれば、石のように沈むわ。やってごらんなさい。どんなに新鮮な卵か分かりますわ」

それから、豚小屋に連れて行ってくれて、雌豚と四匹の子豚を見せてくれた。一匹のがっしりとした元気のいい雌豚が、斜に構えた意地の悪そうな目でわたしたちを見上げ、わたしたちが、残飯を持ってきているかどうか、あるいは、噛みついてやるほど近くに来るというばかなまねをしてくれる奴かどうかを確かめていた。

「この豚は、なかなか見ごたえのある豚なんですよ。以前、あそこの隅っこで、わたしの息子をひっくり返して押しつけたことがあったの。三つ又を使って引き離さなかったら、殺されてしまうところでしたわ。でも、繁殖用の豚としては、申し分ないのよ。このあいだのお産では、元気のいい子を十二匹も産んだんですの。そのうちの四匹は、集団農場《コルホーズ》の長に渡すお金が必要になったときのために別にしておくの。そのとき、義理の娘の家族が手に入れたのは、一匹だけ。あとに残った四匹は、飼育するの。最近は、三匹だったわ。わたしたちの口に入ったのは、どうした風の吹き回しか、おえらがたは、豚たちに目をつむってくださるの。神様のおかげ。ありがたいことだわ。分かるでしょ。学のあるかたとお見受けしますもの」

「むかし、牛を一頭飼っていたんですよ。でも死んでしまったわ。豚を四匹飼育していれば、いずれコルホーズの市場の取引で、牛一頭と取り換えることができるようになると義理の娘は見込んでいるわ。それに、果樹園に課税されてしまって、豚を売るお金以外で支払う手だては見つからないのよ」

この女性は、その金がどのような効力を発揮するかを心得ていた。万事が円滑に運び、トラブルに巻き込まれないことを確実にするために、コルホーズの長に渡す相当な額の金を用意していなければならないのだ。また、果樹園に課せられた税金を支払うためには、相当な額の金が必要なのだ。そして、一九三五年二月に党中央委員会が、農業アルテール「模範特免」定款を承認して以来、奴らが豚に目をつむるようになったことは、天の恵みだった。この女性は、まるで自然の法則であるかのように、課税がすべて当たり前であるかのように、よどみなく語ってくれた。ひとつとして、わたしがこの女性にたいしてしたことではないのに、恥ずかしい思いがした。われわれが、何ごとも後ろ向きにならないように一生懸命にがんばっているときには神の出番はないということを何度も頭にたたき込まれてきたはずなのに、「神様のおかげ。ありがたいことだわ」と言えば、思わず、十字を切らざるを得ないタイプの女性がいる。そのような女性の口からは、こういうことばは出てこないものだ。

「模範特免」「布告」「割り当て任務」「階級としての富農《クラーク》の解消」。このようなことばは、わたしが作ったものではない。それなのに、どうしてわたしの心が痛むのだろうか？　おそらく、わたしが学識のある人間だからだろう。わたしは、この女性にパンを与えていなければならなかった側の人間のひとりであるのに、この女性が手に入れたのは、パンではなく、石臼のような重荷となって、この女性のうえに降りかかってくることばだけだった。わたしたちは、あらゆるものを以前とは違うものに、前よりもよいものにしようとしていた。ヴェラが地域社会で健康管理について講演しているということを耳にすることは、ちょうど、日の出をじっと眺めているのに似ていた。

そうだ。ものごとを以前とは違うものにしたのは確かだ。

その老いた女性は、持ったペンのうえにかぶさるように前かがみになり、雌豚の背中をそのペンで引っ掻いた。

「この雌豚は、わたしにとっては、黄金と同じくらいありがたいものですのよ。この豚が嫌いなのは人間だけ。だからといって、この豚が悪いわけじゃないんですよ。自分の子豚が十二匹いたのに、いまでは四匹しか残ってないってことがちゃんと分かるほどしっかりしているの。そのうえ、産んだ子豚たちを連れ去ったのが、わたしの息子だったってことを忘れてはいなかったんですよ」

わたしは、何時間だってそこにいることができた。わたしは、この年老いた女性のところから離れたくなかった。それは、この女性のために何かしてあげられることがあったからではなく、あのような小さな庭のなか、鶏の鳴き声と真昼の暑さと隙あらば襲いかからんと好機をうかがう雌豚の意地悪い嘲笑するような目だけは、たしかに信じられたからだった。

肥やしの堆積全体をおおうように金蝿が群がり、吸血牛アブが飛び回っていた。あらゆるものが自然の法則に従って、程よく腐敗しつつあった。あらゆるものの営《いとな》みは、かつていつもそうであったように、これからも、季節がめぐるごとに、まったく同じように進行し続けるだろうと、その女性は強く確信していた。たとえ、おえらがたが完全に狂ってしまったとしても、リンゴの木にリンゴが実るのを止めさせることはできない。豚は肥え太り、雌鶏は卵を産むだろう。肥やしの堆積が頃合いの腐り具合になると、その女性の息子が姿を見せて、できた堆肥をじゃがいも畑のうえに振りかけるだろう。

「ここは、『私用の区画』の畑ですの。ここで、野菜作りと鶏の飼育をすることは許可されているんです。さあ、どうぞ。落とさないようにね。ご自分のハンカチに包めば無事に持って帰れますよ」

わたしは、庭にいる女性のところへ腰掛を持っていった。すると、その腰掛に腰を出した。ヴェラだったら、その脚の腫れものに何を貼ればいいのか知っていただろうと思った。

「もう帰らなければいけないんですよ」と言って、わたしは、その女性の手のなかに卵の代金を握らせた。すると、ぼろぼろになったハンカチを取り出して、その硬貨を包んで結び、それをポケットの底にぎゅっと押し込んだ。

「同じ道を戻られるのですか?」わたしが、まるであてもなく散歩をして休日を楽しんでいるかのように、訊ねてきた。

「たぶん」とわたしは言った。

「ではね。ここに来れば、いつでも卵がありますよ。わたし自身は食べられませんし、いままでだって、いちども口にしたことないんです。もし、息子の嫁がいなければ、あなたにはただで差し上げましたよ。あれは、みんな、嫁の雌鶏なんですよ。ですから、わたしが卵の代金を受け取らなかったら、すぐに分かってしまうんです。あなたには、信じられないくらい計算ができる子なんですよ。いつも、ナイフのような鋭い目を光らせているんですよ」

その女性は、額に皺をよせて、息子の嫁のことに思いをはせていた。そのようにして庭に坐っている女性をそのままにして、わたしは立ち去った。わたしが門まで行くうちに、その女性はわたしのことなどすっかり忘れてしまっていたことは確かだと思った。

アンドレイとわたしは、ちょうどいま、わたしたちの卵を食べたばかりだ。小さな薪の火が燃えている。あらゆるものが穏やかで、落ち着いていて、ほとんどこれが家庭だと言ってもいいくらいだ。これが、このあいだの戦争以来、わたしの記憶に焼き付いているもっとも主要なものだ。どこにいても、それがどのようなところであっても、ひとは、そこから自分の家庭を作らなければならなかった。そんな時代なのだ。

わたしたちは、タバコに火を点けた。するとアンドレイが、夏、タイガ針葉樹林帯で野営をしていたことを語り始めた。アンドレイは、シベリアを非難するようなことばには耳を貸そうとはしなかった。みんなは、何も知らないで偏見を抱いているとアンドレイは言う。シベリアは、世界でいちばん美しい場所だ。大気は、自由で輝いていて、どろどろとしたわたしたちが住むレニングラードの大気とは、似ても似つかない。水は、地球上でもっとも純粋無垢だ。戸外のタイガで、氷のように冷たい水を飲めば、その水が新しい命となって体中に滲みて行くのを感じることができる。それに、そこで生活する人びとは、都会で生活する人びととは、まるで違っている。

「そこにいる者たちは、みんな前科者や政治犯ばかりなんだから」とイーリヤは異議を唱えた。「シベリアというところは、みんなが、好んで行きたくなるような場所じゃないと思ってもちっともおかしくないね」

「そのように、きみはいま、百年近くも前に、蜂起して流刑された十二月党員の革命派貴族たちを追って、シベリアに向かった十一人の妻たちを批判しているんだね?」とアンドレイが言った。「だけど、妻たちはどうして夫たちにしたがったと思う?　典型的なレニングラードが持っている狭量さだ。ネヴァ川のむこうには、また別の生き方があるんだよ」

「それじゃあ、もし、イルクーツクでの生活がそんなにすばらしいものであれば、どうしてきみはここにいるんだ?　だったら、十二月党員の妻たちは、放免してやろうじゃないか。わたしの思うところ、妻たちはそれほど悪い時を過ごしていたわけではないのだからな」

「それじゃあ、きみは、あの妻たちは、思想に殉じた人たちではなかったと言いたいのかい?」とピーチャという名のアムール川流域のコムソモル出身の青年がことばを差し挟んだ。

しかじかさように、わたしたちは、わたしたちに必要な機関銃やライフルの代わりに塹壕掘りの道具で武装して、ドイツ軍の侵攻の途上で、交戦することもなく、十二月党員の妻たちの行動が殉死であるかどうか、そのステータスについて議論を交わしているのだ。わたしたちの強さとわたしたちの弱さの両方をこれほど効果的に要約しているものはない。

「わたしは、何も言ってはいない」とイーリヤは、前かがみになり、顔をピーチャの数インチほどのところまで近づけて言った。「何もだよ。いいな?分かったか?」

するととつぜん、イーリヤの様子にただならぬものを感じて、ピーチャは、ただ「分かったよ。わたしのことを誤解しないでくれ」と言った。

ピーチャは、なかなか見所のある青年だ。理想主義的なところはあるものの、密告するようなタイプの人間ではない。一方、アンドレイは、どこにも持ち歩いている胸部外科に関する本を取り出して、今回で十二回目になる第三章から読み始めていた。しかし、アンドレイが勉強をし始めるたびに、何かが起こり、何かしなければ……


日記は、ここで終わっている。二つ折りの何枚かの用紙からなる日記の、白紙の面には、鉛筆で次のように書かれている。

「日記。八月七~八日のドイツ軍による攻撃で負傷した『市民の義勇軍』のメンバー、ミハイール・Lの胸ポケットのなかにあるのを、医学生アンドレイ・Aが発見した。上述アンドレイ・Aが保管し、家族に渡すために持ち帰った」

アンドレイらしい記述の仕方だった。そうせざるを得なかったのだ。アンドレイの滑稽さも快活さも、いったんペンを――いやそれが鉛筆であっても手にすると、すっかり消え失せてしまった。思いあぐねて目が曇り、紙のうえでペンが逡巡し、突然、ひと思いに、意を決して、流れるように月並みなことばを書きつけたのだろう。アンドレイは、そのように説明を書きつけたあと、日記の紙束の折り目を戻して、もとのように胸ポケットに入れた。ミハイールに娘がいることをアンドレイは知っていた。モイカ家からそう遠くないアパートに、娘と息子がいることを知っていた。ミハイールが意識を集中させれば、自分の住所を思い出すことくらいはできただろう。

意識を集中させてください。あなたが、いままでいた場所ではなく、その住所を思い出してください。

ミハイールは、道路のわだちにはまって揺れるたびにうめき声をあげたり、ときどき泣き叫んだりする負傷兵を満載したトラックのなかにいる。アンドレイは、医学的な処置以外のこと、たとえば、水を飲ませたり、身体を動かすためのスペースを作ってやったり、できる限りのことをしている。緊急の外科手術か輸血をすれば助かったかもしれない男が出血多量で死んだ。爆弾の破片を顔面に受けたとても十六歳以上には見えない義勇兵もいる。左の下あごが粉砕されて、骨の裂片と混ざり合った血が、口から絶えず泡状になって噴き出している男もいる。アンドレイは、窒息しないように、その男の体の向きを変えて自分の脇に寄せてやる。その男は、声がまったく出せない。ただ息を吸ったり吐いたりしているだけだ。呼吸するたびに、傷口からぱんぱんに張った血のかたまりが膨れ上がる。意識はあるが、ショックがあまりに大きかったため、痛みを感じていないようだ。アンドレイは、じぶんのシャツを裂いて、包帯を作る。脚を負傷したふたりの男のそこそこ清潔そうに見えるシャツを勝手に使わせてもらう。大腿部の動脈を損傷した男が死んでいて、そのとなりに横たわる男の肩越しに、その頭部をだらりと垂らしている。片足を押しつぶされた男もいる。

「そのひとは——あなたの知り合い?」とその片足をつぶされた男が静かに尋ねる。アンドレイは、間髪入れず答えた。つぎの瞬間、その押しつぶされた足の男が、親指を使って、死んだ男の両方の目蓋を押し下げているのが、アンドレイの視野の隅に入ってくる。アンドレイの視線を感じて、むきになって言う。「そうか、あんたは、この男に敬意を払わなければならないっていうんだね?」

いたるところで、ものが燃える鼻を突く臭いがし、濃く、つんと鼻にくる獣の脂を焦がしたような煙が、地面に付くくらいに低く這うように転がり、列をなす人びとを飲み込んでいる。爆撃に遭ったためか、あるいは、所有者が逃げるにあたって、みずから火を放つかした小屋がいくつも燃えている。どういうわけか、人びとは、こういう場合に、何をなすべきかをこころの奥底にきちんと記憶している。必要なら逃げることだ。だが、敵には、灰以外なにも残してはならない。食糧も住まいも残してはならない。

人びとが道路を埋め尽くしている。男が、女が、おびえて母親のスカートにしがみついている子どもたちが、山羊が、大挙して逃げ出した豚が、解き放たれた雌鶏の群れが、道路にあふれている。道路の脇で、うずくまって、鶏の首を絞めている男のそばをトラックががたがたと揺れながら通って行く。今後、羽根をバタバタさせて騒ぐ鶏のいのちを絞り取る人たちを目にするときには、アンドレイは、いつもその男の大きくて、肉付きのいい、真っ赤に血で汚れた手を思い出すことだろう。すくなくとも、奴らが口にするような代物ではない。

まるまると太った、人形のようなカップルがマットレスを力ずくで運ぼうとしている。どう考えても、そのマットレスを置いたままにしておく気にならないのだ。なんといっても、それは、本物の羽毛のマットレスだ。けれども、ふたりは、懸命に運ぼうとして息がつまりそうになり、みんなは、ふたりを家に押し戻そうと悪口雑言を浴びせている。

それでも、やっと、ふたりはつまずきながらも、マットレスを道路脇まで運び、そのマットレスに腰を下ろし、脚を突き出して、ぼんやりと前方を見つめている。

この道は、六キロ離れた駅に通じている。そこでは、まだ列車が走っているといううわさだ。もしも物々交換をするものを手にしていたら、列車のなかのほうが搾取《さくしゅ》される公算が強いらしい。

農夫たちにまじって、疲労と敗北感から、灰色の顔をし、混血のように見える兵士たちがいる。兵士たちはみな、歩きに歩き、まるで麻酔から覚め始め、戻ってきた健康な部分で、やり残した任務を思い出して、マットレスから這い出そうとする患者たちのように、いずことも知れぬ場所へと向かって歩いている。このような兵士たちは、シーツのあいだに押し込んでやる必要があるのだ。さあ、眠りなさい。もう安心だよ。

兵士たちは、ずっと歩き続ける。兵士たちのグループはそれぞれ、しばらくのあいだトラックに寄り添うようにして歩いて行くが、しだいに立ち遅れる。トラックの方もいやしくも動いているなどといった感覚など持ち合わせていないかもしれない。そうであるのに、列なす難民や撤退兵士たちよりも速く進んでいる。爆撃もなく、耕された畑土の波頭越しにそびえたち、わたしたちを視界内にとらえようと、邪《よこしま》な小さな銃口をぐるぐる旋回させながら、地ならしをする戦車もないような、そんな場所がどこかにある。そこには、お尻から火炎を噴出するユンカー爆撃機もない。左右に優美に揺れ動きながら降下し、機関銃を持った者たちを吐き出すアザミの頭のようなパラシュートもない。頭のなかでガンガン暴れまわり、容易に振り払うことのできない爆撃音もない。

ミハイールは、何と言っていたのか？「お願いだ。周りには、ライフルの扱い方を知っている者は、わずかしかいないが、わたしは、そのうちのひとりだ。それなのに、わたしは、ライフルを一丁も渡されていない」

ライフルは不足していた。はじめは、六人で一丁を回していた。ミハイールは、最終的には、一丁手に入れた。死んだ者がいた。まだ熱を帯びたそのライフルがミハイールに引き渡された。

子どもたちが、あのように、トラックに寄り添うようにして走りながら、か細い、甲高いみじめったらしい声で、乗せて欲しいと言って、泣こうとしなかったらどんなによかったことか。しかし、こういう子どもたちのなかには、子どもながらに、自分たちの力でなんとかしようとする者もいる。体の大きい子どもたちが、体の小さい子どもたちを引き上げ、トラックに持ち上げてやろうとする。

「無理だよ。きみには分からないのか？　ここには、傷を負った者たちが乗っているんだ」

男がひとり現れて、赤ん坊を差し出す。「わたしの妻は、もうこれ以上歩けません。この児は、二週間前に生まれたばかりなんです。それほど場所を取ることはないはずです」

「わたしは、ここにいる負傷者たちを介抱してやらなければならないんだよ。その赤ん坊は、きみと一緒にいる方が安全だと思うよ」

トラックの運転手は、クラクションに手をやり、速度を速め、行く手に群がる人びとを押しのけて、道を進んでゆく。アンドレイが振り返ると、赤ん坊を抱いた男が目に入る。だんだん小さくなってゆくその男は、まだ両腕に抱えた赤ん坊を前に突き出して、差し出しているではないか。遠のいてゆく赤ん坊のリズミカルな泣き声がアンドレイの耳に突き刺さる。

ミハイールは、トラックの隅に追いやられ、アンドレイがそばに近寄れない場所で、まだ意識がないままでいる。ミハイールは、脳震盪《のうしんとう》を起こしており、頭蓋骨折の可能性があるが、すくなくとも、口からも耳からも出血していない。肩と上腕部の傷は、良くはなさそうで、出血多量なのは確かだが、命に別条はない。爆弾の破片が肉に食い込んでいて、骨が木っ端微塵に砕かれている。傷の状態から見ると、麻酔をかけて精査する必要がある。身体のどの部位であっても、とかく火傷の跡や煤や血は、実際よりも重症に見せるものだ。

　アンドレイは、突然、抗《あらが》いがたいほどの、性欲と同じくらいの強さで、エリスマン病院の石炭酸の匂いを思い焦がれる気分に襲われる。あそこでは、だれもが処置の仕方を熟知している。輪舞を踊るバレリーナたちのように、みなチームで仕事をする。事態が緊急であればあるほど、みな、心臓停止や出血多量と格闘するときに使う数少ないことばでやりとりしながら、ますます穏やかな語り口になる。

　アンドレイは、「いきなり内臓を蹴られたんだ」と言う男に、「もうすぐ着きますよ」と約束して安心させる。その男の皮膚は、灰色をしていて、汗でてかてかと光っている。変にくだらないおしゃべりをする。「先生よ。ものの感覚が分からなくなっちまったよ。ただよ。ひどく寒いな。こいつが夏なら、おれの金、返してもらいたいものさ」

　手押し車がトラックにぶつかってくる。その男の鼓動が乱れる。もう口のまわりが紫色になってきている。いままでとはちがう声音で、「おれをしっかりつかまえておいてくれ。全身の感覚がなくなってきているんだ」

　ミハイールの日記は、ほかの者の手に渡してはならない、とアンドレイは手当てする手を休めることなく、頭のなかのわずかに冷静な部分で考えている。そんなことになれば、危険に決まっている。ポケットに入れたまま病院に運ばれれば、衣服を脱がされて、日記はきっと発見されるだろう。日記は、娘さんに渡すほうがいい——なんという名前だったか。そう、アンナだ。アンナなら、この日記をどう扱えばいいか心得ていることだろう。

　日記の紙束は、アンドレイの胸ポケットのなかでこそとも音を立てない。ぐっしょりと汗まみれになっているのだ。あとになって、アンドレイは、鉛筆で書き留めるために、日記を取り出し、その紙束に点々と血のしずくが飛び散っているのを目にすることになるだろう。その血がミハイール自身のものか、あるいは、ほかのだれかのものかは分からない。アンドレイは、いきなり顔に浴びせかけられて、本能的な不快感から身を引いたその血がだれの血だったのか思い出すことができないだろう。アンドレイがその後、脳裏によみがえってきては、夜な夜なまといついて離れなかった記憶は、血のことではなく、そのときの不快感だった。

アンドレイは、医学校二年生のとき、次のような教訓をプライヴェートなノートに書いている。

「優れた医者は、いつも筋道の通ったやり方で仕事をするものだ。

優れた診断専門医は、理論を語ることをしない。自分で見、感じ、触れ、味わい、耳にするものから始める。自分の傷が感染性のものかどうか判断するために臭いをかぐことを無視する医者は、けっして優れた医者にはならないだろう」

アンドレイは、自分で経験したこと以外について語ることを断じてしないし、これからもいつも断じてすることはないだろう。アンドレイが信じるのは、触診と問診だ。アンドレイが信じるのは、トラック一台分の負傷者たち、それに、退却する兵士たちと自暴自棄になった難民たちにふさがれた道路、さらに、助けることができなかったひとりの赤ん坊だ。アンドレイが信じるのは、自分の目で見ることができ、自分の手で触ることができ、自分の鼻で嗅ぐことができるもの、それに、自分の両手で持ったことがあるものだ。

アンドレイは、自分がルーガ防御線の崩壊の目撃者であることをけっして認めようとはしない。アンドレイは、「自暴自棄の反撃」、あるいは、「雄々しい抵抗」などじっさいに見はしなかったし、「ルーガ防御線が崩壊して修羅の巷《ちまた》になろうとしていた」ということを理解しているわけでもなかったからだ。アンドレイが見たのは、武器を持たない人びとが、素手で戦い、鋤や三つ又や戦死者のライフルを振り上げる姿だった。アンドレイが見たのは、次に何がやってくるか知ったかぶりをして、防空壕のなかにうずくまっている十四歳の少年たちだ。アンドレイが感じたのは、裂いて包帯にしたときの安っぽい木綿の弾力性だった。そして、アンドレイが味わったのは、水中に入れたら石のように底に沈むほど新鮮な卵の黄金色をした卵黄だった。

10

アンドレイは、がらんと人気のない、陽あたりのいい通りに立っている。付近にはだれもいない。もちろん、まだ時間はだいぶ早い。六時にもなっていない。アンドレイは、忘却し続けている。日がたつにつれて、しだいに、ものの形がぼんやりと薄れてくる。過ぎ去った日々は、いっかな戻ってはこない。

ここは、右側の通りだ。あそこのあの建物、通りの端から数えて四番目の建物で、入り口のドアが開け放たれている。正面からなかに入ると、中庭がある。それに、アパートの各部屋の玄関から中庭に出られる階段がある。三階で、そのときは、右側の部屋だった。ペテルスブルクにある千ものほかの家と似たり寄ったりだ。暗い階段は、狭苦しく、細かく分けられた部屋に通じている。部屋では、仕切られたカーテンのうしろで両親が起居している。大人になった子どもたちは、ほかに行くところがないので、家を離れることができないでいる。

アンドレイは、運がよかった。共同アパートのなかの十五平米を共同で使用し、ルームメイトとも大部分のアパートの住民ともうまくいっている。階段下の押入れを住まいとしているアル中のフロールからさえもある理由で好かれている。アンドレイが勉強しようとするときに、だれか騒音を立てようものなら、それがだれであろうと、大声で「うるさい。静かにできないのか。医者になるために勉強している青年がいるんだ。死にかけたら、どこから医者を呼んでくるんだ?」とわめいてくれる。

イルクーツクとは、まるで違っている。

「羨ましいな」と一昨日アンドレイの父親が帰るまえに言った。「ペテルスブルクほどいいところは世界中探したってないよ」

アンドレイの父親は、以前ペテルスブルク市民だった。革命後、任に就いた、理想に燃える若きエンジニアだった。息子のアンドレイは、そういう父親の光輝く、若さにあふれた伝説のうえで成長を遂げた。

「きみのお父さんは、ほかにどんなことでもすることができたのに」少年は、それでじゅうぶん満足だった。父親は、ほかにどんなことでもすることができたのに、自分をその一員にしてくれたただひとつの家族が待っている場所、この地にやってきてしまったのだ。そのとき、アンドレイの母親とはもう結婚していた。そして、シベリアから妻を引き離す可能性などまったくないと理解するのに、それほど時間を要しはしなかった。シベリアは、妻にとって血であり命であって、かけがえのない場所だった。アンドレイが四歳のとき、母親は、タイガ針葉樹林帯のキャンプにつれて行ってくれ、何時間も歩いて、テントを張ったものだった。その土地を知悉《ちしつ》していた。アンドレイがいちばん好きだったのは、地のおもてをそっと渡ったり、草や夏の苔の繊細な葉をざわめかしたりする風の音だった。寝転ぶと、澄んだ青空に風に吹かれてかすかに雲が漂うのに合わせて、大地が動くのが身体に伝わってきた。そんなとき、アンドレイは、波のように耳に押し寄せてくる音は、地球が回転する音だと信じたものだった。

レニングラードには、このようなものは皆無だ。ここでは、漏斗《ろうと》を通すように、石造りの狭い街路を風が通り抜ける。風が吹けば、目に埃が入り、空気も何百人の人びとによって、何百回も繰り返し呼吸された使い古しの空気だ。レニングラードの空気には、衣服のなかに潜って愛撫し、土にかえるまでぴったりと寄り添ってくれる、命というものがない。

しかし、シベリアにたいしては、ここレニングラードの市民は、いくつかの奇異な思いを抱いている。寒気について語るが、分かっていないのは、シベリアの寒気が普通とはまったく違った種類のものだということだ。ネヴァ川では、霧が立ちこめ、しだいに濃さを増し、やがて、湿気を帯び、身にしむほどの濃霧となる。零下二十度のシベリアでは、寒気は、歌をうたう。シベリアは、ただの場所ではない。ほかのどんな場所にも置き代えられない魂がある。そこに住む人びとは、なんの隠しだてもしない開放的な人びとばかりだ。腰がすわっていて、どんなことにもあまりびくつくことがない。

シベリアには、あらゆるものがふんだんにある。ありあまるほどの空間、どこまでも広がる大空、けっして近づいてはこない地平線に向かってえんえんと行進するように連なる何百に何百を重ねるほどに多過ぎる数の立木、冬の夜空にちりばめられたあまたの星。シベリアを知ると、シベリアは、何も恐るるに足りないところだと分かる。シベリアは、ほんとうに呼吸することができる唯一の場所となるのだ。

しかし、アンドレイは、今、ここ、レニングラードにいる。アンドレイは、不眠で頭がふらふらしている。あまりの静けさのために、耳鳴りがする。途中、朝の静寂が薄気味悪くて、そんなものは打ち壊してしまいたいと思った。人びとが、閉じたドアをすべて開け、窓から身を乗り出して、自分の声に耳を傾けてくれるまで、叫び声をあげたいと思った。

「いま何が起ころうとしているのか分からないのか？」

しかし、アンドレイは、パン屋の匂いのする静かな通りをいくつも歩き続けた。すり減ったほうきの関節部分を握って、自分の家の階段を掃いていた年老いた女性が、手を止めて、アンドレイのほうにじっと眼をやった。どこかおかしなところがあったのだろうか？　いや、老人というものは、どんなものでもじろじろと詮索するように見ようとするものなのだ。

ここは、あの子が、あの娘が住んでいる場所なのだ。アンナだ。アンドレイは、帽子を脱ぐ。ここには、ひとを信じて疑わないいやからがいる。中庭に通じる外側の入り口のドアばかりでなく、内側の階段のドアも開けっ放しになっている。あたりに人影はない。アンドレイは、オニオンとキャベツの臭いが立ち込める階段をのぼっている。階段には、金網に包まれた電球が弱い光を放っている。なんと素晴らしい場所だろう。階段は、清潔で、掃除も行き届き、中庭には、塵ひとつ落ちていない。手すりは、古く滑らかな木製だが、磨かれてから間がないことがうかがえる。この部屋に違いない。たしかにそうだ。アンドレイは、一瞬たじろぐ。時間はかなり早いが、なんと言っても、いい知らせを持ってきたのだ。

アンドレイは、しっかりした音でドアをノックする。そうして、子どもの頃に、母親が教えてくれたように、二歩退る。

「ドア付近に、大勢かたまっていたら、ドアが開いた拍子に、みんな家のなかになだれこんでしまうわ。そういうの、ほんとうにお行儀悪いことよ」

一点の明かりがつくが、足音がドアに近づいてくる気配はない。家人は、ドアの下の隙間から一条の光が漏れていることに気づいていないのではないか？　アンドレイの耳には、アパートのなかで、だれかが手に明かりを持って、早足で動いている物音が聞こえる。何をしているのだろう？

アンドレイは、ふたたびノックする。すると、こんどは、背中に気配を感じる。反対側の部屋のドアが開いている。振り向くと、男がひとりいて、アンドレイをじっと見ている。大柄で、チョッキを着た薄い色の髪をした男で、隆々たる筋肉をしている。男は何も言わず、ただアンドレイをじろじろ見て、おもむろに、自分の家のドアを閉じる。アンドレイは肌に刺すような痛みを感じる。これがきみにとってのレニングラードなのだ。だれもが見ることもし、聴くこともする。だが、何も言わないのだ。思い切って、もう一度ドアに歩み寄り、ドアの木の板を突き抜けるような声をかける。「わたしは、あなたのお父上の友人です」

ドアが突然開いたので、アンドレイは転がるようにしてなかに引き入れられる。アンナがドアのすぐうしろで、アンドレイのことばを聴いていたに違いない。アンドレイはアンナにぶつかって転びそうになって、謝り、ドアの取っ手につかまって、からだを起こそうとする。アンドレイは、アンナの乳房にぶつかって倒れた。乳房に触れたとき、アンドレイは、柔らかく、豊満で、温かいと感じた。アンナは、木綿の化粧着のしたには、なにも身につけていない。アンドレイは、はっとして、狂おしく騒ぐ気持ちから引き戻される。このひとは、わたしの友人の娘なのだ。

「どちらさまですか？　ここで何をしていらっしゃるの？」

「怪しいものじゃありません――わたしは、あなたのお父上の友人です。アンドレイ・ミハイロヴィチ・アレクセイエフという者です」

アンナは、敵を前にしているかのように、怯えた目をして、思わず尻ごみし、アンドレイから離れる。「えっ？　もしかして、あなたがいらっしゃったということは――」

「いいえ。そうじゃないんです。亡くなられたわけじゃないんです。生きていらっしゃいますよ。いま、エリスマン病院にいらっしゃいます。病院のトラックでわたしと戻ってきたんです」

「それで、具合はよくないんですか？」

「肩を負傷されましたが、重傷ではありません。問題があるとすれば、脳震盪のほうですが、脳挫傷があるようには思えません」

「あなたは、ドクターなのですか？」

「いいえ。まだです。医学部の四年生です」

「それは、父が、自分でしでかしたことですわ！」とアンナは、急に声を上げげた。「わたし、こんなことになると分かっていたから、行かせるべきではなかったんです」

「でも、あなたでも行くのを止められなかったと思いますよ」

「あんなことをして、どんな意味があるというの？　父には、わずか五歳の息子がいるのよ。父は、あなたにそのことを言いましたか？　それとも、都合が悪くなったときのいつもの癖で、コーリャのことをすっかり忘れてしまったのかしら？　でも、いまは、何よりもまず、父は、怪我をしています。たまたま居あわせた人びとが、いたるところで怪我をしているんです。何の役にも立っていません。ただ殺されているだけです。運が良ければ、だれかが古いカーテンで包んでくれるでしょうが、まるで丸太のように、ドイツ軍のためにほったらかしにされるのです。ええ、有難いことに、父はあなたに連れ戻していただきましたわ。それで、父は、負傷していて――ごめんなさい。あなたには、感謝しなければならないのに」

　アンナは、アンドレイからできるだけ離れようとしているが、入り口付近が狭く、アンドレイは、アンナの体から発散される寝起きの気だるい温かさをまだ感じることができる。アンナの肌と髪の温かく強い匂いがアンドレイの鼻を刺激する。

「ぼくたち、ここで立ち話をするより、なかに入ったほうが……入りましょう。すぐに病院に戻らなければならないんです。でも、あなたにお話ししておきたいことがあるものですから」

「あっ、そこには入らないで。マリーナ・ペトロヴナが寝ているの。キッチンに入って。シーッ。コーリャが起きちゃうわ――あの子ったら、このところ悪い夢ばかり見てるのよ」

　この家族は、ちゃんと自分のアパートに住んでいる。アンドレイは、ぐるりと部屋のなかを見回す。たしかに、ここには、キッチンがちゃんとある。小さいが、アンドレイのように、だれかに間違って持っていかれないように、食料品ひとつひとつに名札を貼って、棚の決まった場所に置いておく必要はないのだ。

「すてきなアパートですね」とアンドレイが言う。

「部屋が二つあるわ。七十五平米なの。運が良かったのよ。けど、ここをいつまで手放さずにいられるか分からないわ」

　アンナは、まるで言うつもりもないことまで言ってしまったかのように、顔を赤らめる。

「お父さんのような方には、ご自分の場所が必要なんですよ」

「えっ？」

「作家という仕事をされる方という意味です」アンドレイの胸に、「作家」という職業にたいする尊敬と疑いが入り交ざったような思いが湧き起こり、自分の家系には、作家という仕事をしている者はいないなと思う。「お父さんは、塹壕のなかでも、書斎の机に向かっておられるように、何枚も何枚も執筆しておられました」

「その書いたものは、どうなりました?」とアンナは、不意に訊ねた。

「無事ですよ。ここに持ってきています——ここにお伺いしたのはそのためもあるのです。ええ、それもここに来た理由のひとつです。病院のどこかに放置しておくわけにはいかなかったんですよ」

「そうね」

アンドレイは、胸ポケットに手をやって、びっしりと文字の書きこまれた二つ折りの紙束を取り出す。紙束は、アンドレイの体温で、温かく、くしゃくしゃになっている。

「ありがとう。どうかお坐りになって」

アンナは、アンドレイを折り畳み式のテーブルに向かって坐らせ、ひとりでに体が動いて、お茶の準備を始める。

「食べるものを何ももらっていらっしゃらないようね」とアンナは、一晩モスリン布に包んでおいた半分に切った黒パンを取り出しながら、つぶやく。「さあ。ここで食べておいた方がいいわ」

「ナイフに気をつけて」

「えっ?」

「注意しないと、指を切ってしまいますよ」

アンナは、切っているパンに目を落とし、それから、ためらいながらも少し微笑んで、アンドレイを見上げる。

「父は、ほんとうに回復に向かっていますの? 確かですか?」

「確かです」

「では、わたし、あなたとごいっしょします。父が必要としているものがあるでしょうから——」

「数時間は、このままでだいじょうぶです。お父さんは眠っていらっしゃいますから。傷口には包帯が当ててあって、砲弾の破片も取り除いてあります。すくなくともお昼過ぎまでは、意識なく寝ていらっしゃいます。とにかく、あそこは、修羅場です。廊下には、ストレッチャーが溢れていて、そこから血液を求める呼び声が聞こえてきます。いたるところで、治療の舞台がしつらえられているんです。許可をもらって仕事を休むのは、こんどが初めてなんです」

アンナは、アンドレイに背を向けて、貯蔵戸棚のなかを、手をいっぱいに伸ばして、探っている。アンナの腰には、青い化粧着の飾りベルトがきつく巻かれている。アンナの体は、華奢なほうではなく、丸みを帯びて、健康そうだ。アンドレイは、アンナの腰と臀部とふくらはぎのラインにすっかり見入られてしまっている。アンナの乳房の感触がよみがえってきた。アンドレイが前かがみに坐っていて、余計に空間が狭められているので、アンナが振り向くたびに、化粧着がアンドレイの膝に軽く触れる。アンドレイは、顔の表情から自分の思いをアンナに気取られないように、すばやく顔を伏せる。ガラスの触れる音がして、アンナは、蜂蜜の入ったガラス壺を取り出す。壺を開け、蜂蜜をパンにつけて、アンドレイに「さあ、召し上がれ」と言って差し出す。

蜂蜜つきのパンだ。色が濃く、甘くて、燻製のようで、ヒース蜂蜜に似た味がする。一日たっている分いっそう味がよくなっている。黒パンは、二日目になると、かみごたえのある感触が出てくるのだ。アンナは、蜂蜜ばかりでなく、バターも塗ってくれている。アンドレイは、そのバターに塩の味も感じる。とにかく、うまい。最初に口に含むまでは、空腹であることをすっかり忘れていた。それに、アンドレイの好みの濃い紅茶もだ。グラスの底には、角砂糖が三粒沈んでいる。アンナはどうして自分の好みがわかったのだろうか？　アンナがアンドレイに訊いていたのだろう。だが、アンドレイは、覚えていない。きっとひどく疲れていたのだろう。疲労が、アンドレイの体のなかを波のようにつぎつぎに通り過ぎてゆく。トラック、それから、汽車だ。人で溢れかえった駅のプラットフォームで何時間も待っていた。包みを担いだ農民の群れが駅に押し寄せていた。アンドレイは、その人たちを使って、柵を壊して、間に合わせの担架を作らせた。最初は、なかなかそんな作業をしたがらなかった。

「たしかに、こんなことをすれば、面倒なことになる。こういうことは、破壊工作と言われているからね。そうだろ？　鉄道の柵に触れることは、わたしにとって、命がけどころじゃない。なにしろ、お国の財産だからね」

「その通りですよ。学生さん。お国の財産なんですよ」

まるでアンドレイが、世の中のことを知らない哀れむべきおバカさんであるかのように、したり顔でおたがいにうなずいて見せた。

アンドレイは言った。「わたしがきみたちにそのお国の財産をやるんだ。きみたちの考え方は承知している。さあ、柵を壊してくれ。やってくれないなら、自分に銃を向けよときみたちに命令するだけだ」

おそらく、アンドレイの言うことを信じたのだろう。人びとは、言う通りにし、もっとも重傷の者たちが担架に載せられた。そして、不思議なことに、柵破壊にもっとも異論を唱えていた男が、水の入ったバケツと柄杓《ひしゃく》を持ってきて、並べられた負傷者たちのところに行って、水を飲ませてやったのだ。負傷者のひとりは、症状が重くて、水がほとんど飲めない状態だった。バケツを携えたその男は、寄り添うように膝をついて、水のなかに指を浸し、ちょうど赤ん坊がするように、指を吸わせた。その様子を見ていたアンドレイに気付いたその男の顔には、なんともやるせない、子どもっぽい笑みが浮かんでいた。男は、「家で子牛を乳離れさせるとき、いつもこうやって飲ませてやるんですよ。慣れたもんですよ」と言った。

紅茶の甘さがアンドレイの体のなかに広がる。独りのときには、紅茶にパンの最後の一切れを浸して食べるところだ。甘い紅茶には、黒パンがいちばん合っている……

「さあ、わたしに遠慮なさらないで、パンを紅茶に浸して」

「えっ?」

「パンを浸して。わたしたちみんなしてるのよ——わたしも、コーリャも、それに、マリーナ・ペトロヴナだってそうよ」

「わたしは、あなたのお宅の配給食糧を食べてはいけないんです」

「わたしがあなたに差し上げたものです。どうぞ、召し上がってください」

「あなたのお父さんと塹壕のなかにいたとき、よくこんなふうに、キッチンに坐って、お茶を飲むことを夢見たものです」アンドレイは、その夢のなかに、キッチンのなかをアンドレイのそばをかすめるように動き回る、なんだか温かそうな、ぼんやりとしか見えないひとりの女性がいつも登場していたことは、言わなかった。

「分かってます」

「分かってるって?」アンドレイは、そのようなつもりではないのに、つい声の調子に気持ちが出てしまう。現地にいたわたしたちにしか到底分かりっこないのに、どうしてあなたに分かってしまうのだ。

「じつは、わたし、二日前まで現地にいましたの。あなたがいらしたところよりも遠くの防御線から戻ってきたんです。いえ、それほど遠くではありません。対戦車陥穽濠を掘っていたとき、砲弾がわたしたちのすぐ近くまで迫ってきたんです。七人の女性が死亡しました。それで、防御地区のそとに出るよう命令されました。そうして、キャンプ休暇を取ったみたいな気分で、汽車に乗ってレニングラードに戻ってきたのです。汽車はとても混んでいて、座席に坐ることなどできなかったのは当たり前、たとえ眠れたとしても一インチも体を動かすことができないほどぎっしりと詰め込まれました。わたしたちは、まっすぐ立ったままでした。監視の兵士は、『窓から首を出すな！　出せば、たたき落とされるぞ！』とわめき続けていたんですよ」

アンナは、エヴゲーニアととなりあって詰め込まれた。二人の顔は、ほんの数センチしか離れていない。ふたりは、ときどき、眠り、また、ときどき、過ぎ去って二度と戻ってはこないことを、まるでいまもなお進行し続けているかのように語り合った。

「つるはしでできた水ぶくれのほうが、鋤でできた水ぶくれよりもたちが悪いわね。そう思わない？」

「違うわ。シャベルが一番たちが悪いわ。慣れてしまうまでだけどね」

「あのレナったら、わたしたちが援護を求めて駆けていったとき、まだソーセージをがっついて食べてたわ。あのひと、一口も食べそこなうことはなかったわね」

「そうだったわ。それに、あなたがレナに移動を始めるように言ったとき、『まだ血が滴るソーセージだって無駄にはしないわよ！』って叫んでたわね」

「まさにそのことばがすべてを語ってるわね。『まだ血が滴るソーセージだって無駄にはしないわよ』ですって」

そう言って、エヴゲーニアは、白い歯を見せて笑った。しかし、エヴゲーニアに会ったこともないこの青年に、いったいだれがエヴゲーニアのことを説明することができるだろうか？　レニングラードのすぐ外の待避線で数時間停車したあと、列車はガチャガチャと金属音をたてながらプラットフォームに入っていった。エヴゲーニアは、バルチック駅にいた。ひと群れの女たちが、みんな汽車から降りたあとも、たがいに体を寄せ合っていた。

その日は、暖かい朝だったのに、みな震えていた。駅の様子は普段と少しも変わらないのに、いつも清潔にしていた服は汚れ、長靴は、泥がこびりついてひどい状態だった。みなひどく疲れていたので、駅の幻覚を見ているように意識がもうろうとしていた。駅のなかでは、みなひとつの部隊のように、ひと塊になっていたが、アンナのすぐ近くにいた女性が、とうとうしびれを切らして、

「ここで待っていても仕方ないわね」とそっとアンナに言い、荷物をとって、重い足取りで、独り出口のひとつに歩いて行った。

みなおたがいに、仲間意識をもつことはもうなかった。従わなければならない命令はもうない。穴を掘ることも、シャベルを使うことも、塹壕を掘ることも、もうそんなことをする必要はなかった。

「とにかく、いまのところは、そうね」とエヴゲーニアが言った。「でも、遠からず、またわたしたちが必要とされるときがくるわよ」

編んだ赤い髪は緩みかけ、そばかすだらけの肌は、垢じみていた。

「あなたは、あなたの行くべき場所に、わたしは、わたしの行くべき場所に行きましょ」とエヴゲーニアが言った。「でも、たぶん、わたしたち、また会うことになるわ」

「待って、わたしの住所を書くから」

エヴゲーニアは、両手を上にして肩をすくめた。「その必要はないわ。またいっしょになる運命なら、またいっしょになるわ。わたしは、住所を教え合うことも、また会いましょうと言い合うことも信じないわ」

「まだ血が滴るソーセージだって無駄にしちゃダメよ。わたしが言いたいのは、それだけ」とアンナが言った。

エヴゲーニアは、笑った。なおも笑いながら、踵《きびす》を返して、群衆のなかに身を投じた。編んだ赤毛がほどけて、肩甲骨のところで波打っていた。エヴゲーニアは、突然うしろを向いて叫んだ。

「その手、柔な手にして置いちゃだめよ！　水ぶくれなんかへっちゃらよ！」

「わたしたちは、みんな、防御線から引きあげさせられたんです」とアンナは、アンドレイに言う。「そこではもうわたしたちを使うことはできなくなったので、帰されたんです。わたしには、つぎになにが起ころうとしているのか分からないわ」

「ぼくたち、共同戦線を組まないとね――」

「ええ、そうね」

「あなたは、その人たちをご存じだったのですか？　殺されたその七人の人たちのことですよ。あなたのお友だちだったのですか？」

「まさか。でも、ひとりだけ友だちがいて、もっと前に殺されたわ。十五歳だったのに、子どもみたいだったわ。あそこでは、ぜったいに外に出るべきではなかったの。あの子は、よくわたしに髪を梳かせたものだったわ」

「その人とは、親しかったんですね」と、自分がだれかほかのひとの髪を梳くとすれば、よほど親密でなければできないだろうなと思いをめぐらせながら、アンドレイが言う。しかし、もちろん、女性となれば、話は違う。

「でも、そうかと言って、その女の子が好きだったわけではないの。可愛らしかったけど、甘やかされて育ったのね。そういうタイプのひと、ご存じでしょ。父親は、共産主義第三インターナショナル政党コミンテルンにいて、食糧の包みは、アパートに配達されて、夏のキャンプは、政府のリゾート地でできるのよ。生まれてから、配給の列に並んだことがないと思うわ。でも、もちろん、その子が悪いわけじゃないわ。

わたし、ずっとその子のことが頭から離れないの。あなたも、十五歳という年齢のときがどんなときか分かるでしょ。手に余るほどのたくさんのことを抱えている一方で、じゅうぶんに満たされないことが山ほどある時期だったわ。その子にとっては、何事も辻褄が合わなくなり始めていた頃で、まだ、ちゃんとした人間にならないうちに、死んでしまったの。それで、わたしたち、遺体を駅の待合室のカーテンで包んで、そのうえに、薔薇の花を撒《ま》いたの。薔薇は薔薇でも、最悪の薔薇だったわ。キャベツみたいに大きくて、色と言ったら、泥みたいだったの」

「もうそのことを考えてはいけませんよ」

「なぜ?」

「とり憑かれてしまうからです。カーテンのことが頭から離れなくなりますよ」

「たぶん、そうなるでしょうね」

「でも、あなたはとり憑かれてはいけないんです」

アンドレイは、アンナをまっすぐ、親しみをこめて、見上げる。だれも、そんな風に、アンナを見ることはない。アンナの注目を切に求め、できるだけ、そば近くにいたいと望んでいる保育園の子どもたちでさえそうだ。アンナがお話を聞かせてやるとき、そばに這い寄ってきて、アンナの脚にすり寄り、スカートにそっと触れる。子どもたちは、アンナのどんなことも見逃すことはしない。髪をカットしたり、違った色の服を着たり、寝不足だったりすると、子どもたちには、すぐに判ってしまうのだ。

「アンナ・ミハイロヴナ、なんて顔をしてるの? 悲しいことでもあるの?」

アンナの存在は、長い間、子どもたちの心の支えになっていた。子どもたちは、アンナがいつもと変わらず同じであることを確かめるために、アンナの一挙手一投足をチェックする。おそらく、アンナの父親もアンナを見るときの表情は、それとそれほど違わないだろう。アンナは、いつになく、自分の肌のぬくもりを感じ、腿を包んでいる化粧着がソフトに感じられる。

平静を取り戻そうと、アンナは、「もう一杯いかが」と言う。アンナは、ひとのために何かしてあげているほうが無難だと感じている。しかし、アンドレイには、アンナの声が聞こえていないようだ。

「自分のことは自分で守らなくては」とアンドレイは続けて言う。「冷酷になれということではないんです。そういうことを言おうとしているわけではありません。でも、最初に病棟に行ったとき、以来数週間、ぼくの頭に取りついて離れない出来事がいくつもありました。しばらくして、こんなことでは医者になることなど不可能だと分かったんです。あなたは、ご自分の内部にあって、使い果たされることも、あなたから取り去られることもない、そういうものを守らなくてはいけないんです」

「あなたは、そういうものを守っておられるのですか?」

「そのように努力しています。あの子どもたちみんなを相手に保育園でしておられる仕事は、あなたにとっては、それと同じだと思いますよ。お父さんはそのことをよく話しておられました。あなたは、子どもたちの意のままにならずに、適切な応じ方を編み出さなければならなかったに違いないとおっしゃっていました。そうだったのではないですか?」

「その通りよ。でも、なぜあなたがそれを知ってらっしゃるのかとても不思議だわ。たいていのひとは、たとえば、父だって、わたしがやっている仕事にあらゆる種類のことが含まれているってこと、分からないはずよ。日常の決まりきったこと、それに、あなたがしなければならないように体を動かすこと——あんな単純な骨折り仕事と父は言っているのよ——、そういうことは分かっていても、わたしたちには、そういうことに加えて、絶えず挑戦しなければならないことがあるってことには、考えも及ばないのよ。そういう人びとに囲まれながら、わたしたちは仕事を続けて行くのよ。でも、わたしたちはみんな、絶えず自己改善を心がけ、資格を獲得し、進歩を遂げていると考えられているんです。だから、この仕事がしかるべき地位を獲得しないうちは、わたしたちはまだこの仕事をほんとうには評価できないんです。わたしの上司は、子どものことなんかなんにも理解していないのに——それどころか、子ども嫌いときているんですよ——報告書を作成したり、いろいろな決定を下すんですよ。それに、だれもがそれは当然の仕事ぶりだといってはばからないんです」

「あるいは、おそらく、それがじっさいに何の疑いもなく行われていることなのでしょうね」

「そのほうが、もっとたちが悪いわ。わたしたちは、まるで、イコンの前でするように、保育士免許状の前で頭を下げてぬかずくのよ」

「たぶん、あなたのおっしゃる通りでしょう……」

「いいえ。わたしは、まだ取得していないのですから、ただの偏見よ。保育士免許状のことよ。確かなことは、コーリャのこととなれば、ほかのみんなと同じように悪者になるっていうことなの。わたしは、コーリャに知識をたたき込んで、たくさんの資格を取らせるようにするわ。コーリャにはそれほど難しいことではないわ。もう文字が読めるんですよ。コーリャは、ほんもののレヴィン家の一員なのよ」

「あなたは、そうじゃないんですか?」

「ええ。わたしは、そういう人間とは違います。レヴィン家の者はみんな学校の成績が優秀なんです。それに、書くことが大好きときています。もっとも、父は、ものを書くようになってはじめて、その才能に目覚めたのですが、それにひきかえ、わたしは、学校では、とくべつ際立ってすぐれたところはなかったんですよ」

「ぼくみたいですね」

「あなたは、医学生ですよ」

「ええ。そうですが、医学生としてまだまだ勉強しなければならないことがたくさんあるんです。それがどんなものかあなたには信じられないだろうと思いますよ。でも理論を適用すれば、それはそれで、通用するんです。患者さんたちが診察室に入ってきて、取るに足らないように見える小さなこと――眼の色とか、からだの一方の側への傾き具合とか――に気づくときの気持ちといったら、素晴らしいものです。患者さんが具合の悪いことを話し始めないうちに、考えがまとまってしまう。そういうのが、たまらなく気に入っているんです」

「なるほど」

微笑むことをせず、ふたりは、たがいに認め合う気持ちの昂揚を交感する。アンナは、紅茶の最後の一杯を飲むアンドレイの手を見つめている。頑丈で大きく指が長い。万事心得ているといったように見える手だ。キッチンの熱気で、襟のボタンを外している。胸元には、すっかり日焼けした三角形が見え、そのしたに、一筋の、きれいで、きめの細かい白い肌がのぞいている。

アンドレイは、グラスを下に置いて、胸ポケットからふたつに折りたたんだ小さな紙片を取り出し、アンナに手渡す。

「これが病棟と、担当医の名前です。ぼくが関わった一部始終を書いておきました。あとでいらっしゃればいいと思います。その頃には、お父さんも目覚めておられますよ。熱が出ていても、驚かないで下さい。この段階では、それが普通なんですからね。感染症があるということではないんです」

「もちろん、分かりますわ」と言って、こころの準備もできているし、アンドレイの言うことも理解していることを示すように、おおきくうなずく。いったい、どうしたというのだろう？　どうして、自然に振る舞えないのだろう？　それに、なぜ、いま、母親のお下がりの古臭い木綿の化粧着なんか着ているのだろう？　それよりも、なぜ、からだの位置を変えるたびに布地が乳首に触れてすこし擦れ、アンドレイが自分のからだのラインを目でなぞっているのではないかと思って、乳首が硬くなるのを感じるのだろう？

「それでは」

「それでは」

「たぶん、あなたがお父さんのところにいらっしゃるときは――」

「あなたに、あのとき、お礼を言わなければいけなかったんだわ。あなたが来られたときは、とてもショックだったの。それに、もしかしたら、あなたは――」

「こんなに早い時間にお伺いして、非常識だったんです。考えが足りなかったんです。ただ、お父さんが無事だということをあなたに知らせたかっただけなんです」

アンドレイは、両手を伸ばしてアンナの手をとる。アンナの爪は裂けている。それに、掌には、皮膚が硬くなってできたこぶがみみずばれになって盛り上がっている。アンドレイは、見てはいないが、手の感触でそれが分かるのだ。この手であの厳しい掘削作業に従事していたのだなと思う。アンドレイは、思わず、両手をたたむようにして、アンナの手をしっかりと包み込む。

「じゃあ、もう行きます。さようなら」

「ええ」

けれども、ふたりは離れない。アンナは、アンドレイに手をあずけたままにし、ふたりは、どちらからともなく、ひたと寄り添う。ふたりは、ダンスをしているようだ。アンナにだけ聞こえるのだろうとアンドレイが信じる楽の音に合わせて、アンナは、わずかにからだを揺らしながら踊り始める。アンナのからだは、温かく、溶けるようで、柔らかい。

「ダンスがお好きなのですか？」

「ええ」

「わたしもです」

「いつか、ごいっしょしましょう。楽団がいまも演奏していればの話ですが」

「アストリア・ホテルでは、まだ演奏を続けてるわ。行くことができても、並ばなければならないわ。でも、そ

か？


れだけの価値はあるわ」

「それはいい」

ふたりは、微笑み、近寄って、目をつむる。ふたりは、忘我をもとめ、夜を求め、ダンスを求める。

「じゃあ、さようなら」

「さようなら」


「闇のなかのダンス」よくそのような言い方がされる。わたしたちには、そのようなダンスの経験はいちどもない。わたしは、いちど、もうすこしで経験しそうなことがあったが、コーリャのことが頭に浮かんだ。もし、妊娠して、死ぬようなことがあったら、どうしようと思った。

わたしは、アンドレイといっしょに目を閉じていたい。アンドレイ・ミハイロヴィチ・アレクセイエフ。わたしたちの父親同士の名前が、ミハイールだなんて。

わたしは、アンドレイといっしょに目を閉じていたい。目の前に、真っ黒なヴェルヴェットを、それに、チクチクする星屑を見ていたい。わたしは、ただ、アンドレイのためにお茶を出したり、世話をしたりしたいわけではない。アンドレイと「闇のなかのダンス」をしたいのだ。そういうわたしの気持ちがアンドレイに分かるだろう

11

「エリザベータ・アントノヴナ、同伴者のいない子ども二名です――」

「いま、重要な計算をしている最中なの。あなたには分からないの?」とエリザベータ・アントノヴナが鋭い調子で言う。その鼻先がぴくっと動く。「さあ。また、この縦の欄を検算しなければならなくなるわ。その子たちをあの適性合格の子どもたちといっしょにして、第二ホールに連れて行きなさい。かわいそうだから、くれぐれも適性合格証が交付されていないグループのなかに入れないように。それから、お願いだから、男の子たちがあの端の部屋から出たり入ったりして走り回るの止めさせてくれるかしら。うるさくて集中できないのよ」

　エリザベータ・アントノヴナは、当然のごとくに自分の本領を発揮しているのだろう。この二日というもの全然着替えなどしていないのよと、午前中に、何度もアンナに言っている。数時間の睡眠を急いでとって、すぐに仕事を続行する。ところで、アンナが最近まで仕事をしていた場所は? そう、もちろん、防御要塞だった。エリザベータ・アントノヴナは、そんなことは知りたいとも思っていない。当面問題なのは、ここで起きていること、アンナがどこにいるのかということだけなのだ。

「ほんとうに、戻ってくれて、やれやれだわ」きびきびと仕事をするエリザベータ・アントノヴナのまわりで旋回する非常に重要な危機的状況は、アンナが従事していた防御要塞の建設などとは、無関係なのだ。表を作成すること、計算すること、電話の受話器をひったくるように取り続けること、目上の言うことには、敬意をもって拝聴し、目下には、命令をまくしたてること。それがエリザベータ・アントノヴナなのだ。

　そのおかげで、電話のコードは、未決書類入れが置かれた小卓を絡みとるようにくるくるとねじれている。それを見たアンナは、もういちど受話器をひったくってくれと祈るような思いだ。コードがぴーんと張って書類入れをひっかけて滑り落としてくれ。すると、ひっくり返った書類入れから、重要書類が床のうえにばらまかれる。そうすれば、その整理に時間をかけなくてはならなくなるから、わたしたちは仕事を続行することができるし、中断しなくて済む。しかし、エリザベータ・アントノヴナは、コードに気づいて、眉をひそめ、ねじれを戻してしまう。

エリザベータ・アントノヴナは、地方疎開センターへ臨時に配置替えを命じられ、現在は、適性合格とされた子どもたちの割当人数を充当させるために、困難な状況にもかかわらず、孤軍奮闘している。いまでは、何百、何千、何万という子どもたちが、できるだけ早く、レニングラードから最後衛に疎開することになっている。ドイツ軍の攻撃は、空からだ。きっと、ロンドン大空襲よりも酷いことになるだろうとみんなが言っている。そのため、突然、一都市分の人数の子どもたちがバスと市街電車に詰め込まれ、群れをなして鉄道の駅まで送られることになったのだ。

これまで、一覧表、人員割当、規定書式、適性合格証、職務委任などの書類を作る機会などなかった。保育園の長として、子どもたちのニーズに精通していることが、すこしでも役に立つようなことは、ほとんどなかった。それどころか、それがかえって、エリザベータ・アントノヴナを不利な立場に追いやっているのだ。

アンナは、ふたりの子どもたちの手を引いて連れて行く。三歳と五歳の女の子で、母親から背中を押されて、アンナの腕のなかに委ねられた。

「わたし、不可欠労働者なので、この子たちについていてやることができないの。さあ。連れて行ってください。いいわね、ニューシャ。妹の手を離したらだめよ。ふたりいっしょに汽車に乗るまでは、走り回ったり、妹にサンドイッチをむやみに食べさせないでね。この女のひとの言うことをよく聞いてね。そうすれば、すぐに家に帰れるからね。さあ。急いで」

その母親の顔面が見るからに蒼白でなかったら、何も感じないひとだと思ってしまったかもしれない。子どもたちも、無感動なたちに思われた。ふたりは、冬服に詰め込まれて、小さなキャベツのように丸くなっていた。幼い方の子は、灰色の布切れを持っていて、その布の絹のように滑らかな端で、自分の顔をなでていた。

「ポケットにしまっておきなさい。いいわね、ベッドに入ったときだけですよ。そうしなければ、取り上げますよ」

その幼い子は、布をさっとたたんでポケットに入れ、ニューシャを背にしてうずくまった。

「そんな汚くて古いぼろを持ち歩いていたら、この女のひと、あなたのことをどう思うかしら?」

そう言って、ハンカチにつばを吐きかけ、かがみこんで、娘たちの顔をきびきびと磨きあげた。「さあ。いい顔になったわ。じゃ、いまから――」

しかし、母親が立ち上がって背を伸ばしたとき、アンナは、苦悩でこわばったその顔を見てしまった。

母親は、ささやくように言った。「子どもたちの行く手にある鉄道に、爆弾が落とされているといううわさは本当ですか?」

「分かりません。わたしたちは、何も聞かされていないんですよ」

「でも、うちの子どもたちは、無事に逃げられるんでしょ? つまり、その、爆弾が落とされるようなところには連れて行かないわよね?」

「空襲されない市のそとに疎開した方が安全なんですよ」

母親は、手を喉のあたりまで上げて、発作を起こしたように、うなずいた。

「どうか、ご心配なく。わたしたちがお子さんの面倒をみますから」

母親は、いまにもまた口を開きそうだったが、何も言わないで、手で何かを押しのけるようなしぐさをして、ふたりの娘をいっしょに、いかにもぎこちない動作で抱き締めた。そのため、ふたりは、頭がぶつかってしまったが、母親は、ふたりから離れると、さっと背を向けて、一目散に部屋から出て行ってしまった。

小さい方の娘が泣き声を上げ始めた。すると、姉がその娘のポケットから、ぼろ布をつかみだした。顔を赤らめながら、姉がアンナに説明した。「泣いたら渡してやりなさいって、母さんがいつも言ってるの」

「とってもいいことだわ。ニューシャ。お母さんは、ずっと泣かせていたくないのね。ほしがったら、いつでも渡してあげるといいわ」

妹は、もう泣き止んでいた。その絹のように柔らかい布の端を口に当てて、リズミカルになでながら、何ごともなかったように、姉のそばに行って寄り沿った。その目は大きく、黒目がちで、焦点が定まっていなかった。

「さあ。あなたたちふたりのこと決めさせてね。ほかの人たちといっしょに、まず、あのホールに行ってね。そこで、旅行をするときのグループに分けられるはずよ。あなたたちがいっしょにいられることを確かめてみるわ。汽車に乗るのよ。知ってるでしょ。それから、たくさんの食べものも持って行くのよ。だから、心配する必要はないわよ」

「母さんがサンドイッチを作ってくれたの」

「知ってるわ。でも、食べるものを持ってきていない子たちもいるのよ。わたしたち、みんなの世話をしなければばならないの。妹さんの名前は?」

「オーレンカよ。あの子、お話ができないの」

「でも、おなかが空いたとか、トイレに行きたいとかは分かるでしょ?」

　ニューシャは、取ってつけたように、うなずいて見せた。「ええ。分かるわ。あの子は、なにか欲しいものがあるとき、わたしを引っ張るから」

「それはいいわね。さあ。ここに入って! ベンチに坐って待っててね。できるだけ急ぎますからね。ちょっと詰められるかな。あとふたり坐りますからね」


　同伴者のいない子どもたちが、ひと塊になって、いくつかの列をなして坐っている。そして、好き勝手にいたずらし放題の同伴者のいる子どもたちを見ている。まだ母親が付き添っている子どもたちは、親の手をくぐりぬけて跳び回って、「死人ごっこ」というゲームを考案して遊んでいる。ゲームは、数人の子どもたちが一列になって立ち、一番端の子どもが床の上にひっくり返って転ぶまで、倒れないように、思いっきり激しく片方の側に体勢を傾けるというものだ。ほかの子どもたちは、いつもの戦車ごっこ、赤軍ごっこ、それに、疎開ごっこをして遊んでいる。


「これが、あなたの番号よ。はがさないでね。はがすと、もう一度最初から、適性合格証を受ける手続きをしなければならなくなるのよ」

「ちょっと待って。人形をわたしのナップサックに戻してやらなければならないの。あの子は、爆弾のことなんて何にも分かってないんだから、ほんとうに困った子なの」

　ここに来ている子どもたちの多くは、ルーガ防御線から引き揚げたあと、疎開の経験をしている。別れるときになって、オタオタし、ただならぬ心の状態になっていた母親たちは、子どもたちに大きな声をかけるものの、宿舎割当の詳細な説明書を受け取ることになっているテーブルに向かって並んでいる列を離れる気はない。いたるところで、長蛇の列がいくつもくねりつつ進んでいる。一番奥のホールだけで実施される適性合格証を申請する人びとが列を作っているが、長くなりすぎたうえに、くねくねと曲がりくねって、既に、適性合格証を交付された子どもたちと母親が、宿舎割当の詳細な説明書を求める人びとの列に割り込んだり、外れたりしている。

　スラックスにパーティブラウス姿のひとりの大柄な女性が、いきなり部屋に入って来て、ぱちぱちと手をたたく。

「ソルチロヴァチナヤ駅行きの輸送列車が、いまから出ます。収容人数は、同伴の大人五十名、子ども百五十名。すぐに、中庭に整列してください。適性合格証が交付された大人と子どもだけです」

「さあ。みなさん。ベンチを離れて、わたしについて来てください」とアンナが言う。パニックの気配がどのホールにもみなぎってきていた。たしかに、輸送列車は来ている。だが、乗るのは、いったいだれなのか？　宿舎割当の詳細な説明書を求める母親たちが、どうしたものかとためらって、列から出たり戻ったりするたびに、列が揺れ動く。それから、そうした連中が、怒濤のごとく押し寄せてくる。子どもたちと鞄と母親たちが、中庭に出るドアに雪崩を打って押し寄せてくる。ただ汽車に乗ること、それだけが頭にあって、どこに行くことになるか心配するのは、そのあとでいいと思っている。適性合格証を交付されていれば、万事うまくいく。

母親たちが、子どもを引きずって、アンナを押しのけて進んで行く。ソーセージと羊毛の臭い、それに腋臭もにおう。いちどにその通路に押し寄せて通り抜けることなどとてもできるはずがない。それでも、人びとは、ひじを張って前に進もうとしている。中庭に通じる明るい廊下に向かう狭い通路で、いくつかのからだがぶつかり合っている。そして、子どもたちは――

「子どもたちに気をつけて！　押しつぶされちゃいますよ」

同伴者のいない子どもたちには、つぶれないように体を持ち上げてくれたり、強引に道を開けてくれるような母親は、ひとりとしていないのだ。

「さあ。わたしのうしろから、離れないで、しっかりついてきて」とアンナは、子どもたちに向かって叫ぶ。「お互いに手を放さないでね。市民のみなさん。お願いします。どうか――子どもたちを通してやってください。転んで怪我しそうですから」だれもそんなことばに気づく者はいない。アンナのうしろで、おびえて泣き声をあげる子がいる。

アンナは、このような事態は、あってはならないと思っている。アンナのいる場所の向こうに、並み居る群衆の頭よりも高い背丈の、あのパーティブラウス姿の女性が目に入る。その女性から目を放さないようにして、アンナは、騒音をこえるほどの声をあげる。「同志のみなさん！　ここにいる子どもたちの親は、不可欠労働者ばかりなんです！」

そのことばが、パーティブラウス姿の女性の耳に届く。そして、腕を振り上げる。子どもたちの泣き声よりも大きな声が鳴り響く。「これは、あまりいいやり方じゃないけどね！　さあ。みなさん。片側に寄って。すぐに、子どもたちを通してあげてちょうだい」

　すると、人びとは、その通りの行動をとる。不平ひとつ言わず、進んで、まるで正気を取り戻したかのように、その女性のことばに従う。だれもが、気をつけの姿勢をとる。すると、とつぜん、だれもが通り抜けるだけの空隙ができる。まるで人びとが恐怖に包まれてしまったようだ。そんなふうにして、子どもたちを送り出してやるなんて、わたしたちではありえないことだわ。そうでしょ――それこそまさに、わたしたちには、とても実現できなかったことよ――

　一番小さな子どもが、細心の注意を払って、群衆のうえに持ち上げられる。そして、頭のうえに伸ばされた人の手から手へと運ばれ、中庭まで送り届けられる。

　中庭には、涼気が感じられる。時はすでに、八月も第三週にさしかかり、大気には秋の香りがする。その季節の香りが中庭に集まってきているが、そればかりでなく、ディーゼルエンジンの神経に触るような刺激臭も漂っている。大多数の疎開者たちは、市街電車やバスに乗って、駅まで行く。ここには、三台のトラックが来ている。後尾の枠扉が下ろされ、エンジンはかかったまま、排気ガスを吐き出している。エリザベータ・アントノヴナは、すぐにトラックの運転席に駆け寄って、運転手に掛け合い始める。

「同志！　あなたは、そうやってエンジンをつけっぱなしにして、わたしたちを窒息させようとしているばかりか、貴重な燃料を浪費してもいるのよ」

　運転手は、いやな顔ひとつしない。そのことばをやんわりと受け止めて、かがみこんで、「いえね。このエンジンは、いつもこの通りなんですよ。たえずエンジンをかけているほうが、効率がいいんですよ」

　そのことばが、エリザベータ・アントノヴナの口を黙らせてしまう。「あら。そうなの。もちろん。効率ってことなら……」そう言って、右往左往している効率の悪い大勢の子どもたちとその母親たちの姿を見て眉をひそめる。母親たちは、赤ん坊やよちよち歩きの幼児たちをバランスよく背中にしょって、年上の子どもたちを引っ張りながら、我先にと、トラックに乗り込もうとしている。子どもたちが落ち着くまで、いくつもの指示する声が流れるように飛ぶ。

「そんなふうにボタンをいじってばかりいてはだめよ。だれかに洋服を引っぺがされて、取られちゃうわよ」

　子どもたちは、また、神妙な顔つきになって、そろって、腰を下ろす。泣くこともせず、母親にしがみつくようなこともしない。大人たちがトラックの後部から降りて行くときにも、表情をおもてにあらわさずに、すこし横目で眺めている。大勢の子どもたちが、三台のトラックに積み込まれる。それにひきかえ、世話をする大人たちの数は、とても少ない。しかし、すべてが整然と行われている。これら子どもたちの疎開を余儀なくされた者たちは、何をしているかを自ら心得ており、万事ぬかりなく行われることに自信を持っているのだ。

ひとりの男の子がトラックのうえから呼びかける。

「お母さん。ぼく、ずっとこの上着を着ていなくちゃいけないの？　暑いよ」

「ええ。でも、あなたが行く場所では、気候が違うかもしれないわ。それにね――」

母親は、それで、言い終えたわけではない。続けて、こころのなかで、こう言っているのだ。そのうえ、冬はもうそこまで来ているわ。冬がおとずれれば、深まるのは速いのよ。そう。母さんは、事態が収まるまでの一、二週間だけの辛抱よって言ったわね。それでも、やはり、準備のときには、あなたに何から何まで身に着けさせせたのよ。その裏付きのブーツはね、去年の一月、まる一日列に並んで手に入れたのよ。ばかにしちゃダメよ。窮屈すぎることはないでしょ。まだじゅうぶんあなたの足に合ってるわ。冬中間に合うわよ。そんなふうに、引きずるような歩き方をしちゃダメ――あなたが使えなくなったらミーチャにあげるからよ。それから、首から下げたひも付きのミトンはね――そう。それでいいわ。でも、いまはまだ使わなくていいのよ。帽子のひもはね。首に巻きつけて結わえなさい。なくしたら、もう戻ってこないのよ。チョッキとジャンパーとウールのズボンもね。そうね。そんなに着ていたら暑いに決まってるわね。でもね、母さんが傍にいなくてもすぐ分かることだけど、寒すぎるよりも暑すぎるほうがまだましなのよ。

こういう子どもたちは、本来、脚を露出し、頬を薔薇色にして、半ズボンか木綿の洋服を着て、公園のなかを駆け回って、夏の終わりを満喫していなければならないはずなのだ。

トラックのエンジンが轟音をあげる。ひとりの男が先頭のトラックの運転席から跳び出してきて、後尾の枠扉のほうに回る。枠扉を持ち上げて、ボルトで片方を固定し、もう一方も同様にする。子どもたちの機嫌をとるように、冗談を言う。「いいかい。これを下ろしたままにしておいたら大変だよ。そんなことをしたら、みんなを道路に転がしながら走ることになってしまうからな」男は、つぎのトラックにも、そのまたつぎのトラックにも同じことをする。ボルトを打ちつける音は、トラックの騒音よりも高くこだましている。

車に戻った運転手は、運転席に跳び乗って、ギアを入れ、ゆっくりとアーチの下を通る道をくぐりぬけて中庭から出て行く。子どもたちが行こうとしている。とうとうほんとうに行こうとしている。ほとんどの子どもたちは、トラックの両サイドの保護枠に隠れて見えないが、なかでも大きい子ども二、三人がほかの子どもたちをかき分け伸びあがって、枠ごしに外の様子をうかがっている。ほかにも、青白い肌をして、目をいっぱいに見開いた、とても幼い顔が四つか五つのぞいている。トラックが、中庭の門のしたの暗い陰の部分にさしかかり、横揺れしながら突き進むのに合わせて、人だかりのなかに、自分の母親の姿を目を凝らして探しているのだ。母親たちは、みな、自分の子どもが見えようが見えまいが、手を振って応えている。まるで、子どもたちが夏のピクニックに行くかのように、ニコニコして手を振りながら、大きな声で行ってらっしゃいと叫んでいる。まるで、いま別れようとしているのではなく、ちょうどいま帰ってきたところであるかのように、サイドの保護枠によじ登っている子どもたちの顔は、母親の姿を見つけた喜びで輝いている。

「そこに突っ立ってばかりいないで!」とエリザベータ・アントノヴナがしかりつける。「まだほかにホールいっぱいの子どもたちの処理が残っているのよ」

何千という子どもたちの集団がつぎつぎにやってくる。それは、レニングラードの子どもたち、ドイツ軍の侵攻に合わせて、すでにいちど疎開した経験がある子どもたち、塹壕のなかのいくつもの死体と燃え盛る家々の脇を重い足取りで通ったことがある子どもたちなのだ。子どもたちのなかには、疎開センターのホールで乱暴な遊びをし、小さいながらも徒党を組んで、大人に迷惑をかける者がいるかと思えば、まったく言われるがままに従い、だれともまともに目を合わすことをしない者もいる。そういう子どもたちは、トイレに行かせて欲しいと訴えるよりも、その場で用を足してしまう。こういう子どもたちは、トラックに乗るほうがずっと楽だということを知っている。かつて、何マイルも歩かされ、挙句の果てに、靴の底がはがれてぱたぱたし、足のまめがつぶれてしまったのに、大人たちが子どもたちに向かって、「がんばって歩け! できるはずだ。みんなして撃たれてしまいたいのか？」と甲高い声を挙げたことをよく知っている。

　子どもの数は非常に多く、時間はあまりに少ない。鉄道は、いまなお砲撃を受け続けている。子どもたちでぎゅうぎゅう詰めになった列車が、いくつもの待避線で待機し、這うように前進し、ふたたび待機し、それから、十時間前に通り過ぎた駅にゆっくりと滑るように舞い戻ってくる。そのときまでには、持参していたサンドイッチはすべて食べ尽くされていた。積み込まれた食糧には子どもたちの名前とそれぞれの目的地のラベルが貼ってあるが、それも食べてしまったかどうかはだれにも分からない。レニングラードから、子どもたちばかりでなく、食糧の姿も見られなくなっている。

　エリザベータ・アントノヴナは、とうとう頭にきたのか、「ほんとうに、なにもかもめちゃくちゃだわ！」とがなりたてる。色あせた髪が汗で額に貼りつき、目の縁は真っ赤に充血している。こんな調子だから、表の数字の計算が合うことはないだろう。むずかって、母親を呼ぶ子どもたちをいくら宥めても、まったく処置なしのありさまだ。「どうしようもないくらいめちゃくちゃよ。どうして、わたしの指示に従ってくれないの？」

　親たちがアンナのところに押し寄せてくる。二日前、ムガの付近で、子どもたちを満載した列車が爆撃を受けたというのはほんとうかと確かめに来たのだ。

「まだ、何も情報が入ってきていないんです。誓って、みなさんに知らせないでおくものですか。分かったら、なんでもお知らせしますわ」

「あなたのところに情報が入ってくると思ってるの？　あなたじゃなくて、あの人のところよ。あの人は、自分の爪の垢さえも無駄にしないくらいのしっかり者よ」

　たしかに、目の前には、最近の爆撃のうわさを耳にして、レプニー工作機械工場から十二時間交代の勤務を終えてはるばるかけつけてきたために汗まみれになって、半狂乱になっている母親と顔を突き合わせているエリザベータ・アントノヴナがいる。エリザベータ・アントノヴナは、その母親の鼻先で書類をひらひらさせている。

「あなたの情報は、みんなにとって事態を難しくさせるだけなのよ。このこと、報告しなければならなくなるわ――」

「エリザベータ・アントノヴナ。お話中のところ、よろしいでしょうか？　党の指導部のかたから至急、第三ホールに行かれるようにとの連絡がありました」とふたりの会話に割り込んで、アンナが声をかけた。お願い！

エリザベータ・アントノヴナが両方の頬に小さな紅の斑点を浮かばせ、くるりと振り向いて、おもむろに部屋から出て行ってくれますように！

「どうぞ、こちらにお坐りになって。ごめんなさいね。あのかた、ご自分で何をおっしゃっているか分からないのよ。ここって、ほんとうに小さな部屋でしょ」

「あの人は、どんなことでも知らぬ存ぜぬといった人たちと同じだわ」とその女性は叫ぶものの、アンナが導くままに、清掃夫が使う収納部屋のなかに入って行き、腰を下ろす。風通しの悪い暗闇に入ると、その女性は、肩を垂れて、鬱積したものを吐き出すかのように、急にはげしくすすり泣き始める。

「あの子にとって一番いいことだと思って送り出してやったのに。ほんとうは、行かせたくなかったのよ」

アンナは、慰めのことばをかけるようなことはしない。ただ、エリザベータ・アントノヴナが邪魔をしないでいてくれればいいのだ。せめて、この濡れたモップの臭気が漂う収納部屋のなかで、ほんのひとときでも平穏な時間を過ごせる者がいればそれでいいのだ。

「さようならって別れのことばをかけたら、泣き出してしまうから、そうならないように、言わなかったのよ」

「いいですか。あなたはここに気が済むまでいてもいいのよ。わたしは、子どもたちの振り分けの仕事があるから行かなければならないの。でも、約束するわ。何か分かったらすぐに、あなたに――」

「あなたのところには、何も言ってこないわよ。あなたのような人たちには、絶対に伝わってこないわ。どんなことでも耳にすることができるのは、あの人のような人たちよ」

親たちは、子どもたちを疎開センターに連れて来ては、うわさを聞いて気が変わり、また家に連れて帰る。そもそもこのやりかた自体、もう完全に過重負担となって破綻しているのだ。列車の数がじゅうぶんではないし、どんなに多くの子どもたちが疎開の資格を認められていても、大部分の子どもたちは、けっして順調に出発できるわけではない。アンナがウラル山脈地帯に行く途中は大丈夫に違いないと思っていたバス六台に乗った子どもたちが、舞い戻ってきている。くたくたに疲れた母親が道中の様子を話して聞かせる。「五キロ先で線路が爆弾で破壊されたのよ。ずっと待たされたの。行くべきかどうか見極めるのをずっと待ってたの。でも、食糧が尽きてしまって、結局、帰ることになったの」

爆撃を受けた列車から知らせが届く。それは、ムガ駅近辺の列車ではない。いまなお、ドイツ軍はそこで線路の寸断を図っていることは間違いないが、それはただのうわさだった。しかし、どこかで、二百人の子どもたちと四十人の大人が乗った列車が爆撃を受けたのはたしかだ。生存者は、三十二人だという。アンナがベンチにぎゅうぎゅうと詰め込むようにして坐らせ、輸送列車に乗せるために並ばせたあの子どもたちのなかに、その列車に乗っていた者もいたことだろう。耳を覆う垂れぶちのついた冬用の帽子をかぶらされてひどく暑い目に遭い、母親の姿が見えなくなると、たちまちナップサックのなかのソーセージとリンゴを食べ始めたあの子どもたちもいたことだろう。

その夜、アンナは、コーリャの寝息を聞きながら、目を覚ましたまま横になっていた。レニングラードは依然として、大勢の子どもたちで膨れ上がっている。東部に送られた疎開者たちに替わって、ドイツ軍の侵攻から逃れてきた南部と西部からの疎開者たちが到着しているようだ。コーリャはまだここに残っている。部屋は、コーリャの寝息の臭いがする。アンナはほんとうに正しい判断をしたのだろうか？　もし、マリーナ・ペトロヴナがいなかったら、アンナは、コーリャを疎開させなければならなかっただろう。アンナは、日に十六時間働いている。それに、一両日中に、父親が退院する。そのような状況で、コーリャの世話をすることは、できない相談だっただろう。とにかく、マリーナがここに来たことは、ただの偶然にすぎないと考えることは、いたって奇妙なことになってしまっている。そう、アンナは、マリーナのことをこんなふうに、つまり頭から、ファミリー・ネームを消し去って、マリーナという名だけの女性と考え始めている。

マリーナに感謝の気持ちを抱くなんて、アンナには、思いもよらないことだった。しかし、マリーナは、日に日に、着実に子どもたちの生活のなかに確固たる位置を占めるようになっている。

マリーナは、食糧のことで、アンナ以上に頭を悩ませている。家の貯蔵戸棚に収めるための砂糖一袋でも手に入るチャンスがあれば、市の半分もの距離でさえもいとわず歩こうとする。まだ日が高いうちは、店頭にはまだ食糧が並んでいる。それに、配給食糧だってまだましなのだ。しかし、値段は、空前の高さにまではね上がってしまっている。だから、もしマリーナがいなければ、アンナは、もう配給食糧とは別に砂糖もバターも買うことなどできないだろう。砂糖一袋が十八ルーブルもする。そんなこと想像できるだろうか？　でも、マリーナは、そのお金を払ってくれる。マリーナは、お金を持っているのだ。

「マリーナ。そんなにたくさんお金を使ってはいけないわ。わたしには、とても返せないもの」

「わたしたち、お金を持っていたって、お金を食べられるようになるわけじゃないでしょ」というのが、マリーナのいつもの応えなのだ。


マリーナは、コーリャを散歩に連れて行くこともある。ふたりして出かけ、コーリャが跳ねるように歩くあいだ、マリーナがお話を語って聞かせ、その途中一番胸がわくわくするところで急に話すのを止めてしまうと、興奮のあまり頬を紅潮させたコーリャの黒目がちの目がきらきら光る。

「このお話の続きは、ほら、あそこの建物のところまで歩いたら聞かせてあげるわ――見てごらん。あの茶色のドアがある建物よ」そう言って、はるか遠くの方を指さすと、コーリャは、アンナだったら、ぐずって手を引っ張るところだが、そんなことはしないで、楽しそうな声を張り上げながら、快活にずんずん歩いて行く。


アンナは、そんな嫉妬心のうごめきを抑え、砕こうとする。それにしても、コーリャは、何と素早く関心の的を逸らしてしまったことか。それは、愛情ではないはずだ。愛情だなんて信じられない。だがコーリャは、毎朝、アンナの手を借りて着替えを済ませると、たちまち、マリーナのところに駆けて行くのだ。マリーナが寝具の毛布をたたんで、ソファーを押し戻し、その日一日その部屋を使えるように用意するのを手伝いながら、コーリャは、マリーナといっしょになって、楽しそうに笑い声を上げる。マリーナには、どこか磁石のように人を惹きつけるものがあるのだろう。アンナは、思い返してみても、自分の母親にはそんなものを感じたことがなかったと認めざるを得ない。ヴェラには、そのような人を惹きつけるような魅力はなかった。むしろ、ヴェラは、他人から避けられていた。そして、それにはそれなりの理由があったに違いない。それはどんなことだったのだろうか?


マリーナは、自分の買い物袋のうえにかがみ込んで、壺を取り出す。

「ほーら。二百グラムの白子よ!」

「マリーナ! それいくらしたの?」

「いつも言ってるでしょ。いまにお金なんて何の意味もなくなるのよ」


コーリャとマリーナは、壁紙用の糊が入ったポットのうえにしゃがみ込んで、ちぎった新聞紙の数片に糊を塗り、コーリャの針金で作った砦の骨組みにそれを貼り重ねている。

「マリーナ。ぼく、ほんとうに上手にできてる?」

「ほんとうに上手よ。その壁面は、きれいにむらなくできてるわ」

「この壁は高くなくちゃいけないんだよ。敵が乗り越えられないくらいにしておかないとね」

「その通りだわ。コーリャ、もうひと一枚貼り重ねましょうね。そのあと、乾くまで放っておきましょう。ペンキ塗りは明日ね」

　マリーナは、かかとに力を入れて坐り直し、手についた糊と新聞紙のインク跡を拭き取る。こんな姿のマリーナを絵にするとしたら、どうなるだろう？　アンナは、思案する。以前マリーナが別荘《ダーチャ》でとったポーズがいまでも頭から離れない。その肖像画は、万事に片がついた暁には、かならず完成させたいと思っている。

　しかし、たぶん、それは違う肖像画となるだろう。あらゆることが変わってきている。だから、アンナの作品も変わってはならない理由がどこにあるだろうか？　きっと、創作方法を変えるほうが得策なのだろう。肖像画などきっぱりやめて、そのかわりに、木炭で砂糖の包み紙に、素早く自由に描けるスケッチにしたらいい。どちらかにはっきり決めないで、手の爪のなかに詰まった汚れに眉をひそめているいまのマリーナの姿とか、あるいはまた、マリーナが身をよじって、コーリャに混凝紙が硬くなるまで砦を持ち上げないように注意している姿とか、あるいは、アンナがじっと自分を見ていることに気づいて、自在に表情を変える術《すべ》を身につけているマリーナが、無邪気な顔をして、見つめ返している姿がいいかもしれない。


　アンナは、眠らずにベッドに横たわっている。夜がぴーんと張りつめ、引き締まり、警戒している。レニングラード中の人びとが、アンナ同様目覚めている。アンナは、頭のなかで、アパートのひとつひとつに壁越しに入り込み、時間が経過するのを数えながら待っている人びとの姿を見ている。屋上では、当番の火災監視人たちが、砂を入れたバケツの鉄枠を摑みながら、飛行機のエンジン音が聞こえてくるのを待って、ずっと眠らないでいる。これから、何が起ころうとしているのかだれも知らない。ドイツ軍さえ知らないかもしれないのだ。ドイツ軍は知らないことはない、とわたしたちは思っているけれども、たぶん、わたしたちとおなじように、ドイツ軍も、まだ書類となっていない当局の命令とだれの頭にもぜったいに浮かんだことのない当局の判断を待っているのだろう。

　ドイツ軍は、わたしたちがいる森のそとで、すぐにも摘みとれるほどに成長したマッシュルームのにおいを嗅ぎながら、待機している。しかし、ドイツ兵たちは、どこで一番おいしいマッシュルームが採れるか知らないだろう。マッシュルームを足で踏みつけるうちに、潰されたアンズタケからは、アンズの実の芳《かんば》しい香りが放たれることだろう。

そして、それから、アンドレイの存在だ。アンドレイは、二度とやってはこなかった。しかし、アンナにしてみれば、やってくることを確信していたので、アンドレイのことを信用するなと、自分自身に警告を発するようなことはしなかった。

とかくこのようなことで完全に誤った方向へいってしまいとり返しがつかなくなる可能性があるとは、なんと恐ろしいことだろう。自分の思いに信頼を置き、自分の直感を信じることができるのに、それがまったく間違いであるとか、相手の人間の頭に、自分のことなどこれっぽっちもなかったことが判明するとか、アパートのそとに出てしまうと、たちまち、アンナのことなどすっかり忘れてしまったとか、アンドレイは、アンナのところに伝言を持ってきただけで、アンナのことなど二度と考えることはなかったとか。そんなことなら、ほんとうに、終わりだわ。自分に見向きもしなかったひとの歓心を買うなんて、なんて屈辱的なことだろう。それは、ちょうど、遠くの方に見える顔に向かって駆けて行き、両手を差し出して、「お会いできてうれしいわ！　お帰りになってたなんて知らなかったわ！」と声をかけたものの、近づいてみると、その顔にはまったく見覚えがなく、どぎまぎして、体をこわ張らせてしまうようなものだ。

しかし、そんな思いでいるアンナのことなどアンドレイはまったく知らない。アンナが目を閉じて、その暗闇のなかで、アンドレイとダンスをしているのをアンドレイは知らない。そして、目を閉じたまま、「あなたもわたしと同じことを望んでらっしゃるの？」と尋ねていることもアンドレイは知らないのだ。

アンナはベッドのうえでもだえるように身をよじる。いったい、コーリャはここにこのままいさせていいのだろうか？　もし爆撃が始まったら――もし、ロンドンの町が受けたように、爆撃機の波状攻撃があって、レニングラードが炎の海となったら――もしドイツ軍が侵攻してきたら――もしここまで攻め込んできたら――ああ、どうしたらいいのだ。

ドイツ軍の飛行機が落としているのは、ビラであって爆弾ではない。アンナには、それを拾う勇気がない。だれが見ているか分からないからだ。しかし、アンナは、疎開のために列を作っていた人びとがそのビラに書いてあることを小声でささやいていたのを耳にしたことがあった。

レニングラードは、すでに敗北している。わが軍の勝利は、不可避である。抵抗は事態を悪化させるだけである。ロシア側の軍隊は、レニングラードを見殺しにして、撤退を始めている。レニングラードの敗北は、不可避である……

アンナは、ふたたび寝返りを打って、顔を枕に埋める。夜毎に、涼しくなってきている。しかし、アンドレイのことを考えるたびに、炎のように熱い波が押し寄せ、アンナの全身の肌のうえを流れるように洗う。アンナは、むりやり気持ちをコーリャに戻す。そして、ほかの子どもたちへ、それから、トラックに乗って行った子どもたちへ、ニューシャとオーレンカ、そして、そのほかの子どもたちすべての方へ気持ちを戻す。アンナは、自分の正直な気持ちにたいする罪悪感を振り払うことができないでいる。また、いかなる行動も、行動そのものとはまったく釣り合いが取れない結果を生じるのではないかという、不安で不吉な感覚も振り払うことができないでいる。アンナは、リストからひとりの子どもの名前を声を出して読み上げた。その子どもは、疎開したか、あるいは、レニングラードに留まっているのか。あの列車は、爆撃を受けたか、あるいは、爆撃されなかったのか。レニングラードは、これから爆撃されるのだろうか、あるいは、爆撃を免れるだろうか。しかし、アンナは、罪悪感を覚えるのは、送り出した子どもたちにたいしてか、あるいは、レニングラードに留まらせている子どもたちにたいしてか、分からないでいる。

夜は、まだ暖かい。無駄に過ごされ、捨て去られた晩夏の夜だ。アンナは、ベッドで寝返りを打つ。もうアンドレイのことを考えようとはしない。

12

レニングラードの町は、まだ爆撃を受けていない。晩夏の空のもと、まうえの空から輝くばかりでなく、バルト海からも立ち昇るように思われる陽の光に支えられて、ゆらゆらとたゆたっている。ゆらゆらとたゆたい、情趣豊かで、奇跡のようなペテルスブルクよ。あらゆるものを欲しがり、そのために払った犠牲には目もくれなかった帝政ロシア皇帝ピョートルによって、汝は、無から作り出されたのだ。このピョートルの市は、ヨーロッパに向かって開かれた窓だ。その窓からは、輝く光が差し込んでくる。ここには、歴史家カラムジンが言ったように、涙と屍《しかばね》のうえに築かれた美しさがある。それは、揺りかごのなかで育てるようにして革命を育成した古雅な建築仕様を施したファサードであり、冬というコップのなかに横たわる毎年の夏だ。

八月は、じれるようにして九月に向かっている。その黄金のような華やかさに、だれも騙されはしない。「南の冬をそっくり真似ている」北の夏が終わるまえに、いったいこのような日は、あと何日あるだろうか？　夜は、その歩幅を伸ばしながら、勢いよく更けて行く。寒気の縁面がゆっくりと上昇し、朝がめぐってくるごとに、太陽はすこしずつ長い時間をかけて、大気を温めるようになってきた。終日、太陽の熱さが徐々に薄らいでいく。木々や花々の樹液が茎のなかに逆流するにつれて、花弁が、くるくると縮れてくる。朝の大気には、ワインの風味が漂う。どの公園の木々にも、最初の腐食臭が漂う。手漕ぎボートがまだ繋留所に船体をぶつけているが、ここは、バルト海だ。冬になれば、海のうえを歩けるようになる。冬に備えて、ボートを引き上げ、倉庫に保管しておく時期がきた。

しっかりと準備は整えているものの、爆撃はまだない。「ドイツ軍侵略の猛攻撃にたいして英雄的な不屈の精神をもって抵抗するための準備は万端整っている」と『レニングラードスカヤ・プラウダ』紙が報じている。万端準備していても、まったく無防備であっても、大空と大地は、相変わらずの関係を続けて均衡を保っている。

市はまだ、敵の行動によって損害を被ってはいないが、手が加えられていないわけではない。公園という公園、空き地という空き地はみな、対空防御用の塹壕が作られて、ズタズタになっている。エルミタージュ美術館所蔵のひと車両分の秘蔵品が船で搬送されている。移動できない秘蔵品は、地下の倉庫に詰め込まれた。移動が困難な塑像は、砂袋で覆われた。垂直安定板を同じ方角に向けた阻塞気球がいくつも、いずこに赴くとも知れない飛行船のように、空中からぶら下がっている。細長い布で包まれたピョートル大帝の青銅の騎士像は、見ようによっては、手にとって敵に向かって投げつけるかもしれない手榴弾のようにも見える。瞬きをして、一度ならず二度まで見てしまうようなものばかりだ。

戸口で、ひと包みの寝具類のうえに腰かけている年老いた女性は、別のアパートに移ろうとしているわけではない。疎開列車に乗るために、鉄道の駅に行く途中なのだ。しかし、この女性には休息が必要だ。ほとんどすべての持ち物をあとに残してきたにしても、もしなんとか持ってきた生活必需品を引きずって行くつもりなら、動かずにずっとここに留まっていなければならない。旅をするための食糧、毛布、それに、それがなければ眠れない、専用のガチョウの羽毛枕だ。それをあとに残して行けば、いつ同じものが手に入るか分からないだろうし、枕が与えてくれる慰安を失うことには耐えられないのだろう。その枕を首筋のところに当て、そこから隙間風が入らないようにしておきさえすれば、からだ全体が温まるのだ。

その女性が駅に着くときまでには、列車は満員になっていることだろう。へこたれることなく、寝具の包みをまた家まで引きずって帰り、待機し、あくる日の朝、また家を出て行く。そうして、二度目の旅立ちをしようと、まったく同じ場所でからだを休める。このひとは、本気なのか、それとも、本気ではないのか？　頭を垂れて、包みのうえに、ただひたすら坐っていて、微動だにしない。顔は、皺のなかに沈み込んで、よく見えない。つぎに移動するための力を蓄えようと、すっかり自分に引きこもって、他人と接しようとしなかった。

いたるところに、武装した人びとがいて、市のなかを絶え間なく動きまわっている。そして、ドイツ軍の侵攻に遭って、逡巡するたびに、前線の分隊から別の分隊へと次々に配備されている。みな、新兵で、出動させられたかと思うと、撤退させられ、また出動させられている。この武装した人たちは、キンギセップかノヴゴロドから這いつくばるようにして後退してきて、レニングラード市民がまだこれから感じなければならないことをすでに感じてしまっていた。例の年老いた女性は、近くをこの武装した人たちが通ると、顔を上げて、そちらに目を向ける。しかし、声をかけるようなことはしないし、通り過ぎる人びとも、くたくたに疲れているので、だれひとりこの女性に気づく者はいない。万事が整然とした混乱なのだ。町は、ズタズタにリズムを狂わすと、なんとかして、別のリズムを見つけようとする。

汗染みのついた汚らしい軍服を着た三人が、歩道の縁石のうえで、からだをふらつかせている。三人はずっといっしょにいて離れることがなかった。

「よお。そこのバブーシュカを着けてるひと。われわれに水をくれないか?」

その年老いた女性は、垂れていた頭を上げて、乳白色に混濁した目で声のする方をじっと見つめる。「水だって?」

「そう。水だよ。蛇口からジャーと出てくるあれを知らないのかい?」

「知らないね。わたしはね。ここに住んでるわけじゃないんだよ」

かぶさるようにして突っ立っている男は、けた外れに巨体だ。それで、その女性は、その男が味方の兵隊ではなく、まるで敵兵のように感じて、すくみあがっている。

「やめとけよ。パヴリク。水は、ここはやめてよそで探してみることにしよう」

日ごとに、ニュースは、うわさと混ざり合って、わけがわからなくなってきている。フィンランド軍が、あの冬戦争〔一九三九年十一月~四〇年三月のソ連・フィンランド戦争〕で失った領土を奪い返そうと、ドイツ軍の侵攻に乗じて、東進してきている。敵は、この事態を待ち受けていたのだ。北からのフィンランド軍、南と西からのドイツ軍、その両軍による挟み撃ちだ。まさに、敵の思う壺なのだ。

そうじゃない。ドイツ軍の計略は、まず東進し、それからわれわれの方へ戻ってくる南からの掃討作戦なのだ。敵は、われわれを包囲するつもりだ。

そんなことは、不可能だ。とても起こりえない。地図を見るがいい。敵だって、きっと携帯しているはずだ。ほら——ムガ、それに、ヴォルホフだ。この二つの市は、じっさいヴォログダ鉄道沿線にある。ヴォログダ線を失うなど考えられないことだ。

そんなことが起こるはずがない。なぜなら、そんなことになれば、われわれは——

ひとつの市ももはや存在しなくなる。島もなくなるだろう。ドイツ軍という海のなかに浮かぶロシアという島だ。あのフィンランドの奴らは、言うまでもない。

そんな地図など片づけてしまえ。できないことではないだろ?

ときは、八月の末。月が阻塞気球のように、収穫の黄色を帯びて、膨らんでいる。これが、屋外の畑と別荘《ダーチャ》の小さな菜園にとっての天候であり、翌年の食糧をもたらしてくれる天候なのだ。月が出ているのは、このためなのだ。収穫のための月だ。

どの畑も　収穫の時期には　白夜だった
それに　満月だった
朝までには　刈り取りを終え
それから　きみと　――したね。

人びとが月を怖がるなんてだれが考えただろうか?いまでは、まるで、月がそのためにあるかのように、人びとは、爆撃機のための月と言っている。しかし、いままでは、いつも月は、収穫のためにあった。このような白夜には、昼間と同じように、野良仕事ができる。しかも、トラクターを使ってするのと変わらない速さで、畝全体を休むことなくやってのけることができる。銀色の大麦のシートのなかで、あるいは、鮮やかに切り取られたじゃがいもの葉のなかで、黒い人影がいくつもうずくまっているはずだ。それは、身の危険を感じて、逃げている人影ではない。触ってみた手の感触で、実の採り頃を知ることができるのだ。夜、実に触れても、まだ昼間の暖かさが残っている。葉は冷たいが、リンゴの実は暖かい。いったいだれが収穫物を家に持ち帰ってはならないというううわさを本気にするだろうか?


アンナは、別荘の菜園で、何種類もの野菜を作っていた。アンナが不在となったいま、どれもすっかり伸びきってしまっていることだろう。そう思うと、いてもたってもいられなくなった。

「ねえ。マリーナ。わたし、やってみるつもりよ」

「危険を冒すだけの価値はないわ」

「価値はあるわ。持って帰るもののことを考えてごらんなさいよ。背負いかごを持っていくつもりよ。それに、わたしのかごもね。自転車のハンドルの両側に袋をぶら下げて、バランスをとるわ」

「でも、アンナ。いまは、民兵たちが市のなかに入ってきていて、だれかれとなく誰何《すいか》されているのよ。もしもスパイと間違えられたらどうするつもり?」

「わたし、身分証明者を持っているから、大丈夫よ。なかに入れて帰らせてくれるわ」

「それより先に撃たれでもしたらどうするの?」

「明日どうしても行くつもりよ。きっとうまくいくわ」

「仕事はどうするの?」

「今晩の仕事を申し出るわ。変更して正午に終わるようにしてもらえると思うの。ここに戻ってきて、自転車に乗って、行きに三時間、帰りに三時間、十分余裕があるわ。暗くならないうちに家に戻れると思うわ」

「そう。ほんとうに行くつもりなら――」

マリーナは、いつも横になっているカウチのわきに膝をついて、その下に手を入れ、なにか手探りしている。

「さあ。これをもって行った方がいいわ。研《と》いでもらってあるわ」

それは、フィンランド製のハンティング・ナイフの「プークー」だ。

「どこで手に入れたの?」

「さあ。持って行きなさい。どんなひとがうろついてるか分からないわよ」

「だれもいないわ。みんな出て行ってしまったんだもの。いまでは、無人地帯よ」

それでもやはり、アンナは、そのナイフを手に取った。ずっしりと重みがあって、ぴったりと手になじんでいる。アンナは頭のなかで、そのナイフでよく育ったオニオンをスライスして、赤藤色と白色の色鮮やかな層から液が吐き出されるさまを思い描いている。

「このナイフはどなたのもの?」

「だれのものでもないわ。わたしが買ったのよ」

「わたしが行ったなんて父に言わないで下さいね」

「もちろん言わないわよ」

「万が一分かってしまったら、そのときに話せばいいわ。畑に残っていたら、ラディッシュを父のために持って帰るつもりよ」

「あとで、何をぼくに話してくれるの?」コーリャが、色を塗っている砦の旗から目を上げて言う。

「あら。あなたのことじゃないのよ。アンナが話していたのは、仕事関係のひとのことよ」

コーリャは、父親が退院してきた日、父親の部屋に入って行った。ベッドでコーリャが目にしたものは、ぐいとあらぬ方向に突き上げている灰色の剛毛が生えたあごだった。開いた口の一方の端からはよだれが垂れて糸を引いていた。

「しっ、眠っているわ」

眠っているって。ほんとうにこれが眠っている姿だろうか? 荒い鼻息が聞こえた。コーリャは、ドアのほうに後ずさった。

「お父さんは、もうすぐ目を覚まされますよ」

両方の足先がシーツを持ち上げている。普段は、こんな寝方をすることはない。ベッドにいるのは、父さんなんかではない。それが父親だと言われなかったら、コーリャにはとても考えられないことだった。

じっさい、みんなの言うことなど信じられるものかと思っている。「父さん!」と、みんながそう言ってほしいと思っているから、言うだけのことだ。ぼくの父さんは、ここにはいなくて、戦場で勇ましく戦っているんだ。コーリャの頭のなかでは、父親は、要塞を果敢に襲撃する赤軍兵に変身しているのだ。

みんなが言っている。「コーリャ。そんなに跳び回らないで。お父さんは、疲れてらっしゃるのよ。休ませてあげてちょうだい。お父さんの頭に響きますよ」

ベッドのうえの物言わぬ灰色のものを看護するために、みんなが出たり入ったりする。

アンナは、足音を忍ばせて、父親の部屋に入ってゆく。ベッド脇のコップをとって、水を捨て、新しいのと取り替える。とてもよく眠っている。寝たきりでベッドを離れないので、アンナは、大小便用の携帯用便器を用意しているが、医者には、血行を良くするために、ベッドを離れて歩くようにと言われている。今朝は、みんなに持ち上げて運んでもらって、ベッドのうえで坐る姿勢にさせた。アンナが後ろから押し、ほかの二人が両脇につき、横から体を回転させた。マリーナが、ゆっくりと両脚をベッドの端から下ろしてやった。父親は、まだ呆然としていて、みんなが何をしているのか分かっていないようだった。長くて、蒼白な足が、床についた。

「立てますか?」

「いや――悪いが、立てないよ」

「少しの間、そのまま坐っていてくださいね。そのほうがよさそうだわ」

肌着のシャツとズボン下を身に着けていたが、包帯が当てられた肩には、シャツは窮屈であわなかったので、アンナが袖を切り取って着せていた。あすは、傷口の包帯を取り替えなければならない。古い包帯をはずして、煮沸《しゃふつ》消毒した水で傷口を洗い清める――感染症にかからないように、あらかじめ、綿棒が煮沸消毒してあるかを確かめる――それから、丁寧に乾かし、空気にさらし、硼酸粉末を振りかけ、新しい包帯を当てる。しかし、真新しい包帯を買うなどとっくの昔からできない相談だった。市の包帯は、一インチずつ確実に姿を消していた。マリーナが、なんとか、リント布を包装箱ごと買ってきて、包帯用に切って使った。

「清潔であればいいのよ」とみんなお互いに言い合っていた。

父親には、水分を摂取することが必要だった。水が傷を洗ってくれるのだ。口に含むためには、たとえ、眠っていても、起き上がらなくてはならない。排尿しなくなれば、それは脱水症の兆候だ。お茶ではなく、水が必要なのだ。お茶は刺激が強すぎるからだ。

アンナは、グラスを取り替える。父親は、すっかり眠りこけている。痛みを覚えることなく、痛みの心配もさせないで、ここにこのままにしておくことに、ついつい気が向いてしまう。しかし、アンナは、そっとほっぺたをたたく。

「お父さん。起きて。水を飲んで」

かなりの時間がかかる。かみしめるように、口を動かす。目蓋のしたで目が動くが、目蓋は、封印をしたように閉じたままだ。

「さあ。起きて」

とつぜん、跳ねるように目蓋が開く。驚いたことに、父親は、微笑んで、静かな部屋では、叫び声にも聞こえるような普段とまるで変わらない声で言う。「アンナ。きみは、何をしているんだ?」

「お父さんを起こそうとしているところじゃない。さあ。水を飲んでちょうだい。唇がかさかさよ」

「アンナ。紅茶を入れてくれないか」

「紅茶は飲まないようにって言われてるのよ。刺激が強すぎるんですって」

がっかりしたように、枕にのせた頭を左右に振りながら、「紅茶がなんだって?」

父親は、「刺激が強い」ということばが理解できなかったのだ。あれだけ、珍しい古銭の収集をするように、ことばを収集してきたひとなのにと、アンナは愕然とした。

「心配しないで。すぐ持ってくるわね。小さいグラスだったら大丈夫だわ」

アンナが紅茶をもって戻ると、父親は、うつらうつらしているようだった。だが、紅茶の入ったグラスにスプーンが触れる音がすると、すぐにまた目を開けた。

「角砂糖を二個入れてくれたかい?」しかし、右腕はなんともないのに、身を起こすことも、グラスを手に取ることもしない。

「背中にもうひとつ枕を差し込むわね。そうすれば、飲めるわ」

それでも、なんとか自分で坐る姿勢をとることができる。

「さあ。どうぞ」

体を震わせながら、グラスのつまみを握り、唇をすぼめて、紅茶をすするようにして口に含む。

「うまい」

「もう少し飲んでみて」

すする毎に、紅茶が減ってゆく。疲れたのか手が震える。アンナは、空になったグラスを父親の手から取る。すると父親は、微笑みながら目を閉じて、頭を枕に戻して横たわる。

「うまかったよ」

「こんどは、ライラックの花の紅茶にするわ。大好物でしょ」

「その通り。大好きだよ」

「すぐにこれを下げてくるわ。そのあとで、お粥を持ってくるわね」

「お腹がすいているわけじゃないんだ。アンナ、モー《わたし》ヤ・ドゥーシャ《のたましい》。ちょっと疲れただけさ」

本当に父親はそのように言ったのだろうか？　いまだかつて、アンナのことをそんなふうにわたしの魂などと呼んだことは一度もなかった。そう言って、微笑んでいるのだ。

「オネーギンの伯父さん」

「なんですって？」

「わたしのことだよ。あの男に似てるんだ。きみは、いつになったら悪魔がわたしを迎えに来るのだろうと思ってるんだろ？」

とっさに閃《ひらめ》いて、奇跡のように、そのフレーズがアンナの頭に浮かんでくる。何を言いたいのかアンナには分かっている。アンナは、父親の望み通りに、引用したフレーズを打ち消す返答をすることだってできる。

「そんなこと考えてないわ。ただ暗澹《あんたん》とした思いで薬の匙の按配をし続けるだけよ」

父親の微笑みが広がる。「すくなくとも、きみは、プーシキンを忘れてはいないね」

「ええ。忘れてはいないわ。すくなくともね」とアンナが答える。父親の手がのびて、アンナの手を握るが、その握る手は、弱々しい。頭の働きは、もう正常さを失っている。そのような父親に腹を立てることができるだろうか？

アンナは、別荘で、じゃがいもを掘りながら、そのことをずっと考えている。背後で葉擦れの音がする。振り向いて、密生した木立を透かして見ながら、そば近くの地面に置いたナイフに手を伸ばす。だれもいない。だが、いないはずはない。どれだけ敵が近づいているかはだれにも分からない。すぐ近くで、母親が育てていた薔薇の茂みのひとつに自転車をたてかけている。わずかな遅咲きの薔薇の花が、繁茂したまきつき植物のあいだから顔をのぞかせている。森があたりを囲い込むようにだんだん近づいてきて、母親が造った庭園までも飲み込もうとしている。

　うつろな林、うつろな別荘、もうすでにすっかり雑草の世界と化してしまったうつろな庭園。ここはいまや、うつろな地帯、人びとが逃げたあとの無人地帯となっている。ここにはじゃがいもがある。アンナは、自分専用のフォークを土のなかに差し入れ、ぐいと押し下げ、黒い土ごと、卵のように白いじゃがいもをいくつもつけた芋づるを掬い出す。今年のは、小ぶりだ。栄養を摂ろうとする雑草と闘わなければならなかったせいだ。どのじゃがいもも強靭な巻き毛によって、母なる茎にしっかりとくっついている。アンナは、ついた土を振り払い、じゃがいもを軍用の袋に入れ、また、掘り続ける。フォークの歯がじゃがいもに突き刺さり、割ってしまう。そのじゃがいもをわきへ除《の》けたとき、うしろのほうで、また葉擦れの音がする。こんどは、あたりに目を配らぬよう身を固くして、またフォークを使って掘り始める。さらに一列掘り進む。それから、あのオニオンだ。そのあとで、引き返すつもりだ。ラディッシュは、盛りを過ぎてしぼんでいる。パセリは、掘り起こして、ポットに植え替えるつもりだ。栽培するだけの価値があるからだ。

　乾いた晩夏のスーとあたりを静める音に混じって木の葉の揺れる音がする。だれもいない。たとえアンナが、万一あらんかぎりの力をふりしぼって絶叫しても、だれも現れないだろう。ソコロフ家の家からは、煙も立ち昇ってはいない。豚のように太った、剛毛のヴァーシャも、幼いミーチャもいない。ソコロフ家の人びとは、みんな行ってしまった。ヴァーシャは、いまどこにいるのかしら。きっと大丈夫だわ。だって、ソコロフ家の人びとは、みんな自立できる人たちばかりだもの。ヴァーシャが、帽子のなかに鳥の巣を崩れないように注意しながら入れて、別荘まで持って来てくれたことをよく覚えている。その巣のなかには、つぐみのひなが三羽いた。ヴァーシャは、そのひながつぐみだということを知っていた。ことほどさように、ヴァーシャは、森のことは、何でも知っていた。

「さあ。ここにきて見てごらん。アンナ」

覗いてみると、毛羽立った頭をした赤紫色のひなたちで、チーチーと一斉に鳴き声をあげていた。

「小川のほとりで見つけたんだ」

　顔を近づけてみると、なんだかネズミの臭いがした。ヴァーシャは、鳥についての知識では、だれにも引けを取らなかった。いつだって、鳥を観察していた。以前、ヴァーシャが蛙を踏みつけるのを見たことがあるひとがいるかもしれないが、それは、ただほかの男の子たちといっしょだったからだけなのだ。

「親鳥が帰ってこないうちに、元の場所に戻しに行こう」とヴァーシャは言った。

　だれもかれもいなくなってしまった。アンナは、来るべきではなかったのだ。土をかぶったままの最後のじゃがいもの山をさっと集めて、袋のなかに詰め込む。パセリを持って行くだけの時間的余裕がない。とにかく、これ以上は無理だ。自転車の後部の左右の荷かごも軍用の袋もバスケットもいっぱいだ。もうこれ以上容れる場所がない。別荘から必要なものをいくつか持ち出す計画を立てていたが、なかに入る気にはならない。どのドアも窓も閉まっていて、もう冬がやってきているかのように、鎧戸まで閉じている。アンナがそこにいることに驚いて、家がアンナをじっと凝視し、窓も唖然としている。そう。ここは、もう、アンナが愛する場所ではなくなっているのだ。

　アンナの意思に反して指の動きがもたつくのをだれにも悟られないように、ゆっくりと注意を払って、自転車の荷かごの留め金を締める。アンナの肌には悪寒が走って戦慄を覚える。もしかしたら、前もって、自分が、ソコロフ家の放置された菜園にラディッシュがあるかどうか調べに行ったかもしれないと思うとぞっとする。あらゆるものが虎視眈々と待ち受けているこんな無人地帯で、そんなことをすれば、いったいどのようなことになるのか、分かったものではなかった。

　背中にすっーと一筋の冷や汗が流れ落ちる。マリーナが舞台負けしてあがりそうになったときの対処法としてやってみせてくれたように、アンナは、長くゆっくりと息を吐き出す。これは舞台のうえに限らず、どんなことにも効果がある。いま、ここで走ることなどしてはならないのだ。

　できるだけ急いで、レニングラードに戻らなければならない。いまこのとき、かつての百倍も愛しいレニングラードよ。時機を失して遅すぎた巣離れをした蜜蜂にとってのの母なる巣箱、レニングラードよ。アンナは、うっとうしく、冷え冷えとした大気のなかを、低空飛行しかできず、身もだえし、よたよた飛んでいる蜂たちを見たことがある。

　葉群れが揺れる。まるで、アンナの知らない何かを葉群れが知っているかのように、ザワザワと音をたてる。ことがすっかり終結していないのに、葉群れに何が見えようか？　次にいったいだれのうえに、この木々は葉のない枝をかぶせるように曲げようとするのか？　ドイツ軍がまえよりもずんずん近づいてきている。ほどなく、わたしたちの庭園のなかを闊歩することになるだろう。コーリャのために、摘んで持って帰ろうと思っていたプラムは、スズメバチと鳥たちに食べられてしまっている。チェリーの木には、糸で吊るされた乾燥した白っぽい石のようになった核がいくつもみられる。まるで、小さなしゃれこうべのようだ。

　荷かごと袋にいっぱい詰め込んでもなお、畑にはじゃがいもが二列分未収穫で残っている。オニオンも小ぶりの蕪もある。そう思うと、急に恐怖が遠のいた気になる。意を決して、また小ぶりの熊手を使って、掘り始める。こんどは、熊手の歯で傷つけないように、慎重にじゃがいもを掘り出すなんてことはしない。掘り起こしたらそのまま脇に置き、すぐにつぎの株にとりかかる。一列、二列、三列と、手際よく片づけて行く。根こぎにされたじゃがいもの茎が、足元で伸び放題に伸びている。それよりいまは、オニオンだ。半分地上に顔をのぞかせ、半分は地中に埋まって、どっかりと腰をおろしているオニオンを引きずり出す。オニオンをひねって根から外し、径に放り投げる。ビタミンがたっぷり詰まった立派なオニオンだ。つぎは蕪だが、大した量にはならない。それでも、食べればすこしは滋養になるだろう。とにかく、畑から掘り出すことだ。全部、攪乱された畑から食べられるものは全部掘り出すことだ。侵略してくる者がいても、何も見つかりっこないのだ。この土地は、あのような人たちに、どんな食糧も与えることはないだろう。

　アンナは、ブーツをはいた足を高く上げる。そうして、白日の下にさらされた野菜、じゃがいも、オニオン、それに蕪を思いっきり踏みつぶす。その勢いで、柔らかくなった土のなかに身を隠そうとするものも、アンナは容赦なく踏みつける。靴のかかとが白い野菜の肌に食い込んでいる。汁がにじみ出て、径を汚している。みな見る影もなくなった。だれの食糧にもならないだろう。アンナは、つま先で蹴るようにして、自分で台無しにした野菜のうえに土をかぶせる。

13

「書類を出せ」

　アンナは、さっと差し出してやる。ことばを加えることも、微笑むこともしない。微笑むことが弱さを示すことを民兵は知っているからだ。その民兵の男は、アンナのサインのうえに人差し指を載せて、眉間にしわを寄せる。

「書類は、見たところ、あらかた整っているようだな」と、まるでアンナには、いまが、これから先ずっと、身元証明をしなければならないその最初のときであるかのように、おもむろに口を開く。その男の年齢は、アンナとほとんど違わない二十三か二十四歳だ。まぎれもないレニングラードの青年だ。色白で血色のいい肌をしていて、灰色の目をし、頬骨は角張っていて、どこか神経質そうでびくびくしている。当局は、ただ漫然と人びとの持ち物検査をしているわけではない。市全体が、銃にたいする備えをしているのだ。

「この袋には、何が入っている？」

「野菜です」

「開けて見せろ」

　アンナは、サックのひもをほどき、自転車の荷かごのなかを見せる。男は、じゃがいもとオニオンを持ち上げて、ほかに何かないか探っている。乱暴に扱ってはいない。アンナ同様、じゃがいもに傷をつけてはならないことを男もよくわきまえている。

「おまえが自分で栽培したものか？」

「はい。そうです」

「市場に持って行くつもりか？」

「いいえ。全部家庭用です」

「か—て—い—よ—う—だって？」と一語ずつのばしながら言い、サックと荷かごとバスケットにざっと目をやる。

「そうです」とアンナは、上ずった声で言い、男を共犯というたくらみに引き込もうと微笑みかける。「でも、あなたには、このじゃがいもがどんなに重いか分からないと思うわ。とうてい家まで運べません。すこし軽くできたらと思ってますのよ」

　男は、じっとアンナの顔を見つめている。もっとはっきり言ったほうがいいのかもしれない。

「重すぎるんですよ。サックにたくさん入れすぎてしまったんです」

「それ、じゃがいもなのかい?」

そのときには、ふたりは、ほとんど唇を動かさないで、声をひそめて話している。

「それに、オニオンもよ。オニオンは上々の出来なの」

たそがれどきで、濃いえんじ色をした薄闇が、ふたりを包み隠すように、ふたりのまわりに降りてきている。アンナは、片方の荷かごを自転車から外して、それを若い民兵に渡してやる。

「あなた、これを検査しなければいけないんでしょ」

男は、アンナを見ている。長い間じっと見つめている。それから、いきなりその荷かごを手にして、立ち去ってしまう。アンナは、待つ。コルホーズの市場で野菜を売ることは、農夫にしか許されていない。アンナがいま持ってきているものは、多すぎる。横流しするためのものを持ち込んだと、たとえ男がアンナを告発しても、そんな告発は、すぐさま頓挫してしまって、先へ進むようなことはないだろう。そんなことは、大勢の人間が現にやっていることだからだ。みんなが、村々に出かけて、「私用区域」の野菜を買い、値段を二倍にして、町の市場で売っているのだ。たぶん、いまだって、そういうところに行って、ドイツ軍がレニングラード周辺の最後に残った村々を占領しないうちに、みんな逃げていなくなった区域を掘り、ひと儲けしようとしている人たちがいることだろう。戦争ともなれば、無人地帯がいたるところに出現するのはあたりまえだ。機転を利かせれば、早い者勝ちで、大儲けができる。

アンナは、まだ数時間はここにいても大丈夫だ。暗くならないうちに帰ると言ってあるが、まだたそがれどきだ。自転車を脇にして、落ち着いたふつうの面持ちで待っている。心配げな顔つきをしてはいけない。だからといって、自信ありげな顔つきをしてもいけないし、なにも気にしていないというのもよくない。こころして作らなければならないのは、従順で、いかにも善良な市民らしい顔つきなのだ。言われるがままの人間。かといって、だれもが踏みつけてしまいたくなるほどにされるがままというわけではない。市の境界に設置されたどの検問所も、スパイや破壊活動家たちの侵入を阻止しなければならないのだ。レニングラードには、ドイツ人の諜報員が数十人いて、郊外から市の中心部にこっそりと入り込んでいるといううわさだ。みんなロシア語を話し、宣伝工作を展開し、レニングラードの防衛と士気の状態を逐一ドイツ軍に報告している。ドイツ軍の砲撃隊が重要な標的を間違いなくしとめる手助けをしているわけだ。

アンナの荷かごをぶらぶらと振りながら、歩哨が姿を現す。

「万事問題ない」とつぶやくように言う。アンナは荷かごを受け取る。男は、アンナの味方をしてくれるようだ。このままパスさせてくれるようだ。荷かごは、空気のように空っぽになっている。アンナは、荷かごを自転車の後部荷台の枠に戻してバックルでしっかりと留める。

「これっきりで、もうやるなよ」

アンナはなおも一言も言わない。民兵の目を避けて、うなずいて見せる。

「悪くないよ。おまえのオニオン」と突然言う。「うちの祖母もこんな風にして作っていたよ」

「わたしのところもそうだわ。そんな風にして身につけて行くものなのね」

「じつに見事なオニオンだったよ。祖母はそれで名を知られていたんだ。よし、それじゃあ、行きなさい」

アンナは、ひらりと自転車に乗り、ペダルを踏んでゆっくりと通りに出て行く。

アンナが家近くへ着くころには、あたりはほとんど日が落ちて暗くなってしまったので、家まで百メートルのところで、あやうくアンドレイとすれ違うところだった。道の反対側を、うなだれて、大股で歩き去ろうとしている若い男がアンナの目に留まったのだ。アンナは初め知らないひとと思ったが、すぐにアンドレイだと判った。

「アンドレイ・ミハイロヴィチ！　あなたでしょ？」アンナは、自転車のブレーキをかけながら、声をかける。

アンドレイは、顔を上げて、声の方に目をやる。「アンナ」

アンドレイからは、その名前が旅の終わりを告げるものであるかのように、口を突いて出る。そうして、微笑みながら、口を開く。「お会いできなかったなと思ってました。ちょうど、いましがた、あなたのアパートに行ってきたところですが、マリーナ・ペトロヴナが、あなたが外出中だとおっしゃったんです」

「そうでしたの」と、アンナも微笑みながら言う。

「ぼくは、数時間前に来ていたんです。どうです。どこかでお茶はいかがですか？　いえ、以前言っていた通りに、ダンスは？」

「それよりも先に、じゃがいもを家に持って帰らないといけないの」アンナは、そうしなければならないと思いつつも、アンドレイをはぐらかしたい気持ちにもなっている。失望することにはかなり慣れっこなのに、アンドレイがいきなり目の前に現れるなんて、あまりにもあっさりし過ぎている。

「何が入ってるんです？」

「野菜よ」と、荷かごを指差す。「別荘《ダーチャ》に行ってきたの」

「えっ、レニングラードのそとへ出て行ったんですか？」

「ええ、そうよ。別荘って言ったでしょ」

「ドイツ軍がすぐ近くまで来ているってこと知っているでしょう？　ドイツ軍は、いつなんどき、つぎの大攻勢に出てもおかしくない状況なんですよ。もしあなたがそれに巻き込まれでもしたらどうするつもりです？」

「わたし、なにも見なかったわ」

「それに、帰ってくる途中で止められたかもしれないじゃないですか」

「わたし、自分がとんでもないことをしていることくらい分かってるわ」

　ふたりは、おたがいの顔のむこうに潜む暗がりをじっと見つめている。

「悪かった」とアンドレイが言う。

「どう行動したらいいかだれも教えてくれないわ」

「分かりますよ」

「わたしが危険をうまくかわせなかったと思ってらっしゃるの？　わたしが面倒を見なければ、いったいだれがコーリャの面倒を見てくれるというのよ。ほら、こんなにたくさんの食糧をもってきたのよ」

　しかし、あの別荘での静寂と草むらのざわめきを思い出すと、アンナの皮膚のうえを這うように、鳥肌が立つ。

「大丈夫ですか？」

「大丈夫よ」

「大丈夫みたいじゃないけど」アンナが中庭の入り口のほうに自転車をこいで行くのに合わせて、アンドレイがアンナの傍らにかけ寄りながら言う。アンドレイが行動を起こすとしたらいまだ。アンナは、疲れて、汗をかき、父親のお古の丈を短くしたズボンに、楽にはけるように自分でフェルトで縁取りした、二つもサイズが大きいブーツといういでたちだ。アンナの洋服ダンスの中身は、すべて使い古したものばかりとアンドレイは思っているにちがいない。

「わたしの足は、ほんとうは、こんなに大きくないのよ」と思わず言ってしまう。「事情はお分かりでしょ。去年の冬は、ちょうどいい大きさのブーツが手に入らなかったの」

「見ていれば分かるよ。でも、いい具合に暗いので、ぼくたち、なにも気を遣わなくて済むね」

階段の下まで来たところで、振り返ってアンドレイに言う。「自転車をうえに持って上がるあいだ、袋をここに置いておきますから、ここで待っていてくださらない。ここに置きっ放しにしておいたら危ないのよ」

「じゃあ、ぼくが自転車をうえに持って行きましょう」

アンドレイは、そう言うと、自転車を両肩に担ぐ。アンナは、両腕に荷かごをぶら下げて、バスケットを抱え込む。

「わたし、残りのサックを取りに、もう一度降りてくるわ」

「自転車を置いてくるあいだ、下で待っていてください。戻ってきて、残りのものを運ぶのを手伝いますから」

アンドレイは、奇妙なしぐさをする。担いだ自転車を下ろすと、ポケットからハンカチを取り出す。

「ごめん。あなたの頬になにか付いているんですよ。泥みたいだ」

ハンカチで泥をこすり落とそうとするが、なかなかとれない。

「ハンカチにつばをつけてみたら――」

「いいのかい?」

「構わないわ」

「さあ」と言って、つばをつけて拭う。「きれいにとれたよ」

アンナのほおには、ふたりだけの秘密の刻印のように、アンドレイのつばがしるしをつけている。

「もっと早くに来たいと思っていたんだ」

「分かってるわ」

「でも、来ることができなかったんだ。もう、猛烈に忙しくて――」

「分かってるわ」

運よく、共同利用のバスルームには、だれもいない。アンナは、上半身裸になって、排水管の湾曲部に隠すようにして置かれている布切れを見つけ、それで、灰色がかった色になったバスタブをきれいに拭い、排水口に溜まったドロドロの毛髪のかたまりを取り去り、冷たい水を満たす。石鹸のないことに気づくが、そんなことは気にしていない。時間がないのだ。水があれば、とりあえず間に合う。両手で水をすくって、顔と両腕と首にかける。すると、バスルームのドアをノックする音がする。

「アンナ。わたしよ。石鹸を持ってきたの」マリーナが、肌理《きめ》の細かい、高価な化粧石鹸をひとつ手にしている。それは、前にアンナが見たことがあって、欲しくてたまらなかったが、ぜったいに触れることのなかった石鹸だ。

「ジャスミン石鹸よ」

「いったいどこで手に入れたの?」とうっかり口を滑らせる。その言い方が、告発にも似た口調であったことに気づくには遅すぎた。マリーナの目に映っているものがなんであるかアンナが想像するに難くない。それは、自分のいまの姿、裸で、しずくが滴るほどずぶぬれになった、まったく品のない姿だ。「ありがとう。アンドレイは、大丈夫かしら?」アンドレイは、コーリャにせがまれてばかりで、うんざりして、一刻も早く帰りたがっていないかしら——それとも、マリーナ、年齢にもかかわらず、いまも相変わらず美しいあなたに見とれていたんじゃないかしら。あなたのその細い腕、細い脚、それにその落ち着いた、済んだ、グレーの目で見つめられて、うっとりしていたんじゃないかしら。あなたが、アンドレイに流し眼を送れば、もう年齢なんか問題じゃないわ。

「アンドレイは大丈夫よ。お父さんとお話していらっしゃるわ。ただね、わたし、じゃがいもをどこに置いたらいいか分からないのよ。地下の共同の部屋に置いたら、泥棒に盗まれるかもしれないでしょ。アパートのなかでは、暖か過ぎて、すぐにも芽を出してしまうだろうし」

「考えておきますわ」それよりも、アンナは、濡れて光沢を帯び、冷水で引き締まった自分の乳房を意識している。アンナは、マリーナのような美しい姿態を持ち合わせているわけではない。アンナの乳房は、ずっしりと重く、動きに合わせて跳ねるように揺れると、暗褐色の乳首が硬くなってくる。アンナは、バスタブの方を向いて、ジャスミン石鹸を泡立てるが、マリーナは、いっこうに立ち去ろうとしない。

「ねえ。あなたの髪を結わせてくれない」

「ありがとう」アンナは、マリーナの凝視を避けて、鏡のなかをじっと眺めながら、繰り返す。だが、本心では、髪など結ってほしいわけではなく、すぐにも独りにしてほしいのだ。ぴったりと乳房に合っているが、よれよれになっているレースのブラジャーをつけ、これも体に合った下着のニッカーズを穿き、母親のものだったサテンのペチコートとお気に入りの緑色のドレスを早く着てしまいたいのだ。

「わたしもそのドレス気に入ってるのよ」

「わたしが自分で作ったんです。わたし、手先が器用なんですよ」乱暴に髪にブラシをかけながら、アンナが言う。

「さあ。わたしに手伝わせてちょうだい。劇場ではね、わたしたち自分でヘアスタイルとメイクをやるのよ」

「こういうの、だれかほかのひとがするものだと思ってましたわ」マリーナに着付け師がついていてもたしかに不思議はない。アンナの想像の世界では、衣裳部屋にいるマリーナは、花に囲まれ、コスチュームを腕にかけて、ほこりを払ったり、肘をバスタブに突っ込んで、湯加減をみたりする、黒ずくめの服を着た青白い病的な顔色の女性たちに取り巻かれている。そして、もちろんそこには、あの枠に豆電球をはめ込んだ鏡が並んでいる。思いっきり強烈な光のなかにいる自分の姿を見ることができるほどの自信を持ったひとだけが、その種の鏡を前にして坐っていられるのだ。

「あなたは、これからは、何でも自分でやっていくことを覚えなくてはね。着付け師の資格を取るのにも数年はかかるのよ――それからさらに数年で一人前ね。劇場には、それを保証してくれるひとなんかいないわ。でも、あなただったら、二、三年で十分よ。見て。あなたの口には、この色がよく合うわ。どう、いい色でしょ?」

「わたし、口紅はつけないんです」

「知ってるわ。でも、あなたの肌には、とても濃い赤が合うわよ。ブルーを混ぜない赤だけがいいわ」

「わたしは、口紅をつけてるっていう感触がいやなんです」

「試してごらんなさいよ。見違えるわよ」

マリーナは、アンナの口に口紅を塗り、いちど拭って、また塗る。しかし、その口紅の形は、マリーナのそれであり、アンナのとはまるで違っている。

「あなたの顔にかかったその髪をやめて、アップにしたいわ」

マリーナは、アンナの髪にブラシをかけて、アップにする。「こんな風にね。もっと持ち上げた方がいいわね。いまは、セット・ローションを持ってないけど、あなたの髪は、そんなものつけなくても、大丈夫よ。きれいで豊かで、とてもしっとりしているわ」

ほかの女性の指が自分の髪のなかでうごめくというのは、なんとも奇妙な感覚だ。身をよじって、その手を振り払いたい衝動に駆られている。だれかの所有物にされてしまったような感じだ。男であれば、アンナをけっしてこのような気持ちにさせはしない。

「あら。わたし、きつく引っ張ってしまったかしら?」

「いいえ。大丈夫です」

「さあ。鏡を見てごらんなさい」

アンナは、見るふりをして見ないでいる。鏡に映った自分の姿を見るのに耐えられないことがときどきあるが、いまは、まさにそのようなときだ。

「ありがとう。マリーナ。わたしだったら、とてもこんな風にはできなかったわ」

さあ。行って、行ってちょうだい。わたしを独りにさせて。そうすれば、自分をしっかり取り戻せるわ。

「アンドレイには、もうすこししたらまいりますと言ってください」

マリーナは、承知する。でも、もしかしたら、がっかりしているんじゃないかしら？　マリーナは、自分が急ごしらえした親密な状況、つまり、バスルームのなかに女がふたりいて、ひとりが相手のヘアスタイルを変え、メイクをするという状況から、いったい何を求めているのだろうか？　マリーナは、つぎの場面で、どのような情景を考えているのだろうか？　いやよ、とアンナは思っている。これ以上、近寄らないで。わたしは、母親を探し求めている女の子じゃないのよ。手紙を書いてよこしても、開封しないで送り返すわ。

わたしには、コーリャがいるの。わたしは、望み通りの自分になってるつもりよ。

マリーナが外に出ると、アンナは、後ろ手にドアを締めて、鏡に向き直る。そこに映っている顔は、青白く、唇は赤く、髪はアップになっている。頭に浮かんできたのは、からだを洗ったことで、アンドレイのつばまで、洗い流してしまったことだった。アンナの頬を擦ってくれたとき、手で顎を支えてくれた。あのときのアンドレイの手の暖かい感触がいまも忘れられない。アンナは、髪のなかに手を入れて、マリーナが留めたヘアピンを見つけ、引き抜いてしまう。便器の横の太い釘から落とし紙用の新聞紙をとって、口紅を拭き取る。からだを傾け、鏡の方に近づけて、にっこりと微笑む。

「お化粧、落ちちゃったわ」アンナは、アパートに戻って部屋に入るとき、肩をすくめながら、アンドレイに聞こえるように、マリーナに向かって口にする。だが、アンドレイは、マリーナもほかのだれも見ているわけではない。眠っているのだ。

「ぼくの要塞を見せていたら、その最中に、寝ちゃったんだ」とコーリャが言う。「アンナ。起こしてくれない？」

アンナは、アンドレイの寝顔を見おろす。頭がクッションからずり落ちている。クッションを頭の下に入れてやらなければ、起きたとき、寝違えを訴えるかもしれない。なんて顔色が悪いのかしら。

「アパートが暖かいせいね」とマリーナが言う。

「そうね」

「この人たち、ひと晩に三時間ぐらいしか寝てないそうよ」

「アンドレイがあなたにそう言ったの？」

「そうよ。どうしてもっと前に来ることができなかったかを説明しようとしていたのよ」

「そんな。説明なんて必要ないのに。どうしても来られなかったわけがあったことぐらい、分かってたわ」

コーリャは、おもちゃの兵隊を要塞の入り口からそのなかに、注意しながらうまく入れる。

「ほら。ここで、いま、警護中なんだ。ねえ。早く起こしてよ」

「あら。まだだめよ。それより、いい子だから、静かに遊びなさい。もうすこし起きていていいからね」

マリーナ。もう、行ってちょうだい。わたしが帰ってきたらいつもそうするように、父がいる部屋に行ってちょうだい。アンドレイだって、あなたがじっと見ていなければ、もっとぐっすり眠れるはずよ。

*

そのあと、アンドレイとアンナは、灯火管制のなか、いっしょに散歩に出かける。

「わたしたち、ドイツ軍が間違いなく攻勢に出ることを前提に話をしてるわね」

「いま起こりうることは、これをおいてほかにはない。ぼくは、そう思うよ。避けられないことだよ」

「こんな夜をあと何回過ごすことになるのかしら？」とまるで独り言のようにアンナが言う。「わたしたちのうえにのしかかるこの重苦しいものが、あなたには感じられないかしら？」

「灯火管制のせいだよ」

「小さい頃は、暗闇なんかちっとも怖くなかったわ」

「ぼくは、耐えられないんだ。箱のなかで生きてるみたいだ」

「それは、あなたがシベリア育ちだからよ」

「きっとそうだね。あらゆることがシベリア育ちであることからきているんだ」

「いまもあそこにいられたらなんて思ってるんでしょ？」

「いや。そんなことはないよ」

そう言って、アンドレイは振り向いて、アンナを強く抱きしめる。アンナの髪のなかに顔をこするように埋めながら、火がついた小さな芯だけを残して、影のように群れをなして沸き起こってくるいくつかのイメージを頭からこすり落とそうとする。それでも、いくつかの影が延びてきて、左右に揺れている。アンドレイは、無理やりその影に自分の目を向ける。そうすれば、影はこれ以上は大きくはならないからだ。その影というのは、戦傷者たち、トラックや荷車に載せられて、レニングラードに送り返された人たちだ。

　アンドレイは、傷口の開いたいくつかの遺体を目にしてきた。腹部損傷の壊疽《えそ》の臭気。ぎらぎらと青紫色に光る腸《はらわた》の切断層。自分のからだのなかに、飛び出た腸を詰め戻そうとしている男を見たこともある。顔面に火傷を負った男の目の周りがひだ状の泡になっているのを見たこともある。その男はまた、片脚を膝のうえから切断されていた。

　病棟に入るまえのことだが、「患者というものは、いつも、きみの一挙手一投足にいちいち反応するものだということを忘れてはいけないよ」と担当の外科医が言った。アンドレイは、その医者が火傷を負った男の手首をぎゅっと握って、脚が切断されていることを話して聞かせるのを見ていた。その医者は、ひだ状になって、視力を失った男の目をまっすぐに見て、逸らすことをしなかった。男の手を放すとき、とんとんとやさしく叩いて、アンドレイの方を向いて、「経過は良好だね」と男に聞こえるように言った。

　アンナから、石鹸と髪の匂いがする。アンナのからだは、アンドレイのからだにぴったりと押しつけられている。全身あますところなく触れているが、交わっているわけではない。いまや、ふたつのからだは、敏感になり、熱を帯び、激しく震えている。アンドレイは、アンナの奥深くに飛び込んでいきたいと思っている。アンナの肉体を裂き、両の乳房のあいだに顔を埋め、太腿を開いて、アンナのなかに分け入りたいと思っている。そのように造られている女の肉体の奥深くに身を沈めたいのだ。

　アンナは、喉の奥から声ならぬ声を出す。ふたりは、たがいの口で塩気を含んだ唾液を味わいつつ、生気にあふれ、渇きを覚える。とつぜん、アンナは、アンドレイの腕のなかで、からだをひねり、うしろにさがって、両手でアンドレイの肩をぐいと押し返す。「こんなのはいやよ。まだだめよ」

「気をつけるよ」

「だめだわ。わたしには、コーリャがいるのよ。さらにもうひとり子どもの面倒をみることは望まないわ」とリューバみたいな露骨な物言いをしてしまう。

「でも、ぼくは——」

　そのとき、突然、物音がふたりの会話を止める。

「あの音は？」

「ただの警笛だ」

「でも、何かが起ころうとしているようね」

　ふたりは、耳を澄まして、身を固くする。アンナの鼓動の高鳴りが聞こえる。警笛の音がまた急に鳴り響く。

「あれは、民兵だよ」

はるか遠く、町の南西方向で、飛行機の持続低音が聞こえてくる。

「敵機なの？　区別できるの？」

「敵は、ビラを撒こうとしているだけだよ」

灯火管制の闇が、ふたりの周りに濃く立ちこめて、ふたりが目を凝らして見ようとしているものを押し隠している。アンドレイの腕のなかには、まだ、温かくしっとりとしたアンナがいた。だが、そのアンナは、もう、するりと抜け出ていなくなってしまった。

「あなた、もう帰らなければいけないわ」

「きみもだ」

「ここに戸口があるわ」

ふたりは、後ずさって、その戸口からなかに入る。いく筋か離れた通りで、急に対空砲火の音がし、それからしんと静まり返る。ふたりは待つが、それからはほかに何も起こらず、エンジン音が遠のいて行く。

「すぐにやってきそうだわ」

「そうだね」

「あなたは、病院にとって必要なひとだわ」

「ああ。行かなければならないな」

「あなたは、どうして、もっと早くきてくださらなかったの」

「こられなかったんだ」とアンドレイが言い、アンナの顔をなで、両手を頬にあてて、ことばをはさみつつ、ゆっくりとディープ・キスをする。「病院を離れることができなかったんだ」

「そんなのよくないわ」

「もうこれ以上は言えないよ。ぼくには、いまは、この異常な状態がまったく普通に思えるよ」

「そうね。その通りね。どんなものでも、たちまち普通のことになってしまうのね。昔のことがどうであったか、そこからどんなにかけ離れてしまったか、あとになって、振り返って分かるまではね」

「どれほど遠くまでぼくたちが行かなければならないかということを考えれば、たぶん、まだまだましだと思うよ」

「そんなこと言わないで」

ふたりは、もうたがいに触れることなく、しかし、たがいの息を呼吸しつつ、寄り添うようにして立っている。町は、まるで平和そのものであるかのように、静寂を保っている。アンナは、アンドレイの後ろ髪を指でなでるようにくしけずる。

「きみは、ぼくがずっと何を望んでいたかが分かるだろ？」とアンドレイが言う。

「会いにくることとでしょ？　ええ。分かってるわ」

「それで、やっと、今日、きみに会えたんだ。サックをいっぱいくくりつけた自転車に乗ったきみにね」

「あなた、わたしに気づかなかったじゃない。だから、わたしの方から声をかけたのよ」

「いや、気づいていたよ」

「いまだから、そう言ってるだけじゃない」

「ぜったいに、気づいていたんだ。あそこにきみがいたことは分かっていたんだ。ぼくが笑っていたのを見ただろ？」

「暗かったわ」

「それほど暗くはなかったよ」

「もう行かなくちゃ」

「そうだね」

ふたりは、戸口からそとに出て、右に曲がる。

「ほら、灯火管制下だと、道路がこんなにでこぼこに感じるわ。でも昼間見ると、平らなのよ」

「いつ夜間外出禁止令が出てもおかしくないな。こんな風に散歩できるのもこれが最後かもしれないね」

「イルクーツクのこと話してくださらない」

「イルクーツクのことなんか興味ないだろ。きみは、レニングラード市民なんだから」

「あなただってレニングラード市民じゃないの。ここに住んでいるんでしょ」

「そうだけど、ぼくは、いつだって、ここを離れることができるんだよ。でも、ほんもののレニングラード市民には、できないことだ。どこに行こうと、そこがどんなに美しかろうと、そこでどんなに幸せであろうと、レニングラードに戻ることをいつだって切望している。それが、レニングラード市民なんだ。レニングラードで生活していれば、だれだって、鼻かぜで頭痛がしないではいられないし、それに、いつなんどき、だれかの長靴に、首根っこを踏みつけられるか分からないんだ」

「あなたは、わたしに、イルクーツクには、あなたの首根っこを踏みつける長靴などないと言いたいのね？」

「程度の問題だよ。神も皇帝も、ますます縁遠くなっているってみんな言ってるよ」

「でも、このレニングラードでは、みんな、隣人同士よ。あなたの言うことは当たってるわ。いまのわたしたちは、みんなおたがいを結びつけていた関係が絶たれてしまっていて、おたがいがおたがいを信用していないの。おたがいに疑いの目で見なければならないのよ。もし、共同アパートで、ほかの人よりも広い部屋に入っていたら、その部屋を奪おうとする者に告発されないように、いつだって背後に注意を払わなければならないわ。わたし、ずっと考えてるの。いまいる場所にどうやって来たのかしらって。だれも望んでいないのに、どうしてこんなことになってしまうのかしら？　振り返ってはみるんだけど、どうしてここに来てしまったのか分からないの」

「それほど状況は悪くはないと思うよ。ぼくがいるアパートの人間は、どうやら、それとは違うね」

「それは、あなたが気づかないだけよ。あなたが運んできたものは、純粋なシベリアの大気よ。騙されたらだめよ。あなたのアパートには、あなたを監視している者がいるのよ。いつだっているのよ」

「ドイツ軍が近づいてくるにしたがって、そういった戦争とは別のことはことごとくストップしてしまうと思うよ」

「もうこれ以上話すのはやめにしましょう」

　ふたりは、完全消灯し、星影の見えない空のもとにうずくまる灯火管制の市のなかを、急いで歩を進める。アンナのアパートの建物の入り口までくると、ふたりは立ち止まる。塵埃と汚水の悪臭がする。水が一滴、屋上あたりから落ちてくる。そして続いて、また一滴。

「さあ。着いたよ」とアンドレイが言う。

「そうね。一流ホテルのアストリアというわけにはいかないわね」

「いつかそういうホテルに行こうよ。約束するよ」

「わたしたち、いつも、戸口に立っているような気がするわ」

　アンドレイは、アンナを抱えるように引き寄せる。ふたりは、目を閉じ、抱き合ったまま、ゆらゆらとからだを揺れるに任せている。水が一滴落ちてくる。そして、また一滴。

「雨が降ってきたね」

「ええ」

　冷たい風がはげしく、アンナのむき出しの脚に当たって、悩ませる。夏が終わったのだ。いつもと同じように、この季節が終わる時期がやってきたのだ。アンドレイは、アンナのドレスをたくし上げ、するすると、しわになったドレスの裾が太腿のうえにかかる。

　すぐ上の階の部屋の窓から、たくましい筋肉質の肩をして、防弾チョッキを着た大柄な、色の薄い髪の男が、寄りかかるようにして、身を乗り出している。何かが聞こえたと思ったのだ。何かが動く気配を感じたのだ。ドイツ軍は、いまも、レニングラードに諜報員を送り込んで、潜入させている。外をのぞき見ると、秋を告げるさまざまな香りが男の鼻腔を刺激する。だが、何もない。だれもいない。

いっぴきのねずみが中庭の入り口に向かって、勢いよくかけて行く。それでも、アンナの目には入らず、その気配さえも感じない。

「きみは、ぼくが来たいと思っていたことを分かってくれるね」

「ええ。もちろんよ」

＊

アパートでは、マリーナは、コーリャが眠ってしまうまで、そばに坐っている。眠ってしまうと、ミハイールが寝ている暗い部屋に移る。ベッドのわきに置かれたワット数の小さい明かりのスイッチを入れ、顔をのぞき込んで、様子をうかがう。呼吸の乱れはないが、眠っていると信じているわけではない。

「わたしですよ」とマリーナが言う。「何かお話があるんじゃないの？」

「何のことだ？」

そう。ミハイールは話すことも、食べることも、からだを動かすことも望んでいない。数年前、妻のヴェラが死に、本を出版することを止めたとき、ミハイールのなかで始まった一連の出来事が、まさに完結しようとしているのだ。ミハイールは、目を開けて、厳しい顔つきで、マリーナをまじまじと眺める。

「何をしているんだ？」

「別に。コーリャは眠ってるわ。アンナは外出しているの」

ミハイールは、現在という時間にむりやり引きもどそうとするこのふたりの名前を耳にすると、こらえきれずに、まばたきをする。

「アンナは、あなたのお友だちのアンドレイといっしょですよ」

「そう」ミハイールは、乾いたくちびるを湿らす。独りにしてほしいのだ。どうしていつも自分にまとわりついてばかりいるのだ？　自分から何かを得られるとでも思っているのか？　自分は、ただ眠りたいだけなんだということが分からないのか？　いや、正確にいえば、眠ることではない。そうじゃなくて、自分の身を漂うに任せること、このまま放っておいてくれること、何も感じないようにさせておいてくれることだ。

「肩が痛みますの？」

「いいや」

マリーナは、ミハイールの気持ちを慮《おもんぱか》り、それから、はっきりと落ち着いた口調で言う。「ドイツ軍がとうとう突撃してきたんですよ」

　またからだを動かすが、落ち着かないといった様子だ。

「敵は、キンギセップを掌握した。止めることなどできなかったんだ」

「市郊外のプーシキン近くにいるんですって」

「そんなことはありえない」と小声でつぶやく。

「あなたはそう思うかもしれませんが、敵は、もう来ているんです。わたしたちはすでに包囲されているんですよ」

「そういうことをどうしてわたしに言うのだ?」

「なぜいけないの?　そういうことを知ることをあなただけが免れるわけにはいかないのよ。あなたには、五歳になる息子がいるのよ」

　相手を楽しませようとするかすかな光がミハイールの顔をよぎる。「マリーナ。きみはひどいひとだよ」

「もうそろそろあなたに厳しく接してもいい頃ね。あなたをここに寝たきりのまま放っておくつもりはありませんよ。まだ、死んではいらっしゃらないもの。お子さんたちも失くしてはいらっしゃらないわ。逮捕されてもいないわ。ご自分を証明する書類も配給カードも持っていらっしゃるわ。ひと部屋にぎゅうぎゅう詰めに押し込まれたとしても、このアパートのためであればどんなことでもする家族がこのアパートには何家族も住んでいることは確かよ。あなたは、アンナを奴隷みたいに朝から晩までこき使って、挙句の果てには、じゃがいもやオニオンを自転車に載せて運ばせているのですよ。そのおかげで、餓死しないで済んでるんですよ——すくなくとも、あなたが恥も外聞もなく、あんぐり開けた口に食べ物を入れてもらっては飲み込んでいるかぎりはですよ——それに、あなたが考えていることといえば、アンナがインテリの仕事についていないのが残念でならないということだけでしょ。でも、そのほうがどんなに幸せなことか。過去数年のあいだに、作家同盟の人たちがどんな仕打ちを受けているか、あなただったら言わずもがなのはずよ。

　あなたは起き上がろうと思えば、起き上がれるはずよ。もっとよくなれるはず。あなたが、そうなることを望んでいないだけよ。自分から治癒を拒んでいるんだわ」

「もうやめてくれ。マリーナ。この部屋にキリストがいるみたいじゃないか。きみは、ラザロのように、わたしにベッドを片づけて、歩きなさいと言うつもりなのか」

「笑うがいいわ。いいんですよ。わたしを見てごらんなさい。もう、わたしも終わりだわ。おばあちゃんになりかけてるわ。いまではぜったいに演じないような役を演じていられたはずの歳月はもう戻ってこないのよ。いまごろは、わたしの別荘にドイツ兵が来て、家具をめちゃくちゃに壊して薪にしているかもしれないわ。こうやって、レニングラードに戻ってみたら、どう、十八歳の頃とはすっかり変わってしまってますますひどい状態だわ。でも、ミーシャ。お願いだから、このレニングラードから悲劇を生みだすようなことはやめにしましょう。いいわね。わたしたち、十分過ぎることをやってきたのよ。ほかの人たちには生活がある。でも、わたしたちは、情熱を持ち続けているわ。わたしたちにとって、いままで状況はひどいものだったわ。でも、わたしたち、こうしてちゃんと生きてるじゃありませんか。牢獄に繋がれているわけでもないわ。運がよければ、昔の仕事仲間にしたって、食糧で貯蔵倉庫をいっぱいにすることに躍起になって、わたしたちを告発するのに時間をさくことなんか考えもしないと思うわ。

わたしは、闇市で売りに出ていた配給カードを手に入れたの。それに、あなたの寛大なお嬢さんのおかげで、住む場所だって出来たのよ。からだは、健康そのものですしね。コーリャの扱い方もお手のものです。それに、ここにいれば、あなたといっしょにいられるでしょ。でも、あなたは――」

マリーナは、しゃべるのを止めて、呼吸を荒げる。ミハイールの気持ちを動かして、無関心から解き放ってやろうとして始めたことが、思いのほか、マリーナに衝撃を与え、動揺させている。図らずも、マリーナがじっさいに感じていることにあまりに近づき過ぎてしまったのだ。

「あなたは、努力しようとしていないわ」と抑揚のない声音で、言いかけたことばを言い終える。

「わたしは、死にそうなんだ。マリーナ」

「ご自分で、好んでそうなりたいと思っているんでしょ」

「きみには、そんな言い方はできないはずだ」

「わたしは、あなたに言いたいことは何でも言えるわ。あなたのほうで、そのようにし向けてるのよ。分かってるわ、あなたが、ヴェラをいまも愛していること。分かってるわ、あなたが、無理やり出版停止にさせられたこと。分かってるわ、あなたが、傷を負わされたこと」

「マリーナ――」

「あなたは、ご自分を愛してくれている人たちのことに気づきもしないのよ。あなたにとって、そういう人たちは、無に等しいのね。あなたは、ご自分を大事にしないひとだから、あなたを愛してくれている人たちを軽んじているのよ」

ミハイールは、目を開ける。そして、マリーナの意外なことばに驚いて目を丸くし、マリーナをじっと見据える。その表情の子どもっぽさのために、マリーナのうちには、不憫に思う気持ちがよぎったが、それを表に出すことはしない。冷たく、ぽつんとひとつだけ離れて置かれた石のように、よくもまあこんなところに寝ていられるものだ。

「だが、マリーナ。きみには分かるだろ。それでこころが痛むんだ」

「よく分かるわ。それでこころが痛むのは、あなたがまだ死んでいないからよ。あなたの世話をわたしたちにさせてくださると約束してくださらないといけませんわ。剃らせてくださらないそのあご鬚からスープを滴らせるようなことはもうなさらないでね」

「滴らせるだって?」

「ええ、そうよ。滴らせてるのよ。言っておきますけど、それはそれはとてもみっともなくて見ていられないわ。ミーシャ。わたしたちぐらいの老齢になると、自分たちが、なんの役にも立たない愚かな老人と思われることに我慢できなくなるのよ。ところが、退院して戻ってきたとき、あなたのお尻を拭いて下の世話をすることを誰かがしなければならなかった。でも、それをアンナは恒久的な取り決めにしたくなかったとわたしは思うの」

「ああ。マリーナ。わたしは――わたしは、どう言ったらいいか分からないよ――」

マリーナにとって、憐憫《れんびん》の情を抑えることは、至難の業だ。「あなたは、起きなければいけませんのよ」とマリーナが言う。「ベッドを離れないことが、あなたをどんどん弱らせてるのよ。筋肉は、衰えていくの。たとえ、そのことがあなたのこころを傷つけても、起き上がって部屋のなかを歩かなければいけないのよ」

「アンドレイがきみにそう言ったのかい?」

マリーナは、口をつぐみ、ミハイールの手をなでる。「軽くね。アンドレイは、どんなに重い病気でも、患者自身が協力しなければならない部分があるって言ってたわ。そして、あなたの病気には、あなた自身の協力がぜひとも必要なのよ」

もう十分だった。ミハイールの顔は、獣脂みたいに脂ぎっている。

「さあ。もうお眠りなさい」

ミハイールは、うなずく。マリーナがミハイールの手をなで続けていると、目蓋が突起した眼球のうえにかぶさってくる。灰色がかった黄色い肌から、汚れた灰色の鬚がのび放題にのびている。老いて、気難しくなり、やつれ果てている。マリーナは、今わの際《きわ》まで、ミハイールを守りたいと思っている。このひとのためなら本気で怒ることができると思っている。

「大丈夫ですよ」とマリーナが言う。「あなたがもう負けてしまいそうだとぜったいに思い込まない限り、すべてうまくいきますよ」

14

砂糖が燃える。夜気のなかに真っ黒い酸性の煙の柱を何本も上昇させている。シュー ッと、また、パチパチと音を立てて燃え、炎の川が流れるように立ち昇っている。砂糖の火山は、白熱し溶解した芯の部分が消防士たちを追い返すほどに、煙を夜空に噴出し、夜空に閃光を放っている。これは、まさに悪魔の台所だ。バダイエフ貯蔵倉庫の燃え盛る骨組は、まるでオーブンだ。本来、保存食糧を守るために建てられたその倉庫のなかで、まるで調理でもされているように、燃やし尽くされている。レニングラードの商店に並ぶはずのクッキング・オイル、ラード、バター、肉、それに小麦粉が煙となって逆巻いている。レニングラードの保存食糧が燃えている。炎が束になって燃え上がっている。濃くてどんよりした煙が建物の屋上に低く垂れこめている。

何千トンもの砂糖、小麦粉、油脂、それに肉が一夜にして消えてしまう。煤煙と食用油がレニングラード中の窓台にべっとりとくっついている。前髪を指で掻き上げれば、燃やされた油脂の刺激臭がする。

九月の八日から九日にかけての夜中のことだった。ムガは陥落し、レニングラードとロシアの残りの地方を繋ぐ道路も鉄道ももはや存在しない。外に出る唯一の方法は、ラドガ湖の穏やかな灰色の水を越えることでしかない。レニングラードは、取り囲まれている。そして、数多くの島々のうえに築かれたレニングラードが、いまではひとつの島になってしまった。そこには、一日二千カロリーが必要なのに、窓台の植木箱で栽培するパセリ一つかみ、あるいは、日曜日のディナーのために皮をはぐペット用のウサギさえも手に入らない人びとが詰め込まれている。ここに住む人びとは、日用の糧を土のなかから得るのではなく、行列をして食糧をあさる都会人なのだ。都会人は、食糧不足にしろ、闇の配給にしろ一時しのぎの間に合わせごとには、慣れている。ビタミン不足にも品質のよくない肉にも思いがけないときに供給される新鮮な果物や野菜にも慣れている。ことにうまく対処することには慣れっこになっている。

しかし、奇妙にも、どういうわけか、いつまでも続く物不足は、ひとを安心させる。ぎりぎりのところまで悪くなってしまったために、もうこれ以上は悪くならないだろうと思い込んで観念してしまうのだ。結局、都会人は、きっと必要最小限のこととして、このような状態をなんとか維持できるのだ。人を頼りにするなどとんでもないことなのだ。食糧は、どこかほかの場所から続けて送り込まれるだろう（けっして満足のいく量ではないが）。また、続けて配達されるだろう（十分ではないとしても）。そして、最後には、入手できるだろう（高価格で、列に並ぶという、時間がかかり骨の折れる仕事ではあるが）。

何年ものあいだ、食糧システムを稼働させるのに、相当な量のエネルギーを費やしてきたため、このシステムそのものに疑いをかける暇など持ちあわせていない。食糧事情のいいときには、無意識に、そして、悪いときには、激しく不平を言う。行列ができれば、即座に列に加わる。どんな場所にもいつも携行している非常用の買い物袋をしっかり握って列に加わっている限り、それが何のための行列であろうと構わない。三〇年代の初めから、システムとは裏腹に、食糧事情は確実に悪化してきている。それは、闇がやってきて、また灰色の閉塞しそうな降雪が来ないうちに、もう冬は過ぎてしまっていまは春だというような顔つきをし続ける冬のようだ。

ブーツのかかとがすり減っても、なんとか修繕して使う。さらに、寒気に慣れるようなことは絶対にないので、我慢する。だから、みんなはこの地上でもっとも豊かで、果物に満ち溢れた国のひとつで生活し、もしあのめったに手に入らない脂身たっぷりの五百グラムのソーセージを調理するためのオニオンが二、三個でも手に入れば、ありがたいと思う。ジョージアには、レモンとアプリコット、ラムのすね肉のローストと甘口のワインが満ち溢れているかもしれない。しかし、ここでは、そのようなものを目にすることがないことは確かだ。あるのは、キャベツ、袋いっぱいの萎《しな》びたリンゴ、それに、スープだけだ。小麦のカーシャとオニオンのスープ、それは、餌のようなものだ。コルホーズ市場に行けば、物がそろっているが、ひと財産も失うことになる。

もちろん、地位の高い連中は、話が違う。白いパン、新鮮な肉、キャヴィア、それに頭に思い描くことができる、魔法のテーブル・クロスのうえに並べられるような、あらゆる食品がそろった特別な店があって、そこを自由に利用できるのだ。姿をひとめ見るだけで、そのような店で買い物をする人間かどうかを見分けることができる。ふっくらと薔薇色の肌をし、顔にシミも皺もひとつとしてないようになるにはどうしたらいいのだろう？　言わずもがなである。その子どもたちといえば、まるで生き物のように、動きに合わせて自在に跳ねる、すべすべした光沢のある髪をしているのだ。こういう髪になるには、バターとオレンジを食べるしかない。

しかし、いまは、だれもがこの予期せぬ事態に困惑している。地位の高い連中も例外ではない。地位の高い連中は、このような事態になると分かっていたわけではなかった。バダイエフ貯蔵倉庫——それは、レニングラードの巨大な貯蔵戸棚のようなものだ。次のようなジョークを飛ばした経験のないものはいないだろう。「わたしは、列に並ばなければいけないなんて思い悩むことはないと思うわ。バダイエフ貯蔵倉庫にちょっと立ち寄れば済むからよ。欲しいものはなんでもそこで手に入れることができるわ」食糧を詰め込めるだけ詰め込んだあの半円形の木造の建物のことを思うだけで、いつも安心できるのだ。ちょうど、自分のものではないのに、銀行にある金のことを思うと慰められるのに似ている。

ドイツ軍も、我が国の巨大な貯蔵戸棚のことを知っていたようだ。そして、この施設用の特殊爆弾を用意していた。爆発はせず、あらゆるものに着火し、水では消火できない新型爆弾だ。爆弾にかけた水が流れてしまうと、ふたたび燃え始めるという代物だ。ドイツ軍は、そのような調理方法で、わたしたちがひと冬を過ごすのに必要な小麦粉と砂糖と脂を使って、見たこともないくらい大きなケーキを焼いたのだ。

　貯蔵倉庫のなかから地面に溶け込んでいる砂糖を取り戻す方法があるという。再生と呼ばれている方法だ。すでに研究に取り組んでいる我が国の科学者が何人かいる。

　しかし、鳩尾《みぞおち》に一撃食らわされたような衝撃だった。あのバダイエフ貯蔵倉庫だ。あの火炎が柱のようになって上空に昇る様子を最初に見たひとはとても信じられなかったことだろう。脂の臭いのする黒と黄色い炎の泉が、いくつも空に向かって吹きあげている。虚脱感に襲われる。朝になって見に行くと、黒々とした灰のなかから、ぎざぎざに突き出ている建屋の破片以外何ひとつ残ってはいない。灰は、まだ燻《くすぶ》っていて、ときどきぱちぱちと小さな火花が飛び交う。焼け跡となった貯蔵倉庫の空き地は、公園ほどの広さがあった。

　急襲で命を失ったすべての哀れむべき人びとの魂のことも念頭に置かなければならないが、その場所に貯蔵されていたバターと小麦粉、それにだれも知らないその他のもののことも考えざるを得ない。たとえば、いったい何袋の小麦粉が貯蔵されていたのか？「一トンの小麦粉」など多いうちには入らないだろう。だが、何袋貯蔵できたかをかりにでも試算できれば、大したものだ。バターとソーセージも同じことだ。

　ひとつの公園を砂糖と小麦粉と脂でいっぱいにしようと思えば、レニングラード中の店の袋を集めることになるだろう。だが問題は、スペースのことだけにとどまらない。それだけの食糧をいちどに店に並べることなど不可能だったからだ。だから、それを全部使い果たすのに要する時間のことも考える必要がある。そんなことが可能だとして、店が客でいっぱいになるのに要する日数、いや週数はどのくらいになることだろう。

　しかし、食糧は、いまはもう――存在しない。すっかり燃えてしまったのだ。何週間分もの食糧。おそらく、何百万人ものレニングラード市民の口を満たすに足る何か月分もの食糧が燃えてしまったのだ。あのドイツ軍の連中は、自分たちがなにをしているかを周知していた。あの地中に吸い込まれた砂糖をのぞけば、すべてが失せてしまった。その砂糖を我が国の科学者たちが特殊な方法で取り出そうとしている。

　ドイツ軍の攻撃の機会を最小限にするために、モスクワからやってきた飛行機が、北西方向からレニングラードに接近している。沼沢地と森林地帯を低空飛行し、ラドガ湖をかすめ過ぎる。とうとう、ロシア軍機が自国の上空を盗人のようにこっそりと夜陰に乗じて飛行するような状況になってしまった。

その飛行機は、機体を傾け、左右に旋回する。窓に緑色と灰色の層がいくつも現れ、そして、消える。しかし、パヴロフは、窓の外に目をやることをしない。ドイツ軍の攻撃だろうか、いや、あるいは、もしかしたらパイロットがこの危険で不慣れな飛行ルートでミスを犯すのではないか、という思いが頭をよぎった。だが、すぐにそんな思いを払拭した。いまこの瞬間に考える必要のあることしか考えまい。やらなければならない任務は、現状の危機に瀕するレニングラードにおいて、食糧の供給と配布の管理業務を引き継ぐことだ。いま、数字を書き込み、表を作成している。予備食糧、軍隊向けの糧食、市民向けの食糧、消費の量。パヴロフは、三百五十万人を養うだけの食糧を掌握している。機体がぐいと傾斜する。樹木の頂が、急接近してきて、目の前にいきなり迫ってくる。パヴロフは、ずれて斜めになった書類をまっすぐに直して、急いで別の欄の数を合計する。

「本機は、五分で着陸します」

「結構」

乗員全員が一斉に背中をシートにぶつけ、飛行機は、どしんと腰を下ろすように着陸する。パヴロフたちは、いまや、レニングラードにいるのだ。何が起ころうとも、レニングラードに組み込まれていることは、紛れもない事実だ。

15

激しくドアをたたく音が二度する。アンドレイの合図だ。

「アンナ」

アパートは、オニオンの臭いがし、アンドレイの口に唾液が溢れる。だが、アンナは、ドアは開けるが、入ってとは言わない。アンドレイは、はっとして、もしかしてアンナが心変わりをして、自分から気持ちが離れてしまったのではないかと恐れを抱く。触れたことのあるあの乳房が、見るからに不格好なジャケットのしたに隠れている。顔は、蒼白、唇は、渇いている。

「出かけるところだったの」

アンドレイは、アンナの片方の頬に触れる。

「すぐに行かなければならないの。アンドレイ。遅れてるの」

アンナは、いつも遅れてばかりいる。いつも急いで、しかめっ面をして、いつもどこかへ行く途中なのだ。疎開センターは閉鎖されてしまった。レニングラードとそのほかの地域を繋ぐ鉄道路線が途絶されている現在、先の見えない将来のために、ひとを疎開させるなどあり得ないことだ。アンナはいま、労働部隊に加えられて、要塞の建設の仕事をしているが、こんどは、レニングラード市内だ。街区ごとに建物ごとに、バリケードが築かれている。丸薬庫、燃料庫、それに、機関銃の収納庫が建設中、塹壕掘りも進行中で、主要な防衛地点の確認がされている最中だ。レニングラードの新しい地図が、姿を現しつつある。しかし、その地図には、家も店も学校も公園もレストランも載っていない。この地図に必要なものは、十字路での巡視、機雷が埋め込まれた橋、丸薬庫、鋼鉄戦車の防壁などの位置、それに、みんながヴォロシロフ・ホテルと呼んでいる大砲設置場所だ。砂嚢を満載した電車が、各街区の接合場所に配置されている。通りの名前も住宅の番地もこの地図からは消えてしまっている。

公園の樹木さえもどこかいつもとは違ったもののように見える。人を防御するためのものになってしまっているのだ。その背後に、目を凝らし、警戒態勢で、恋人たちのイニシャルが刻み込まれた幹に頬ずりしながら、身を隠すのだ。この都市の建設が着想された当初、石と水は人びとの生活に重要な役割を果たしたが、どうもそれとは別な、もうひとつの役割を果たすことが期待されていたのではないだろうか。ずっといままで、その時機を待ち受け、隠されてきたように思われる。ピョートル大帝がこのレニングラードを建設したとき、頭のなかにあったのはこのことだったのではないだろうか？

「手を見せてごらん」とアンドレイが言って、その両手をひっくり返して見る。「この水ぶくれに包帯を巻かなくてはね。ヨードチンキを塗るんだよ。泥が入ると、感染症にかかってしまうよ」

「こんなもの、すぐに固まるわ」

「きみの助けになりたいんだよ」

「わたしは、大丈夫よ。入って、少しのあいだ、コーリャに会っていって。あなたがいつ来るか、そればかり訊いているの」

「でも、きみには、時間がないんだろ」

「そうよ」アンナは、いきなり、アンドレイにしがみつき、頭を抱え込んで自分のほうに引き寄せ、口にキスをする。そして、舌をアンドレイの口のなかに滑らせる。一瞬ののち、舌を引っ込めて、クッションのように柔らかいアンドレイの片方の唇を軽くかむ。ふたりは、傾くままに、たがいにからだを預けて、目を閉じる。アンナのほうが先に身を引いて、頬ずりをする。

「あなたは全然髭を剃らないのね。わたしたち、何かしようと思っても、その時間はないし、どこかに行きたくても、その時間もないわね。そういうのがわたしたちがいつもたどる物語の筋書きだと思わない？　わたし、目覚めの直後にも、ひと晩中走り続けていたような感じがするの。わたし、何をするにも要領がひどく悪いの。昨晩、わたし、モスクワ行きの汽車に乗ることになっている夢を見たの。でも、一時間以内に発車することは知っていたのに、やらなければならないことがとてもたくさんあって、やらずには済まなかったの。コーリャのジャケットの裏地を作るために、毛布を裁断していたの。そういうわたしを母が、戸口に立って、腕組みをしてじっと見ていたの。それから、むかし、わたしが学校に行く朝になって、アパート中走り回って、提出しなければならない宿題を探していたときに言ったのと同じように、『いったい何時だと思ってるの？　アンナ』って言ったのよ」

「ほんとうにモスクワ行きの汽車の切符が買えたかどうか……」

モスクワに行く汽車などもうない。汽車はもうどこにも行かない。ふたりは黙りこくって、ばらばらに破壊されたトラックのこと、爆撃を受けた汽車のこと、それに黄色くて、にかわのようにねばねばした陽の光に溢れた活気のない駅のことに思いをめぐらせている。駅といえば、むかしはよく、名前も分からない駅に降り立って、散歩なんかしたりしたものだった。そのような駅は、いまでは、すべてドイツ軍に占拠されている。

「昨晩、ふたりの幼い男の子が連れてこられたんだ」とアンドレイが言う。「兄弟でね。アパートが砲弾を受けたとき、同じベッドに寝ていたんだ。ひとりは、両脚を砕かれて、もうひとりは、脾臓断裂なんだ」一息ついて、アンナの頬をなでる。「ふたりには、どうしたって、逃げるチャンスはなかったと思うんだ。けど、ふたりが連れてこられたときには、市の劇場はどこも満員だったんだよ。残念だけど、そういうことなんだよ」

　実のところ、その子どもたちは、とても子どもには見えなかった。からだじゅう煙の煤で真っ黒だった。短く突っ立った髪の毛は、アパートじゅうを嘗《な》めつくして破壊した炎の熱で縮れていた。

「モルヒネの調達を受けたの?」

「あしたの軍用機で来ることになっている。アンナ、もう少しこのままでいてくれないか。こうして、きみを抱いていたいんだ」

　ジャケットの固く丸まった布地を通して、アンナのからだをしっかりと抱いた。首から花の香りがする。なんの花だろう?　たしかにあの花に違いない。もういちど、目を閉じながら、鼻で呼吸して香りを確かめる。

「アンナ。このいい香りはなに?」

「マリーナの石鹸の香りよ。いくつかに切って、唯一残ってるものなの」

「ぼくがもっと手に入れてあげるよ」

アンナは、両手をアンドレイの手首のうえに重ねて言う。「アンドレイ。お願い。

　わたしを愛してる。わたしを愛してるって言ってちょうだい」アンドレイは、顔に触れる髪の柔らかさを感じて、身ぶるいする。

「いまは、その時じゃないよ」

　アンドレイが身を引く。アンナはむっつりする。

「あなたは、わたしにできないことはないと思ってらっしゃるんでしょ」とアンナが言う。「いいこと。なにもできないのよ。わたしには、あそこにコーリャがいるの。それに父もよ。食べさせなければいけないし、掃除、洗濯だってあるわ。コーリャのブーツは穴だらけなの。おまけに小さくなったの。別のを買ってやらなくてはいけないわ。冬に備えて、フェルトのついたブーツを見つけなければならない。このままだと、しもやけになってしまうわ。でも、いったいどこに行ったら手に入るかまったく分からないわ。そのうえ、パンの配給だってまた滞《とどこお》ってるのよ。聞くところでは、現状では――」

「どんな現状だって?」

アンナは、からだを傾けて、アンドレイに近づく。おびえた吐息が耳元で乱れる。

「機雷が埋められているのは、橋だけじゃないの。いたるところに埋められてるの。だから――もしドイツ軍が要塞を撃破してきても――何も見つけられないわ。みんな吹っ飛んでしまうんですもの。このレニングラードの市全体よ。でも、敵に取られるよりはましだわ――」

「そんなのただのうわさだよ」アンドレイが早口で言うのを聞いて、アンドレイには、それが事実だと分かっているとアンナは思う。「いったいどうしたらこのレニングラードの市を破壊できるというんだ?」

「教えてくれたひとは、党員よ。学校の幼馴染みなの。そのひとの話だと、北部地区のいたるところに機雷を埋めてるそうよ。あの地区でやってるとすれば、もう全市でやってるも同然だわ。爆鳴信号機がいくつか用意してあって、待機してるのよ……」

「全市……」

「ええ。そうよ」

ふたりは、おたがいに見つめ合う。

「でも、このレニングラードの存在を消し去るなんて、いったいどうしたらできるんだい? そんなの不可能だよ」

「ほんと。そんなことあり得ないわ」とアンナは言う。「でも、あのひとの言うこと、わたしには信じられるわ。自分で何を言っているかちゃんと分かってたもの。敵に取られてしまうくらいなら、ふっ飛ばしてしまうほうがましよ」

「きみがそんなこと考えるなんてあり得ないよ。それより、いまどうしたらいいかを考える必要があるんじゃないか」

「そうよ。そうしたいと努力してるわ。でも、そういうときに限って、あなたが来るの――そして、寝た子を覚ますようなことを言うものだから、否が応でも、現状に気づかされるのよ。だから、そのことをあなたに言いたいと思っていたの――」

「それは悪いことではないさ。もしそれに気づかないとすれば、生きているってことにどういう意味があるんだい? 麻酔をかけられて無感覚になってるのと変わらないじゃないか」

「アンドリューシャ。あなたとわたしとでは、事情が違っているわ。わたしには、父がいるし、コーリャもいるのよ。いつも、片手に子どもを抱いてきたわ。わたしは、母親というものでさえないのよ。これからも母親になることは決してないとときどき思うことがあるの。これが、わたしの人生なんだと思うわ。わたしたちみんなが死ななければ、これが、わたしがたどる人生になると思うわ。あなたには、分からないでしょ？　わたしは、不平を言っているんじゃないのよ。ただ、人生とはどのようなものかをあなたに伝えたいだけなの。父もコーリャもわたしにとって責任を免れない人たちなの。ほら、父を見て。あなたには考えられる？　父が、このさき——」

　アンドレイには、アンナが何か難しいことばを探していることが分かっている。おそらく、正常ということばだろう。アンドレイには、分かっている。あのひと自身。大丈夫。こういうことばは、女たちが、パンとスープが入ったバスケットを指の関節が赤くなった荒れた手でしっかりと握って、病棟に入ってくるなり、アンドレイに向かって使う省略用語だ。そう言うだけで、そのことばに含められた思いが伝わってくるのだ。

「父は、ふたたび仕事に戻ることはできないわ」とアンナは思わず口にしてしまう。「そうしたら、わたしが仕事をしているあいだ、家で父の面倒を看てくれるひとが必要になるのよ。わたしは、父を独りにしておくことはできないわ。でも、そんな経済力をどうしたら持てるようになれるの？　どうやって、生計を立てたらいいの？　それとも、マリーナがこのままここにいることになるのかしら？　ある意味では、それも結構よ。でも、その一方で、わたしは、独りじゃないし、何も求めず、何も期待していない状態にあるひとがよそにいるんだとしたら、わたしには、うかうかと過ごしている暇なんてまったくないわ——」

「いまそんなことを考える必要はないよ」

「どうしてそんなことを言うの？　父が死にかけているからとでも言いたいの？　そんなことをわたしに言うつもりなの？」

「違うよ。アンナ。もちろん、そんなことないよ」

「そうね……ごめんなさい。アンドレイ。わたし怒ってるの。あなたにじゃないのよ。でも、なぜ、いまわたしがほかのことを考えるわけにはいかないと思っているのか、あなたには分かっているのね。ほんとうは自分がどんな気持ちでいるかなんて自分でも分からないわ」

「きみは、そうしたいんだね。ぼくには、分かるよ」

「そうよ。でも、言いたいのは、そういうことじゃない

郵便はがき

料金受取人払

板橋北局承認

349

差出有効期間
平成27年1月
10日まで
（切手不要）

1748790

板橋北郵便局
私書箱第32号

国書刊行会 行

ご氏名《フリガナ》		年齢	歳
		性別	男・女
ご住所《フリガナ》	〒　　　TEL.		
e-mail アドレス			
ご職業	ご購読の新聞・雑誌等		

❖小社からの刊行案内送付を　□希望する　□希望しない

愛読者カード

❖お買い上げの書籍タイトル：

❖お求めの動機
1. 新聞・雑誌等の広告を見て（掲載紙誌名：　　　　　　　　　　　　　）
2. 書評を読んで（掲載紙誌名：　　　　　　　　　　　　　）
3. 書店で実物を見て（書店名：　　　　　　　　　　　　　）
4. 人にすすめられて　5. ダイレクトメールを読んで　6. ホームページを見て
7. ブログや Twitter などを見て
8. その他（　　　　　　　　　　　　　）

❖興味のある分野に○を付けて下さい（いくつでも可）
1. 文芸　2. ミステリ・ホラー　3. オカルト・占い　4. 芸術・映画
5. 歴史　6. 宗教　7. 語学　8. その他（　　　　　　）

＊通信欄＊
本書についてのご感想（内容・造本等）、小社刊行物についてのご希望、編集部へのご意見、その他。

＊購入申込欄＊
書名、冊数を明記の上、このはがきでお申し込み下さい。代金引換便にてお送りいたします。（送料無料）

書名：　　　　　　　　　　　　冊数：　　　冊

❖最新の刊行案内等は、小社ホームページをご覧ください。ポイントがたまる「オンライン・ブックショップ」もご利用いただけます。http://www.kokusho.co.jp

＊ご記入いただいた個人情報は、ご注文いただいた書籍の配送、お支払い確認等のご連絡および小社の刊行案内等をお送りするために利用し、その目的以外での利用はいたしません。

のよ。だれだって、ときには、こころがくじけることはあるはずよ」

「ねえ、アンナ。きみは何を言いたいんだ?」

「わたしには、どう言ったらいいか分からないのよ。そう、こういうことだわ。あなたがわたしをひるませているのよ。それが怖いの。あなたは、わたしをひるませるんじゃないかって思うの」

「きみを妊娠させるつもりは毛頭ないよ。ぼくがどんなに注意深いかきみも分かっているだろ」

「結構なことだわ。その通りなら、わたしが抱えている問題を全部解決してしまうわ。妊娠しないことは、本当はそんなに大袈裟に望むことじゃないって、あなたの頭には、とても浮かんでこないんじゃない?」

「アンナ」とアンドレイがアンナが一番気に入っているトーンで言う。アンナの名前をいい加減に扱いたくないという思いをこめて、二つの音節を微妙にのばして、「アァーンナァ」と丁寧に発音する。「アンナ。けんかはしないことにしようよ」

「分かってるわ。でも、あなたは、患者さんのそばにいなければならないし、そして、わたしは、塹壕掘りをしなければならないのよ」

「このあとすぐにだね」

「あなたは、わたしがこのままあなたといっしょにここにいたいと思ってること分かってるでしょ。そうでしょ」

「ああ」

「でも、わたしたち、犠牲を払う必要があるのよ」

「うん」

　アンドレイは、アンナのジャケットのボタンを外している。不格好なジャケットにいかにも釣り合った、不格好でぴっちり肌に密着したブラウスに、乳房が押しつぶされそうに包まれている。そのブラウスのボタンも外し始める。すると、乳房の深い谷間からほのかに温かさが漂ってくる。日焼けが終わるラインに手を触れ、そこから下に滑らせて、乳首を探りあてる。アンナは唇をアンドレイの唇に合わせながら、乳房をアンドレイの手のなかいっぱいに包みこませるように、背中をのけぞらせる。それから、「マリーナもコーリャも父もみんなわたしたちふたりの三メートル以内にいつもいるのよ。わたしたちの息づかいまでも聞こえるのよ」と言う。

「きみは、ほんとうは、これ以上の犠牲を払いたいとは思ってないんだろ」

「その通りだってこと分かってるでしょ。でも、わたしには、そのように思うことはできないわ。行かなければならないわ」

　アンドレイは、アンナがブラウスのボタンをかけ終わるのをじっと見つめている。アンナは、目を上げて、相好を崩し、飾らない素直な微笑みを浮かべる。

「そんなの、ほんとうにばかばかしいことじゃない？　欲しいものだって、知りたい情報だって――みんな絶対に手に入りそうもないわ。ねえ、思い出して。あの亡くなった女の子、カーティンカのこと――以前、話したことがあるでしょ？　自分は、もしかしたら死ぬことになるかもしれないなんてとんでもないと憤慨してたわ。だって、そんなのカーティンカに期待されている将来ではなかったからよ。なんといっても、わずか十五歳で、すべてがとっても順調な人生だったんだもの。死ぬことは、試験で不合格になるみたいに、自分ではなく、ほかの人に起こるひとごとだったのよ。

　わたしたちにとって唯一の時間になるかもしれない今こそ、考えることを止めないで、どんなことでもやるべきなのだわってときどき思うの。それなのに、わたしがためらっているのは、わたしが感じやすいせいなのか、それとも、臆病なせいなのか分からないの」

「ぼくは、絶対にきみを傷つけるようなことはしないよ」

「そうかもしれないわね。でも、わたしのほうがあなたを傷つけるかもしれないのよ。そんなことわずかでも起こってほしくないわ」

「ぜったいに起こらないよ」

「でも、アンドリューシャ。わたし、ときどき独りでいるほうがいいのではと思うことがあるわ。そのほうが安心ですもの。それでも、あなたもご存知のように、わたし、いつもひとに囲まれて生活しているから、こんな考え方は愚かしいということは分かっているのよ。でも、いままでわたし、独りぼっちという感じがいつもしていたの――いえ、そうじゃないわ。ひとの力を借りないでいるということなの――母が死んでからずっとね」

　アンドレイは、アンナを両腕で抱きしめる。隙間もできないくらいきつく抱きしめるので、声ひとつ出せないほどだ。このせまい玄関先では、物音ひとつ聞こえず、ふたりはすっかり安心しきっている。


　となりの部屋では、マリーナ・ペトロヴナが、オニオン・スープを作りながら、ラジオ・レニングラードを聴いている。そのあいだ、コーリャは床に腹ばいになって、戦車の絵を描いている。その戦車は、どれも小さく、白い紙のうえを這っている昆虫のようだ。絵には、家や通りが描かれているものの、ひとの姿はない。

部屋のなかには、オニオンの臭いと病人臭がする。コーリャの父親は、なんとかベッドから這い出ようと格闘し、すっかり疲れきって、いまは、やっとソファーに身を横たえている。ときどき傍に置かれたグラスに入った紅茶をすこしずつすすっている。紅茶のグラスを手が摑むのに、渾身の力を込める。グラスを口元に運ぶあいだ、手が小刻みに震える。紅茶がグラスのなかで跳ねる。だがこぼれはしない。すこしすする。うまい。じつにうまい。砂糖の甘さを味わいたくとも、もうグラスを持つ手が我慢できなくなる。グラスを下ろすと、マリーナがからだに合わせて並び揃えてくれた枕のあいだに身を沈ませる。落下していくような気持ちになる一方で、なんとかしてからだを安定させようともういちど力を込める。いまは、ソファーのうえにいる。脚は、毛布のしただ。あらゆるものが、当然あるべき状態になっている。いろいろな思いをめぐらせて、やっと気持ちを落ち着かせ、息子に目を向けている。

この子は、アンナのように、絵を描くことが得意な子になるだろう。年齢的に、われわれ大人が素晴らしいと評価する大まかで、直感的な早期絵画ではもう満足されない段階に近づいている。あの子は、絵を習いたがっている。まつ毛はどのようにして描くのか？ ほんとうに走っているように人を描くにはどうしたらいいのか？ 今後しばらくは、今ほどいい絵は描けないだろう。やがて、孤軍奮闘して、自分自身に腹を立てるようになるだろう。そうして、描いてはくず籠にほうり投げるようになることだろう。わたしには、アンナのことがあるので、当時を思い出して、それがよく分かるのだ。「それはいい。きれいだ」などと言うと、アンナは顔をゆがめて、「いいえ。違うわ。全然よくないわ。下手だわ。破り捨てるつもりよ」と言ったものだ。

娘は、まだ七歳だったけれども、絵のレッスンを受けさせてやれば役に立つのではと、ヴェラは思ったのだ。そして、事実その通りになった。アンナは、もう、自分に腹を立てるようなことはなくなり、ふたたび絵にたいする情熱がよみがえったのだ。わたしには、絵を習わせることなど思いもよらないことだったが、ヴェラは、そういうことに心配りができた。

日差しが、あそこにあるクッションのところまで届くようになる頃には、わたしはベッドに戻ることができる。だが、それよりもまえではないだろう。

だが、元の生活に立ち戻るについて恐ろしいことは、もはや安閑としてはいられないということだ。頭を悩ますことが、ごまんとある。以前は、何が起きても気にするようなことはなかった。すべて、成り行きに任せるようなことをしてきた。マリーナがいつもラジオをつけっ放しにしていたけれど、わたしは、ラジオなどまったく聴かなかった。しかしいまでは、ほかのだれもがそうであるように、わたしは、恐れを抱いている。マリーナがこの子を防空壕に連れて行ってくれるとき、もう二度と会えないのではないかと危惧するのだ。わたしは、ここに横たわっているだけだ。わたしには、こうしているしかないのだ。わたしは、高射砲に耳を傾け、ときどき飛行機の爆音を聞く。あれは、わが軍の戦闘機ではない。家の真上で爆音が轟くと、祈るということをまったくしたことがないのに、思わず祈りを唱えている自分がいる。しかも、同じことばで祈っている。どうか、あの音が、焼夷弾ではなく、ただの爆弾でありますように。冷や汗でからだにシーツがべったりと貼り付いている。

爆弾など怖くはない。それよりも、焼夷弾がここに着弾すれば、大火災になり、逃げることは不可能だろう。それが恐ろしいのだ。

昨晩、マリーナとこの子の夢を見た。ふたりは、水ではなく火炎の溢れる川を渡って、わたしのほうに来ようとしていた。しかし、この子は、足を滑らせて、火炎のなかに落ちて、流され、流れに乗って、最初はゆっくりと、しだいに速さを増して、とうとう、頭からすっぽり火炎の波に飲み込まれてしまった。マリーナは、そんなあの子の姿をじっと目で追っていた。どうして自分があの子を救えなかったのかわたしになんとか伝えたがっている様子が見て取れた。もう手の下しようもないほど遅かったのだ。たとえ火の海から引き上げられたとしても、余計苦しむことになっただろう。

目が覚めると、からだじゅう汗だらけだった。銃声が依然として鳴り続けていた。探照燐光爆弾が落とされている。水では燐を消すことはできない。燐は燃え光を放つ。昨晩は、恐ろしい叫び声が上がって、いつまでも続いていた。今思うと、それが原因で、わたしはコーリャと火災の夢を見たのだろう。マリーナは、あれは、人間の叫び声ではなかったと言う。一発の爆弾が動物園に落ちて、動物たちが負傷した。檻のいくつかが吹き飛ばされて、逃げだした動物たちが街中を走りまわっていた。おそらく、最後には、その動物たちはみんな射殺されたことだろう。

いまでは、配給以外で、食糧を売っているものはいないとマリーナが言っている。レストランはみな閉じてしまった。マリーナは、わたしのベッドに腰かけて、じゃがいもがいくつ残っているか、オニオンがいくつか、そして、ラードが何グラム残っているかを話してくれる。大声をはり上げて数を数え、さらにもう一度数える。ふたりで、そんなことをして楽しんでいる。マリーナが数えるのを止めると、わたしは、いくつと尋ねる。「マリーナ。正確には、いくつだったんだい？」

コーリャは、食糧貯蔵戸棚のなかをのぞいて、壺の数を調べるのが大好きだ。だが、どれにも手を触れることはしない。しばらく、真面目くさった顔つきで見ていたコーリャが、「ぼくたちには、食糧がいっぱいあるよね、マリーナ？」と言うと、マリーナは、「ええ。わたしたちは、とても運がいいのよ」と答える。コーリャは、うなずいて、満足した顔になり、また遊び始める。

相かわらず、食糧貯蔵倉庫爆撃作戦が実施されているが、それが正確にどこなのかだれにも分かっていない。敵が望んでいるのは、われわれをただ敗北させることではない。徹底的にわれわれを破滅させることだ。レニングラードには、敵が重要とみなすものはひとつとしてない。石ころひとつ、あるいは、子どもひとりさえも重要ではない。カルタゴは殲滅されなければならないのだ。

しかし、それを知る自由は残っている。あのような者たちと取引などできるものではない。協定などなおさらだ。選択の余地はない。抵抗するのみだ。

だから、わたしは、ベッドを離れて、二時間ほどソファーに坐る。これは、抵抗ととても似通っているといえないだろうか？　ミハイール・イリイチ・レヴィンがいまなお生きていて、ひとり詩を繰り返し読んでいることを知ったら、ドイツ軍は、怯えないだろうか。

オネーギン様　あなたは覚えていますか？
わたしたちをめぐり会わせるために
運命が拾ってくれたあのときを
庭園のなかの並木道で……

わたしは、どの頁も暗唱できる。目を閉じると、目のまえに本があるかのように感じる。タチヤーナが夢のなかで、道に迷って熊と出会う箇所を全部暗唱できる。雪に埋もれた野原もモミの木、菩提樹も幽玄な光もタチヤーナが雪道を歩くときの軋《きし》る音も、すべて、ずっしりとした重みをもって迫ってくるので、いままで一度も読んだことがない、あるいは、以前には考えたこともない、まったく初めて読んでいるかのような気がするのだ。いまのいままで、まったく理解していなくて申し訳ないと大声で叫びそうになってしまう。なぜだか分からないが、目に涙が溢れてくる。だが、わたしが生きていることを実感できるのは、ほかの何ものでもない、まさに、こういうものによってなのだということをわたしは知っている。詩というものは、人生を美しいものにしてくれるためだけに存在しているのではない。詩とは、人生そのものなのだ。

タチヤーナは、歩き続ける。雪が降り続ける。そして、オネーギンは、かつて自分に失恋し、いまは伯爵夫人となっているタチヤーナに恋をするが、何度もしくじる。あまりにも遅すぎたのだ。とつぜん、オネーギンは、タチヤーナの真の存在理由に気づかされる。そして、タチヤーナは、ふたりのあいだには、もうこれ以上何も起こらないとオネーギンに説明する。天地開闢以来、放縦と思われることはことごとく、処断されてきた。遠からず、この茶色の土の色をした風景は、雪で覆われることだろう。

いつも、毎年冬ともなれば、こんどこその状態が永遠に続くと思われる或る一瞬がある。春が、すっかりわたしたちを忘れてしまったのだ。霜はだんだん地中深く根を下ろしてゆき、あらゆる生命のしるしを追い出す。樹液がふたたび根元から上がってくることはない。だれも、樹液が上がってくることを望むことさえしない。氷片が溶けて砕けるようになると、春は、痛みを覚え、だらしなく汚れ、土は汚泥の臭いを発する。

「オネーギン様。あなたは覚えていますか？……」

すると、氷が砕け始める。

「コーリャ。とてもいいよ。ほら、そこの戦車の旋回砲塔、うまく描けてるよ」

「でもぼく、銃がうまく描けないんだ。お父さん。どうやって描いたらいいか知ってるでしょ」

「じゃあ、紙を持っておいで。さあ、そっとだよ。描いてみてあげるよ」

16

計算不可能な算数。何度合計してみても、答えが合わない。疎開は、あまりに遅すぎ、大勢の人びとが、疎開の途中で進軍するドイツ軍と遭遇し、ドイツ軍に追いやられ、押し戻されて、レニングラード市内になだれ込んだ。レニングラードからウラル地方へ疎開した一人にたいして、三、四人の者が南と西から、ドイツ軍に追われて市内にやってきた。市内は、すし詰め状態となっている。市内には、三百万に近い市民がすでにおり、そのうえ、軍事関係者が五十万ほどにもなっている。レニングラードにある食糧をこの人数で割ってみるがいい。いったん供給網が断たれるような事態になれば、そんな量の食糧などたちまち消えてなくなってしまうことだろう。

ここには、屋台店があって、並んでいるのは、キャベツ、そば粉、ラード、ライ麦粉、小麦粉、砂糖、蜂蜜、それに、じゃがいもだ。じゃがいもは、高品質で、黄色くしっかりとしている。ラードは、最高級の代物だ。蜂蜜は、蜜蠟がそのままついた蜂の巣の状態で店頭に置かれている。山と積まれたキャベツは、まるまると育って甘みがあって、芯が新鮮で張りがあり、菊の花のようだ。初霜のために外側の葉皮が緑色と青みがかった紫色になっている。それは、夢のなかの屋台店で、行列と食糧不足の世界には、けっして実在するはずもないものだ。しかし、たとえ実在するとしても、いったい何人の胃を満足させることができるだろうか？　百人の人びとがその屋台店に群がり、食糧を手当たり次第につかみ取って、袋に詰め込むさまが容易に想像できる。とつぜん、千人の群衆が集まり、広場から溢れ、周囲の通りは人でいっぱいになる。一万人、五万人、十万人と増えてゆく。もうそれ以上は想像できない。想像しても、殻竿のように振り回される百万もの手など把握することはできない。おまけに、夢のなかの屋台店は、とっくの昔に取り払われ、ひっくり返されてしまっている。ふんだんにあった食糧は、何も残っていない。

しかし、その手はいまなお存在している。手は差し出されており、空のままでは済まされない。満たされなければならないのだ。市内にいる人たちにとっては、物品供給の鎖が断たれてしまっていることを把握することさえ困難なのだ。ときどきシステムが力を失って混沌状態になったり、墓掘人に渡す心づけのように、価格が上下することがあるにしても、この物品供給の鎖は、市内にいる人たち全員の命を繋いできた。レニングラード市民が語るのは、「買い物をすること」ではなく、「ものを手でつかみ取ること」なのだ。行列作りは、母親のそばにいると自然に身につくひとつの技能形式だ。だからといって、何事かが起こることは、まったくない、なかったのだ。われわれは、ウクライナ地方の農民ではない。

いきなりで唐突な言い方だが、都市というものはみんなの同意があればこそ存在するということは明らかだ。数百万人の口が、百平方キロの二つの場所に押し寄せ群がるなどと考えるだけでも、正気の沙汰ではない。そのあいだには、一匹の豚も一区画のじゃがいも畑もない。都市は、ただ、人びとに協力させることによって、小説を作り上げてゆくようなやりかたで、出来上がって行くだけのことだ。都市はその命脈を保っているあいだずっと、要求する力を持ってきた。都市がミルクを求める。すると、夜明け前にミルクが届く。どの畑もライ麦と大麦で覆い尽くされ、豚は、おのが血のうえで窒息死する。リンゴが数を増し、漁師たちが溺死する。バイカル湖の暗く深い水域では、チョウザメが鼻先をめぐらして網にかかる。都市は、食糧が入り続ける限り、細かいことには拘《こだわ》らない。

レニングラードは、周囲何百キロにもわたって、田園地帯、村、町に動員をかけ、戦時体制を敷いている。都市というものを見たこともない何千人もの農民たちは、その全生涯を食糧を生産し、提供するための労働に費やしてきた。都市の込み入った商取引が何百人もの人びとの生活のなかに渦を巻いて入ってくる。

都市の内部で変貌が進む流れは、けっして止まることはない。原木材パルプは、書物に変貌し、小さな町出身の未熟な青年たちは、医者やエンジニアに変貌する。俳優志願の者たち、映画製作者たち、それにダンサーたちが、突如予測不可能な才能を発揮して、完成した芸術家に変貌する。レニングラードは、どんなものでも手に入れ、飲み込み、新しいものに作り変えてしまうのだ。

満員の市街電車とバスのなかでは、作家同盟のメンバーが、キエフの工場から戻ってきた鋼鉄労働者たちとなりあって、押し込まれている。その労働者たちは、作家たちが身を白熱状態にして必死にことばを打ち出して、物語や詩を生み出すように、融解金属の液体をKV重装戦車に変える。レニングラード市民は、そのようにしてできあがった完成品を扱うことになる。自然のままの土からぜいたく品までを繋ぐ鎖のなかで、市民たちは、上機嫌になっている。大部分の市民は、キャヴィアをけっして口にすることはないが、キャヴィアが育つのは、魚のからだのなかではなく、スーパーゴルトの店の壺のなかであることは知っている。牛乳も牛からではなく店から届くということも理解している。

何年にもわたる食糧不足と配給とそれに伴う行列は、このような厳しい世の中に起こりがちなパニック状態にならないようにしているという、首をかしげるような、予想とは逆の効果を生み出している。パンを得るのに行列しなければならないとか、必需品を市内隈なく探し回るとか、それに、商店の陳列棚が空っぽになっていることには、すっかり慣れっこになってしまっている。歩けるだけ歩けば、かならず手がかりが摑めて、どんな列であれ並んで、何時間も待って、ついには欲しいものを手に入れて袋に詰め、家に持ち帰ることができる自分の体力を信じて疑わない。それは、きっと、霜害を受けたわずかな蕪であったり、なかなか手に入らない芳しい香りのする百グラムのコーヒーであったり、コルホーズの屋台店に並んでいたいびつな形をした数個のリンゴであったり、あるいは、ソーセージの欠片《かけら》であったりするのだ。ときには、せいぜいオニオン・スープを作るために必要なオニオン二個と五十グラムのラードということもある。しかし、今晩は、すくなくとも、スープを飲むことになるだろう。

そして、明日ともなれば、今日とは違うまた別の日がやってくる。車輪が回転し、網が広がり、すべてレニングラードの市場に引き寄せられる。キュウリの酢漬け、ラドガ湿原産のクランベリーの思いがけない配給があるだろう。運がよければ、その場に立ち会い、都合よく袋を持ち合わせ、行列の一番前に並んでいることだろう。運というものは、いつもこんな働きかたをしてきたのだ。ちょうど、切断されているのに、幻となった手足がまだ付いていると信じることをやめないからだのように、都市は、とっくの昔に切断されているのに物資供給の鎖がまだ繋がっていると信じ続けている。

何百万の口がある。そのいずれも、唇を開いて、歯で嚙みつぶし、口中に溢れ出す唾液腺から出る唾液が食べたものを湿らせ、消化が始まる。蠕動《ぜんどう》のリズミカルな波が食べたものをからだの中央に送りこむ。エネルギーが流れ始める。澱粉《でんぷん》食品が糖に転化すると、体中が温まり、エネルギーと希望が湧いてくる。唇は脂で光を帯び、体温がすこし上がり、額にはかすかに玉の汗が浮き出ている。命とは、いいものだ。

レニングラードの口は、なお、開き、飲み込む動作を続ける。ゴムのように潤《うるお》いのある、歯のまだ生えていない赤子の口は、母親の乳首にしっかりと吸いつく。老いて、歯の無くなった口は、紅茶に浸した黒パンをもぐもぐさせながら食べる。腹を空かした十七歳の男の子たちは、まだ成長段階にあるので、食べられるものであれば見つけ次第なんでも口に詰め込む。

算数では答えられないような問題が山積しており、だれかが検討しなければならない。いまはこのように大量の食糧があり、よそに回す予定はない。そんな余裕はないのだ。もしも、このさき食糧がこの市に供給されなくなったら、どれだけ市は持ちこたえられるだろうか？　三百五十万の人びとは、あと何度口を開け、腹を満たすことができるだろうか？

ディミートリ・パヴロフは、モスクワからこの市に到着したばかりだが、この問題の解決が不可能でも、挑むことを課せられている。この厳しい状況の真実は、この男の双肩にかかっており、そのことをこの男は重々承知している。

遠からず、レニングラードにいる残りの者たちも、脳ではなく、胃袋において、この真実を知ることになるだろう。この都市全体が、いまや石の島と化しており、その島が蔵する資源にすがらなければならない状態だ。しかし資源と言っても、まさか石は食べられないし、夜明けの魔法をかけられたように美しいネヴァ川の眺望を食べるわけにもいかない。さらに、アパートの建物、軍事工場、塑像、軍需品製造工場からカロリーを引き出すことができるわけもない。レニングラード、ペトログラード、サンクトペテルスブルクという歴史は、自分の姿をかたどった塑像を、しるべとしてネヴァ川の沼沢地にいくつも建てたピョートル大帝のときまで遡及することができるが、その歴史を食べられるはずもない。

パヴロフは、どんなことでもすることができる権力を持っている。けれども、紙きれを七度以上折りたたむことができる者はどこにもいないという持論を持っている。

「ほんとうかい？　できないって？　いや、そんなことないだろう。紙が大きければ簡単さ」

パヴロフは、黙って、上質の、薄い大きな一枚の紙を手渡し、同僚が折るのを見つめる。一回、二回、三回。ここまでは、簡単だ。しかし、八回目ともなると、その男は、腹立たしげに、苦笑いをしながら目を上げる。

「たしかに、きみの言う通りだ。できない訳などないと思っていたんだけどな」

「紙があのラドガ湖ほどの大きさであっても、折れないだろうよ。自然の法則を変えるなんてできない相談だよ」

パヴロフは、さらに多くのリストを作り、数を計算し、様々な計画を案出する。ペンを走らせる音、統計をチェックしながら書類をめくる音、それに、となりの部屋から聞こえてくるタイプの音、そういう音がする以外、しんと静まり返っている。そこから離れたところにあるオフィスでは、電話のベルが絶えず鳴っているが、パヴロフは、それに一瞥もくれない。その電話は、地方の食糧貯蔵部隊、屠畜場、それに保管庫の管理者たちからで、最新の統計を要求していたパヴロフのもとに状況を知らせてきているのだろう。レニングラードが、どれほどのものを保持しているかを正確に把握したがっているのだ。計算が雑であってはならない。郊外の菜園にはまだどれくらいの未収穫のキャベツがあるかなどという現実離れした報告など求めてはいない。なかんずく、パヴロフが望まないのは、楽観主義というものだ。詳細な事実を欲しがっている。数の端数は切り上げてはならない。食糧供給の調達が不可能なときに、なんとか調達できる望みがあるかもしれないなどという当てのない希望を抱いてはならない。包囲軍が目論んでいるのは、そういうことだからだ。パヴロフは、のっけからそのことは把握していた。敵軍ドイツは、いままで徹底的な調査を行ってきた。そして、飢餓と冬を使って、レニングラードの門を開放させるために、包囲を続けることだろう。ドイツ軍の機甲師団は、レニングラードの前線からは移動してしまったかもしれない。しかし、鋼鉄の輪がレニングラードをしっかりとつかまえて放さないでいるのだ。

ひとりの若い女性が、ときどき、細長い、薄っぺらな紙をもって、離れたオフィスからパヴロフがいる部屋に入ってきて、すぐ脇に置く。その紙は、タイプで打たれた数表の列で埋め尽くされている。パヴロフは、その統計表をひと眼で理解し、それに自分で計算したものを書き加える。

「わが軍の予備の食糧とてまったく同じことだ」とパヴロフは、とつぜん、同僚に向かって言う。その同僚は、まだ折りたたんだ紙にじっと目をやっている。それはたぶん、別の折り方でやっていれば、八回でうまく成功したかもしれないという目だ。

「いま、何と言ったんだ？」

「わが軍の予備の食糧だ。ここだ。ここに書かれている数値によれば、現在、レニングラード地域には、二万五千匹の豚がいるが、あるものは、処分前の生きた豚で、あるものは、すでに処分されている。数としては充分だ」

「そうだね」

「だが、日に二百五十トンの割合で、肉を消費している。言ってみろ。あの紙で言えば、いつまで折り続けることができるんだ?」

「すまないね。一匹の豚が何グラムの重量があるのか正確には分からないんだが――」

「では、きちんと調べてくれ。こういうことは、われわれ全員が承知していなければならないんだ。事実だよ。われわれは、事実を承知しておく必要がある。こうなるだろうと思うとか、こうあってほしいとかということではだめなんだ。まず手始めに、これから先も食糧供給があるという期待を頭から払拭しなければならないのさ」

「だが、水路を使って、ラドガ湖から調達することは、まだ可能だ」

「十分じゃないな。供給の鎖が弱過ぎる。それに、調達に必要なインフラ施設の整備ができていない。十分な数の浮き桟橋もはしけもないし、鉄道の路線は、絶望的に不十分だ。その水路というルートをできるだけ活用しよう。だが舟は、ドイツ軍の爆撃機にとっては、格好の標的だな。さしあたっては、ラドガ湖ルート経由で届くかもしれない供給食糧については、わたしの計算から割り引いておくことにするよ。実態を現実的に考えなければならない。事実重視こそ、われわれの仕事だ。実現の見込みのない希望を抱くべきじゃない。われわれは、期限を定めず、三百五十万の人びとに食糧を供給しなければならないんだ。だが、現在の消費の割合からいうと、無理だろう。配給の再カットは避けられないだろう」

このふたりの男に声をかけて尋ねるようなことをしても、ふたりとも、わたしたちは静けさを凝縮したなかで仕事をしているのだと言うことだろう。ふたりは、ずっと以前から、サイレンの音、この市を防衛しようとする戦闘機のキーンという鋭い音、それに、耳に聞こえるというよりも、腹の底にズシンと一撃を食らったように衝撃を覚える爆音は、聞かないことにしている。ふたりは、いま起きていることをことばにしようとはしない。そんなことをすれば、「レニングラードは、命がけで戦っている」「レニングラードの人びとは、最後の一滴まで血を流して市を死守しようとしている」「ファシストの侵略軍は、ソヴィエト国民の断固たる決意によって、撃退されるだろう」といったありふれた決まり文句で片づけられてしまう公算が強いからだ。パヴロフとて、単に手っ取り早いからという理由で、そういう決まり文句に手を出そうと思えば、できないわけではない。

パヴロフは、いままさに働き盛りだ。書類束を持ってきた女性には一瞥もくれないで、手を伸ばして一枚の紙を受け取る。女性は、大仰な身振りで、パヴロフの手に紙を渡す。パヴロフは、ときどき瞬きをしたり、塵埃だらけの豊かでふさふさした髪に指を突っ込んだりする。だれもが、爆撃のために、ここ数日、髪も肌も口も塵埃だらけなのだ。爆撃を受けた古い建物から、古くから堆積していた黒ずんだ塵埃の噴煙が雲となって空中に立ち昇り、四囲に漂い、あらゆるところに降り注ぐ。パヴロフの肌からは、レニングラードの上空低く垂れこめる媒煙から放たれる燻製の臭いがかすかにする。パヴロフは、咳をし、手を伸ばして、さらに一枚、数字が書かれた紙をつかむ。

「すみませんが」と同僚は、思いきって切りだす。「あなたは、この封鎖は、どれくらい続くと予測しているのですか?」

「どうやったら分かるかな?」とパヴロフは、即座に応える。「封鎖の継続は、わたしの権限の範囲内にはない。その答えを知らないばかりか、答えそのものにまったく関心がない。わたしは、憶測するためにここに送られてきたわけではない。わたしが必要とするのは、ただ事実のみだ」

　パヴロフは、椅子に深く坐り直す。両手で握りこぶしをつくり、両目をこする。その目は、寝不足で赤く腫れていて、たえず痒《かゆ》みがある。塵埃のせいだ。数字を精査していると、数字の列がくねくねと踊って見える。もうすでに間違いを犯してしまったのではないかと不安に思っている。いまよりももっとひどい配給カットを実行する決定が、二週間前になされていたら、現在でも、数千トンの食糧が予備として留保されているはずだったのだ。つぎつぎに起こる危機に応じて、場当たり的な根拠に基づいて、カットを断行するなどまったく意味のないことだ。不相応で、手に余る現実に対処するための、相応に考え抜かれ、行き届いた方策というものが存在するに違いない。

「われわれは、この紙きれを折り続けなければならない」と瞑目したまま言う。「たとえ不可能な事態になってもだ」

　パヴロフは、別のリストに取りかかり、「その他の食糧供給源」という見出しを書き込む。

こぼれた穀物を得るため、倉庫、貯蔵所、貨物トラックを清掃すべきこと

糖類を得るため、バダイエフ貯蔵倉庫の土壌を再生処理すべきこと

パンに含まれる食用セルロースを増量するべきこと

緊急行動のために
屠畜場の副産物
食用樹皮、キノコ、ベリー類、ピート
無人地帯より野菜畑の収穫
ビール麦芽
家庭用ペット
実験室用動物および動物園の動物——モルモット、ウサギ等
食用野生植物、とくに抗壊血病性のもの。たとえば、イラクサ、松葉
壁紙の練り粉
皮革製品……

食肉ゼリーが、最高品質の皮革からつくられることは明らかだ。これは、時間が経つにつれて、人びとに必要となってくるタイプの情報だ。だから、きみの考えを付け加えてくれ。私が見落としていることもあり得るからね」

パヴロフは、同僚にこの新しいリストを手渡す。「きみの考えを加えてくれないか」

「皮革製品とありますが?」

「皮革からは、なんらかの滋養物が得られる。もちろん、煮汁を抽出することができるまで煮沸するのに要する燃料エネルギーが、その滋養物のエネルギーにたいして見合うものかどうか比べてみる必要はある。あるタイプの

176

17

アンナは、毎年冬になって降る初雪が大好きだ。夜が明けると同時に、今日こそ初雪になるとアンナは察知する。空はまだ夜陰を残し、雲は黄色じみている。光には、鮮やかで生のままの勢いがある。あらゆるものが、沈黙して、何かを待望している。

雪がやってくる。秋の縮こまった葉、萎れかけた草、冷え冷えとした、灰褐色の土をすっかり覆い尽くすことになるだろう。そうして、その雪が、すべての過《あやま》ちを雪《すす》いでくれることだろう。光が、白く無垢な大地から流れるように立ち昇ることだろう。

初雪が降ると、いつもアンナは、サマー・ガーデンに行く。そこは、町の喧騒の音が消され、この世のものとも思われない光に満ちている。無防備に見える小雀たちが小枝から小枝へとぴょんぴょんと跳び移って、雪の粉を払い散らしている。木々は、雪をつけた枝の白さでライトアップされ、まるで、枝付き燭台のようだ。アンナは、ブーツで雪道を踏むたびに軋る音を聞きながら歩く。アンナは、かがんで、雪をひと握りすくい上げ、宙にほうり投げる。ついで、落ちてくるその雪が粉のような雪片となってぱらぱらと降り注いでくるのをじっと見つめる。寒気が募って、もう家に帰らなければならないのにもかかわらず、自分でも驚くほど長くそこに留まっているのが常だ。それは、もう次の年には、このような気持ちを味わうことはないだろうということを知っているからだ。雪が降り、溶け、凍り、ブリザードになるたびに、新たな雪がそのうえに繰り返し降り積もる。しかし、あとから降るどの雪も、初雪の新鮮さと爽快さと寂しさを持つことはない。アンナだけが、これから眠りにつこうとしている世界にあって、まだ暖かく、生きている唯一のものなのだ。

アンナは、目を上に向けて、雪を見る。雪は、空にできた勾配の急な漏斗のなかを、渦巻きながら降ってきて、アンナの顔にかかり、まつ毛に降り立って、溶けて涙となる。それから、そのときにはもう柔らかい新雪が市街電車にぶつかって半分溶けた状態になっている通りをいくつもたどって、アパートに戻る。通りの角では、子どもたちが、顔を真っ赤に輝かせて雪の上を滑って遊んでいる。ほどなく、スキーとそりの時期がやってくる。そして、翌日には、雪が積もって、やがて、表面が氷で包まれることだろう。太陽が隠れて、影という影はみな、青味を帯びた色になることだろう。アンナは、こんなふうにして、毎年、冬を迎えてきた。

しかし、今年は違う。初雪が降ったのは、十月十四日だ。雪は、空から吹き流されて、爆撃を受けた家々の廃墟のうえに、対戦車壕、機関銃の保管庫、そして、瓦礫のうえに積もっている。雪は静寂を保っている。しかし、不気味な存在でもある。今年は、雪が敵となるか味方となるか、だれにも分からない。ロシアの雪は、ナポレオンを打ち負かしたと人びとは口々に言う。きっと、雪は、ヒットラーも打ち負かすことだろう。

包囲の輪が、このレニングラードの市をしっかりと摑んでいる。何も入って来ず、何も出て行かない。そして、目が届く範囲の先のレニングラード郊外では、ドイツ軍が次々に塹壕を掘って身を隠している。来るべき冬に備えて、強固に築かれた発砲地点の背後の、深い塹壕のなかに、潜伏している。前の戦争で対戦した今や年配のレニングラード兵士たちは、ドイツ軍はどこに行っても、塹壕掘りはお手のものだったと述懐する。しかも、塹壕の贅沢さといったらふつうではなく、床にはカーペットが敷かれ、椅子がいくつも置かれ、どの壁にも絵が飾られている。そのようにして、レニングラードの周辺一帯にうずくまるようにして駐留している。それは、まるで、洞穴の入り口に居坐るオオカミのようだ。町には砲弾を降らせるが、町を越えて遠路はるばる進軍することはしない。まさしく、封鎖だ。

ドイツ軍は、ものを食べる。食べるのは、当たり前だ。ロシアの子どもたちが、双眼鏡を通して覗き見るドイツ兵は、筋骨たくましく、壮健そのものの体軀をしている。冷え冷えとした大気のなかでも、両腕を威勢よく動かして、きびきびと動いている。ドイツ兵たちは、戦争に勝てば、ただちに帰国すると、家族にあてて手紙を書いている。背後には、えんえんベルリンまで延びる食糧供給ラインが破壊されることなく控えている。ドイツ軍は、ロシアの鉄道の軌道に合うように、自国の鉄道車両を作り変えている。エストニア、ラトヴィア、それに、リトアニアの収穫物を手中に収めている。だから、必要なだけいつまでも待つことができるのだ。ひとつの鉄の輪が、取り囲んだ市をきりきりと締めつけ、じりじりと絞殺しようとしている。

「雪が降ってるよ！」

コーリャは、窓のところまで駆けて行く。しかし、奮い立ってしたその無理な動きのせいで、咳が出て、アンナの椅子の背を摑んで、堪えている。アンナは、コーリャを引き寄せて、片ひざにのせる。コーリャの顔色がかげり、両の目から涙が流れ落ちている。

「あんなふうに、急に駆け出しちゃいけないって、なんども言ったでしょ！　さあ、ゆーっくりと息を吐いて。そう、それでいいわ。すぐに楽になるわよ。もう一回、深く息を吸って」

コーリャは、すっかり疲れ切ったといった体で、アンナの肩に寄りかかって、目を閉じる。アンナは、コーリャの手をさすって温める。

「コーリャ。あなた、手袋をはずしちゃだめよ。あら、いやだ。家のなかでは、手袋はしないわね。でも、この寒さ。分かるわね」

燃やす燃料はない。電気は切れている。アパートの寒さは、冬、長いあいだ不在にしていた家に久しぶりで帰ったときのあの寒さと同じだ。着ているものもソファー掛けも貫き通すほどの寒さで、家具に触れれば、氷のように冷たい。ベッドは、なかなか暖まらない。そんなベッドにやっとの思いで潜り込んで、身を震わせる。体を温めようと、必死になって身を強張らせるために、朝になると、体中に痛みが残っている。眠りは浅い。そんな眠りには、夢がいっぱい詰まっていて、忘却の至福など望むべくもない。

アンナが、息をはーっと吐き出すと、白い雲になり、それから、すーっと消えて見えなくなる。

「マリーナ――」

「なあに？」

「薪用ストーヴ《ブルジューイカ》のことをどう思いますか？」

マリーナは、顔じゅうしわにして、ため息をつく。なんとか文字を読もうとしてきたが、いっかな、ここ数週間のうちに、すっかり視力が衰えてしまっている。手に入ればの話だが、マリーナには、読書用のメガネが必要だ。目が疲れやすく、印刷された線がぐらぐら揺れて見え、焦点が定まらず、歪んで見える。わたしは、老いてきているんだわとマリーナは思っている。文字が読めなくなるという思いで、恐怖を覚え、あわててそのような思いを頭から追い払おうとする。「知らないわ。いま、手に入れようとしたら、どれほどのものが必要なの？」

「三日分の配給のパンか、または、砂糖一キロとラード二百グラム。それに、五百ルーブルのお金も」

「お金なんか問題じゃないわ。それぐらい持ってるわ」

「たいして残ってるはずないと思いますけど」

「そうね。沢山はないけど、五百ルーブルは確かよ」

「でも、それじゃあ砂糖一キロですよ！　ちょうど一キロだわ」

アンナは、コーリャの配給のパンを小さく三つに切る。一日に三回、そのひと切れに向日葵のオイルを塗って、それに粉砂糖をこってりとまぶす。コーリャは、砂糖が大好きなのだ。だが、砂糖はもう二キロ入りの袋一つしか残っていない。

「でも、薪用ストーヴ《ブルジューイカ》がなくて、冬がやってくると……」とアンナは、続けて言う。アンナとマリーナは、ストーヴが手に入れば、日々自分たちを悩ます食糧不足という難題が解決すると思っている。ふたりは、疲れ切って、飢餓状態にある頭のなかで、ことばがある種のかたちをとるようになるまで、ぶつぶつと独り言を言い、それから、ようやく決断する。いまや雪が降ってきて、電気が通じず、ちっぽけなストーヴの値段が、日々うなぎ上りに高騰しているため、ふたりは、決断せざるを得ないのだ。

「ストーヴの煙突は、別料金なの？」とマリーナが尋ねる。

「ええ。さらに二日分の配給糧食、それが無理なら、砂糖かコーヒーでその埋め合わせをすることになるわ」

「でも、一方で、もっと寒くなるまで待てば、値段はもっと上がるわ。そして、おそらく、薪用ストーヴ《ブルジューイカ》は、品不足となって、わたしたちのところには、まったく回らなくなるわね」

コーリャがまた咳をし始める。マリーナは、起き上がって、ソファーから毛布を持ってきて、コーリャのからだを包み、隅を丁寧に折り込む。「あの子、毛皮の帽子をかぶっていなきゃいけないのよ。頭から熱が奪われてしまうわ」とマリーナが言う。

「分かってます。でも、すぐに脱いでしまうんです。そうでしょ、コーリャ？」

「家のなかで帽子をかぶるなんて、そんなの、おかしいよ。みんなに笑われちゃうよ」

「いまは、みんなきまって帽子をかぶるんだから」とアンナはいう。「アリョーシャもシューラも、お友だちは、みんなそうよ。みんなぐるぐる巻きに包まれてるわ。あなたみたいにね」

アンナは、コーリャの髪をなでる。「いいわね。この毛布の端を引き上げるわよ。こうすれば、頭も温まるからよ。兵隊さんのヘルメットみたいよ。そんなにごそごそしちゃだめ。じっとしているほうがずっと温まるわ」

「アリョーシャは、いま何してるの。保育園にいるの？」

「だれもいまは保育園にいないわ。保育園はやってないのよ」

「ぼくが家にいるのは、病気だからだと思ってた」

「ちがうのよ。あなたが病気にかかるよりもずっとまえから家にいるのよ。覚えてない？　ドイツ軍のせいよ。保育園がやっていても、あの爆撃で危なくて保育園には行けないわ」

「アンナ。薪用ストーヴ《ブルジューイカ》が買えたらいいのにね。ぼく、すごく寒いよ」

「そうね」

「夕ごはんは、いつ？」

「まだよ。でも、マリーナがあなたのためにスペシャル・ドリンクを作ってくれるわ」

　マリーナは立ち上がって、別の部屋をのぞいて見る。そこでは、ミハイールがあおむけに横たわり、じっとしていて動かない。明らかに眠っている。今日はまだ、自分でベッドから離れようとはしていない。だからといって、またすっかり諦めてしまったということではなく、ただかなり弱っているだけのことなのだ。マリーナは、キッチンに入る。今日は、電気は通じていないが、わずかばかりのオイルが残っている。たぶんあと一日ぐらいは持つだろうが、それ以上は無理だ。何でも燃やすことができる薪用ストーヴ《ブルジューイカ》をなんとしても手に入れる必要がある。薪用に細切れにされた家具、書籍、それに手すり。公園に行って廃品のなかから燃やすことができるものを拾ってくることもできる。そういうものがあれば、部屋を一つだけは適温に保つことができるし、お茶だけでなくシリアルのためにお湯を沸かすことだってできる。

　マリーナがコーリャのためにお湯といっしょに、蜂蜜とナッツメグをすりつぶしたものをもって戻ってくるまでには、このふたりの女性は、同じ気持ちに行きついていた。

「わたし、行くわ」とアンナが言う。「いいですね。この雪が数日降り続けば、ストーヴというストーヴはすべてなくなってしまうわ」

「あなたのお父様をここに移さなくちゃならなくなるわね。暖めるのはひと部屋が限度よ。あそこでは、寒すぎるわ」

「アンナ。どこに行くの？」と毛布に包まれたままソファーに下ろされたコーリャが不安げに尋ねる。

「わたしたちにとって、とってもいいものを手に入れてくるわ。長い煙突を換気窓から外へ出せる小さなストーヴとかね。そうすれば、電気がこなくても、木をくべて部屋を暖めることができるわ」

「ぼくも火をつけられる?」

「もちろんできるわよ。でも、じゅうぶん注意してね。マッチは無駄づかいできないのよ」

「アンナ。何か食べるものを持って帰ってよ」

「無理よ。そりには、ストーヴしか載せられないと思うわ。ストーヴはとても重いのよ」

「でも、ぼくすごくお腹が空いているんだよ。ねえ、アンナ。少しでいいからお菓子を持って帰ってくれない?お菓子だったら、重くないから、ポケットに入れられるよ」


アンナは、ソファーで毛布にくるまれているコーリャの脇に坐り、毛布の上からコーリャを抱きかかえる。コーリャは、洋服と毛布で何重にもくるまれているにもかかわらず、まだ、寒さで震えている。コーリャは、だんだん痩せてきている。脚と腕のにこ毛が増えているような気がする。これは、栄養失調の症状なのではないだろうか?

コーリャがあのようにひどい風邪を引くことは、避けられないことだった。少なくとも、肺の感染症にはなっていなかった。肺をきれいに保っておくことができれば、喘息《ぜんそく》を悪化させることはないだろう。夜間には、胸をガチョウの脂でこすってやる必要がある。これは、おばあさんの知恵といったたわいない治療法だが、実際よく効くのだ。それに、ユーカリの樹脂でもいい。それよりも何よりも、アンドレイが粉末のビタミンCを手に入れてくれたことは、喜ばしいことだった。

アンナは、コーリャをさらにきつく抱き締める。手の下で、コーリャの肋骨のかたちがはっきりと感じられる。このあいだ、コーリャの体を拭き、着替えをさせたとき、お尻の肉が削《そ》げ落ちてやせ細り、骨盤の輪郭がくっきりと露《あら》わになっているのに気づいた。五歳児へのパンの配給は、現在では、一日五百グラムということになっている。蓄えている予備の食糧もこの子のためにすぐさま使い果たしてしまいたいという誘惑に駆られる。残っているのは、じゃがいも一袋、オニオン十五個、蜂蜜二瓶、砂糖、ラード一瓶、それに、向日葵のオイルが瓶に半分だ。寒冷な気候になるまえに、アンナは、いたるところ、イラクサのような雑草を探した。しかし、アンナは、その部分の寒気が保存効果があるという、内側の窓と外側の窓のあいだに吊るした半乾きの葉に栄養がまだ残っていると確信を持っているわけではない。暖房なし同然のアパートで、じゃがいもを貯蔵することは、それほど難しいことではない。だが、凍って硬くなりすぎると、黒ずみ、腐ってしまう。

アンナたちの暮らし向きは、ほかの大多数の家に比べればまだよいほうだ。アンナは、オニオンをひとつ、成長するに任せている。そうすれば、緑の新芽に含まれるビタミンが得られるからだ。いま、アンナがマリーナとことばを交わすことといったら、こういった類いのことだ。親密さを装うことなどもう必要ないし、装っても甲斐がない。ふたりは、何はともあれ、一心同体なのだ。生き延びるとなれば、ふたり一緒以外にはあり得ない。マリーナがコーリャと父親の面倒をみているあいだ、アンナは燃料と食糧をレ ーングラードじゅう隈なく探し回る。

ありがたいことに、アンナの父親は、ごくわずかしか口にしない。しばらくのあいだは、蜂蜜を少し加えたシリアルを用意し、甘くした紅茶に浸したパンを食べるように説得し続けたのだ。しかし、いまある変化が起きているようだ。父親は、以前にも増していのちを求めているのだが、それは、本人が渇望するいのちではない。それは、アンナのいのちであり、コーリャのいのちなのだ。父親は、自身では配給の品を、少ししか受け取らない。そのことについて、アンナはもう説得しようとはしない。

「体を酷使したらだめだよ。いいね。いまは、エネルギーを溜めておかなくてはね」と父親は言う。深い川を渡って行くように、冷え冷えとした暗いアパートのなかを動き回るアンナの姿を目で追っている。そして、今まで耳にしたこともないようなことばが父親の口から流れるように語られる。それは、地表にではなく、地下深く流れていて、長年かけて溜め込まれていた泉の水が、この時とばかりに一気に噴出しているかのようだ。アンナのことをこう呼ぶ。「わたしの魂」「わたしの小鳥さん」目でアンナのあとを追う。そして、その目は、今まで見たこともないほどの輝きを放っている。治りかけていた肩の傷口がまた開いてしまったが、アンドレイが言うには、まだ感染症には罹っていない。ただ治癒の進み具合が遅いだけだ。

「ありがとう。アンナ」と、アンナが煮沸消毒した水で傷口を洗い、包帯を巻いているときに言う。息をそれ以上深く吸い込めないようで、その声は、喉の奥から絞り出されたかのように嗄《か》れている。しかしアンナには、父親の声の衰えなど問題ではない。今となっては、アンナにとって父親が口にする一言一句には、春の夜に沸きおこるツグミの最後のさえずりが何を言おうとしているのかよく分からないのと同じようによく分からないとしても、意味のないものはないのだ。包帯を巻き終えると、坐って、父親の片方の手を取る。

母親が生きていたときにも、アンナは、このようなことばを耳にしたことはなかった。両親は、甘ったるいことばを交わすことはなかった。いま父親は、はるばる祖母のもとに戻ろうとしているのだ。祖母は、父親が子どもの頃、冬になると、頰をなでたり、ガチョウの脂を胸に塗ってくれたり、ストーヴのそばでお話してくれたり、夜床のなかでうつらうつらしているときには、なにくれとなく、「わたしの小鳩ちゃん、わたしのかわいいお花さん、わたしの大切な宝物」といった優しいことばをかけてくれたりして、よく面倒をみてくれたのだ。

アンナの父親にとっては、過去の霊たちがいまもなおずっと生き続けているのだ。このアパートの氷のように冷え冷えとした場所に、びっしりと群がっているのだ。その霊はときに姿を見せ、ときに姿を隠す。寒さに我慢できずにいるわけではない。ときに、居場所を変えることもあり、そういうときには、ベッドのすぐそばまできているることに気づく。その霊たちが考えていることが聞こえてくると信じている。窓の内側に霜がつくのをじっと眺めていると、かたちの崩れた霊たちの顔が見えてくる。霊たちは、気づいて声をかけてくれることを待っているかのように、じっと見つめ返してくる。祖母の顔が、そして、いかめしく、知的で、痩せて骨ばった母親の顔が見える。妻のヴェラだけは来ていない。まだ来てはいない。父親は横たわって待っている。子どもたちがいるのだから、かならずやってくるはずだと思っている。父親は、アンナがまさしく母親のようにふるまっていることに気づくのに、どうしてこんなに時間がかかってしまったのだろうか？　かがんで、コーリャの胸に塗り薬をすりこんでマッサージしているアンナのしぐさを見るがいい。

まだベッドを離れることができるくらい元気だった頃には、ソファーに横になって、コーリャが麦がゆをすするのを見ていたものだった。なにも嚙むものがないのに、無意識に嚙むまねをしていたその口の動きの一部始終を目で追っていたものだった。子どもが食べ物を飲み込むのに合わせて、父親は空気を飲み続けていた。

「いい子だ。しっかり食べるんだよ。丈夫な体になるんだ」

父親のいのちのよりどころは砂糖入りの紅茶だ。「無為に時間を過ごすのに、たいして体力は要らないさ」と言って、アンナに微笑みかけた。その微笑みは、おかしいほどに屈託がなく、見ると、痩せこけて、歯茎がさらに広がっていた。肌は、黄色味を帯び、額と鼻の突起部分は、ピンと張っていた。しかし、そういう父親の姿を見ても、コーリャはもう怖がるようなことはなかった。それが、自分にとっていかなる人物であるかが分かっていたからだ。アンナに言われて、コーリャが紅茶を運んで行くこともあった。「コーリャ。気をつけてね。一滴もこぼしちゃだめよ。いいわね」

　コーリャは、底に砂糖の粒が少し残った空の紅茶グラスを下げてくるたびに、「父さんは、まえよりも元気になってるよ！」とうれしそうに報告した。そして、グラスの内側についた甘い滴《しずく》を指ですくい取って、満足げに嘗めた。それでも、一度だけ、こぼしたことがあった。父親の顔を見ながら運んでいるうちに、敷物のしわにつまずいて、熱い紅茶を父親の胸のうえにこぼしてしまったのだ。アンナは、コーリャの泣き声を耳にしたが、父親はひと言も発しなかった。ウールの下着をめくると、蠟のように青白い肌が赤く火傷《やけど》になっていた。

　父親は、ショックで喘いでいたが、それでも、ゆっくりと「大丈夫だよ。コーリャ」と言った。「こぼそうとしてこぼしたわけじゃないんだからね。すまないが、もう一杯別のを持ってきてくれないかい？」

「じゃあ。わたし、行ってきます」とアンナは言う。数ルーブルの金と砂糖とラードとパンの入った木綿の袋を腰に巻きつけている。その袋は、数日前に、擦り切れて使えなくなったシーツで作ったものだ。袋の口には、中身がこぼれ落ちないように、垂れ蓋を縫い付け、さらにボタンをつけている。当時としては、買い物袋よりも、このような袋をオーバーコートのしたに巻いているほうが安全なのだ。アンナは、シーツの残りをかぶせ、縁を何か所か裂いて縛りつけて、コーリャの小さなそりを持って行くことにしている。ストーヴを運ぶためだ。そうすれば、手に入れたものをひとに見られなくて済む。

「気をつけてね」とマリーナは言う。「あそこに行くのは、危険だってこと分かってるでしょ」

「粉末ビタミンがあるかもしれないから、父の銀製のタバコ入れを持っていこうと思うの」

「お父さまはご存知？」

「いいえ」

　アンナは、そのタバコ入れに刻まれた文字を四歳のころから知っている。文字が読めるようになるまえから、指で何度もなぞっていたのでよく知っている。

「わが愛しのミーシャへ　結婚を記念して……」

　なかを開いて見ると、下等刻みタバコのマホルカではなく、本物のタバコの匂いがする。香辛料のぜいたくな香りが辺り一面に立ち込めて、その残り香は何年経っても消えることがない。

「お父さまは、そんなもの売れるなら売ってほしいと思ってらっしゃるわ。でも、わたし、お父さまはそのことを知る必要はないと思うの」

マリーナは、タバコ入れをしげしげと眺めながら、下唇を嚙んでいる。「わたし、ほんとうはあなたに独りで行ってほしくないの。お願い。これを持って行ってちょうだい」マリーナは、濃い色のゴールド製の輪にはめ込まれた色の鮮やかなルビイの指輪を外す。その指輪は、アンナが何度もすごいと言って褒めたことのある豪華なものだ。指輪は、いまでは緩くなって合わないので、指から外れないように、絹布の小片をたたんで輪の下にはさんでいた。マリーナが、指輪をくるりとひねると、絹布の塊がぽろりと床に落ちる。

「でも、マリーナ。この指輪は、ぜったいに数千ルーブルはするわ。売るなんて、どぶに捨てるようなものだわ――」

「とにかく、ストーヴの煙突代にはなるわ。ポケットに入れておきなさい。袋のなかはだめよ。そうすれば見つからないわ。取引が折り合わないときに、それが役に立つわよ。でも、用心してね」

アンナは、指輪をひっくり返してみる。輪の内側に、細かい文字で、「わたしのコーデリアのために」と刻んである。

「コーデリアの役をされたんですか?」

「ええ、その通りよ」

「やっぱりこれは持っているべきだわ」

「あら、アンナ。わたしは、いままでほんとうにたくさんの役を演じてきたわ。この指輪を持っていたのは、宝石のせいよ。刻まれた文字のためじゃないのよ。それにね。わたしは、自分を役の人物と同一視したことはまったくないわ。わたしは、押しが強すぎるの。もしかしたら、リア王の両肩を摑んで、からだを揺すって多少でも正気に返らせるようなことをしたかもしれないわ。あのように空しい境遇は、狂気に等しいと思わない? わたしたちはみんな、地面にひれ伏して、わたしたちの偉大な指導者にたいして好意を持っていることを表さなければならない運命なのよ。でも、もちろん、どんな役柄を演じるにしても、だれもが自分で、演じ方を見つけなければいけないのよ」

なんて細い指かしらとアンナは、改めて思う。手の甲に浮かんでいる指の骨は、骸骨のように形がはっきりしている。あの絹の布切れがなかったら、指輪はかんたんにずり落ちてしまったことだろう。

まさしく、マリーナは痩せて、年取って見える。いまだったら、アンナは、前とは違ったマリーナの肖像画を描くだろう。でも、まえよりも、いい絵になることだろう。マリーナも父もアンドレイもコーリャもわたしも、みんな、たとえ望んでも、別れることはできないのだ。

「できるだけ早く帰ってきます」

「気をつけてね。用心するのよ」

「コーリャのマッサージ忘れないでね」

「ええ。忘れないわ」

18

風が吹き止んだ。雪が、柔らかい大きめの雪片となって、まっすぐ降ってきている。そのため、ひとが踏みしめた足跡は、ついたあとからすぐに、跡形もなくかき消されてしまう。ドイツ軍の大砲のドカンという音以外、あたり一面、しじまのなかにある。その砲弾の炸裂音が不規則に轟《とどろ》いて、すでに寒さと飢えでむき出しになった神経をずたずたにする。敵は、今日は、市の南側を近距離から砲撃している。

どの通りも、静まり返っている。二、三人のひとが、通りの安全な側から離れずに、すっぽりと頭にかぶり物をして姿を隠すようにして警戒しながら進んで行く。すでに敵は、市の南に塹壕を掘って部隊を配置しているので、通りの北側は、もっとも危険だと言われている。通りの「安全な」側では、至近に直接攻撃がないかぎり、突出した大きな建物が保護の手となって守ってくれるのだ。それが鉄則となっている。ところが、この鉄則が生かされたという事実は、いままでに破棄され消散されてしまっていることがしばしばだ。だから、鉄則であろうとうわさであろうと、なにはともあれ、信じるしかないのだ。爆撃があれば、通りのどちら側にいても、被害はひとしく甚大であることは容易に察しがつく。爆発現場のすぐそばにいたのに、まったく無傷で難を逃れた人びとの話があるかと思えば、安全だった場所にいたのに死んでしまった人びとは爆破で身ぐるみはがされて、裸同然だったという話もあって、そういう話を耳にしないものはいない。こういう場面に何か論理のようなものを見つけようとしても、無駄なことだし、頭がおかしくなるだけだ。

雪道を歩くことは、骨の折れることだ。すでに、二、三百メートル歩いているが、アンナの心臓は、痛みを伴い、鈍い音を立てている。立ち止まって、咳をする。息切れがして、体じゅうに薄い汗が吹き出て、肩甲骨のあいだからしたたり落ちる。この咳は、ここ二週間だらだらと長引いていて、咳止めのトローチ錠を手に入れる努力をもっとすべきなのだ。でも、ストーヴがひとつ手に入れば、万事がいまよりよくなるはずなのだ。

アンナは、速く歩けないため、体がなかなか暖まらない。普段は、冬のほうが、血液の循環がよいようなのだ。アンナは、冬になると、うきうきと快活になり、輝くように明るくなって、いつも日が暮れても公園に留まって、子どもたちをそりにのせて引っ張ったりして、遊び相手になってやる。アンナには、冬がよく似合う。目はきらきらと輝き、肌は生き生きとして、唇は朱い。何にもまして、アンナが好きなのは、冬の夜だ。タンジェリン・オレンジと霜の匂いがし、目を見張るほどに見事なまたたく星空があるからだ。しかし、今日の雪は、重苦しい。足を上げるものの、前進しているなどとはとても言えない。動いているものと言えば、ただヴェールのように見える一面に降りしきる雪と、一度踏んだ自分の踏み跡を繰り返しなんども踏んでいるアンナだけだ。

アンナは、むりやり自分の体に気合いを入れる。ひどい飢えを感じている。どういうわけか、屋外にいるときの方が飢えを強く感じるのだ。屋内にいる者は、感覚が鈍くなる。体が弱っていることが分かるのは、体力の要ることをしようとして、まったく力が出ないことを自覚するときだ。動作は緩慢になり、傷病兵のように、休憩をとってばかりだ。紅茶をいれるにしても、準備するのに時間がかかり、お湯が沸騰するまでのあいだ、ただテーブルに寄りかかっているだけだ。物憂げに、時間がどんどん過ぎてゆく。

しかし、屋外のこの場所は、恐ろしいことになってい る。アンナは、休んではいけない。一分たりとも休んではいられない。休めば、寒さがアンナを思いのままにする。風はそよとも吹かないのに、雪が背中から押しつけてくるような感じがする。

クラヴディアが、保育園の洗濯場から、重そうな帆布の袋を引きずりながら、通りを渡ってくるのが見える。しかし、クラヴディアの目の動きは、うつろだ。そうでなければ、敵を警戒している目だ。それで、アンナは、声をかけかけて、思わず、口をつぐんでしまう。あれは、ほんとうにクラヴディアだろうか？ それともよく似たひとだろうか？ あるいは、たぶん、そこにはだれもいなかったのだろう。ひとはだれでも、何かものを想像して、頭のなかで思い描くことができるものだ。ときどき、目のまえで、粒状の黒いものの数がどんどん増えてくる。降ってくる雪が群がって、ひとの顔のかたちをとってくる。街角では、風もないのに、雪の竜巻がいくつもできて、踊っている。

頭を下げ、真っ白な通りのうえにばら撒かれた煤《すす》の粉のように、数人の人影が、まえに進もうと格闘している。たとえぶっ倒れてしまっても、助けてくれる者などいはしない。だれにも、それだけの余力は残っていないのだ。生き残ることも、パンの配給を受けることも、水道管が凍って使えないアパートで水を手に入れることも、病気の子どものためのミルクを求めて、空っぽになった店を根気よくまわることも、ひじょうに難しくなっている。

「でも、わたしは、平気よ」と大声で叫ぶ。その唇に、雪片がいくつも降りかかる。それを口に含んで味わう。アンナを不安にさせるのは、雪のなかに独りぼっちでいることだ。心臓の鼓動が激しく打つ。気持ちを落ち着かせてくれるあの神経鎮静錠のカノコソウ・ドロップがいくつかあればと思う。雪が動き、アンナが動いていても、あたりは、一面氷のように冷たい夢の世界さながらだ。その世界からいのちはもう退散してしまっている。夢のなかでは、アンナは、雪と格闘しながらまえに進もうとしている自分の姿を見おろすことができる。それは、冬であることを知らず、したがって、外に出るべきではないことも知らない虫けら同然の姿だ。そんなふうにして、自分の姿を見おろすことなど、じつにこっけいだ。

センナヤ・マーケットには、いのちがある。ここは、ものを売る人びとが行き交う出会いの場所となっている。人びとが持ち寄るのは、宝石類、ルーブル紙幣の札束、聖画像、銀製のナイフとフォーク、ヴェルヴェットのドレス、切り取って巻かれた絵画のキャンバス、何枚ものウールの布にくるんだヴェネチアン・グラス、戦功勲章、それに、陶磁の皿だ。旅から旅へと、何人もの人びとの生涯において集積された財産がもたらされている。旅を終えるごとに、財産は安売りされる。

売り値は、まったく定まっていない。需給の法則がもっとも純粋なやり方で適用される。ラードとパンとベーコンの切れ端を持っている女は、欲しいと思うものは何でも思い通りの売り値を設定できるのだ。もし、砂糖を一瓶持っていれば、ルビイまみれになって身を飾ることができるのだ。市場は、冷酷な権力に情け容赦なく操作され、日に日に、ときには、時間単位で価格がつり上げられている。アンナは、マーケットの露店近くに移動するうちに、露天商が、差し出された金製のロケットを指ではじくのを目にする。露天商の手元には、売りもののパンがある。

「百グラムをあげるよ。それとも、持って帰るかい、置いていくかい?」

「でもね、これのじっさいの価値は――」

「じゃあ、そいつを持って帰って、食べてみたらどうです」ロケットが、女の指のあいだをすり抜けて雪のなかに落ちてしまう。露天商は、ふるえているその女に、うんざりした様子で、肩をいからせて見せる。

「パンを売るよ」とは、だれも言わない。「パンをあげるよ」と言う。非情な真実は、パンという皇帝《ツアー》のまえでは、ほかのすべてのものは、跪《ひざまず》いて、その身を貶《おとし》めざるを得ないということだ。それを知らぬものはいない。宝石類は? 父親が生涯かけて貯めた貯蓄は? そんなもの食べられるはずがない。そう。不可能だ。生きたからだを養うための糧とならなければ、財産などいったい何の役に立とうか? 持てるものすべてを手渡してしまえ。そうすれば、半日は、生き延びられるかも知れない。

生きたからだを養うためには、いかほどのものを要するか、いまでは、だれもが知っている。ひとをいのちから分かつことなど簡単にできる。そんなことは、通りでも、パンの配給の列に並んでいても、タイプを打っている最中にも、眠っているときでも、できるのだ。鼻風邪でも、耳の感染症でも、流産でも、ひとは死ぬ。胃潰瘍になれば、患部の口が開いて、出血する。最近では、こうして死に至るのが日常的となっている。

露天商は、別の客の相手をしている。そのあいだ、女は、露天商の足元にしゃがみこんで、雪をかき分けて金製のロケットを探している。ようやく見つけ出すと、こんどは、ためらうことなく、ロケットを差し出す。すると、露天商はうなずいて、ポケットにおさめ、パンの小さな塊を女に手渡す。女は、あたりを見回して、上着とジャケットのボタンを外して、ブラウスのなかに、そのパンを差し入れる。それから、自分がどこにいるのか、何をしているのか分からず、茫然自失しているかのように、しばらくそこに立ちすくむ。蒼ざめた顔は、ぽかんとしている。アンナは、この女は、ここ数週間のうちに迅速で、自動的な値踏みの仕方を身につけた哀れな敗残者だと思っている。

　アンナは、だれとも目を合わさないようにして、露店のそばを通ってゆく。歩く拍子に、パンとラードと砂糖の入った木綿の袋が腰に当たる。他のひとが見たら、コートのしたの袋のふくらみにきっと気づくだろうと思って、前かがみになりながら、前よりもゆっくりとした足取りで、降る雪のとばりの陰に身を隠すようにして進んでゆく。アンナは、薪用ストーヴ《ブルジューイカ》が売りに出ているのをまだ見たことがない。肉パテの瓶を数個並べた露店を三人が護衛している。アンナは、何ものせていないそりを引っ張りながら、伏し目がちに歩き続ける。そりは、まるで、コーリャと友だち二人をのせているかのように、そして、坂道を引っ張り上げられているかのように、アンナの腕を痛めつける。しばらくのあいだ、もしかしたら、あの子たち、コーリャ、アリョーシャ、それにシューラがアンナの背後にいるのではないかと思ってしまう。子どもたちは、極寒と元気いっぱいのせいで頬を紅潮させて、楽しそうに声を上げている。ふっくらとした小さな脚は、フェルトのブーツと冬用のズボンに包まれている。

「アンナ、お願い、もう一回ぐるっと回して！」

　しかし、何ものっていないそりは、雪の吹き溜まりのなかで身動きできなくなっている。それから、がりがりと左右に揺らされながら、やっとのことで、吹き溜まりから解放される。

「アンナ！」

「あら、エヴゲーニア、びっくりしたわ」

「わたし、ラヴラの露店のそばで、あなたを見かけたわ。もう二度と、あそこの近くに行ってはだめよ。あのひと、危険人物よ」

「ラヴラってだれのこと？」

「見ちゃだめ。肉を持ってたひとのことよ。とにかく、あなた、あんなところで、何をしていたの？」

「わたし、薪用ストーヴ《ブルジューイカ》を探しているの」

　エヴゲーニアは、空っぽのそりにちらっと目をやる。それから、腕に何も抱えていないアンナを眺める。

「売ってくれたの？　あの人たちは、お金はなかなか取ろうとしないわよ」

「お金は持ってるわ」

「わたしといっしょに来て。わたし、露天で商売している女を知っているの。この前通りかかったとき、あのひと、二つ持ってたわ。名前は、ガーリャ。だれにも名前を知られたくないみたいだけどね。でも、わたしのことは知ってるのよ。あのひとは、事態が自分が思っていることとは逆になった場合のことを考えて、わたしには嫌われないようにしているの」

「何を言いたいの？」

「あの女は、わたしたちみんなが死ぬとは限らないと感づいているのよ。仕返しを恐れてるの。それくらいずるいひとなのよ。いまのところ、戦争からまんまとうまい汁を吸ってきているわ。でも、こっぴどく痛めつけられた客たちは、もし、わずかでも生きている者がいれば、この女をけっして忘れはしないわ。すくなくとも、そういうことよ。ああいう連中が一番こわがることは、異常なこの生活が正常に戻るということだけよ。もし、わたしを粗末に扱えば、どんな顔してわたしに会うことになるか、あの女には分かってるのよ。わたしは、死ぬつもりはないわ」


　ふたりのあいだの距離はとても近い。それでも、ふたりのあいだには、雪片がはらりはらりと降っている。エヴゲーニアの赤毛は、厚いマフラーのなかでぐるぐる巻きにされている。飢えのために、顔の表面が平らにへこみ、そばかすが変色して黄色くなっている。平常時なら、見ていられないほどひどい有様だ。いったいその顔、どうしたのとか、どうしてベッドを抜け出してきたのとか、尋ねられるところだ。しかし、アンナは、エヴゲーニアのことを信じている。エヴゲーニアは、きっと生き延びて、死ぬことはないだろう。

「あのお子さんはどうしてるの？」

「家にいるわ」

「アンナ、ぜったいに家から外に出したらだめよ。このあたりの通りはどこも、子どもたちには危険なのよ。さあ、ストーヴを手に入れに行きましょうよ」

　薪用ストーヴ《ブルジューイカ》を持った女は、塀の陰にこっそりと隠れるように立っていて、人目にはつかない。エヴゲーニアとアンナが近づいてゆくと、あたりに目をやって、どこか動物に似た、奇妙なしぐさで、きょろきょろと顔を動かす。

「あのひと、仲間の男を探してるのよ。用心棒ね。一キロ分のパンが売れないとなると、別の日に売れって命じられるの」

「そんなに何度もここに来てるの？」

「ほとんど毎日来てるわ」とエヴゲーニアが言う。「ガーリャ。わたし。このひと、わたしの友だちなの。ストーヴと煙突を欲しがってるわ。ほかのがらくたは結構よ」

「ストーヴと煙突は、別売りだよ」と生気のない、無表情な目でじろじろとアンナを見ながら、抑揚のない口調で言って、スカーフで頰被りしてすましている。女は、まさにトカゲそのものだ。それが、この女の正体なのだとアンナは合点する。トカゲは、冷血動物なのだ。

「わたしとこの友だちには、別売りはだめよ」とエヴゲーニアが言う。

「その友だち、何を持ってるんだい？」

「砂糖を一キロ持ってるわ」とアンナが言いかけると、エヴゲーニアがアンナのからだをひと押しして、ことばをさえぎる。

「友だちは、その砂糖で、ストーヴと煙突を両方セットでもらうのよ」

　そのストーヴ売りは、肩をすくめて、「笑わせないでおくれよ。その倍はいただくよ。近頃では、この薪用ス《ブルジ》トーヴ《ユーイカ》は、砂金みたいに貴重品なんだよ」

「あんたが倍取ろうと思えばできないことはないさ。でもね、そんなことをしたらあんたのためにならないよ！」とエヴゲーニアが声をひそめて言う。

「何言ってるんだ？　脅すつもりかい？　ピョートル。ここに来てちょうだい！」

「わたしは、だれも脅すつもりはないさ。わたしたち、仲間同士だろ？　良き隣人ってとこかな。それに、これからも、仲間同士でいたいのよ。もめごとは、自分らで解決しなくちゃあね。いつも当局に逃げ込むってわけにはいかないだろ？　そうでなきゃ、わたしたちだって、生きてる価値がなくなるよ。アンナ。あなたも知ってるでしょ？　あの人たちは、逮捕だって、裁判だって、そういったことを全然苦にしてはいないわ。詐欺師とみれば、すぐさま撃ち殺す。通りで呼び止められ、袋を開けさせられ、持っていてはならないものが袋に入っていれば、そう、それだけで、詐欺師ってことよ。もう、それだけで十分だわ。バーン、撃たれちゃうの。ガーリャ。あんた、分かるだろ、ガーリャ？　仲間同士は、こういう時代には、団結しなくてはね。おたがい、助け合わなければならないのよ。それが当然の成り行きなのさ」

　エヴゲーニアがそっと小声で言ったので、女たちの群れのなかからぬっと現れたピョートルの耳には、一言も聞こえない。

「砂糖一キロと三日分の配給パンだね」とガーリャは早口で言う。さっと舌なめずりをして、「それだけで、これをあげるよ」と言う。

　アンナが半身だけ後ろを向いたので、ストーヴ売りの女には、アンナが開けた袋の中身をのぞけない。アンナは、砂糖とパンを引き抜いて、残りのものを袋の底に押しやる。

「まず、ストーヴをいただくわ」とエヴゲーニアが言う。女は、手を下のほうに伸ばして、露台の下からストーヴを引っ張り出す。

「ストーヴの煙突はどこにあるの？」

「ここだよ」

「その部品には、ひび割れがあるじゃないか。この人を毒殺するつもり？」

「あたしが売るたいていの客は、煙突なんか買わないよ」

「わたしの友だちは、煙突を買おうとしてるんだよ。四つの組み立て部品のあるやつだよ。もう一つあるね。あんたが露台のうしろにしまい込んだやつだよ。ひび割れのないやつさ。友だちが払おうとしているのはそっちのほうだよ」

　何かブツブツ言いながら、ガーリャは、しゃがんで、別の煙突を探し出す。

「アンナ。それをそりのうえに載せなさいよ」

「さきに支払ってもらいたいね」

「友だちがそりに固定したら支払うわよ」

　ストーヴのずんぐりした本体のそばで、アンナが組み立て部品を荷造りしているあいだ、エヴゲーニアは、砂糖とパンのまえに立ちはだかって、アンナのすることをじっと見守っている。アンナは、ぼろぼろのシーツをストーヴと煙突にかぶせて包み、服の縁ひもでしっかりと縛りつける。

「アンナ。もういい？」

「ええ」

「じゃあ、いいよ。ガーリャ。ほら、砂糖とパンだよ。帰る途中、取り締まりには、じゅうぶん気をつけなよ。鷺を撃ち殺すのも、鳩を撃ち殺すのも、なんとも思わない連中だからね。ただね。鳩はもう食べられてしまっているから、この近辺には鳩はいないけど、鷺だったらいっぱいいるからね。ガーリャ。あんたみたいにふっくらとした鷺は、そんなにいっぱいいるわけじゃないからね。もしかしたら、わたしたち、鷺を食べてしまうことだってできるかもしれないわ。そのこと、ラヴラとちょっぴりおしゃべりしてみてもいいんだよ」

　ガーリャは、襟から首を突き出すようにして驚いている。まるでトカゲのように、とんでもないと言った声を上げる。

「ことばに気をつけなよ」と、ほとんど聞こえないくらいの声で、低く呟く。

「自分が何を言おうとしているか分かってるよ」とエヴゲーニアが言う。「あんたも分かってるだろ。ガーリャ。わたしの言うことよく心得ておくんだね。バーンだよ！」

　エヴゲーニアとアンナは、並んで、市場のなかを歩いてゆく。ストーヴは、ずっしりと重い。しかし、すでに降りしきる雪が、それと分からぬように、シートのうえに積もって覆い隠してくれている。

「いそいで、帰ったほうがいいよ」と、エヴゲーニアが言う。

「エヴゲーニア。これ」アンナは、袋の垂れ蓋を不器用な手つきで開けて、なかから、ラードと五百ルーブルを取り出す。「これ、受け取って。あなたがいなかったら、とてもストーヴは手に入らなかったわ」

　エヴゲーニアは、ラードを受け取って、コートのポケットにしまい込み、「わたしには、お金は必要ないわ」と言う。

「エヴゲーニア。お母さんは、お元気、それから、坊やは？」

「あの子、いま他の子と同じ咳をずっとしてるの。母さんは、あの子のために、タラの肝油を買ってきたんだけど、もうなくなったわ。咳が止まれば、ほかに悪いところはないの。空腹だけね」

「あの女がひとりでいたら、わたし、雪のなかに突き倒して、ストーヴをひったくって逃げていたところよ」

「あら。あのひと、そんなこと、ちゃんと計算に入れていたのよ。だから、近くに、ピョートルを見張りに立たせておいたのよ。もちろん、あのひとは、あの男とは関係ないふりをしていなければならないけど、そばにいるだけで役に立ってるわ。あなたみたいにちゃんとした女の子でも、もしも、ガーリャの頭をぶん殴って、女が持っているストーヴを持ち逃げしたら、ただでは済まないわ。考えられないようなひどい仕返しをする者が大勢出てくるわ。まず、標的にされるのは、わたしだわ」

「薪用ストーヴ《ブルジューイカ》は手に入れたの？」

「寒くなってきたとき、ガーリャからひとつ手に入れたわ」

「それで、大丈夫なのね？　それで、お金は持ってるのね？　まだ仕事をしているの？」

「ええ。わたしたちに二十パーセント生産のことで文句を言わせるほど、おかみの支配は、相当タガが緩んでいるというのに、わたしは、なんとか仕事にありつけてるの。わたし、いまも、労働者のための配給の仕事をしてるの。それが、メインね。でも、それとは真逆の仕事もしてるわ」

「どこで？」

「ほら。あの市場よ」

「あら。そうなの」

「いそいで。いいわね。なにしろ、空腹は、脳の働きを遅らせるそうよ。二百グラムが、そういうときの相場の料金なの。最近、どういうタイプの男が、二百グラム余分に持てるかあなたにも想像がつくでしょ。ああいう連中は、まあ、言ってみれば、本物のポートレイト・ギャラリーだわ。そういうところに陳列されるような男たちよ。でも、とにかく、わたしは、あなたも知ってるように、ものすごく男が好きというわけじゃないから、そんなこと、たいして重要じゃないの。ところが、パンは、違うわ。それに、わたし、わたし――」とエヴゲーニアは、一瞬、口ごもる。「わたし、本当は、そういうことは、ぜんぜん気にならないの。アンナ、あなたは、いままでに、何かものに触れようと手を伸ばすのに、それがもうそこにはないというような、そんな気持ちになったことある？」

「ええ。あるわ」

「それは、ビタミン不足なのよ。そう、そのためよ。南極探検家たちが罹ったのと同じ病気に罹ってるのよ。ただ、わたしたちに分かるのは、食べなければ、結局死んでしまうってことだけよ。ストーヴがなくて困ってたとき、ガーリャが、赤毛好みの男を見つけてくれたの。だから、あの女は、それほど悪い人間じゃないと思うの。でもね、わたし、あのひとが、雪の吹き溜まりのなかにひっくりかえっているほうが、ずっと似合ってるっていう考えには賛成できるわ」

「いつか、ガーリャのために、この埋め合わせをしてあげることにしましょうね」

「今の事態がすべて過ぎ去るまで待つだけよ。ドイツのならず者たちが一方の方向に駆けていって、もう一方の方向には、センナヤのならず者たちが駆けてることでしょうね。そのころには、かならず、尻を小突かれている者が何人かいると思うわ。でも、聴いて、アンナ。わたしがいましていることを本気で商売にするなんて考えないでね。ピョートルのようないけすかない奴らの扱い方を知っていなければ、一週間もたたないうちに、あなたなんか微塵切りにされちゃうわよ。そんなこと、だれにだって分かることだけど、そう、あなたには分からないわよね。さあ、そのストーヴを持って家に帰りなさい。また、会いましょ。おそくとも、労働者愛国記念日にはね」

蒼ざめた顔をしたエヴゲーニアは、きらりと光る丈夫な歯を見せ、それから、振り向いて、降りしきる雪のなかに飲み込まれるように姿を消す。

家にたどり着くまでには、ずいぶん時間がかかる。気温がまた下がり始めている。明日になれば、こんもりと降り積もったばかりの青い盛り雪の表面に光沢を帯びた氷が張ることだろう。道路の雪かきをする者はだれもいない。外に出て、戸口の階段とアパートの家のまえの街路で、雪を掃く箒を持った老女の気配もない。外に出るだけの体力もない。まるで雪でできた小部屋が集まったようなアパートに閉じこもって、外に出ないのだ。帽子をかぶり、ブーツを履き、手袋をはめ、ショールとコートを身にまとい、毛布を頭から被って、坐っている。それでも、寒い。

アンナは、重い足取りで、老女が一週間もインフルエンザで寝込んでいる建物のそばを通ってゆく。老女は、独り暮らしで、前日にとなりに住むひとが持ってきてくれたグラス一杯の紅茶が飲みかけのまま脇に置かれている。しかし、そのとなりのひとも病気になり、外出できない。紅茶にも氷が張っている。アンナが通りすぎている最中に、そして、昼がくるりと旋回して夜になる頃には、老女の肺は、二十四時間のあいだは罹らずにいた二次感染を拒絶することを止め、肺炎が根をおろして、からだを蝕《むしば》み始める。けれども、老女は、たいして自覚症状は訴えず、すっかり弱ったものだわと思うだけだ。灰色の皺だらけの両の頬の真ん中に、紫がかった赤い小さな発疹が現れている。息を深く吸い込むと、胸が痛む。それで、小刻みにはあはあと息をする。そのたびに、氷のように冷たい空気がからだのなかに吸い込まれてゆく。「母さん。ストーヴに火をつけてちょうだい」と老女が言う。痛みが、からだのあらゆる肌目に沁み透って、ひどくなってくる。母親の心臓の鼓動を聞きながら、痛むからだを左右にゆっくりと揺らし始める。その鼓動は、七十年前、母親の胎内で赤ん坊だった老女を慰めてくれたものだ。それと同じ鼓動が、いまでは、老女を慰めている。小刻みにはあはあと息をしながら、からだは、左右に揺れている。すこしすれば、よくなるだろう。痛みは、薄らいでゆくだろう。体温が上がってくれれば、もう震えることもなくなるだろう。しばらくのあいだ、からだがほてり、それから、鎮まってくるだろう。老女がたてる音以外、この小さな寒々とした部屋には、なんの音も聞こえてこない。ただ、老女は、かすかな物音を一度聞いた。それは、屋上から中庭へ、不安定な新雪がどさりと落ちる音だったが、老女の耳には、それとは聞こえていないようだ。飲みかけの紅茶に張った氷が、さらに厚みを増している。

モイカに着くまでに、アンナは、そこにいるはずのない人びとを目にしている。それは学生たちのグループで、女の子たちは、袖の短い夏服姿で、たがいに腕を組んで、橋を渡っている。学生たちは、笑いさざめき、きらきら光る水面を見おろしている。アンナは、学生たちの声が鈴の音のように、幸せに満ちた夏の光で輝く運河のうえに響き渡るのを耳にする。いったいどこに行こうとしているのか？　どうしてそんなに幸せそうなのか？　アンナは、そりのロープを下ろして、学生たちの行方を確かめようとするが、もう姿を消してしまっている。

いまはもう、雪はそれほど激しい降りではない。ほどなく、アンナは、凍った運河にうずくまって、氷上漁師たちがよく使う手回しドリルのようなもので穴を開けている老女を目にする。釣りをするつもりなのだろう。いや、そうではない。そばにバケツを置いていないではないか。水を求めてきたのだ。本来なら、ネヴァ川まで行くべきなのだ。ネヴァ川のほうが汚れが少ないからだ。だが、ネヴァ川までは、老女の足では遠すぎるのだろう。アンナは、氷のうえのドリルの軋る音に耳を傾ける。老女は、アンナの気配に気づき、運河の壁によりかかっているアンナに一瞥をくれる。二人の目と目が合う。

アンナは、その老女と知り合いだ。学校で、一緒にいたことがある。

「ターニャ！」とアンナは叫ぶ。「あなたなの？」

「そう。わたしよ。みんな元気？」

「ええ。元気よ。あなたは？」

あなたの兄弟のセリョージャは、ハンサムだったわ。それから、妹のマーシャは、髪をうしろに束ねていて、驚くほど濃いブルーの目をしていたわね。ピアノがとっても上手だったわ。

「マーシャは、疎開したわ。セリョージャは、入隊したの。わたしはね、母といっしょに家にいるわ」

「あなたのアパートは、水が切れているのね？」

「ええ。水道管が全部凍結してしまったの。中庭の水道管もなの。以前、荷車でまわってくる男のひとがいて、買うこともできたけど、そのひと、もう来ないわ。あなたのところでは、まだ水が手に入るの?」

「ええ」

しかし、ターニャは、ドリルを使い始めることをしない。アンナをじっと見つめるが、その目は、飢えを訴えている。そして、その顔は、げっそりとやつれ、男のものとも女のものとも知れない。飢餓が、石投げ器、カタパルトよろしく、ターニャめがけて襲いかかり、老いを深めてしまったのだ。以前、妹のマーシャは、あんなにきれいな目をしているのに、どうして自分は、灰色で、なんの取り得もない目をしているのか、不公平じゃないかと不満を漏らしていたことがあった。けれども、ターニャの目は、成長するにつれて大きくなり、黒目がちで、その目は、くっきりとくぼんだ眼窩《がんか》でうるんでいる。ターニャは、崖の底にいる人間のように、とつぜん、うなだれて、目を落とす。ターニャは、この凍った運河から、階段を上って、また這いあがってくることができるのだろうか?

アンナは、そりのひもを拾い上げて、「じゃあ。またね」とターニャに声をかける。

「ええ。元気でね」

「元気でね」

アンナが、重い足取りで歩き続けるにつれて、空は、わずかに茜色になり、やがて陽が落ちる。雪も燃え立ち、ブルーから深紅に変わって、光をうしなってゆく。空には、乱れたように見える茜色の雲の筋が数本残ってたなびいている。その向こうには、その赤さにも増して激しく燃える赤いものが見えるが、それは、ドイツ軍の砲弾が炸裂して、燃え始めた色に違いない。敵は、燐光焼夷弾を使っている。火を消す水がないので、ひとりでに消えるまで燃えている。まだ、激しくなってはいないが、風も起こっている。その火が、腰を曲げて重いそりを引きずり、まえに進もうとしているアンナの顔を赤く照らしている。あと数百メートルのところまで来ている。まもなく、家に着くだろう。階段を使ってストーヴを運ぶには、一つ一つばらばらにして、家の者が手伝ってくれないとアンナひとりではどうにもならない。上り下りするのが大変なのだ。アンナがストーヴ本体を運んでいるうちに、マリーナがほかの部品を一つずつ運ぶのは、それほど無理なことではないだろう。しかし、マリーナのからだも相当弱っている。

アンナは、立ち止まる。空を見上げると、細かい、氷のように冷たい雪が、アンナの顔にはらはらと当たる。それとも、脚がぐらぐらする。雪が降っているせいか？　それとも、平衡感覚を失っているせいか？　そりのロープをしっかりと摑む。まだ、立ったままだ。倒れはしない。やっとのことで、街角までゆき、それから、最初の街灯のところまで、そして、つぎの街灯のところまでゆく。

爆発音が急に起こって、アンナのからだのなかを通り抜ける。からだをふたつに折って、ロープを落とす。動物のように、四つん這いになって、雪のなかに倒れる。ゆっくりと、我に返り、なんとか雪のなかから這いあがる。近くではなかったのだ。大丈夫だ。ショックがからだじゅうにみなぎるにつれて、頭のなかで、血液の流れる音がどくどくと高鳴る。ゆっくりと、前かがみになって、手を伸ばし、ロープを拾い上げる。大丈夫だ。近くではなかったのだ。南西部から撃ち込んでくる、いつもの砲撃音だったのだ。

「ならず者め」とアンナは言う。「ならず者、ならず者、ならず者め」

先月、敵軍は、アンナの母親が勤務していた部局を砲撃した。しかし、ヴェラが必死になって守った備品器具類は、すべて戦火を免れた。すでに、地下室に移されていたからだ。コマロフスキーが、あるとき、アニーチコフ橋のうえでアンナと出会ったときに、そのことについて語ってくれた。状況は厳しかったが、その程度のことは、まだやれたのだと言った。

「いま、みなさんは大丈夫なのですか？」

「まあ、なんとか努力してますよ。とにかく、この急場をしのがなければならないんです。スペアの器具が手に入る見込みはありませんし、専門の職員も不足しています。病人はまだまだ大勢います。でも、わたしたちは、やり続けます。わたしは、あなたのお母さんのことをよく思い出すんですよ」

アンナは、このそりを家に持って帰るだろう。アパートのうえの部屋まで持ち上げて、火を点けることだろう。そして、コーリャがちゃんと呼吸訓練をしていることを確かめ、コーリャの口が受け付けてくれるものならなんでも、口に入れてやるだろう。こうしたアンナの動きを止めるものは何もない。

「ならず者め！」とアンナが灰色の空めがけて叫ぶ。「お前たちが何をしようと気にするものか！　とっとと失せてしまえ、いまいましいならず者め。わたしの知ったことか！」

19

コーリャがストーヴのそばで、両ひざをついている。黄色い光が、コーリャの顔のうえでゆらゆらと揺れている。ローソクの火を、丸めた新聞紙に点けようとしているのだ。その息遣いで、コーリャがこの仕事を一身に任されていると感じていることが分かる。

「そこで止めて。火が点くまで待ってね」

コーリャは、ローソクをじっと動かさずに持っている。炎の青い薄層の帯が新聞紙のうえにさっと走り、やがて、色が深まって黄色になる。

「点いた！　点いた！　火が点いたよ」勝ち誇ったような顔をして振り向き、アンナを見る。「ぼく、じょうずに点けられたよ。ね、アンナ？」

炎は、『レニングラードスカヤ・プラウダ』紙の筒のなかに潜り込んでゆく。その新聞紙は、アンナがストーヴを包んでいたものだ。その新聞紙の筒の一つは、九月砲撃という最悪だった数日のうちの一日を報じたもので、その第一面だ。その紙面は、ハムレットよろしく、「レニングラード：ながらえる運命にあるか、それとも、ながらえざる運命にあるか？」と問いかけている。アンナの父親は、その新聞が出たとき、長いあいだ、じっとその見出しに見入っていた。その日、父親には、その記事を読むだけの体力はなく、たたんでベッドの脇に置いていた。そして、ときどき、手を伸ばして、その見出しの文字に手を触れた。

「レニングラードは」と父親はつぶやいた。「いったい、これからも存在するのか、それとも、存在しなくなるのか、訊ねているのだ」

それから数日たって、アンナは、その新聞を片付けて、目に触れないようにしたが、父親は、まったく気づかない様子だった。アンナは、取っておいたほうがいいと思って、父親の蔵書イワン・ゴンチャーロフの長篇小説『オブローモフ』のあいだにはさんでおいた。そして、いつか、今の事態が収束したら、コーリャに見せてやろうと思った。

しかし、いまでは、燃えるものはすべて燃やさなければならない。炎がひと握りの裂けやすい薪にぱちぱちとひびを入れている。それは、荷造り用の箱を解いて、細かく切って作った薪だ。両ひざをついているコーリャは、そこで、火の暖かさを食べ物のように飲み込んでいる。手袋を外して、直接手を火にかざしている。なんと細い手か。いまでは、とてもコーリャのものとは思えない。薔薇色の肌がすっかり消え失せてしまったいま、その手は老境に入ったひとのそれといってもいい。尖った小さな鼻と大きな目をした顔も同じだ。コーリャは、大人たちに何ができないか、知り過ぎるほど知っている。食べるものを求めることはできても、求められた大人たちからは、何も提供されないのだ。

「アンナ、お腹が空いたよ。お腹が痛いよ」

「お腹をさすってあげるわ」

「そんなことして欲しくない。ソーセージが欲しいんだよ」

「コーリャ。ソーセージなんかないのよ」

「どうして？」

アンナがコーリャを見る顔の表情は、引き締まっている。怒っているのか？　コーリャにたいして不機嫌になっているのか？　コーリャは、不満げで、アンナを参らせている。

「アンナ、お腹が空いたよ。すごく空いたよ。お腹が痛いよ」

アンナは、コーリャを引き寄せて、ひざのうえにのせ、きつすぎるほど、激しすぎるほどに揺すってなだめる。アンナは、キッチンに行って、食器棚を開け、食物をとってきてやるようなことはしない。

　コーリャは、もう、ねだるようなことはしない。両耳がきちんと隠れるようにするために、アンナは毛皮の帽子を引き寄せる。そのしたで、コーリャの髪の毛が、乾燥し、さえない色をしている。もうそろそろカットしなければいけない。髪の毛が束になっていくつか帽子からはみ出してきている。そして、石器時代に穴居生活をし、炎を崇拝していた男の子のように、コーリャはそこにうずくまっている。

「アンナ、ぼくたち、燃えるものをたくさん手に入れたんだよね？」

「そう。たくさんね」

　炎のぱちぱちという音やシュッシュッという音は、この寒い部屋のなかで生きるいのちだ。その炎が、あなたたちは生きるのだ、死ぬことはないと言っている。薪用《ブル》ストーヴ《ジューイカ》がいったん動き始めると、その燃料は、アンナの母親の樫材でできた鏡台ということになるだろう。その材質は、堅く、上質で、何時間も燃え続けてくれるだろう。

　アンナは、はっと息を飲む。急に母親ヴェラの記憶がよみがえる。母親は、鏡台に向かい、茶褐色の髪を編み上げ、それを襟足のところでピンで留めている。髪は、洗い流しで、すべすべしている。母親は、ああと、もどかし気な声を上げて、指を容器に入った水にひたし、髪を湿らせた。アンナは、近づいて、母親の匂いを嗅いだ。暖かい肌の匂いと髪につやを出すために使っていたローズマリーの香りがした。ヴェラの顔が、鏡に映った自分の顔をじっと見つめていたが、こころはそこにはなく、まったく別のことを考えていた。

「母さん、そんなふうに髪をうえに束ねないほうがきれいに見えるわ」

「そんなふうにしたら、実際的じゃないのよ。アンナ」

そのとき、ヴェラの頭にあったのは、自分の仕事のことだ。仕事の場でのヴェラは、いきいきと輝いていた。そこには、ヴェラのチームがあり、責務があり、患者たちがいた。そこには、いつも、解決すべき問題があり、探査しなければならない医学上の技術があった。母親は、仕事をしているときには、笑っていた。アンナは、そういう母親の姿を見逃さない。そして、よくちらちらとアンナの頭をよぎる冗談があった。その意味がよく分からなくとも、聴いていると、日向ぼっこをしているように、いい気持ちになる。ヴェラの同僚たちは、娘のアンナについて知らぬことはない。それで、アンナが来るとなると、ケーキを用意しておいてくれる。ヴェラは、娘に放射線科での自分の仕事を、図を描いたり、器具を見せたりして説明した。

「だから、数学はしっかりと勉強しなさいよ。そうすれば、大きくなったら、あなたの大好きな職業に就くことができるわ」

「大好きな」などということばをヴェラが口にするようなことはめったになかった。ヴェラは、アンナのすることは褒めたが、姿かたちを褒めることはなかった。とつぜん、ヴェラは、アンナの髪に手を置いた。

「あなたには、絶対に手にしてもらいたいのよ。あなたを幸せにする仕事に就いてもらいたいの。あなたがりっぱな女性になるには、とくに大事なことなの。あなたには、ほかのひとにはない、あなた独自のものが必要なのよ。あなたにはね、あなたが持っている可能性が実現するまで、しっかりと勉強を続けてほしいの」

そして、いま、わたしは、母が使っていた上等の鏡台の組み立て部品をどのように処分しようかと考えながら、ここにいる、とアンナは思っている。この母さんの鏡台は、一日か二日ばかりだけど、わたしたちの身体を暖めてくれることで、持っている可能性を実現させてくれそうだわ。アンナは、母親にこの状況を見て欲しいというひねくれた、怒りに満ちた気持ちになっている。母さん、わたしは、たぶん、自分の可能性を実現してはいないと思うわ。でも、しっかり見てちょうだい。わたしたち、ちゃんと生きているのよ。

母は、わたしにほかのひとにはない、わたし独自のものを持ってほしいと思っていた。それに、だれにも頼ることはしなかった。母は、スツールに坐ったまま、自分の姿が映った鏡からくるりと向きを変えた。母は、わたしの顔を両手で包み、その手でわたしの髪をうしろに押しやって、わたしの目をじっと見つめた。母は、半分笑いかけていた。

「仕事というものはね、あなたを進歩させ続けるものなのよ、アンナ」

アンナは、別荘《ダーチャ》からあの手斧《ちょうな》を持ってくればよかったと悔いている。アパートには、小っぽけな鉈《なた》があったが、梱包用の箱材よりも太いものはとうてい切ることができない。それで、いつも、踊り場の向こうのセルゲーエフの家から鋸《のこぎり》を借りているのだが、そうすれば、お返しに、薪を分けてやらなければならない。ジーナは、最初は、それを受取ろうとはしなかった。「いけないわ。持って行ってよ。とにかく、今日は、使う予定がないのよ」セルゲーエフの家には、薪用ストーヴ《ブルジューイカ》がない。それでも、窓の近くには、今にも壊れそうなレンガ作りの小さな暖炉があって、それをなんとか急ごしらえで修理して使っていた。

「大丈夫よ。火事になんかならないわ」とジーナはアンナに言った。「レンガには、銅板で包んだ石の裏打ちをフェーディヤがしてくれてるのよ」

しかし、そのフェーディヤは、いまでは、ほとんど家にはいない。キーロフの工場で、仕事をし、眠り、食べるという生活をしている。

「うちのフェーディヤは、すばらしい労働者よ。ほとんどスタハーノフ労働者といってもいいくらいよ」と、まだ結婚間もないころ、ジーナはアンナに言っていた。

フェーディヤは、階段で会ったときも、浴室に並んだ列で会ったときも、アンナに話しかけることはなかった。フェーディヤは、大柄で、がっしりした体格をしている。ハンサムな青年で、きれいな髪をしていて、強靭な筋肉の持ち主だ。友人たちとこの中庭で成長してきた、まさに、生っ粋《きっすい》のレニングラードの若者だ。フェーディヤの母親は、ほかの子どもたちの母親と同じように、夕餉《ゆうげ》どきになると、窓から身を乗り出して、大声で帰るように声をかけたものだった。そこは、金切り声やら、叫び声やら、口笛やら、いろいろな声がこだまし、キャベツとスープの匂いで満ちていた。

アンナは、以前、浴室の踊り場で、ランニングシャツにズボンといういでたちで、肩にタオルをかけたフェーディヤを見かけたことがあった。すぐに、キーロフの工場へ出かけなければならなかったらしく、一番に浴室に駆けこんだ。フェーディヤは、たしかに、男らしい仕事をしているのだ。しかし、なかなか見どころもあって、味方につければ、身を賭してでも尽力してくれるようなタイプの人物でもある。

フェーディヤは、正真正銘、本物の党員だ。レヴィン家、つまり、アンナの家族のだれに会っても、顔を伏せてしまう。信用せず、この建物のなかにアンナたちがいることさえも気に入らず、同じ踊り場を使いたくもないと思っている。要するに、レヴィン家の人間とは、関わり合いになりたくないのだ。

「あなたが、まだ子どもだったころから、いっしょに住んでいるでしょ!」と直接フェーディヤに言いたいと思っている。それなのに、フェーディヤは、アンナのほうを振り向きもせず、特権を持っている人間だと自負するかのように、口笛を吹きながら、そのまま階段を下りて、キーロフの工場に向かってしまう。それで、アンナは、何も言えない。絶頂期にあって、得意満面、妻子があり、人びとから尊敬されている労働者で、いままでやってきたことは正しく、ユーモアのセンスはこれっぽっちもないこの若者に言うことは何もない。自分の立ち居振る舞いについては、絶対的な自信を持っているこの男の考えを変えさせるために、いったい何を言うことができようか? そもそも、自分の考えていることは、すべて真実となるに決まっていると思っているのだ。正体を暴かれる人民の敵がいるとすれば、それは、折に触れて、人の出入りがあり、浴室で読書したり、何も微笑む理由がないのにむやみに微笑みかけたり、まるまる二部屋とキッチン、いわゆる2DKを専有できるようなレヴィン家の人間のような連中に違いないとフェーディヤは思っている。

フェーディヤは、人民の敵はかならずいると確信している。それで、書類に徹底的に目を通し、スパイとして正体を暴かれたことがあるエンジニアや大学講師、トロツキー信奉者、それに、破壊活動家たちの、目を皿にしなければ見えないほど小さな顔写真を走査する。そういう連中は、フェーディヤの目を欺いてきたと思っていた。

はたしてそうだったか？　そういう連中を見るがいい。なかなかうまくやっているじゃないか！　アンナが階段でフェーディヤとすれ違うとき、フェーディヤの頭に、アパートの2DKの部屋のこと、そして、大勢のしかるべき労働者たちがそこに住むべきなのに、アンナなどふさわしくないということ、そのような考えがよぎっているのをアンナはけっして見逃さない。フェーディヤは、どうして、そんなことに身を入れるようになったのかと、アンナは、思いめぐらす。

　しかし、恥ずかしい話、アンナにはいまなお、フェーディヤに気に入られたいと思っているという弱点がある。けれども、フェーディヤには、そんな気持ちは、毛頭ないことも承知している。なんと愚かなことか。アンナは、フェーディヤが、老いたマーシャを手伝って、上の階まで灯油を運んでいるあいだ、廊下の隅に立って待っていたことを今も覚えている。以前、フェーディヤがアンナを見かけたとき、まるで、きみはなんでこんなところでうろうろしているんだとでも言いたさそうに、よそよそしい目を投げかけてきたことがあった。なぜか、その目がアンナを怒らせてしまった。アンナは、階段のまえに立って、両腕を広げ、「わたしだって、ちゃんと働いているのよ！　保育助手をしていて、あなたが今まで見たことがないほどたくさんの子どもたちのお尻や鼻を拭いてやってるのよ。それに、家では、子どもを一人育ててるわ……」と言いきかせるまで、通せんぼしてやりたいと思ったものだ。

　しかし、そんなことは、まったくどうでもいいことなのだ。アンナの素性はすでに知れている。知識階級のメンバーの娘で、その方面のことでは油断のならない人物だ。トイレを掃除するように、いくらごしごしこすっても、あのからだにしみついたしみだけはなかなか取り除けはしないだろう。

　フェーディヤが修理した暖炉があるにもかかわらず、セルゲーエフの家は、墓場のように寒い。その家は、ひと部屋しかないが、踊り場に面した家では、一番大きい。だが、北向きの部屋だ。

「どうしてわたしの家にいらっしゃらないの？　赤ちゃんもいっしょによ」と、アンナは、それとなく誘う。「薪用ストーヴ《ブルジューイカ》が使えるようになれば、ここよりもずっと暖かくなるわよ」

　ジーナは、後じさりする。「あら、いいわ。ありがとう。わたしたちは、大丈夫よ。暖炉に火がすこしあるから、それでじゅうぶん暖かいわ」

ジーナは、どうしてもアンナの家に入ろうとしない。

いったいフェーディヤから何を言われたのだろうか？　ジーナは、政治にはまったく染まっていないといつもフェーディヤは言っている。教育を受けたことがないので、それはどうしようもないことだとフェーディヤには分かっている。それで、妻が間違わないように、ちゃんと道筋をつけてやろうと、気遣ってきた。困ったことは、その道筋がすっかり逸れてしまって、逆戻りしてしまいそうになるということだ。ジーナは、その道筋をたどると、どこに行き着くことになるか考えなくなってしまった。要所要所では、ちゃんと耳を傾けてうなずくのに、ほんとうに、すっかり話を聞かなくなってしまった。

しかし、フェーディヤは、レヴィン家の連中は、危険な隣人なのだとしつこく言い聞かせている。階段あたりで、偶然会うことはあるだろうけれども、それ以上時間をかけるようなことはしてはならない。

「分かったね。ジーナ。ああいう連中といっしょにいると、ついつい引き込まれてしまうんだ。親しそうなふりをしているが、それこそがやつらの怖いところなんだよ。それに、その付き合い方からも分かるように、不自然なところがまったくないんだ」

以前レヴィン家の部屋に入ったことがあるなんてことを夫が知ったら、夫が、烈火のごとく怒るだろうことは、ジーナには、分かり過ぎるほど分かっている。考えが正しいか間違っているか、あるいは、政治教育の問題はまったく別にして、監視しているひとがだれなのかは、だれにも確信が持てない。次の食事をどうしようかとやっきになっているいまでさえ、ひとを告発するだけの体力のある者がいるかもしれないのだ。そういう人間は、どのアパートにも一人はいる。

ジーナの腕のなかで、赤ん坊がむずかって動いている。猫の鳴き声のような泣き声を漏らすたびに、痩せて皺ができた首のうえで、頭がゆさゆさ揺れて、ジーナの服に弱々しくぶつかる。

「この子、お腹を空かせているの……」とジーナがアンナに言う。

「あなた、まだ母乳をやっているの？」

「ええ。でも、十分かどうか分からないわ。おたくのコーリャが三か月のときの体重、覚えてる？」

「八キロぐらいだったと思うわ」

「この子は、四キロ半しかないのよ。でも、生まれたときは、ほんとうに大きかったのよ。覚えてるでしょ？」

「ええ。わたしに見せてくれない」

そっと、アンナは、ショールを開く。赤ん坊の手が、胸のうえで合わさっている。その手は、生まれたばかりのように紫がかっていて、やせ細ったクモのそれだ。アンナは、赤ん坊の頬に触れてみる。栄養失調ばかりか脱水症にもなっている。

「水は飲ませてるの?」

「いいえ」

「火にかけてすこし沸騰させて、それを冷ますの。砂糖はある?」

「いいえ」

アンナは、もういちど、赤ん坊の頬に触れてみる。

「蜂蜜は? なにか甘いものはないの?」

「うちには、何もないのよ」

しかし、この赤ん坊の口に砂糖を入れるということは、とりもなおさず、コーリャの口からそれを奪うということなのだ。老人のような小さな顔をゆがめて、また赤ん坊が泣き声を上げる。動物が食べ物を捜すように、その子の口がアンナの掌のうえを這いまわる。アンナは、その埋め合わせに、自分の配給パンのなかから、足りない分をコーリャに分けてやるつもりだ。

「ジーナ。砂糖を百グラムさし上げられるわ。哺乳瓶を持ってるでしょ?」

ジーナは、うなずく。「この子が生まれたときのものがあるわ。でも、いちども使ったことがないの」

ジーナは、アンナが砂糖をくれるということを聞いても、驚くことも感謝することもないようだ。それどころかジーナは、そのようなアンナの行為がどのような意味を含んでいるのかをとんと理解していないようなのだ。

「お湯を沸かして、哺乳瓶に四分の一入れてね。温かいうちに、小さじ一杯砂糖を入れるの。そうすれば、よく溶けるの。そのたびに起きなければならないとしても、かならず、一時間ごとに飲ませるのよ。最初、飲まなければ、あなたの指に浸して、味が分かるまでなめさせるの。そのうち、飲むようになるわ」

「でも、この子、とてもよく眠るの。ひと晩じゅう眠ってるのよ」

「それは、からだが弱ってるからよ。そんな眠り方はよくないのよ。起こして飲まさなきゃいけないわ。起きなければ、足の裏をくすぐってやるのよ。ほら、こんなふうによ。体力がついてくれれば、力強く吸い始めるわよ。力強く吸えば吸うほど、母乳がたくさん出るのよ。あなたは、できるだけからだを休めるの。あるもの全部でからだを包んで、たくさん水を飲むのよ。体力を維持していれば、もっとたくさん母乳が出るわ」

ジーナは、まだ十九歳だ。アンナよりも四歳若い。しかも、レニングラード生まれでもない。こちらには、身うちのものはいない。そして、いまでは、この地に落ち着き、子どもまでもうけている。ジーナは、キエフ出身の娘で、出産後、母親にいちども会っていない。ジーナの黒い瞳が、アンナの顔を真剣に見つめている。

「アンナ・ミハイロヴナ、教えてください」とささやくように言う。「いつになったら、封鎖が解けるんですか?」

「分からないわ」

しかし、ジーナの目は、アンナの顔を探り続ける。

「あなたのお父さんはご存知じゃないんですか? 作家なんでしょ?」

「何も分からないのよ。わたしたちには何も分かるはずないのよ」

アンナには、ジーナが尋ねたがっていることは、じゅうぶん分かっている。だが、ジーナは、もうそれ以上尋ねることをしない。たぶん、ジーナは、レニングラードに取り残された人びとを鎮め、いま起こっていることをコントロールし、これから何が起ころうとしているかを知っている者がいると本気で信じているのだろう。そう信じる者がいるとしても、たぶん、たいして恐れるに足りないだろう。父親が作家であるがために、あるいは、フェーディャがあの男はドイツのシンパかもしれないとジーナに吹き込んだがために、父親がそのような範疇の人間になるかどうかなんて、アンナにはどうでもいいことだ。ジーナに怒りをぶつけることは何の意味もないとしても、それでもアンナは腹を立てている。

「父は、祖国防衛で、負傷したの。ベッドを離れることもできないのよ。どうやって、情況が分かるというの?」と、アンナが言う。

実生活ではなく、ポスターでしかお目にかかれないことのことば、「祖国」を口にしていることに、アンナ自身が違和感を覚えている。それでも、アンナは、本気でこのことばを使っている。ことばというものは、いくら数年にわたって仮面をかぶっていても、つねに、真意を顕そうとするものだ。飢餓は飢餓を、恐怖は恐怖を、そして、敵は敵を、そのことばの真意を違えることなく顕現する。それは、もはや、鏡映文字を読もうとするようなものではなくなってきている。包囲と冬という季節が人びとの生活に侵食するにつれて、あらゆるものが日を追って明らかになってきた。ソヴィエトの生命を守っていたタガが緩んで、その力を失いつつあるのだ。今残されているのは、現在のみで、過去も未来も焼き払われてしまった。今あるのは、真っ暗で、包囲され、凍えそうな市のみで、市の外側では、ドイツ軍が、塹壕を掘って冬の陣地を作り、足を踏み鳴らしながら、待機している。

それでも、敵は、市のなかに入ってはこない。党員の友人がアンナに言っていたことは、正しかった。ナポレオンが侵入するまえに、モスクワを自らの手で燃やしたように、われわれは、あらゆるものを崩壊させ、われわれ自身の市をわれわれ自身の手で爆破し、燃やすつもりだ。橋や鋼鉄工場や宮殿や発電所には、地雷が仕掛けてある。必要とあれば、導火線を爆轟させるボタンを押す用意がある。かつて、アンナは、アパートの建物がダイナマイトで爆破されるのを目の当たりにしたことがある。新しい道路を建設するのに邪魔だったからだ。二回目の爆轟で、建物は宙に持ち上げられ、一瞬、静まり返り、図らずも、空中楼閣のような姿になって浮かんでいた。次の瞬間、爆発の大音響とともに、建物は横転し、ひしゃげてしまった。

われわれは、そういうことをするつもりだ。馬を食べ、鳩を食べ、犬を食べるつもりだ。本を燃やし、家具を燃やすつもりだ。われわれは、食い尽くされるよりも、われわれ自身を食い尽くすほうがまだましだと思っている。

「ごめんなさい。アンナ・ミハイロヴナ、なにも、そんなつもりじゃないの――」

ジーナは、わたしがもう砂糖をくれないのではないかと危惧している。違うのよ。それ以上のことをしてあげたいのよ。ほんとうに、かわいそうなひと。こんなふうに、みんなを疑ってばかりいて、わたしっていけないわね。

「いま、砂糖をとってくるわ。それから、手斧を使わせて下さってほんとうにありがとう。鏡台を壊し終えたら、あなたの分の木切れを持ってくるわね」

「鏡台ですって――そんな素敵なものを！　わたし、ずっとそういうものが欲しいと思ってたの」

「わたしの母のものだったの」

鏡台のことを思って、気が緩んだのか、ジーナの目に涙が溢れている。

「ほんとうに、まともじゃないわ。こんなことばかりでいいはずないわよね？」

「からだを休めなさいね。砂糖をとってきたら、わたしだって分かるように、二回ノックするわ。お子さんを胸に抱きかかえて、あなたのショールをかけておきなさいね。そうすれば、あなたのからだの温かさが伝わるのよ。子どもは、大人みたいに体温維持はできないのよ」

アンナの言い方は、フェーディヤそっくりだと、ジーナは思っている。自信があって、ものをよく知っていて、正しいことばを使う。でも、アンナには、違うところがある。アンナの言うことが、わたしにはよく理解できるの。わたしだって、ただ流されるままにして生きてるわけじゃないわ。

アパートのなかでは、薪用ストーヴ《ブルジューイカ》が、アンナの昔の教科書をことごとく食い尽くして、勢いよく燃えさかっている。

「だんだん暖かくなってきてるよ！」部屋に入ってくるなり、コーリャが叫ぶ。父親は、何枚もの毛布にくるまって、ソファーに横たわっている。アンナは、床に敷いた大きいマットレスの上にコーリャの小さいマットレスを重ねる。せわしそうに、そのうえに、毛布、枕、それに、ショールをたたんで載せている。使い残されたローソクの光のなか、マリーナの影が壁から壁に跳ねている。時刻は五時だ。

　ローソクから火を紙切れに移しとって、アンナは、キッチンに入ってゆく。それを別の燃え残ったローソクに点じ、貯蔵食器棚を開ける。そこには、砂糖が入った最後の袋がある。今自分がしていることについては、何も考えないことにして、中身がこぼれないように袋の口を開け、百グラムだけ量って、カップに移す。

「何をしてるの？」

「あら——マリーナ。もうすこしでこぼしてしまうところだったわ。ちょうど、砂糖を量っていたところよ」

「いったいだれのために？」とマリーナが鋭い口調で言う。

「おとなりの赤ちゃんのためよ。ジーナの赤ちゃん。飢え死にしそうなのよ」

　アンナが砂糖の袋の口を折り戻しているあいだ、マリーナは、じっと黙っている。それから、頑として、「そんなことあなたにできるはずないでしょ」と言う。

「わたしにはそうする必要があるの。あの児は、栄養失調なのよ。脱水症なのよ。この寒さでは、すぐにも死んでしまうわ」

　マリーナは、背筋をしゃんと伸ばす。「あなた、そんなことをしてどうするつもりなの？　赤ん坊はほかにも大勢いるのよ。わたしたちの食糧が尽きてしまうまで、市のあちこちの路地巡りをして、死にそうな人たちがいないか家をノックしてまわるつもり？　家に帰ってみたら、コーリャが死んでるってことだってありうるのよ」

「たったの百グラムだけよ」

「百グラムは、百グラム。『たったの』っていうものじゃないわ」

「でも、ジーナは、となりの家のひとよ。あの児の泣き声だって聞こえるわ。ジーナは、踊り場のすぐ向こうにいるのよ。子どもの扱い方を全然知らないのよ。からだにカロリーのあるものを入れないで、このまま放っておいたら、眠ってしまって、二度と目が覚めないわ」

マリーナは、アンナの腕に手を置いて言う。その声は、いつもの声ではなく、チェロの音色のような、ぞくぞくするような猫なで声に変わっている。

「アンナ、大事なのは、あなたたちよ。あなたとコーリャのことよ。そんなこと分からないの?」

「わたしたちだけなの?」

「まだ分からないの? これからどんなふうになると思うの? ほんとうに、分からないの? これから、だんだん寒くなって、食糧もしだいに減ってゆくわ。だれも助けには来てくれないわよ。わたしは、あなたたちが、このまま死んでゆくのを見てはいられないのよ」

「もしかしたら、先に死ぬのは、あなたかもしれないわ」アンナは、苦笑いをする。いまは、自分たちの死を話題にして、じっと立っているわけにはいかないし、おかしくて噴き出すことだってできないのだ。

「だれでもただ死にたいからといって、死ねるわけじゃないのよ。わたしは、とことんやれるまでやるってタイプの人間よ。まちがいなく自分勝手な人間よ。あなたの言うとおりだわ。目のまえで、あなたたちがひとりひとり死んでゆくそんな場面に立ち会うなんて、わたしにはとてもできないわ。だから、その砂糖を袋に戻してちょうだい」

マリーナの目が、ローソクの燃えさしの炎の光で輝いている。そのまなざしの意味を読み取ることはアンナにはできないが、その力にぐいぐいと引き込まれる。アンナは、とつぜん、自分の気持ちをまげて、マリーナの望むとおりの人間になんとかしてなりたいという思いに駆られる。マリーナの温かい声の波で、自分を連れて行って欲しいと思う。マリーナに決めてもらってもいいと思っている。ふたりは、このちっぽけなキッチンのなかで、ほとんど触れ合いそうなほどの距離にいる。アンナは、自分のほうから折れたいと思っている。そのことは、マリーナも承知している。それは、セックスに似ている。相手の人間は、いつも、承知しているからだ。

しかし、赤ん坊は泣き声を上げる。体力がないのに、その声はつんざくように激しい。コーリャの泣き声にそっくりだ。母親のヴェラが亡くなった直後には、疲労困憊するなか、コーリャの泣き声で、夜中になんども起こされたものだった。その当時は、赤ん坊について、基本的なことは何も知らなかった。

「だめよ」と、アンナは、こわばった、ぎこちない口調で言う。「そんなこと、わたしにはできないわ。砂糖百グラムをあげるって、ジーナには言ってあるのよ。でも、これっきりで、あとは、自分の力で、なんとか手に入れなければならないわ。ほかのものは、全部コーリャのためのものだもの」

　マリーナは、すでに矛《ほこ》を収めている。もう手の下しようがない。「その児のために訪ねてくるようなことがあっても、もうあげるなんてことないわね?」

「ええ、どんなことがあっても、しないわ」

「結構よ。あなたには、責任がありますからね。そうよね」

「責任って?」

　アンナには、ちゃんと答えが分かっている。マリーナが言いたいことは、コーリャと父親に対する責任を果たせということだ。それでも、マリーナはそれを口にはしない。そのかわりに、アンナをじっと見つめて言う。

「もちろん。生きていなくちゃいけないってことよ」

　その後、砂糖をジーナに渡して、ローソクの光が鈍くなってくると、アンナの頭に、「責任って?」という疑問がふたたびよぎる。それでも、薪用ストーヴ《ブルジューイカ》のほうは、木をくべることができるようになったので、ある程度の熱を放出している。コーリャは、快方に向かっているようにも見える。それで、明日は、鏡台の残り半分にとりかかろうと思っている。あのときには、アンナは、すぐさま取り掛かることはできなかった。懸命に薪を作ろうとするあまり、心臓の鼓動が早まり、嘔吐するのではないかと思った。マリーナは、アンナを坐らせ、神経鎮静剤のヴァレィアン錠を飲ませた。

　アンナは、絵を描いている。コーリャは、ストーヴのそばのマットレスのうえで、エビのようにからだを曲げて、眠っている。アンナは、柳の木の木炭を握っている。ソファーの傍らに腰をおろして、アンナの父親に本を読んでやっているマリーナの姿を描いている。「責任って」——でも、何にたいする責任?　また、この問いが頭に浮かぶ。マリーナは、ほんとうは、何を言いたかったのだろう?　もしもほかのあらゆるものが失われてしまったら、わたしたちだけが生きながらえたとしても、まったく甲斐がないことだ。その可能性だってあり得る。マリーナの言うことも、まんざら間違ってはいない。わたしは、あの場に留まって、ターニャが運河の階段を上がってくるのを手伝うべきだったのだ。しかし、わたしは、そうしなかった。早く、ストーヴを持って帰らなければならなかったのだ。

　父親は、じっと目を閉じて、横たわっている。しかし、明らかに、眠っていないことが、アンナには分かっている。マリーナは、シェイクスピア劇を英語の原文のまま読んで聞かせている。マリーナの得意中の得意の作品で、朗読しているのは、『冬物語』だ。アンナは、いくらか理解できるが、実のところ、じっと耳を澄まして聴いているわけではない。マリーナがぞくぞくするような声音で読んでいるときは、故意に耳をふさいでいるので、アンナは、絵に集中できるわけだ。両手には、ウールの手袋をはめてはいるものの、描く指は、寒さで、ぎこちない動きをする。ただ、手袋の先は、いずれも切り取ってある。そうしないと、手袋をはめたままで、絵を描くことができないからだ。アンナの筆遣いは、大胆でしっかりしている。今晩は、木炭は、ただ紙のうえを掃くように動くのではなく、紙の肌理をひとつひとつ理解したうえで滑らかな動きをしている。

　こんなときに、マリーナの肖像画を描くなんておかしいに決まっている。マリーナの顔は、すっかり変わってしまっている。あるいは、たぶん、アンナがそう感じたのだろう。マリーナは、もう美しくはない。眼鏡は、鼻先に、ちょこんと載っかっている。ローソクの弱い光のなかで、本の文字に焦点を合わせるためには、目を細めて、その縁を皺だらけにしなければならない。目は、いつも潤んでいる。アンナは、マリーナが視力のことを気に病んでいることを知っている。ときどき、朗読を中断して、雛たちに危険はないか巣の周りを廻りながら偵察する鷹のまなざしのように、何があろうと守り抜くという気迫を帯びたまなざしを、じっとアンナの父親に向ける。

　マリーナは、アンナの父親を愛している。当然のこととして、愛している。例にもれず、その愛は、単刀直入なものだ。マリーナは、いままでそのように愛してきたが、マリーナは、それとは違う愛され方をされてきた。マリーナは、大切ですばらしい友人だが、いつもほんのちょっぴり恐れずにはいられない女性なのだ。それでも、マリーナは、アンナの父親を愛している。この状態は、数年、いや、ほとんど二十年続いている。それは、コーリャが生まれるよりもまえ、マリーナが自分自身をアンナとコーリャふたりの母親の大切な友人に仕立てようとしたときにまで遡《さかのぼ》る。しかし、ヴェラは、どうしてもマリーナを受け容れようとしなかった。そのようなこと一切に関わりたくなかった。けっして、共謀者になどなろうとはしなかった。このような愛は、なんとおかしく、痛みを伴い、偏《かたよ》ったものか。

しかし、マリーナの姿を見れば、だれしも、これ以外の愛し方はなかったと信じないわけにはいかないだろう。ふたりの愛の奥底に、いつも、どうすることもできないものが存在することも避けることはできなかっただろう。

もし、いま起こっているこの事態すべてがなかったなら、わたしは、けっして、ふたりの愛について知ることはなかっただろう。マリーナは、わたしの父親の昔馴染みの友人、すてきな女優、絶頂期のあの美しい女優であり続けただろう。そのようなときのマリーナに会うべきだったのだ。だが、もちろん、今では……

マリーナとこんなふうにして、すぐ近くで、毛布をたたむようなことはなかっただろう。マリーナと父親のことは何も知ることとなく、マリーナの別荘で肖像画を描いていたことだろう。

この絵は、ふたりを描く肖像画でなければならない。アンナの父親とマリーナだ。大急ぎでアンナはスケッチする。ソファー、覆いを何枚もかけられてぼんやりとしている父親のからだの輪郭、鼻と顎のはっきりとした縁、落ちくぼんだ眼窩。静脈の浮かんだ目蓋が被さって覆い隠している飛び出た眼球を描く。それから、マリーナが父親にまなざしを向けて首を傾げているところにまた木炭を戻す。マリーナとソファーに身を横たえている男をひとつの円で囲もうとするが、その頭が動いたために、その円を描くのを途中でやめてしまう。マリーナの一方の手は、開いたシェイクスピアの本を持ち、もう一方の手は、枕のうえに置かれている。そのすぐ近くに、男のしなびた頬がある。

アンナは、描き続ける。マリーナの背後の壁に映ったいくつかの尖った影のかたちを描く。父親のあごのしたまで引き上げられたパッチワークの毛布を描く。その毛布は、コーリャが生まれるまえに、彩色された正方形の布を使ってアンナが手ずから編んだものだ。コーリャがはじめて外出したとき、その毛布で全身を包んでやった。毛糸の暖かさとちくちくする手触りをアンナの指ははっきり覚えている。それは、春の寒い日だった。まだ赤ん坊だったコーリャに慣れていない頃のことで、ぎこちない手つきで抱いて、公園を散歩したものだった。黒ずんだつぼみが膨らんで、葉をつけていまにも花が咲きそうだった。春の陽光を受けて、コーリャは、目を細めていた。

アンナは、描き続ける。薪の山が崩れて灰になるたびに、ストーヴはハァハァとため息をつく。しかし、その暖かさも、まもなく、絶えてしまうことだろう。急いで、急いで、指が寒さで動かなくならないうちにと、アンナは、父親のあごの部分を描いている。

ドアを二回たたく音が、アンナの耳にだけ聞こえてくる。アンドレイであるはずがない。今晩はもうこられないと言っていたからだ。たぶん、ジーナだろう。また、あの児の具合が悪くなったんだろうか？

だが、それは、アンドレイで、顔面蒼白、煤だらけだ。

「どうしたの？」

「あの大バカのボーリャがアパートで火を起こして、それから、眠りこんでしまって、その火が床板に燃え移ったんだ。ふたりがかりで消そうとしたそうなんだけど、煙が部屋いっぱいに立ちこめて、火がマットレスふたつに燃え広がったんだ」

「あら、大変。それで、ボーリャは、無事だったの？」

「煙を肺にまで吸い込んで、状態は良くないが、命だけはとりとめている。アントーノフ家の者たちが引き取ってくれると思う」

「あのひと、配給券は失くしていないわね？」

「ああ」

配給券を失くせば、死ぬのは確実なのだ。これほど、分かりやすいことはない。持っていても、死ぬかもしれない。しかし、持っていれば、不死の国は、依然として門戸を開いている。アンナをじっと見おろしている。アンドレイは、シベリア出身者のまなざしで、アンドレイは、すっかりくたばってしまっているようなときに疲れて、今のようにも、アンドレイには、ほかのひとにはない、だれにたいしても寛大なところがある。アンナが、冷たいアンドレイの頬に口で触れると、タバコの香りがする。アンナは、唇を開いて、何かを味わうように、ゆっくりと這わせる。

「ここにいてもいいのよ。もちろん、いてくださるわね。ここから病院までは、かなりの距離よ。向こうに行けば、ベッドは用意して下さるんでしょうけど」

アンドレイは、アンナを抱き寄せる。アンドレイは、全身を震わせている。すっかり疲労困憊し、火事ですべてを失ってしまったショックで、まったく動けない状態だ。

「もしきみがいなかったら、どうしようかとずっと考えていたんだ」

「いったいわたしがどこに行くというの？」

「分かってるよ。でも最近の様子じゃ、これから先何が起きても不思議じゃないからね。たぶん、病院に行けば、どこかに簡易ベッドはあるとは思うけど、もういっぱいで余分なんかないよ。どの廊下にも、患者たちが床に寝かされていて、そのすぐ横には、亡くなった人たちも並べられているといった有様だよ」

「ここにいてもいいのよ。あとで、わたしたちで万事何とかするわ。さあ。入って。父とコーリャは、眠ってるわ。でも、マリーナは、起きてるの。いまでは、薪用ス《ブルジ》トーヴ《ユーイカ》があるので、信じられないくらい暖かいのよ」

アンナは、アンドレイを招じ入れて、椅子の肘に立てかけていた絵を除ける。アンドレイは、その椅子に腰をおろして、目をつむる。

「あのひと、ここにいることになるわ」とアンナは、マリーナに声をかける。「ほかに行くところがないの。あのひとの部屋が火事で燃えてしまったの」

マリーナは、黙ってうなずく。それから、衰えしぼんだ口から、そのときもまだはきはきとした声で、『冬物語』の朗読を続ける。

　さあ。楽師さんたち！　その石像を起こしてください。
　時間ですよ！　台から降りて、石であることを止めなさい。こちらに来て、みんなを驚かせてやりなさい。あなたの墓は、わたしが塞いであげますよ。
　さあ。こちらに、動いてきなさい。無感覚は、死に譲ってしまいなさい。

「ぼくのポケットのなかを探ってくれないか」とアンドレイが言う。

「あなたのコートのポケットのこと？」

「そう」

コートは、すっかり冷たくなっている。アンナは、ポケットを探って、ひとつの瓶を取り出す。

「これは何？」

「きみのために持ってきたんだ。蜜蜂の巣だよ。患者さんの母親がくれたんだ」

アンナは、その瓶をローソクのほうに持って行く。そのとおり、間違いない。蜂蜜を滴らせている巣室が整然と並んでいる。溢れるほどだ。巣は、小さな瓶の半分ほどに入っている。よく見えるように、ローソクの火にかざして、くるりと瓶を回転させる。

「そのひとどこでこれを手に入れたのかしら」

「訊かなかったよ」

「あなたも体力をつけるために、すこし取って下さいね」

「ぼくは、病院で食事ができるんだ。大丈夫だよ。それより、きみが、薪用ストーヴ《ブルジューイカ》を手に入れたなんて、ぼくには信じられないよ。ここは、ほんとうに、天国みたいだよ。この椅子に坐って、眠っても構わないかい？」

「もちろんよ」

アンナは、マットレスをまたいで、アンドレイの足元に腰を下ろして、アンドレイのひざを抱くように頭を預ける。アンドレイの手が髪をやさしくなでてくれる。その手は、まだ震えている。数分後には、その手から力が抜けて、だらりと重くなる。父親とマリーナは、すぐ近くにいるのに、まるで、異星人のように、遠くにいるような気がする。レニングラードの空にちりばめられたあの星々は、砲撃による塵埃と煤煙が一掃されると、とても鮮やかに見える。あの星たちは、この下界を見おろし、何もかも目にしているのだ。消毒臭が、アンドレイのからだに染みついている。アンドレイは、アンナの家を訪ねてくるときには、かならず手と腕をごしごし洗って汚れを落としてくるので、血の臭いはまったくしない。

「すぐに、お茶の用意をするわ」とアンナが言う。

「坐っていようよ」アンドレイの声は、くぐもっている。ストーヴの暖かさと人間の体温による暖かさとが、まるで、麻酔薬のように、アンドレイに作用しているのだ。アンナの肌に触れた手がしだいに暖かさを増してくる。

「とってもいい気持ちだ」と言いながら、アンドレイは眠ってしまう。

すこしずつ、暖気が、この小さな部屋にみなぎってくる。室温は、おそらく八度ぐらいだろう。十度かもしれない。もうこれ以上、薪をくべることはできない。そんなことをしたら、明日の分がなくなってしまうからだ。だが、寒いと感じるようになるまでには、まだ間があるだろう。みんなで夜の一部をなんとか無事に過ごせるだけの暖かさは残せることだろう。マリーナは、うなだれて、眠っているようだが、背筋はピンとまっすぐにのびている。眠れることは、じつにいいことだ。そのあいだは、空腹を感じないからだ。食べるもののある夢の世界に逃れて、そこにどっぷりと浸かっているのだから、だれも目覚めさせるべきではない。

しかし、アンナは、眠ることはできない。胃はちくちく痛み、ローソクの火もいまにも消えそうだ。自分が描いている絵のことについてだけは思いをめぐらせることができる。描くものは、みなはっきりと頭にある。目をつむれば、そこにありありと見えてくるものがある。いったい、だれがこの有様を描いた絵を完成してくれるのだろうか？　ぽっかりと開いた死者たちの口、骨という洋服掛けに吊るされたずっしりと重いコート、砲撃によって粉みじんにされた街の通り、深紅の血で覆われた老女たちの顔、降りしきる純白の雪、取り除けられないまま放置された街の通りに積もった雪、溝から舌のかたちになった氷がいくつも突き出しているのに、そのそばに捨てられたくずの山をかき回して物をあさっている子どもたち。ひとつの市全体が、眠りに就こうとしている。わたしたちの周りで、ひとつの氷の森が大きくなりつつある。

もうだれも、わたしたちのことは分かってくれない。ここで起きていることを知ることもなければ、知ることを許されてもいないのではないだろうか？　ラジオ・レニングラードは、真実を、あるいは真実の一端を伝えている。しかし、それは地方局ゆえだ。ラジオでしゃべっている人たちも空腹を感じている。聴いていればすぐ分かる。モスクワの人びとが、わたしたちが、レニングラードで、いかなる困苦を経験しているかを知っているかどうかなど、どうでもいいはずなのだが、じつは、それが重要なのだ。モスクワの人びとは、わたしたちのために何もできないかもしれない。しかし、それよりも、人びとの念頭にも上らないということは、第二の死にひとしいことなのだ。

この絵が完成したら、アンナは、次の絵にとりかかるつもりにしている。手元の紙が尽きてしまうまで、描くつもりだ。手がかじかんでいようと、そんなことは問題ではない。目立つほどそばかすだらけのエヴゲーニアの顔、大きく開けて微笑んでいる口を描くつもりだ。ひとにくれてやりたいと思っているかのように、赤ん坊を差し出しているジーナも描きたい。やせてしぼんでしまったその赤ん坊も描くつもりだ。ドアの内側によりかかっているアンドレイも描きたい。しつこく治らない父親の肩の傷も描くつもりだ。アンナは、目を閉じて、試してみる。いいわ。描きたいものは、みなそろっているわ。細かいところまで全部見えるわ。

アンナは、アンドレイのからだを毛布で包んでいる。コートの襟もとまで毛布を引き上げて、内側にたくし込む。アンドレイは、身動きひとつしない。顔には、まだ煤の汚れがついている。そこで、アンナは、自分のつばでハンカチを濡らして、その汚れをそっと拭き取ってやる。それから、蠟が流れ落ちているローソクの先に息を吹きかけて、火を消す。

20

どんな毎日かだって？　明るくなる数時間まえに、空腹のために、目が覚めてしまう。空腹は、ひとの腹の奥深くまで穿《うが》ち、ひとを蝕む。空腹を払いのけようと、寝返りを打ち、うめき声を上げる。息の悪臭さえも舌のうえにとどまってむりやりひとに味わわせようとする。

熱に浮かされているような一日が始まる。眠りから出たり入ったりするたびに、不思議な夢や声が頭のなかを去来する。だれかが耳元で声を立てて笑っている。とつぜん、鼻先でコーヒーの香りがする。青い煙が、換気口から漂い流れている。店のなかでは、コーヒー豆を焙煎《ばいせん》し、粉にひき、堅めの茶色い紙袋に詰め、白いラベルで封をしている。その紙袋をいくつかの棚に積み重ねている。それは、朝のことで、もう冬ではなく、夏だ。店の窓を通して、朝陽が流れるように注ぎこんでいる。コーヒーの芳香が、煙の花輪のように、人びとの頭を包み込んでいる。

目を覚まして、寝具のなかで、鼻汁をすする。何枚もの毛布とコートが重くのしかかっているが、まだ寒いことに変わりはない。足の感覚がなくなり、呼吸が荒くなる。背中に悪寒が走り、背骨がひりひりと痛む。ゆっくりと息をするのだ。気持ちを落ち着かせるのだ。動くたびに、もうこれ以上は望めない体力が失われてゆく。

アパートの隣の部屋では、空腹のために、赤ん坊が絶え間なく泣き続けている。泣き声が延々と続き、その声が、脳の奥底にまで入り込んでくる。なんとか、泣き止んでほしい。いかなる手段を講じても、泣き止めさせてほしい。

電気はない。水道もない。十二月十二日のことだ。レニングラードは、氷の花輪を戴き、何枚もの重い雪の毛布でがんじがらめに縛られている。しばらくすれば、冬の弱々しい斜光が、ネヴァ川の青色をした土堤沿いに射してくることだろう。雪のうえに、薔薇色の光の縞模様が現れることだろう。

勤労者へのパンの配給は、いまは、日に二百五十グラムで、そのほかの一般人には、百二十五グラムだ。それは、だいたいどれほどのものかといえば、パン二切れ分になるが、厚めに切れば、一切れでしかない。

しかし、厚めに切る者などどこにもいない。みんなは、小さなサイの目に切っている。それを、ひとつずつ口に含んで、唾液で膨らませる。そうしているあいだだけ、パンを食べているという気持ちになれるのだ。

　パンの配給の列に並ぶ人びとの話題は、もっぱら、ラドガ湖の氷の道のことだ。何マイルも続く、すぐにも割れてしまいそうな、不安定な氷でできた道で、いま、レニングラードと「本土」を繋ぐ唯一の道となっている。レニングラードの北東に位置するこのラドガ湖からしか、市からそとに出るすべはない。できたばかりの若い氷は、すでに、何十台ものトラックと何十人もの人間を飲み込んでいるが、氷結はしだいに硬くなり、厚みを増してきている。間もなく、物資の調達が可能になるだろう。食糧も届くことだろう。はじまってからまだ間がない。もちろん今も、トラックや人間が犠牲になっている。ラドガ湖は、まだ油断ならない。まだ、危険をはらんでいるのだ。一か所、トラック一台が辛うじて通れるだけ厚く凍っている場所があるが、それに続く数百メートルには、割れ目が口を開けている。ドイツ軍は、そこが、唯一残された供給ルートであることを知っている。その証拠に、最初のトラックの列が、氷のうえに繰り出すのとほとんど同時に、ドイツ軍によるこの道への砲撃が始まった。

　しかし、犠牲になるものが何であれ、犠牲は避けられない。わたしたちには、この氷の道しかないし、この道を信じるほかないのだ。早くから、人びとは、この道を「命の道」と呼んでいる。パンの配給の列に並ぶ人たちは、お題目のように、自分の気持ちを口にする。血のけのない青い唇を動かして、気温が下がりますようにとか、氷がもっと厚くなりますようにとか、このルートで速く安全に通行できますようにと祈りを唱えている。

「わが軍は、もうチフヴィンを奪還している。湖の横断には、それほど時間はかからなくなった。はるばる長旅をしなくて済むことだろう」

「わたしたちに物資を用意するために懸命になってくれている。ノヴァヤ・ラドガでは、何千万トンも小麦粉が滞《とどこお》っているんだそうだ」

「いつでも氷のうえを動けるように、新しいトラックが何台も待機している。一キロごとに、燃料補給処と救急哨所が設けられている。だから、迅速にことが運ぶはずだ」

　しかし、みんなが信じていることは、まだ目には見えてこない。ここには、食糧などないではないか。もう二時間半も配給の列に並んでいるのに、まだ、パンが出てくる兆《きざ》しすらない。だれかが、今朝、パンを焼くオーヴンが具合が悪くなったのだと言う。アンナは、コートのなかで、さらに小さくからだを丸め、足を踏み鳴らし、遠くの砲撃の音に耳を傾ける。アンナは、ラドガ湖のことに思いをはせる。湖には、鉛色に、そして、白銀色に輝く水があり、クランベリーの木々が茂る草地があり、樺の木の林があり、マガモが遊び、それに、葦の茂みがあって、こよなく美しい。湖は、深く、魚が豊かで、伝説に満ちている。アンドレイは、ラドガ湖は、バイカル湖とは比較にならないと言っている。ラドガ湖は、ただの水たまりで、ふたりしてシベリアに行くことになれば、バイカル湖に連れて行って見せてあげると言っている。

「クジラほども大きな魚がいるんだ」とアンドレイは言う。「水の透明度は、世界一なんだよ」

アンドレイは、こと細かに湖の説明をするが、アンナは、そんなことはどうでもいいといったふうに、まともに聴こうとしない。アンナの頭のなかに、情景が浮かんでくる。夏のある日、ふたりそろって、バイカル湖のはるか沖まで突き出た木造の桟橋のうえにいる。釣りをしているわけでもなければ、泳いでいるわけでもない。ただ、そこに腰をおろして、何もせず、たがいに寄り添っているだけだ。アンナは、アンドレイの肩に頭を預け、アンドレイの片手がアンナの頰を包むようにして触れている。

「きみはきっとここがとっても気に入るだろうと思うって、言ったとおりだろ?」とアンドレイが言う。その顔を見なくとも、アンナには、アンドレイが目を細めて、自分に微笑みかけていることが分かっている。

「ええ」とアンナは応じる。「あなたの言うとおりよ。とても気に入ったわ」湖水の数キロ向こうには、荒野へと引き込まれてゆく山並みがある。猟師は別にして、だれもそこには、足を踏み入れることがないと、アンドレイが言う。

「あしたは、万年雪がある境界線まで案内するよ」

しかし、背中に当たる陽光は、暖かい。

「いいのよ」とアンナが言う。「どこにも行かないで、ずっとここにいましょうよ」

配給の列に並んだアンナのすぐまえの女は、どっしりとしたキツネの毛皮のコートにキツネの毛皮の帽子といういでたちだ。そんな防寒具を身につけているにもかかわらず、ひどく震えているので、帽子の小さなキツネの尻尾が上下して、肩のあたりで、まるで生きているかのように、ぴんぴんと跳ねている。とつぜん、その女が振り返って、アンナの腕にしがみつく。その顔は、溶けて流れて固まったローソクのような色をしている。両手でアンナを強く摑んで、倒れかかってくる。

「助けて、気分が悪いの――」

アンナは、たじろぐ。とてもこの女を支えきれない。

「坐りましょう」とアンナが言う。「すこし、休みましょう。列は、動いてないわ」

しかし、急に、猜疑心が浮かんできたのか、飢えに苦しむかすんだ目がきらりと光る。もしかしたら、ごまかして、わたしの順番を狙っているのではないかしら？すると、その女は、アンナにつかまっていた片方の手を放して、配給券がまだあるかコートの内側をまさぐる。たぶんアンナも、以前こんなふうに、身体が弱っているふりをして、配給券があるかどうか片手をそっと忍びこませて、確かめたことがあったのだろう。そのしぐさは、よく理解できる。配給券があるかないかは、死活問題だからだ。再発行などとてもできない相談で、あらゆることにパヴロフの取り締まりが厳重になっているいまでは、なおさら不可能なことだ。女は、配給券の角に手を触れて、それが、お守りのメダイでもあるかのように、そっと摩《こす》りながら、ほっとして涙を流している。それでも、女は、まだ疑いの目でアンナをじっと見つめている。

「すこし、休みましょう。あなたの場所は、取っておいてあげますよ」とアンナが言う。

その女の手袋も、キツネの毛皮でできている。色は、赤っぽく、柔らかそうで、てかてかと光を帯びている。それを身につけている本人よりも、はるかに生気があって、まるで生きているようだ。アンナがいままでに入ったことのある店では、とても買えないような代物だ。血の気を失った唇が開いて、「わたし、生きたい」と、まるで極秘事項を明かすかのように、ささやき声で言う。女は、そう言うと、ぐったりとからだをアンナに預ける。

「さあ、急いで、列が動いてるわ」とアンナが言う。女は、がばっとからだを放して、前のめりに動く。列が、ざわめいて、移動するが、前進する気配はない。アンナは、女のすがりつこうとする手が届かないように、後じさりする。そして、じっと寒さをこらえながら、自分の両腕を胸のところで交差させて、自分のからだを抱えるようにする。頭が痛む。アンナは、あの暖かく、陽光に照らされた木造の桟橋と、アンドレイの肩の感触、そして、しなやかにからだを曲げて跳ねる一匹の魚の姿を呼び起こそうとする。しかし、どれも姿を現してはくれない。

アンナのすぐ後ろの女が氷の道について小さな声でささやいている。「この調子でトラックを失ってゆくと、そのうちに、一台も残らないってことになるわよ」

「でも、それでも、何台かはうまく通ってゆくわよ」と別の女がそれに応じる。「ここがどれだけひどい状況かってことは、分かってるのよ。できるだけのことはしてくれてるのよ。夜昼なく、働いてくれてるわ……」

　わたしたちのことを知ってるひとがいるってことは、けっして、孤立しているわけじゃないということよ。わたしたちは、寒さと空腹のまま、暗闇のなかに取り残されている孤児たちと同じじゃないわ。

「トラックは、うまく通ってゆくわ」とアンナは、小声で、独り繰り返してみる。トラックは、かならずやってくる。わたしたちは、ぜったい生きるの。死なないわ。

霧と吹雪《ふぶき》になめ尽くされている湖の亡霊のような白さ、それに、物資を積んだトラックがどうしても通らなければならない危なっかしい道がアンナの目に浮かぶ。たぶん、中継地点にトラックを確実に導くために、要所要所に旗がたてられているのだろう。フィンランド人は、この湖のはるか沖合の最も水深の深い場所の氷のうえに、「氷の女」が住んでいると信じている。「氷の女」は、吹雪のなかから声をかけて、人間の恋人をおびき寄せる。男であろうと女であろうと構わないのだという。欲しいと思っているのは、「氷の女」が持っていないもの、暖かい肉体と鼓動する心臓なのだ。恋人とされた人間にできるのは、自分が凍死させられるまえに、ほんの一瞬のあいだこの女を暖めてやることだけだ。

　トラックが氷上をぐるぐると回りながら走っている。もろい部分があったり、ときには、クレバスもある。吹きまくる雪をともなって、射すような冷たい風があちらこちらでヒューヒューと音をたてている。ドロガ《道》・ズィズニ《いのち》……ドロガ《道》・ズィーズニ《いーのち》……ここは、「命の道」だ。まさに、ここにしか生きるチャンスはないのだ。道の両側には、壊れて使えなくなったトラックが何台も散らばっている。確かに、ブリザードは危険ではあるが、ブリザードのために地上に引き留められているドイツ軍の飛行機ほどには危険ではない。

　何袋もの小麦粉、肉のエキス、バター、魚の缶詰、シリアル、弾薬、調整粉乳が積載されている。アンナは、トラックが無事に前進してくれることを望んでいる。ラドガ湿地帯に何百キロにもわたって建設されたこの緊急道路を通って、そしてさらに、レニングラードへ物資を運んでくれる鉄道まで、氷上で何が起ころうと、トラックは、来てくれなければならない。この最後に残された供給ルートにたいするドイツ軍の挟撃作戦が打ち切りとなる可能性がまったくないというわけではない。上空の状態が良ければ、いつでもこのルートを爆撃する。しかし、冬という季節は、わたしたちに味方してくれる。氷は、だんだん厚みを増してきている。トラックが作業をしているあいだ、そのエンジン音がうなり声をあげている。氷上は、零下二十度で、風が激しく吹いて、人間と機械から熱を奪っている。小麦粉の袋は隙間のないほどびっしりと積まれているが、トラックが激しく振動すると、袋もそれに合わせて、振動する。

この袋は、ただの小麦粉の袋ではない。数日分のいのちでもある。もし、トラックが一台、クレバスに転がり落ちれば、トラックに積まれた小麦の袋の数だけ、ひとが死ぬことになる。もし、トラックが通り抜けることができれば、積まれた袋の数のひとが生き延びられる。コーリャが自分のパンをつかみ取ろうとする。アンナは、コーリャが、犬のように、よく嚙まないで飲み込んでしまわないよう、すこしずつ千切ってやる。ひと嚙みするごとに、からだにいいものが引き出される。だから、どうしてもよく嚙まなければならないのだ。アンナは、母親の羊毛のコートと交換した向日葵の油を数滴パンに塗ってやる。コーリャのいのちは、すべて、ものを食べるその口にかかっている。

配給の列が、波のように動く。パンが到着したのだ。そのほとんどが、セルロースと貯蔵倉庫で掃き集めたくずだとしても、パンと呼ばれる以上、パンなのだ。まるで、天国の唇から漂ってくるかのように、パンの香ばしい匂いがする。アンナのまえで、キツネの毛皮をまとった女が、何度も十字を切りながら、泣き笑いを始める。今日は、パンはなくなって、配給が中止になるだろうと、女は信じていたのだ。冬、ここだけは、凍らせまいとして、マガモが、同じところをぐるぐる泳ぎ続け、最後に残った小さな水の輪のように、パンは、消えてなくなることだろう。

アンナは、コートの裏地に縫い込んでおいた秘密のポケットのなかに、配給券があるのを手で確かめながら、すり足でまえに進む。そして、列の先頭になるギリギリまで、ぜったいに配給券を取り出すようなことはしない。この券の価値は、黄金と同じなんてものではない。それどころか、比較にならないほど黄金を凌駕している。アンナは、自分用のパンを受け取るまえに、すばやく券をしまってしまう。もし、泥棒どもがうろついていて、盗まれるとしたら、券よりも一日分のパンのほうがましなのだ。パンがなくても、一日は生き延びられる。まあ、それぐらいは生きられる。だが、券には、ひと月生きられるだけの価値がある。アンナとマリーナは、以前、アンナが家族全員の配給券をまとめて持っている危険性について、話し合ったことがある。アンナが空腹で意識を失うようなことがあって、だれかに配給券を盗まれるようなことがあったらいったいどうするのか？　ふたりで行ったほうが安全だろう。そうなれば、父親とコーリャの面倒は、だれがみるのか？　アンナは口には出さないが、パン屋に行って、何時間も列に並べるだけの体力があるのは、自分しかいないことはじゅうぶん承知している。マリーナは咳がひどくなっている。

　アンナは、毎日パン屋に歩いて行くのに備えて、マラソン選手のように、念入りに準備をする。あらかじめ取っておいた一切れのパンの四分の一を食べ、べつに、さらに四分の一をポケットに忍ばせておく。空腹で気が遠くなりそうになったときの用心のためだ。それから、ひとつまみの塩を入れた白湯《さゆ》一杯を飲む。さらに、ジャケット、コート、手袋、それに、スカーフを身につけるまえに、それらを薪用ストーヴ《ブルジューイカ》で温める。巻脚絆を暖め、足首に巻き、父親のフェルトのブーツをはく。アンナは、何ごとも、一定の行動様式にしたがって、ゆっくりとした動作でする。心臓の鼓動が高まれば、すぐに動作を止めて休む。

　パンの列に並びに行くのに、いつも、父親の桜材の杖を持って行く。きれいに除かれていない氷や雪のうえで、滑ってしまうようなことがあれば、もう二度と起き上がれなくなるかもしれないからだ。その杖は、アンナにとって、堅さといい、握り具合といい、ちょうどいい。もし、強盗にでも遭うようなことがあれば、この杖で撃退できる。以前、ひとかけらのパンをめぐって、雪が降りしきるなか、スローモーションのとっくみ合いのけんかをしているのを見たことがある。

　アンナは、目だけが見えるように、自分の顔にさっとショールをかぶせる。アンナが家を出るときにはいつでも、マリーナは、アンナに向かって十字を切って、無事を祈ってくれる。そんなしぐさは、アンナにとって、何の意味もないし、数週間前だったら、癇《かん》に障ったことだろうが、いまは、マリーナのしたいようにさせている。それも、家を出るときの儀式の一部だと思うようになったからだ。

「気をつけてね！」と家中の者が言う。

「気をつけて、アンナ！」マリーナが砦とおもちゃの兵隊たちをしつらえたマットレスのうえで、アンナを見つめながら、コーリャが甲高い声で叫ぶ。コーリャには、自分のおもちゃをなでることはできても、それを使って遊ぶほどの体力はもう残っていない。

アンナの両の掌のうえに、パンがある。そしてすぐに、腰に巻いた布袋のなかに押し込む。凍てついた街を通り抜けて家に戻るまでのあいだ、パンも配給券も人の目に曝しはしない。光は、すでに薄れ始めている。霜が硬く結晶し、杖の先が氷のうえで、つるつる滑る。アンナは、すぐにからだを立て直して、はげしく息をする。コートのしたで、配給のパンがからだにぶつかるたびに、からだじゅうから汗がどっと吹き出る。ぜったいに、倒れるようなことがあってはならない。アンナが帰ってくるのを、あと何分と数えながら、家族が待っているからだ。いまごろは、薪用ストーヴ《ブルジューイカ》もすっかり冷めていることだろう。みんながいっしょに毛布にくるまって寒さを凌いでいることだろう。きっと、マリーナがコーリャのために歌を歌ってやっていることだろう。マリーナは、たくさんの歌を知っている。その歌い方は、語りにリズムをつけたようなものだが、コーリャの気持ちを落ち着かせるにはじゅうぶん役に立っている。アンナが窓から逃げ出したいと思うくらい、コーリャがどうしようもなく空腹で泣き出しても、マリーナは、ちゃんとコーリャをなだめてやることができる。

泣いていなければ、たぶん、コーリャは呼吸訓練をしていることだろう。『レニングラードスカヤ・プラウダ』紙を手に入れたら、だれもが一字一句も見逃さず、すべての頁から真意を読み解こうとする。新聞は、ときには、二枚四頁のこともあるが、たいていは一枚二頁だ。家族のみんなが読んでしまったら、マットレスのうえにその新聞紙を広げて、コーリャの喘息に役立つと思われる呼吸訓練を始める。

「コーリャ。両腕を使って泳ぐ真似をしてごらんなさい。そうやって紙をばりばり言わせるのよ」

コーリャの腕の動きが鈍くなる。アンナは、コーリャをごろりと仰向かせて、横隔膜のうえに片手を置く。

「コーリャ。息を吐いて。そう、上手よ。ゆっくりとね。さあ、こんどは、吸って。できるだけ長くよ。わたしが手を上げたり下げたりするから、それを見てね」

コーリャは、アンナの手を見ようと、自分の胸のあたりに目を落とす。その動作を見て、消え入りそうな微笑みが年老いた父親の顔によぎる。

「アンナ。ぼく、呼吸するの上手だよね?」

この訓練が終わると、新聞紙を片づけて、翌日の焚きつけに使う。

コーリャは、わたしのことを捜していることだろう。

「アンナは、どこに行ってるの?」と尋ね、それに、マリーナが、「心配ないわよ。すぐに帰ってくるわ。パン屋さんまでは遠いのよ」と答えるだろう。

「でも、ぼく、とってもお腹が空いてるんだよ」

アンナは、懸命に道を急いでいる。そのそばを一人の男がそりを引きながら通り過ぎて行く。そりに載せられているのは、かけられたシーツのかたちから、餓死した人間の死体のようだ。そりの滑走部のひとつが、氷の塊に引っかかって、そりが動かなくなってしまう。その男は、ぐいと力を入れて引っ張り、ふたたび動けるようにする。アンナは、まるでその男がわざわざシーツをはがしてくれたかのように、恐ろしいほどはっきりと、そこに横たわっているものを目にする。額、鼻、あご、薄い胸、突き出た手足と骨盤。それは、子どもの死体だ。そりは、すこし跳び跳ねながら、雪のうえを軽やかに走って行く。

アンナは、ポケットのなかを手探りする。すると、そこにちゃんと収まっている非常用の四分の一切れのパンに触れる。アンナは、今日は、気が遠くなることはなかった。これで、もう一度、アンナは、最後の四分の一切れのパンを食べる必要はなくなった。そして、またもう一度、コーリャの配給にこの四分の一切れのパンを加えてやることができるだろう。

21

娘は、手遅れだった。血管が虚脱し、手当をする間もなく死んでしまった。カンフル注射も役に立たなかった。死因については、好きに選べた。下痢、脱水症、ショック……しかし、実際には、娘の死は餓死だった。いまある死因は、二つしかない。砲撃と飢餓だ。

　母親は、娘の手を握って、鉄製の子ども用ベッドのそばで、まだ、うずくまったままだ。しゃべることもできないでいる。アンドレイは、ゆっくりと背筋を伸ばして、背中に感じていた緊張を解く。そして、片手をその女の肩に置く。だが、そのようにしながらも、アンドレイも一言もしゃべることができない。いったい、言うべきことばが存在するだろうか？　子どもをまったくいわれのない理由で死に追いやられた者にたいして、どんな慰めのことばがあるだろうか？　娘の名前は、ナーディアだった。数分前には、アンドレイは、呼んでも返事をしてくれないことは分かっていても、その蒼ざめた、すっかり縮んでしまった顔に向かって、その名前を口にしていたのだ。

「娘さんに話しかけてください。まだ、あなたの声が娘さんには聞こえるはずです」とアンドレイは母親に言った。しばらくのあいだ、女は、毛布にくるまったまま、何の感情も示さず、その場に坐り込んでいた。女の年齢は、六十歳にも見えるが、おそらく、三十五歳くらいだろう。女は、急に、いかなる事態なのかに気づいたかのように、うろたえ、顔を震わせた。ほとんど子どもの唇に触れそうなほど、からだごと顔を近づけると、女の口からことばがほとばしり出始めた。「わたしから離れないで、独りにしないで、あなたはわたしの宝物よ、わたしのいのちよ。ごらん、あなたのふわふわ子猫ちゃんを連れてきたのよ。あなたの大好きな子猫ちゃんよ……」

　しかし、子どもの顔は、かたく動かないままだ。

　それは、もう終わったことだ。アンドレイは、疲れのために、からだが傾いでいる。時刻は、九時。病院の食堂では、大麦スープが用意されて待っていることだろう。そのスープが、アンドレイのからだが渇望するようなこってりとした熱くて塩味のおいしいスープとは似ても似つかぬ、水に大麦がゆらゆら浮かんでいるだけのスープだとしても、ちっとも構わない。ポケットには、四分の一に切ったパンがある。コーリャのためだ。アンナがそれを見たら、きっと顔がゆるむことだろう。そして、そのよく動く指で、それが本物のパンかどうか、つついてみることだろう。そうしてアンナは、眉をしかめて、アンドレイに、いったい病院ではきちんと食べるべきものを食べているか訊きただそうとするだろう。「アンドレイ。あなたは、一日中、立ちっ放しで、それから家に帰らなければならないのよ。そのためには、かならず、ご自分の分の配給パンは食べなきゃだめよ」

「ホーム」いまでは、ふたりとも、そう呼んでいる。それは、アパートのことでもなければ、薪用ストーヴ《ブルジューイカ》で暖まった部屋のことでもない。それは、夜、ふたりがからだを丸めて横たわり、その脇で、コーリャの息遣いが聞こえるマットレスのことだ。ふたりは、キスなどしない。アンナは、吐息を洩らすこともないし、自分のからだをアンドレイに押しつけることもしない。ふたりは、おたがいに、からだを求めあうこともしない。氷の山でビバークを余儀なくされた登山者のように、冬のコートのなかに小さく丸まって、ただ、からだを休めるだけだ。おたがいに、背中合わせに、からだをコップのように曲げて、じっとしている。こんな体勢になるのは、飢餓のせいなのであって、ひたすら生き延びんがために、からだが動きを休止したためだということを、アンドレイは医学実習で学んでいる。本人たちよりも、からだのほうがよく知っている。それにしても、もし、アンナがそばにいなければ、アンドレイは、眠ることができただろうか？

こんなふうに、酸っぱい匂いの息をしているアンナのすぐそばに横たわっていると、もう、ふたりは、ぜったいに離れられないという気がしてくる。それは、ふたりとも同じだ。アンナが吐息をついたり、からだを動かしたりすると、アンドレイも、自分の肉体のなかで、同じことが起こっているように感じる。紅茶に浸したパンのかけらをアンナが飲み込むと、アンドレイは、そのパンの温かさで、自分の肌が紅潮するのを感じる。

ふたりは、いま、高い山のうえにいる。そして、氷がふたりの肉体を引き裂こうとしている。この先、ふたりが生きてゆけるか、アンドレイには分からない。アンナの顔は、黄ばんで土気色をしている。唇の両隅が割れている。朝になるといつも、黄色い目脂で、目蓋がくっついて離れない。アンドレイも同じことだ。ふたりは、ゆっくりと、ゆっくりとだが、きしみながら、生気を帯びてくる。このまま、ここに横たわったままでいてはならない。アンドレイは、こんなふうにして、何家族もがみな、意識が朦朧としたまま、死んでいった例をいくつも耳にしている。アンナは、薪用ストーヴ《ブルジューイカ》に火をつけ、そのうえで、ひと晩中凍っていた水が入ったポットを温める。そのお湯に、木綿の布の切れ端を浸して、目脂がとれるまで、アンドレイの目をぬぐってやる。アンドレイが、瞬きをすると、目のまえに、アンナがいる。一言もしゃべらず、たがいに見つめ合う。今日という日が、ふたりの目のまえにあって、手足を伸ばしている。それは、ふたりが送らなければならない飢餓という不毛の生活なのだ。アンナは、アンドレイに向かってうなずいて見せる。ふたりは、いっしょだ。アンナは、アンドレイとともにいる。

「お父さんの着替えをしに行ってくるよ」

「お願いね。わたしは、お茶の用意をするわ」

　お茶は、どんなものからも作ることができる。白湯に、わずかな砂糖か塩を加えて作ることがよくある。

「コーリャ」とアンナが言う。「コォーリャ。起きる時間よ」

　アンナは、コーリャを朝遅くまで寝かせたままにはさせない。そんな日を何日も続ければ、悪い習慣が身についてしまうとアンナは言う。からだを洗うためのお湯はじゅうぶんにはないが、からだを拭くことぐらいはできる。アンナは、コーリャの髪を櫛で梳き、血液の循環がよくなるように、手足をこすってやる。それから、歯磨きもしてやるが、歯ぐきが出血しやすいので、歯がぐらぐらしていて、そっと磨いてやる。その時間であれば、お湯はまだ熱く、お茶も飲める。

　アンナは、コーリャに「もうそろそろパン屋さんが店を開ける頃よ」と言う。「まえは、六時開店だったわ。今頃、あなたのパンを焼いているところよ。コーリャ」それから、ローソクの燃え残りがあったので、わずかのあいだ、コーリャに本を読んでやる。コーリャは、じつに理解が速い。正真正銘、レヴィン家の子どもだ。数か月前には、本を何頁もどんどん読み進めることができた。ところが、いまはことばが理解できない。アンナは、文字を指さして、「ここ分かる？　思い出せないの？　それじゃあ、このことばは？」

　うん、あれは、まさしく、「ホーム」だな。そこには、いま、アンナがいる。アンドレイは、「うん。これを片づけたら、すぐ家に帰るよ」と独りごとを言う。

　スープをちょうど飲み干したところに、昨年の春まで直属の上司だった外科医がアンドレイのデスクに立ち寄る。

「きみを捜していたんだよ」パヴェル・ニコライエヴィチは、ずんぐりむっくりの体型で、へら状の指をしている。普通だれもがイメージする外科医というよりも、むしろ電車の運転手といったほうがいい風体だ。だがアンドレイは、その外科医が手術をしているときの手を見ていて、どの指にも、熟練した技が身についていることを知っている。パヴェル・ニコライエヴィチは、コートから小さな包みを取り出す。「きみ宛のものだ」

「ありがとうございます」アンドレイは、手を差し出して、その包みを受け取る。その包みは、ひしゃげていて、大きさのわりに重い。アンドレイは、それがなんであるのか尋ねようとしない。最近は、だれもが感謝のことばは口にするが、ものを尋ねることはしなくなっている。

教授は、からだを近づけてきて、「ギニアピッグ、モルモットだよ」とささやく。「とても信じられないことだが、タマーラが、まだ実験用の動物を飼い続けていたんだ。干し草なんかを与えてね。それで、持ってきたんだよ。たしか、南アメリカでは、ギニアピッグは、扱いが相当難しい動物と思われていたはずだ」

「お礼の申し上げようもありません……」

「とんでもない。きみみたいに若い医者たちを引き留めておかなかったら、いったいだれが、われわれのような年寄りの面倒をみるんだね？ それに、きみも知っての通り、わたしには扶養家族はいないしね。こんなご時世には、それも有難いことさ。さあ。だれにも見られないうちに、しまいなさい。みんなは、ほんの僅かなものでも欲しがってるんだ」

そう言って、アンドレイの肩をぽんと叩いて、そのまま歩き去る。

「アンドリューシャ。それ、なあに？」

「肉だよ」

「お肉だって！ 何の肉？ どこで手に入れたの？」

「ある人が、くれたんだよ」

「でも、それ、何の肉？ 犬？ それとも、猫？」

「違うよ、そんなのよりいいものだよ。ちょっと待って――」

アンドレイは、もう、病院でその包みを開いて、小さな中身を一度見ている。毛でおおわれた動物の死体だ。

「見せてちょうだい！ アンドレイ！」

「だめだ。まだだめだよ――ちゃんと調理しておけばよかったな」

アンナの顔が青ざめる。後じさりして、アンドレイから離れようとする。「いったい、なんの肉なの？」としやがれた声で、ささやくように言う。顔が、恐怖で強張っている。すぐに、アンドレイは、アンナがどんな疑いを抱いているのかが分かった。

「違うんだよ。誓って、違うんだ。きみが思っているものじゃないんだ。なにも、悪いものじゃない。ギニアピッグなんだ」

「ギニアピッグですって！」アンナは、手で口をおおう。「確かなの、アンドレイ？　だれからもらったの？　あなた、あのうわさを聞いてるでしょ」

アンドレイも、市場でも、配給の列でも、医者仲間のうちでさえも、そのうわさを聞いて知っている。アンドレイは、うわさではなく、自分の目で見たものしか信じない。人びとがひそひそとうわさしているのは、両手足のない死体のことや行方不明になった子どもたちのことだ。人肉を食らう連中がいて、センナヤ・マーケットで、得体のしれない肉のパテを売っているといううわさだ。

アンドレイは、すぐにそれを頭から消し去る。

「間違いなく、ギニアピッグだよ。ほら、からだの毛も、全部よく見てごらん」

「あら、ほんとう――」

「でも、皮を剝がさなければならないね」

「それ、あなたやってね。ものを解剖するのは慣れてるでしょ。わたしは、うまく調理する方法を考えるわ。まだ、薪用ストーヴ《ブルジューイカ》に火を点けてないの。あと本棚一つしか残ってないんですもの」

部屋の空気は、氷のように冷たい。何枚もの毛布に包まれたコーリャが、マリーナの膝のうえに載せられている。コーリャのために本を読んでやっていたに違いないが、いつしか、すっかり眠ってしまっている。それは、家族のだれをも襲う突然の眠りなのだ。盛り上がった毛布のしたで、アンナの父親も眠っている。

コーリャが、痩せて尖った小さな顔をアンナのほうに向ける。「マリーナは、ずっと長いあいだ眠ってるんだよ。でも、ぼく、起こしたりしなかったよ」

「いい子ね。なんだと思う、あててごらん。お肉を食べられるのよ。アンドレイが持ってきてくれたの。ストーヴで焼くから、手伝ってくれるわね」

「お肉」とコーリャは、肉がいったいどんなものだったかまったく思い出せないといった顔をして、つぶやく。

「そうよ。それから、いつものように、骨からもスープを作りましょうね。スープの匂いがしたら、お父さんもマリーナもすぐに目を覚ますわよ」

しかし、マリーナは、眠気と闘いながらも、スープということばに誘われて、すでに、目を覚ましていた。

「スープですって？　わたしに作らせて！　あなたとアンドレイは、休んでなくちゃいけないわ。ふたりとも見るからに疲労困憊の体よ」

　マリーナは、キッチンに入ってゆくとき、いつもするように、ミハイールの様子をチェックし、落ちかけている毛布を引き上げて直してやる。「アンナ。あなたは、信じないかもしれないけど、お父さまは、ずっとまえから起きてらっしゃるのよ。あなたが、配給の列に並んでいたときには、ちゃんと話もされてたわ。そうだったわね、コーリャ？　お父さまは、わたしたちに話をされてたのよね？」

「うん」とコーリャは言うが、どうもあやふやだ。

　アンナは、肉が調理されているあいだ、アンドレイの脚をさすっている。肉のよさを余すところなく生かすために、シチューを作ることにした。肉片は今日、スープは明日、食べることができる。このめったに嗅ぐことのない、肉料理のおいしそうな匂いは、たちまちアパートじゅうに立ちこめる。次の瞬間、ドアをノックする音がする。

「だれかが肉の匂いを嗅ぎつけてきたのよ」とマリーナが言う。

「わたしが出るわ」そして、それがだれであっても、ドアからなかには入れさせないわ。入れちゃあいけないのよ。一言でも、肉が手に入ったのなどと口を滑らしでもしたら……それに、もし、ジーナだったらどうしよう？　もうあのひとにはあげられないわ――約束したんだわ、マリーナと――

　ジーナだ。赤ん坊を抱いている。戸口のところに立って、まえにやったように、赤ん坊をアンナに差し出す。

「この児、病気だと思うの。風邪じゃないかしら。そうでなければ、耳の病気かもしれないの」

　アンナは、その児を抱いただけで、すくなくとも、もう三日もまえに、死んでいることが分かった。ジーナの部屋の氷のような冷気が、保存の役割をして、死んだ児の腐敗を遅らせたのだ。からだは乾燥し、青みを帯び、半開きの目には、白目しか見えない。

「ジーナ……」

「この児、冷たいの。お宅に入れさせていただいてもいいかしら。あなた、ストーヴのそばは、暖かいって言ってたでしょ」

「ジーナ、フェーディャはどこなの？　あのひと、赤ちゃんを見てなかったの？」

「先週から、帰って来ないの。いま、防衛委員会の仕事についていること知ってるでしょ。ぜったいに、やめないわ——スタハーノフ労働者も同然のひとなの」

「ジーナ。あなた、分からないの。赤ちゃんはね——」ジーナは、アンナのそばに近づいて、アンナの口を手でふさぐ。「アンナ！　何も言わないで！　言えば、余計不幸になるわ」アンナから、赤ん坊を引き取ると、腕のなかで、あやし始める。「とっても可愛いでしょ？まだ写真も撮ってないのよ。母さんもまだこの児を見てないの。だから、あなたにお願いに来たの。アンナ・ミハイロヴナ。あなた、以前、あなたのコーリャの絵を描いたことがあったわね？　ほら、わたしに見せてくれたあれよ。それでね。わたしのこの児を描いてくれないかしら。そうしたら、母さんのところに送ってやることができるわ」

肉を煮る匂いが、戸口に漂ってくる。

「ジーナ。そこで、ちょっと待っててね」アンナは、そう言って、部屋のなかに戻り、紙と鉛筆をとって、マリーナに何か小声で耳打ちして、またジーナのところに戻ってくる。そのあいだ、ジーナは、じっと同じ場所に立って、びくとも動かないで、死んだ児の顔を幸せそうにのぞき込んでいる。

「絵を描くのは、あなたの部屋にしましょ。そのほうが静かに描けるわ」

コートを着て、長靴をはき、帽子をかぶったふたりの女が、たがいに向き合って坐っている。ジーナは、赤ん坊を揺りかごに入れてあやしている。ときどき、かごにかがみこんで、赤ん坊にささやきかけている。

アンナが、見たままを描こうとしないのは、生まれて初めてのことだ。いまから描こうとするこの児の姿は、まだこの包囲が始まっていない、生まれて数週間ぐらいのころのものだ。すでにまるまると太って丈夫そうな、母乳育ちの赤ん坊で、しっとりと、黒い髪の毛が羽根のように生えている。ふっくらとした手が、包まれたショールの端を摑んでいる。ぱっちりとした目が、見つめる母親のまなざしと出会う。急がなければならない。ジーナのからだが震え始めている。

「できたわ。よければ、あとで同じものをもう一枚描くわ。一枚は、あなたが持っていて、もう一枚は、お母さんのところに送る分にしたらいいわ」

ジーナは、その絵をじっと見つめている。

「この児に、そっくりだわ。わたしを見るしぐさもまったくこのとおりよ。手もだわ。ほら、見て、ショールを摑んでいるところもそっくりよ」

アンナの目には、ジーナが包んでやった毛布の端を摑んでいる赤ん坊の紫色になった痩せて細長い手は、見えない。

「母さんが、この絵を見たら、すごく感激すると思うわ」

ジーナは、赤ん坊を右腕に移しかえ、絵を受け取って、傷つけないよう注意を払いながら、ベッドのしたにしまい込む。

「フェーディヤが、額縁に容れてくれるわ。あのひと、そういうことなら何だってできるの」それから、ジーナは戻ってきて、アンナのまえに立つ。

「分かってるの。この児——」と途中でぐっとつばを飲み込みながら言う。「いま、この児、見ていちばん可愛らしいわけじゃないってことくらい分かってるの」

「違うのよ。それはね、赤ちゃんが——」

「分かってるわ。分かってないなんて思わないでちょうだい。ただ、そのことを話したくないだけなの。それに、フェーディヤが帰ってきたら、やらなければならないことはちゃんとやってくれるわ」

「もちろん、そうね」

アンナとアンドレイとコーリャは、柔らかくて噛みやすい、味のいい肉を食べている。そのあいだ、マリーナは、スプーンでミハイールの口に肉汁を運んでいる。

「これ、おもしろいお肉だね」とコーリャが言う。「こんなの初めて食べたよ」

「あのね。これはね。氷の道を通って、運ばれてきた特別な種類のお肉なのよ」

「また食べられる?」

「あしたね。パンをスープにつけて食べられるわよ。あら、これ残っちゃったわ。コーリャ、あなた、食べなさい」

その後、ほかの者が床についてしまうと、ふたりだけの時間がまた訪れる。たがいの顔を見つめ合うように横になり、ささやき合い、そのたびに、乾いた唇が、たがいに触れ合う。アンドレイの吐く息からは、肉の臭いがする。アンナも自分のカビ臭い息のことを知っている。

「わたしたち、ふたりとも悪臭を放ってるわね」とアンナが言う。いまでは、水道管が凍って、アパートじゅうで、水が出るところはない。しかし、どういうわけか、中庭の蛇口だけは、いまもって使える。けれども、水は重くて、うえの階までは必要最小限しか運べない。しかし、ターニャと違って、まだ運がいい。アンナは、ネヴァ川に下りてゆく人びとの姿が、日ごとに増えてゆくのを毎日目にしている。みんなが手に手にバケツを持って、よろけながら、凍っているところまで、這うようにして下りてゆく。いま、あの水のなかに、何が含まれているのか、神のみぞ知るである。

　アンナは、スチーム・バスのことを、夢見るように空想する。熱さで紅潮した肌、両の乳房と太腿にしたたり落ち、髪の毛の根元をズキズキさせる汗を思い出す。山のようにもこもこと盛り上がった乳房と腹と尻と太腿が居並ぶうえで、小さく見える女たちの頭が、スチームの煙のなかを行き来している。木製のベンチに坐って、ゆったりとした気分で、いびきをかいて眠っている者もいる。スチームが毛穴からあらゆる汚れを噴き出させてくれる。

　アンナは、肌がむずがゆい。着がえをして数日経つ。うんざりした気分だ。

「わたし、ひどく汚れているのよ」とアンナが言う。

「ますますきみのことが愛《いと》しいよ」

「まだ寝ないで。心配なの」

「心配ってなにが？」

「父の死期が近づいている気がするの。マリーナは父が目を覚ますって言ってるけど、そんなの、頭のなかで思っているだけだわ。わたしは、そうは思わないわ。わたし、いま、わたしたちがこんなふうにしていられるのが不思議でならないの。こことは全く違う世界にいるみたい」

　アンドレイは、腫れあがった脚の位置を変える。「それは、いま夜だからだよ。でも、明日になれば、コーリャのために、スプーン一杯分の肝油が手に入るかどうか分かるよ。薬局のマーシャが言っていたんだけど、すこしは、手に入るかもしれないんだ。毎日、肝油を数滴舐めるか舐めないかでは、全然違うんだ。それに、きみが、パンの配給に出かけてゆき、ぼくたちが帰ってきて食べる。そんなふうにして、もう一日、やり過ごすことができるんだ。ぼくたちは、まだ、この世に生き続ける。きみが、生きている限り、ぼくも生きてここにいることができるんだ」

「生きるって、あなた、約束する？」

「うん。約束するよ」

「でも、父は、死ぬのよ」

「そう。たしかに、ぼくもそう思うよ」

　霜と雪がいっしょになって、センチ単位で、窓のうえ、屋根のうえ、公園、鉄道線路のうえ、それに、死者たちの骸《むくろ》のうえで、嵩《かさ》を増やしている。ゆっくりと、市全体が、沈んでゆく。大海原ならぬ、氷の平原で、巨大な船が沈没するようだ。市の灯は、消えてしまい、市の水は、どこにも流れていない。工場の生産は、止まったも同然だ。船は、いまにも漆黒の死の世界に頭から突っ込んでしまいそうな状態で、静止している。ただ、この市の人びとは、まるで、この市が先行き見込みがないことを知らぬかのように、しぶとくも生き続けている。

翌朝、アンナは、箒の間に挟まって隠れていた小さなオニオンを見つける。貯蔵戸棚から転がり落ちたに違いない。アンナは、嬉しさのあまり、声を上げて、アンドレイの腕を摑む。すすり泣きながら、「あなたの言ったことは、正しかったわ。あなたには、いつも分かっているのね。わたしたち、これからも大丈夫。わたしには、分かってるわ。これは、奇跡よ。そうよ。奇跡だわ」とアンナはアンドレイに言う。

アンドレイは、アンナの乾いた、ふっくらとした唇と痩せて尖った頬骨と落ちくぼんだ目を見る。アンドレイは、アンナが、勝ち誇ったように、両手に載せて差し出すオニオンを見る。

「その通りだね」とアンドレイが応じる。「奇跡だね」

アンナが、オニオンを細かくスライスする。それに、コーリャのために取っておいた肉汁と一つまみの塩とカップ一杯の水を加える。

「このビタミンが、コーリャのからだにとってもいいのよ」

アンナは、ストーヴに火を点けて、本棚からつくったつぐつぐ煮え始める。それから、しばらくすると、スープがぐ最後の焚きつけをくべる。しばらくすると、スープがぐつぐつ煮え始める。それから、マリーナとアンドレイとアンナがその周りを取り囲むようにして集まってきて、コーリャがそのオニオン入りの肉汁を飲み込むさまをじっと見つめる。アンナがスプーンでコーリャの口にスープを注いでやっているのだ。「さあ。スープよ。おいしいでしょ？ 大きくて、丈夫な子になるのよ」

飲み終えたコーリャは、ふたたび意識が混迷するまどろみに戻る。ときどき、思い出したようにすすり泣く。アンナは、マリーナが父のためにあのスープを取っておいてやることなど考えもしていなかったことに気づいている。

「わたし、ラジオを聴いていたんだけど」とマリーナが言う。「昨晩、栄養の専門家が言ってたのよ。壁紙の糊にも栄養があるんですって」

「でも、家には、そんなものないわ」

「あるわよ。ほら。コーリャの砦よ。紙張子を作るのに、壁紙の糊を使ったのよ。ペンキを塗ったところを剝がせば、残った部分で料理できるわ。きっと、カロリーがすこしはあるはずよ」

「でも、コーリャは、何て言うかしら？　砦を薪用ストーヴ《ブルジューイカ》の燃料に使わなければならないかもしれないなんて言ったら、コーリャは、絶対にダメって言うわよ」

「でも、食べ物になるって言ったら、話は別よ」

　コーリャが眠っているあいだに、マリーナは、数時間かけて、可能な限り薄く砦の紙張子の表層部分を剝がし、残りの部分を水に浸す。

「紙は、水の表面に浮かんでくるわ。すると、ペースト状の栄養のある部分が水に溶けて残るの。それで、コーリャにスープを作ってやれるわ」

「あの子には、絶対言わないでね」

「もちろん。言わないわ。砦は、封鎖が解けるまで、大事に片づけておいたって言うわ」

「コーリャには、そう言うことにしましょ」

22

　また、真夜中になった。だが、今夜のアンナは、独りぼっちの気分だ。もちろん、ほかの者は、みんな部屋にいる。マットレスには、アンナのすぐ隣にコーリャがからだを押しつけるようにして眠っているし、反対側には、マリーナが横たわっている。子どもを真ん中にして、おとなが挟むかたちで、サンドイッチ状態だ。そうすれば、ふたりの大人の体温で、子どもは、温かさを保つことができる。しかし、アンドレイは、ここにはいない。アンドレイがいないと、アンナは、寒さと恐怖を感じる。職場に戻ったアンドレイのことを思うと、不安でならない。アンドレイは、今晩は、病院で寝ることになっている。アンナが、アンドレイに約束させたのだ。屋外の気温は、マイナス二十度、今夜のように寒いと、家に帰る途中で倒れて、そのまま凍死してしまうのではないかとアンナは、心配する。

　近くのある子どもたちの家で、発疹チフスに罹った者がいる。現在は、そこには、孤児たちが収容されている。そのように、アンドレイが言っていた。アンドレイが発疹チフスに罹ったらどうしよう？　アンドレイのような飢餓状態では、何の抵抗もできないだろう。もしも、夜になっても、病院から帰らないようなことでもあったらどうしよう？　もしも、アンドレイが病気に罹ったら、アンナに知らせてやろうと思う者がいるだろうか？　もちろん、そんな人はいない。だれも、アンドレイがここに住んでいるということは言うまでもなく、アンナという恋人が存在するということさえも知らないだろう——

　アンナのすぐ傍で、かすかに声がする。マリーナだ。

「お話しましょ。そうすれば、知らない間に時間が経つわ」

「何を？」

「あなた、起きてるんでしょ？」

「ええ。起きてます。いま何時かしら？」

「十一時半よ」

「まだ十一時半なの？」

「あなた、ずっと眠ってたのよ」

「ほんとうに？」

「ええ。わたしが起きたとき、あなた、眠ってたわよ」

「マリーナ。あなた、薪用ストーヴ《ブルジューイカ》に火を点けたの！」

「お父さまに紅茶を差し上げなければならなかったのよ」

「何を使ったの？」

「百科事典よ」

「あら」

「あれは、お父さまが失ってもすこしも惜しいと思われないものだと思ったの」

「わたしも、そう思うわ」

「それに、あれ、二十巻もあるでしょ」

　ふたりのあいだには、コーリャがいるので、同じマットレスに横たわっていながら、小声でしゃべっている。それでも、コーリャは、よく眠っている。毛皮の帽子の垂れぶたが両耳を包んでいる。アンナのもう一方の側には、アンドレイがいるはずの冷たい空間がある。

「明るくなるまでには、だいぶ時間があるわ」とアンナが言う。

「お父さまも起きてらしたのよ。三十分ばかりまえに眠られたばかりですけどね。わたしたち、長いあいだ、お話してたの」

「おかしいわ。あなた以外のだれも、父が話すのを聞いていないのよ。よりによって、父が話をするかしら」とアンナが言う。マリーナの返事を待つあいだ、アンナの心臓の鼓動が速くなる。

「あなた、お父さまがわたしに話しかけるわけないって思ってるのね？　わたしが横になって寝ていたって思ってるのね？」

「いいえ。そんなことではなくて――」

「あなた、わたしの作り話だって思ってるんでしょ？」

「そうかも」

「どうして、わたしがそんなことをしなければならないの？」

「父に話しかけて欲しいとあなたが思ってるからよ」

「アンナ。あなたが知らないこと、それはたくさんあるのよ」マリーナの声は、暗闇のなかで、甲高く、どこかとげとげしい。

「分かってます」とアンナが言う。「生まれたときからずっと、そう言われ続けてるわ。わたしには教育を終えるだけの時間もまったくなかったし」

「なら、分かるように話しましょうか？」とマリーナが言う。その声は、まえとはまるで違う。「もう、こういうこと、一切終わりにしない？　いまなら、あなたにお話できると思うわ」

　まだ、十一時半を過ぎたばかりだ。パン屋が店を開けるまでには、六時間半ある。夜が鉛のように重く垂れさがっている。

「いいわ」とアンナが言う。

「わたしの話に出てくる人たちは、あなたの知っている人たちばかりよ。あなたには、あなたなりの脚色があるでしょう。でも、いまは、わたしに話をさせてね。あとで、あなたの話を聞かせてちょうだい」

　アンナは、両ひざを引き立てて、コーリャをさらに深く、重ね合わせた毛布が包む骨の揺りかごのなかに引き寄せる。アンナは、コーリャの手を自分の脇の下にはさみこんでいる。そうすれば、温かさを保てるからだ。コーリャは、眠り続けている。

「あなたには、もう分かっているんでしょ？　お父さまとわたしとが長いあいだおつきあいしていたってこと」

「ええ。もちろん」

「あのかたに初めてお会いしたのは、わたしが三十二歳のときなの。わたしより二、三歳年上で、奥さんと四歳になるお嬢さんがいました。お父さまは、アレクサンドル・タイーロフの作品にとても興味を持っていらしたわ――聞いたことがあるはずよ。タイーロフは、モスクワにいて、戦争が始まる直前まで自分で創設したカーメルヌイ劇場の演出家だったの。ミーシャは、そのときには、もう、タイーロフの『ある演出家の制作ノート』〔『解放された劇場』〕という演劇論の本を読んでいらしたわ。タイーロフが、ジャン・ラシーヌの悲劇『フェードル』を舞台で上演してから間がない頃だったわ。初めてお会いしたとき、ふたりで、あの作品の演出について議論したことをいまでも忘れないわ。わたしたちが、モスクワに行ったのは、『フェードル』を観るためだったの。お父さまは、そのときまだ、舞台のために書くことを望んでらしたのよ」

「でも、父は、全然書かなかったわ」

「そうよ。それで、わたしたち、議論したの。あのひとは、自分は結婚していると、わたしにはっきり言ったわ。それに、あなたのこともね。まだ四歳なのに、文字が読めるので、あなたがどんなに賢い子かって、わたし、よく言われたわ。わたしの知るかぎり、お父さまは、めったに家に帰らなかったわ。当時は、いまとは全然違う時代だったのよ。それに、たった二十年にしかならないけど、時間があまりにも急激に経過してしまったので、あなたは覚えていないでしょうけど、その変貌ぶりがどんなものか、あなたにはとても想像できないと思うわ」

「結婚していて、赤ん坊がいて、それで、おのずと家にあまりいたくないという気持ちになる男の人なら、どこにでも転がってるわ」とアンナが言う。

「それは、新しい世界だったのよ」とマリーナが言う。「それこそが、わたしたちが信じていたものだったの。あらゆるものが、急激な変化を遂げて、そのときも変化し続けていたの。その変化の真っただなかにあったのが、劇場だったの。一九二二年のことよ。あんな大観衆、初めてだったわ。フリー・チケットを手にした兵士たちや工場労働者たちで溢れていたの。劇場が、万人のためのものになろうとしていたのよ。演《だ》し物がどんなものでも、人びとは、劇場に来て、耳を傾け、語り合ったの。家にいるときと同じように劇場で飲み食いし、劇場に行くために着飾るようなことはしなかったわ。人びとは、ブーツを履き、外套を着て、ひたすら、劇場に足を運んだの。みんなが、劇場を望んだの。それは、劇場というものを経験したことがない人たちばかりだったからよ。だれもかれもが、劇場を望んだの。だれもかれもが、わたしたちを望んだの。演奏者や歌手や踊り子たちがつぎつぎに生まれてきて、俳優たちは、観衆に向けて、思想を投げかけ、いたるところで、実験が試みられたのよ。そのうちのいくつかは、うまくいき、いくつかは、失敗だったわ。劇場全体が、巨大な舞台に変わったの。演出の関係で、役から外されて置いてきぼりにされて、舞台のそでに押し返されるなんて無茶なこともあったわよ。そうかと思うと、とつぜん、スポットライトを当てられたり、逆に外されて、独り取り残されてどぎまぎしたりすることもあったわ。

　それでも、自由がものすごくたくさんあったわ。当時は、いまのように、霧に包まれて、よろけながら、自分の鼻先に片方の腕を伸ばして、その先に何があるのか手探りしながら生きるようなことはなかったわ。わたしたちは、未来がわたしたちのほうに向かって押し寄せてくることを実感したわ。そして、それを競って受け留めようとしていたの。いまは、わたし、睡眠は、じゅうぶんとってるけど、あの頃は、何年も、ほとんどベッドで寝ることがなかったのよ。朝二時に眠ったかと思ったら、七時には、たたき起こされて、リハーサルに駆けて行ったものよ。ほかの人たちも来てたわ。俳優が、十時前に起きるなんて想像できる？　それでも、ちっとも疲れた顔をしていないし、元気いっぱいだったわ。美しくない人たちさえ、美しく見えたものよ。

　アンナ。あなたは、あとから生まれたコーリャといっしょに育ったから、あのころのこと、何も分からないと思うわ。希望の時期は、長続きしなかったのよ。それからわずか数年後、あらゆるものが、たちまち、固まって動かなくなってしまったの。ミハイール・ブルガーコフの作品の一つ『赤紫の島』が上演禁止になったの。勝手に、単独で上演することは、許可されなかったの。みんな、自分が言うことばを吟味して、どこで自己調節をしたらいいか考えていたわ。戦々恐々としていたの。ところが、詩人は、包み隠さず、率直にものを言うわ。だって、いつだって、詩を書くことができるでしょ。それにひきかえ、俳優や演出家は、劇場というものが必要なの。どこかの一部に所属していなければならないから、もしそこから外れると、何もできないのよ。所属するところを選び間違えれば、荒野に放っておかれることになるのよ」

「みんな」と、アンナは思う。いつもみんなだわ。わたしが知りたいのは、あなたのことで、みんなのことじゃないわ。

「わたし、あなたが話してくださるのは、あなたと父とのあいだに、何があったのかということだとばっかり思ってたわ」

「その通りよ。でも、いま言ったことは、ただの背景じゃないの。直接話に関わる一部なのよ」

　その話しぶりは、円熟した、女優として筋のいいものの言いだ。だれだって、マリーナのことばを信じないわけにはいかない。しかし、マリーナが自分の言うことを人びとに信じさせるよう訓練されてきたことを忘れてはならない。

コーリャが、大きく息をして、身震いする。悪い夢でも見たのであろう。そうに違いない。アンナは、コーリャのコートのしたに手を突っ込んで、背中をさすってやる。背骨のこぶのうえ、肋骨、両方の肩甲骨へと手を走らせる。

「さあ。眠りなさい。眠るのよ」

「その次の年に、わたし、妊娠したの」とマリーナが言う。「そのときには、お母さまを存じあげてたのよ。わたしたち、紹介されたのね。すぐに仲良くなって、わたし、お家によく行ったわ。ほんとうのお友だちになっていったの。キッチンに入るほど親しくなったわ」

「それで、どうなったんですか?」

「だれもがしたように、わたし、堕したの。そんなの当たり前のことだったのよ。お父さまには、ずっとあとになるまで話さなかったわ」

ふたりは、しばらく、沈黙したままでいた。

「父は。何と言ってました?」

「怒ってらしたわ」

「それで、父は、もう一軒家を欲しがったのね。それに、もうひとり、赤ん坊もね。家に帰らないで、そこに行くためだったのね?」

「いいえ。違うわ。そうね。それでも、お父さまは、あれは、わたしたちの子どもで、わたしたちの血が流れている児だって言ってらしたわ。それに、わたしが堕すまえに、話してくれるべきだったって言ってらしたわ」

「そんなこと言っても、父は、何もしなかったと思うわ」

「もちろん。そうね。お父さまは、お母さまのことをとても愛してらしたもの。そうだと、わたしには分かっていても、それでも、お父さまはわたしに怒ってらしたのよ」

「ほんとうだわ。父は、ながいあいだ、怒りを持ち続けられるひとよ」

「あのひと、お腹の児は、男か、それとも、女かって訊いたわ」

「それで、あなたは、どうおっしゃったの?」

「分からないって言ったわ」

「ほんとうに?」

「男の子だったわ。そのとき、妊娠四か月だったの」

「あなたは、それを先延ばしにしたのね」

「愚かだったわ。言おうかとも考えてみたけど、すぐにそんな考え、引っ込めたわ。でも、また、言おうかって思ったの」

「でも、結局、言わなかった」

「ええ。もう終わったことよ。ずっと昔のことだわ。それで、わたしたちふたりのあいだのことが終わったの。そのあとで、わたしたち友だちということになったのよ」

「それは、あなたが望んでいたかたちじゃなかったんでしょ」

「ええ。その通りよ。それからは、あのひとがわたしに触れることは、努力のいることだって分かったわ。だから、触れられないほうがいいと思うようになったの」

「母が亡くなったときに、あなた、また思ったんじゃ――」

「違うわ。そんなこと、考えもしなかったわ。そんなこと、起こりようもないことだって、分かってたの」

マリーナは、冷静に、そしてはっきりと、まるで、当局に申し立てでもするかのように、そう言う。

「これで、終わりよ」と、マリーナが言う。「わたしの話は、それだけ」

ふたりは、黙ったまま、暗闇のなかで横たわっている。アンナの父親は、いびきをかきながら寝息を立てている。コーリャは、からだをぴくっとひきつらせたかと思うと、また、静かに動かなくなる。部屋じゅうに、マリーナが燃やした本の臭いが立ちこめている。

「まだ、マリーナ。いままでに何冊燃やしたの？」

「まだ、二冊よ。紙が上質でしょ。それに、表紙は、木の板みたいに厚いのよ」

「お昼までに、あと二冊燃やすことになるわね」

アンナは、燃やした本から噴き出してくる白く輝く熱い火炎を思い描く。そして、骨が皮膚を通して透けて見えるほど、その火の近くに両手を差し出そうとする。炎は、掌をなめるように温めてくれることだろう。電気ストーヴがまだ使えたときには、いったいだれが、このような至福の感覚を想像できただろうか？　アンナは、生活をすべて意のままにできるようになるだろう。コーリャは、アンナの膝に抱かれて、顔を明るく輝かせ、蠟のように青白い肌を薔薇色に染めるだろう。

「もちろん、いま話したことは、事実とは違うわ」

「何ですって？」

「あなた、ほんとうの話を聞きたい？」

「ええ」

「わたしたち、出会った最初から、おたがい相手がだれなのか分かっていたわ。わたしたちには、ほかの選択肢はなかったの。すくなくとも、わたしは、そう思ったわ。

そのひとがいま死にかけてるの。そして、わたしも、おそらく、いずれ死ぬでしょうよ。何が起きたのかだれにも分からなくなるわ。子どももいないから、語り継がれる話もないわ。あらゆるものが、消し去られてしまうのよ。アンナ、人民の敵にたいしては、そういうやりかたがされるんでしょ？　そういう人間は、みんな記録を抹消されてしまうのよ。つまり、初めから、存在しなかったということなの。だから、あなたが聞きたくないと思っても、話すつもりよ。わたしが、あなたの敵だとあなたが思ってもね。

そのときには、わたしは、ひとによく知られるようになっていたわ。ものごとが思い通りになることにすっかり慣れっこになっていたわ。わたしがしたいと望む役、取りたいと思うレストランの席、それに、クリミア半島での夏の過ごし方、わたしが望めば、すべてその通りになったわ。ご機嫌伺いにも慣れてたわ。いちども、むりやりしたくないことをさせられたり、行きたくないところに行かされたことがないの。

でも、あなたのお父さまは、そういうことを全部なさったのよ。わたしを魚のように捕まえて、それから、わたしを水のなかに引き戻してくださったの。でも、遅すぎたわ。そのときまで、わたしは、空中高く舞い上がっていたの。それで、傷ついてしまったのね。あのひとにとっても、わたし自身にとっても、ふさわしい美しさはもうわたしにはなかったわ。取り返しがつかないことだったのよ。泳いでゆくことだってままならなかったわ。わたしは、底まで沈んで、泥のなかに身を隠しているしかなかったの。泥のなかこそわたしの居場所だと信じていたわ。

わたしは、子どもが欲しかったわ。でも、あなたのお父さまは、その児の父親になる覚悟ができていなかったこと、わたしには、分かっていたのよ。あのひとは、ヴェラのもとを去ろうとはしなかったわ。そして、あなたのもともね。わたしの児のことは、万事わたし次第だったのよ。それで、真夜中、セックスのあとで、あのひとに話そうと思ってみたことも一度や二度はあったわ。だって、あのあとでは、だれも、肉体を離れて魂だけになっているように感じるからよ。いまあなたに話しているひとが、あなたのお父さまだってこと、承知してるわ。こんなこと、あなたに言うべきではないわね。でも、あのあとでは、わたしたち、魂と魂で語り合ってる気がしたものなの。もちろん、じっさいに、話すようなことはしなかったわ。わたしには、そんな勇気はなかったもの。

わたしが通っていた産科の医者は、不愉快なひとだったわ。わたしが、何者かをよく知っていたの。劇場がどれほど好きか、そして、わたしが将来どんな役を演じたらいいかをいつも口にしてばかりいたのよ。父親がするような、素晴らしい助言だったわ。でも、わたしを見る目は、父親のものではなかったの。診察室では、わたしたちだけだったわ。それで、わたしをいいなりにしたの。しばらくのあいだね。医者の頭のなかは、医者がそう呼んでいたんだけど、わたしの『苦境』を理解することで、いっぱいだったのね。医者が望んでいたのは、わたしたちが共謀者になって、たぶん、わたしが医者の肩に顔を伏せて涙することとだったの。でも、わたしにはそんなこと、とんでもないことだったわ。医者のために、股を開くことはしなければならなかったけど、口を開くことはまっぴらだったわ。ここで経験したことが、舞台の演技にどう影響を与えたか見に行くことに興味があるんだって、医者は、じっさいに、わたしにそう言ったのよ。

お父さまは、もちろん、こんなこと、全然ご存知なかったわ。あとになって、中絶のことを話したとき、お父さまは、わたしに、詩を書いて渡してくださったのよ。とっても、素敵な詩だったわ。

ヴェラも、その詩を読んだのよ。けんかもなにも起こらなかったけど、ヴェラは、なにも言わなかったわ。黙って、ただ身を引いただけよ。ヴェラは、わたしと同じ部屋にいたはずなのに、まるで、そこにいないみたいだったわ。あなたは、お母さまが、お父さまが書いた原稿全部に目を通していたことを知ってるでしょ？　当時、ヴェラは、よく、自分が感じたことを小さな黄色いメモ用紙に書いていたわ——それは、とても優れた、明快で、専門的なコメントだったのよ——それを、原稿に直接書くことはしないで、クリップで挟んでいたわ。あのひとは、わたしたちが別れたあとで書いた詩の原稿に付けられたヴェラのコメントの紙をわたしに見せてくれたわ。とても短いノートだったわ。『わたしの考えでは、これは、詩そのものとしては優れていると思うけど、考え方はずれていると思う』ヴェラは、いつも同じようなことばかり言っていたわ。

わたしは、ながいあいだ、そんなことばかり考えていて、泥沼にはまり込んだような、行き詰まったときを過ごしていたの。あなたのお母さまのことも、ずいぶん考えたわ。わたしが、お母さまにこんな仕打ちをしてしまった以上、なおさらのこと、お母さまの友情が、わたしには必要だったの。でも、友だちにはなってもらえなかったわ。お母さまは、それがいちばんいいと思ったのね。わたしが、あなたのお父さまと会うことをやめさせようともしなかったわ。お母さまには、そんなことをする必要はなかったのよ。

　わたしは、最初から、間違っていたということが分かっていなかったのね。わたしたちは、おたがいに認め合うということをしていなかったの。わたしは、あのひとのことをちゃんと認めていたのに、わたしには、知らんぷりしているようにしか見えなかったわ。それで、わたしが、もうあのひとに恋心を抱いていないと思って、あのひとが、どんなにホッとしたことか、わたしには分かっていたわ。それでも、あのひとは、ほんとうは、わたしを愛していたのよ。あのひとは、わたしが、あきらめて忘れてくれたことにとても感謝して、わたしを持ち上げて、女優として目立つようにしてくれたの。

　わたしは、あの医者の声の調子をはっきりと覚えているわ。『男の児でしたよ』と言ったわ。医者は、それをわたしに知って欲しかったのね。その声、違ってたのよ、その声、全然父親みたいな感じはしなかったの。

　それから、お父さまは、それはそれはたくさんのお手紙をくださったわ。何年にもわたって、すてきな手紙をくださったわ。いまでも、捨てないで持ってるのよ。コーリャは、まだ眠っているかしら?」

「ぐっすり眠ってるわ」

「じゃあ。ちょうどいいわ。こんどは、あなたの話す番よ」

「何もお話しすることはないわ」

「きっと、あるはずよ」

「いいえ」と、アンナが言う。「いまもまだ続いているんですもの。終わっていない話は、できないわ」

「まあ。お母さま、そっくりね」

「自分でもそう思います」


　ヴェラのように、アンナは、まじめで、しっかりしている。自分が何を欲しがっているかまだ知らないでいる。しかし、いったん、知ることになれば、何の躊躇もなくなるだろうと思うわ。わたしは、なぜ、アンナにあのことをすべてしゃべってしまったのかしら? それは、アンナがこれからも生き延びるだろうと思ったからだわ。だれの目にも、明らかだわ。アンナの顔にそう書いてある。何千人もの人びとが、周囲で非業の死を遂げるけれども、そのような事態は、あなたの近くには及んでこない運命にあるのよ。なぜなのかは、神のみぞ知るだわ。

　わたしは、アンナに洗いざらい話したわけではなかったわ。たぶん、事実とは、まるっきり違っていたと思う。ただ、ふたつのことだけは、忘れないでいたいと思っているわ。

ある晩、わたしは寝床を離れて、バスルームに行ったの。あのひとは、ぐっすり眠っていたわ。湯船にお湯と石鹼を満たして、まるで、だれかほかの人間を洗っているかのように、ゆっくりとからだを洗ったの。両太ももが痛く、からだじゅう、汗まみれだったわ。夏で、まだ明るかったので、鏡に映る自分の姿も、セックスのあとの臭いを洗い流すのも、スポンジを絞って、石鹼水をしみ込ませるのも、よく見ることができたわ。わたしの顔は、青白く、目は、暗かった。鏡に映った姿は、ゆらゆらと揺れ動いていて、少し本物とは違うのではないかと思うほどだったの。鏡は、わたしの後ろの窓も映していたの。そこに映っていたのは、夕方遅い空に飛ぶ一匹の蝙蝠《こうもり》だったわ。まっすぐに飛んでいたけど、わたしに気づいたかのように、急に、さっと身をかわして脇にそれて飛び去ったの。とつぜん、わたしは、ひどい空腹を感じたのよ。

そこで、記憶は途絶えるの。そのあと、何があったか思い出せないわ。

もうひとつ思い出すんだけど、そのとき、わたしは、独りぼっちだったの。中絶手術を受けた医者のところを訪ねたあと、家に戻っていたときのことだったわ。このさき、何に期待を持てばいいのか分からない心境だったの。そのときも、また、夏だったわ。わたしは、窓際に坐って、待っていたの。まだ痛むというわけではなかったけど、からだの調子は良くなかったの。からだのどんなに小さな感覚の働きも試してみながら、感覚が働き始めるのを待ち続けていたの。医者には、家では、年寄りのお手伝いさんといっしょだと言っておいたの。でも、お手伝いさんには、何も話してはいなかったわ。もし、事情を聞いたら、わたしのためにいろいろ世話を焼いてくれたと思うわ。でも、きっと、悲しんだわね。でも、わたしは、そんなことをして欲しくはなかったわ。わたしが見ていないところで、わたしのために、祈ってくれたに違いないわ。

別の日の薄暮のころ、ジャスミンの強烈な芳香が漂ってきて、ふだんは、ジャスミン好きのわたしなのに、気持ちが落ち着かなくなったの。それは、だれかが、部屋のなかで、香水を噴霧させたような、人工的な香りだったのよ。わたしは、起き上がって、窓を開けたの。でも、意外なことに、その芳香は、まえよりも強くなったの。窓から見下ろしてみると、そこには、まさに、夏のたそがれのなかで、いまにも消えようとしていた、深く暗い緑と星をちりばめたような白い花があったのよ。そよ風が、方向を変えるたびに、その香りが、いくつもの波となって、昇ってきたの。わたしは、窓から身を乗り出したの。すると、そのとき、最初の痛みを感じたの。全然強くはなかったけど、わたしのからだのなかで、けっして元通りに戻せない、何かが裂けるような、決定的な痛みだったわ。

　アンナは、話す話などないと言っている。アンドレイは、家に帰ると、わたしに言うのよ。「やあ。マリーナ。今日は、いかがでした？」わたしが存在するのは、アンドレイのためでもあるけど、それは、アンドレイがアンナと繋がっているからなのよ。ふたりは、コーリャを真んなかにして、マットレスに並んで寝てるわ。ときどき、ふたりのささやく声が聞こえてくるの。部屋に入ってくると、アンドレイの目は、家具のようにしか見えないわたし越しに、アンナの顔を捜しあてるのよ。そういうときのアンナは、ヴェラそっくりだわ。

23

とうとう、あの女がやってきた。わたしは、何も言わない。だが、手は差し出す。そして、二音節からなる真実という意味のヴェ・ラという名前を呼ぶ。だが、声にはならない。それなのに、そう呼ばれたかのように、にっこりと笑ってみせる。そして、ソファーのわたしの隣に、腰を下ろす。だが、わたしは、平気だ。ほかの人たちがわたしのそばにくると、なにかと平気ではいられない。だが、ヴェラがわたしの隣に坐ると、感じるのは、ただ、明るさと温かさだけだ。いま冬だっていうことは、わたしでも知っているのに、季節外れの、ひまわり模様の木綿のドレスを着ている。

　目を開けなくても、開けたら、太陽がカーテンの向こうで輝いているということは、わたしには分かっている。いや、わたしが、さっき言ったことは間違いだ。冬ではなくて、夏なのだ。いまはまだ、朝早いので、庭中いたるところに露がおりている。散歩でもすれば、真っ黒い足跡がつく。わたしは、湿った草のうえについた、ヴェラのくっきりとした足跡の形を知っている。それは、小さ過ぎず、ちょうどよい大きさで、頑丈そうだ。そして、靴は、いつも、仕事用に履いているローヒールだ。

何かすてきなことが、いまにも起こりそうな気配がする。それが何か思い出そうとするのだが、どうしても思い出すことができない。目を開けなくても、ヴェラが微笑んでいることぐらい見当がつく。

「とうとう来たね」とヴェラに言う。

「そうよ」

「でも、どうしていまになってなんだい？」

「バカ言わないで。ちっとも遅すぎるなんてことないわ」

「はじめて、いっしょにダンスパーティに行ったときのこと覚えてるだろ？」

「もちろんよ」

「わたしは、踊れないよ」とわたしが言うと、ヴェラがわたしを見た。そのとき、まったく突然に、ヴェラが、いままで会ったひとのなかで、いちばん大切なひとになった。ヴェラは、強くて、しなやかで、腰が深くくびれていて、乳房は丸く豊かで、はやくも、音楽に合わせて、ヒップで調子をとっている。わたしが、あんなことを言ったものだから、ヴェラは、わたしを見て、笑っていた。

「バカ言わないで。踊れないひとなんて、どこにもいないわよ」とヴェラが言う。

「わたしは、違うよ。わたしは、きみの足の動きについていくのがやっとで、すぐにきみをひっくりかえしてしまうよ」

左手にわたしの右手をとった。ヴェラの肌は、暖かくて、しっとりしていた。それから、もう一方のわたしの手をとって、わたしにぴったりとからだを寄せてきた。ヴェラの肌の匂いがした。それは、温かい、白粉《おしろい》の匂いで、陽光を浴びたあとの髪の匂いがした。ヴェラは、日向ぼっこが、とても好きだった。

ヴェラは、もう笑ってはいなかった。平静で、真剣な顔つきになっていた。

「大丈夫。踊れるわ。ただ、音楽に合わせて、からだが動くに任せればいいのよ」と、ヴェラは言った。

わたしたちがしたのは、ほんとうは、ダンスとはほど遠いものだった。ヴェラがわたしをぎゅっと引き寄せて、音楽に合わせて、ふたりで、からだを揺らしていただけなのだ。演奏していた曲が終わって、別の曲が始まった。すると、ヴェラが言った。「この曲、好きなの」だが、わたしたちは、それ以上フロアに出ることはしなかった。

「こんどはね」と、ヴェラが言った。「上手に踊りましょう。わたしが教えてあげるわ」

だが、わたしは、そんなことは、ぜったいにないだろうと思った。わたしたちは、カフェに行って、詩人のウラジーミル・マヤコフスキーについて、長いあいだ語り合ったことは、覚えている。ダンス教室に通うこともできないことはなかったと思うが、そんなことはしたくはなかった。もっと大事なことがいくつもあったのだ。

ヴェラは、いまも、ここにいて、微笑んで、待ち構えている。わたしが、触れたことのない、あの乳房もヒップもわたしの目には見える。わたしは、ヴェラは、処女のからだだと信じている。わたしの考えは、間違っていないと思う。ヴェラの人生は、仕事と友だちとダンスなのだ。ヴェラは、いつでも自然にからだを動かす。わたしには、ヴェラの色つやのいい、真剣な顔に、微笑みが浮かんでこようとするのを見てとることができる。いままさに、一方の手を持ち上げて、わたしの肩に置こうとしている。わたしがほとんど努力しなくても、すぐにもわたしを相手にしてダンスを始めそうだ。だが、わたしは、動かず、じっとしている。

ヴェラは、まだここにいる。わたしが眠っていたので、わたしのそばにずっと長いあいだ坐っていてくれたに違いない。いつものあの得体のしれない者たちのなかから、ひとりが近づいてきて、わたしに何かしようとしていた。わたしの目には、はっきりとは見えない。その者たちは、雲のようなもので、手を伸ばせば、なんの抵抗もなく突き抜けてしまう。でも、ヴェラは、しっかりと、かたちがはっきりとしている。わたしの目は涙で溢れ、ヴェラに触れようと、手を差し出す。すると、ヴェラの太腿がわたしの毛布に重くのしかかってくる。

「どこかへ行ってたのかい？」とわたしが言う。

ヴェラは、首を横に振って、にっこりと微笑む。「ずっと、ここにいたわよ」

ヴェラは、組んでいた脚を戻して、目をそらし、わたしが振り向いても見えないほうに、視線を移す。

「ヴェラ。行かないでくれ」と、わたしが言う。

「心配しないで。行くときには、あなたもいっしょよ」

ヴェラは、微笑んで、わたしの肩に置こうとするかのように、片方の手をあげる。手は、肩の傷口に触れる。だが、わたしは、痛さで縮み上がるようなことはない。それどころか、わたしは、ヴェラにその傷口に触って欲しいと望んでいる。ここから、わたしを連れ出して、ダンスに連れて行って欲しいと思っている。

「心配しないで」とヴェラが言う。「こんど行くときには、あなたもいっしょよ」

わたしには、もうヴェラの姿を見ることはない。得体のしれない雲のような者がいる。わたしの足は、長いあいだ、冷え続けているが、いまでは、その冷たさは、ひざにまでも達しようとしている。

「ヴェラ」

ヴェラは、答えないで、わたしの手を強く握りしめる。

「冷たい」とわたしは、ヴェラに言う。

マリーナは、添い寝をしていたミハイールの脇で、からだを起こす。マリーナ、あなた、なんてひどい顔をしているの、とアンナは思う。アンドレイが、マリーナの咳のために、何か手に入れてくれるといいのに。

「父は、何と言ってるの？」と、アンナが尋ねる。

「寒いって」

「でも、薪用ストーヴ《ブルジューイカ》をもういちど点けることはできないわ。寝るまえに、部屋をすこし暖められるほどしか残ってないのよ」

「分かってるわ」

「父は、もうわたしを見分けられないのよ」

「わたしのこともよ」

「でも、父は、あなたに話しかけてたでしょ。あなたの手をとってたわ。わたし、父がそうするのを見てたのよ」

「わたしだとは思っていなかったみたい。あなたも、お父さまがもう死にそうだと分かっているんでしょ？」

「ええ」

「このひと、苦しんでいるわけではないでしょ。それが大事なことなのよ」と、マリーナは、独り言のように言う。アンナは、木製の仮面のような、彫りの深い、黄ばんだ父親の顔を見る。父親の口が、すこし開いている。

「こんな状態がいつまでも続くわけないわ」とアンナが言う。

「そうね。続くわけもないし、そうしたいと望んでもいないわ」

マットレスのうえで、アンドレイが、コーリャにチェスの駒の動かし方を教えている。アンドレイがチェスのボードを作る。そして、紙に線を引き、小さな駒を切り取るのは、アンナの仕事だ。前にあったチェスのセットは、薪用ストーヴ《ブルジューイカ》で燃やしてしまった。アンドレイの脚は、今日は、病院に行けないほど腫れている。コーリャは、紙でできた駒の動きをじっと見つめている。アンドレイは、ほんとうのチェスをやっているわけではない。アンドレイの動かすナイトは、戦場を自由自在に移動して、ポーンをひったくり、キングとビショップを苦境に立たせる。

「馬たちが、お腹を空かせてるから」とコーリャが言う。

「何か食べさせてやってよ」

「もちろんだよ。ほら、干し草があるよ。それに、オート麦だってあるよ。きみの掌に載せて、オート麦を差し出してごらん。ほら、こんなふうにだよ。そうすれば、間違っても、指をかまれることはないからね。そう。上出来だ」

「馬が、ぼくに飛びかかろうとしているよ！　指をかもうとしているんだ！」と、コーリャが言う。コーリャの消耗しきった顔に、嬉しそうな輝きの表情が浮かんでいる。

「手を出して、このリンゴを馬にやってごらん。そうしたら、また、すぐにも戦闘に加われるようになるよ」

　マリーナは、もう一枚、毛布をミハイールにかけ、顎の下で折り込むようにする。

「また寝がえりをさせる時間だ」とマットレスにいるアンドレイが言う。背中に床ずれができないように、二時間おきに体位交換をさせている。

「いいえ」と、マリーナが言う。「このひとは、もう自分のからだに触れて欲しくないと思ってるわ」

「皮膚が紙のようになっているし、手当てが必要ですよ」

「アンドレイ。このひと、死にそうなのよ。よく見て」

　アンドレイがマットレスから立ちあがって見に行くまでもなく、ミハイールは、喉の奥から出てくるようないびきをかき始める。長いいびきのあと、一瞬、呼吸が止まり、また、ガラガラ声で、いびきが始まる。

「あなたの言うことは、あたってますよ」とアンドレイが言う。「寝返りを打たせる必要はないようですね」

「お父さんは、どうして、あんなおかしないびきをかいてるの？」とコーリャが訊ねる。

「とっても重い病気なんだ」

「それ、ぼく知ってるよ」

「お父さんは、死にそうなんだ」

「そんなこと、言う必要ないよ。ぼく、言われなくても、分かってるんだから」と、コーリャは、冷たく言い放つ。そして、ほかのことには目もくれずに、チェスに没頭する。「もう一個リンゴが欲しいの？　お腹空いてるんだろ？　さあ。おいで。恐がらなくてもいいんだよ」コーリャは、馬に乗った紙のナイトを取り上げ、自分の口に近づけたまま、重ねた毛布のしたに潜り込む。三人はみな、ミハイールがし続けるいびきを聞きながら、同時に、コーリャが小さな馬にささやく声を耳にする。

24

アンナが荷物を積んだそりを引きずっているフェーディヤに遇ったのは、配給パンの行列から家に帰る途中のことだった。そのとき、ことさらアンナを避けようとしなかったのではなくて、雪のなかで、立ち往生してしまっていたのだ。飢餓がフェーディヤの顔を侵食し、いくつもくぼみを作り、皮膚を灰色に変色させている。

「今日、うちの児を共同墓地に連れて行ったんですよ」と、フェーディヤが言う。「ジーナも来たがっていたんですが、あいつには、とても耐えられなかったでしょう」

言うべきことばがない。ジーナが、部屋から踊り場まで出てきて、アンナに生まれたばかりの赤ん坊を見せたのは、つい数か月前のことだ。その児は、こぶしを胸のうえにあげて、クリーム色のウールのショールに包まれていた。その光景は、幸せに包まれていて、別世界のようだった。踊り場には、高過ぎてだれにも拭くことのできない汚い窓があり、そのそとでは、陽光が輝いていた。アンナが、その赤ん坊のうえに顔を近づけると、ふわっと温かく、しっとりとした、白粉のような匂いがした。

何年にもわたって、何度もくりかえし、これと同じような出来事があったはずなのだ。ジーナは、フェーディヤがちょうどよくその場に居合わせなければ、一番新しい報告書を持って、踊り場まで出てきたことだろう。ヴァンカの初めて生えた歯について、家具につかまって立ちあがったヴァンカについて、初めて癇癪を起こしたヴァンカについての報告書だ。きょうは、この児、自分で、寝返ったのよ。わたしが、くるりと寝返りを打ったら、この児、ぽんぽんをしたにして寝てたの。

この児、フェーディヤのことがもう分かるのよ。パパが帰ってくると、すぐに、嬉しがるのよ。そうね。ヴァンカ？

この児ね。よだれがすごいの——ほら。見て。ジャケットがぐしょぐしょでしょ。もう歯が生えそうなのかしら？

しかし、いのちを失い、木石同様となったヴァンカは、いまではもう共同墓地の列に連なっている。最近では、埋葬されるひとは、そう多くはない。地面が鉄のように堅いからだ。共同墓地の門外には、屍が、霜のなかにうずたかく積まれている。あるものたちは、そんな遠くまで運ばれることもなく、家のベッドに放置されている。共同墓地まで引きずってゆくだけの体力のある者はどこにもいないからだ。生きている者たちが、遺体をカーテンで丁寧に包んで、部屋の隅に安置している。

「お気の毒です」と、アンナは言う。フェーディヤは、両手を広げて、その手に何もないことに驚いているかのように、目を手に落としている。それから、咳払いをひとつする。

「爆撃を受けたバルチック駅のすぐ近くに、アパートの建物があってね。そこからは、運河も見えるんだ。共同墓地から帰る途中、友人がそこの話をしてくれたんだよ。火災を起こしていたんだ。それでも、なんとか最悪の事態はまぬがれて、建物全体が焼け落ちずに済んだんだ。受付のあった木製のブロックで作られた階が、焼け残ってるんだよ。そこは、ほとんど燃えてないんだ」

そんな話を聞いたので、材木の焦げ臭さがアンナの鼻を刺激する。フェーディヤは、そりに積んだ荷物のうえに掛けた毛布をさっと動かす。

「たくさん残っていたんですか？」とアンナが訊ねる。

「急いで行けば、そりに載せるだけのものはあるはずだよ。建物は、なんとか安全なんだが、十分気をつけなきゃだめだ。あそこでは、もう、争いごとがいくつも起こっていて、ナイフを持ってる奴もいるんだ」

「ありがとう」

　フェーディヤの大きな手が、そりのロープを握って、引っ張る。「ジーナは、あなたが描いてくれたわたしたちのヴァンカの似顔絵をとても気に入っているよ。いつもそばにおいて、大切にしてるよ。じつは、わたしは、これから仕事に出かけなければならないんだが、ジーナには、この材木を残しておいてやりたいんだ。それに、自分の配給券は大事に持っている」そう言って、咳払いをする。「ジーナは、あの児をずっとそばに置いておきたいと言ったんだが、そんなことは、まともじゃないと言ってやったんだ。ジーナは、正気じゃない。わたしは、いつ家に帰ることができるか分からない。なんとか仕事の都合をつけたいのだが、そんな余裕がなくてね。だれでも、運がよければ、　、二時間仮眠をとって、それから、交替で戻るんだよ」

　キーロフ軍需工場では、アンナも知っているように、そこで働く労働者たちがほかの者たち同様、死に瀕しているというのに、いまもなお、前線に製造した戦車を繰り出している。フェーディヤは、まさしく、ジーナがいつもそのように信じて疑わない労働者の英雄そのものになりきっている。フェーディヤは、自分の息子を共同墓地に届けたその足で、直接、工場に向かおうとしているのだ。

「どうぞ。ご心配なく。ジーナから目を離さないでおくわ」と、アンナが言う。「ジーナにその気があれば、わたしの家では、いつでも歓迎よ」

　フェーディヤは、まともな人間がするようなためらいを見せて、自分の手に目を落とす。アンナは、フェーディヤが、そんな人間だということが前から分かっていた。

「いえ。結構ですよ。ジーナには、そんなことをしないが一番なんだよ。自分だけでなんとかするよ。大丈夫だ」

「そうなの。じつは、父の容体が悪いんです。あなたのおっしゃる通りかも知れないわ」

　フェーディヤは、うなずく。「ジーナがわたしに教えてくれたよ」

　しかし、アンナは、フェーディヤを見ていて、フェーディヤには、いまでも、とてもそんなこと、つまり、父に見舞いのことばをかけるなどということは、できないと思っている。

「あのファシストの奴らは、自分たちの周りで何が起ころうとしているか知らないんだよ。あっ、こういうわたしの言い方は、赦《ゆる》してくださいよ。奴らは、自分で墓穴を掘っていることに気づかないんだ」

「ロシアの大地に、かれらが納まる場所を見つけてやろう」と、アンナが言う。

「あなたの言うことは、あたってる。正しいよ」

「これは、わたしのことばじゃないのよ。プーシキンのことばよ」

「ああ。そう言ったのは、もののよく分かった人間だな。たしかに、かれらのための場所がある。わたしたちが、かれらを葬ってやろうじゃないか」

ふたりは、急に、残忍になることでおたがいに通じあって、目を合わせる。

「駅までは行かないで、その建物は、運河のこちら側にあるんだ——オブヴォドヌイ運河だよ。見落とすことはないはずだ」

「ありがとう」

「あなたが、砂糖のことで、わたしたちの子どもにしてくれたことをジーナが教えてくれたよ」

「そんなの、大したことじゃないわ」

フェーディャは、こぶしを固めて、ロープをしっかりと摑む。「あの児は、どうあがいても、助からなかったんだ。奴らは、こうなることを確信していた。あの児は、奴らの手で首を絞められて、殺されたも同然なんだ。わたしたちのヴァンカは、運に見放されたんだよ」

アパートに戻ると、アンナは、マリーナと時間を計算してみる。アンナの父親の息遣いは、まえよりも荒々しく、間隔が大きくなっている。手首の連続する脈拍がとび跳ねる。アンドレイは、病院へ出かけるまえに、枕を重ねたうえに、ミハイールの上体を載せて起こし、呼吸を楽にさせようとした。ミハイールの皮膚は、黒ずんできていて、口と鼻の周りが隈になって、血の気を失いかけている。

「向こうに着くまでには、すくなくとも、一時間はかかるわ」とアンナが言う。「いや、もっとかかると思うわ。途中で、休まなければならないわ。それから、焼け跡から、ブロックを掘り出す時間も必要だし……」

「そこに行くだけのことはあるのかしら? 大変な労力を使って、疲れるだけよ。それに、着いたころには、もう材木は残っていないかもしれないわよ」

「我が家には、燃料が必要なのよ。自分の分の配給パンをすこし持って行くわ」

「ほら。出かけるまえに、この半分に切ったパンを食べて行きなさい」

「マリーナ。わたしには、あなたの分のパンは受け取れないわ」

そのようなことをいったん始めれば、一巻の終わりとなってしまうからだ。自分の分以上の配給パンを手に入れることを考え始めることを自分に許すならば、それは、自分の身内に潜むオオカミを喚び起こすことになるだろう。人びとが通りで倒れると、すぐさま、襲いかかる者がいて、パンや配給券がないかポケットのなかを調べる。そんなところに近づき過ぎると、怒鳴られて蹴散らされてしまう。

コーリャが目を覚ましたら、すぐに食べさせられるように、枕元にパンのかけらを置いておくことを夢見ながら、ひと晩じゅう横になっていることだって、あなたには、できないことはない。コーリャを泣かせないためなら、何だってかまわない。それでも、あなたは、知らず知らず、そっと手を伸ばして、パンの表面に触れることだってありうる。パンに触ると、氷河のように寒々とした真夜中のこの部屋で唯一いのちと言えるもののように、温かく感じられる。ちょっと触ってみるだけなら、何の支障もないと、自分に言い聞かせる。それで、触ってみる。あなたの指は、ざらざらした表面をなで続ける。パンのかけらが、砕けて、つばをつけた指にくっついて、あなたの口に運ばれる。朝になると、パンはすっかり無くなり、あなたの手には、何も残っていない。それで、コーリャが泣くのだ。

「アンナ。さあ、これをもって行きなさい。これからあなたがパンを、そう、こんどは、薪用の材木だけど、手に入れるために、燃焼させなければならないカロリーのことを考えなさい。あなたがいるおかげで、わたしたち、生きていられるのよ。もしも、あなたがむこうで倒れでもしたら、どうなるのよ。わたしたちは、みんなどうなるの?」

アンナは、あくまでも断るべきなのであろうが、そうはしない。今朝のこと、パン屋に行く途中で、壁に寄りかからざるを得ない状態になって、めり込むかとばかりに、壁に額を強く押しつけていた。すでに、石壁の冷たさが、脳のなかに分け入って、そこに、どっかりと居を定めていた。冷たさが温かさになって、アンナを眠らせるまで、休め、休むのだと言い続ける声が聞こえてきた。街の静けさがアンナのまわりに忍び寄ってきて、幾重にもアンナを包み込んだ。街は両手で、アンナの口を塞いだ。聴くのだ。この静けさから、われわれ街の人間はみな、いま、眠りについているということが、分からないのか? おまえは、こうして、休もうと思えば休めるときに、どうして、苦労して、身を削るようなことをするのか？　さあ。こちらに来て、横になりなさい。

しかし、アンナは、そんな声が聞こえなくなるように、雪をひと握り摑み取って、両手首の内側にこすりつけた。そして、あと十歩歩いてからまた休もうと自分に騙し騙し言い聞かせた。アンナは、以前、コーリャとしたように、歩数を数えた。一、二、三、四……と数え、十まで数えると、またさらに、十、そしてまた、パン屋に着くまで、十を何度も数えた。

マリーナがくれたパンが、アンナの舌のうえで溶ける。マリーナの顔が浮かぶ。マリーナは、見なれているように思われる目つきで見つめているが、アンナには、思い出すことができない。マリーナ自身の、ひとにくれてやったものを食べ、それで身を養っているかのように、きっと鋭く見つめるあのまなざし、すこし嚙むように動かすあの唇……

＊

二時半になる。すでに暗くなりかけているが、そのまえにアンナは、コーリャのそりを持ち出して家を出る。空なので、引っ張っている背後で、とび跳ねる。袋も二つ、さらに、そりが荷物でいっぱいになったときに使う撚りひもを数本持っている。子どものそりにすぎないが、かなりの荷物を積むことはできる。

通りには、ほとんど人の気配がない。吹き寄せられた雪で覆われた凍った死体の山のそばを通って、戸口からなかに入る。くずを詰めた袋のようなものが、転がっている。アンナは、それが、人間の死体であることを知っている。雪が隠すまえに、アンナは、見ていたからだ。それは、年老いた女性なのだ。たしか、この女性は、配給のパンを受け取って家に帰る途中、そこで、休んでいたはずだ。アンナは、もう公園のそばを通りたいとは思わない。そこには、ベンチに坐ったまま、全身雪に包まれて、春を待つ球根のように植えつけられた人びとがいるからだ。人びとは、くる日もくる日も、同じ格好で、そこに居続け、そこから別の場所に移そうと考える者はだれもいない。

寒い。とっても寒い。アンナは、顔を包むように被っていたスカーフをしっかりと結び直す。数分間休憩をとろうと思う。それ以上は危険だ。アンナの弱ったからだが、この寒さで一巻の終わりになることは、いともたやすいことだからだ。身を傷つけるほどに厳しい寒気が、ナイフのように、アンナの肺のなかに突き刺してくる。アンナは、咳き込み、ゼイゼイと喘ぎ、体重を交互に左右の足にかけてからだを揺すり、両手をぱたぱたさせて寒さを凌ぐ。手袋をはめた手から、くぐもった、かすかな音がする。アンナは、雪の覆いのしたに隠されたあの球根のことを思って、身ぶるいする。

もはや、驚くべきものは何もない。カルポフカ運河の傍らや共同墓地のそとに、うずたかく積まれた死骸さえ例外ではない。以前、アンドレイがその死骸のことをアンナに話したことがある。死骸の山は、道の両側に築かれた二つの壁のようだという。アンナの父親が瀕死状態でいる一方で、アンドレイが、アンナ以上に必要としている桜の木で作った杖によりかかりながら、仕事のために病院に向かっているからといって、そんなことは驚くにはあたらない。アンドレイのむくんだ脚は、皮膚が引きつり、てかてかに光っている。アンドレイも、アンナがするように、重い足取りで歩き続ける。十歩、さらに、十歩と、死骸の山を通り過ぎる。死骸は、つぎに雪が降って、その姿をすっぽりと隠してくれるまで、野ざらしになり、霜枯れて黒ずんだままだ。

死んでいることが、尋常なのだ。いついかなるときに、此岸から彼岸への境界線をうっかり越えてしまうか分からない。だからつねに、身辺に気をつけていなければならない。ほかにだれもいないような無人地帯に身を置いて、腰を落ち着かせるようなことがあれば、たちまち、寒さと空腹という狙撃兵によって、息の根を止められることだろう。

アンナは、生気の感じられない静けさのなかをただひたすら歩き続ける。犬もいなければ、鳩も猫もいない。凍った雪のうえにそりを乗り上げてしまって歓声を上げる、ふっくらと薔薇色の頬をした子どもたちもいない。家では、ボウル一杯の温かいミルクと掌ほどの大きさの生姜《しょうが》クッキーが待っているはずなのに。

アンナは腹痛を覚える。そこで、そのような思いをふり払って、ごくんとつばを飲み込む。父親は、歯の健康と白さを保つために、たえず甘草の根を噛んでいた。アンナは以前、父親のカンフルを入れた木箱を壊して燃やしたとき、そのなかに、甘草の根が二本入っているのを見つけ、コーリャにも噛ませてやったが、歯が疼《うず》いて、口のなかが血だらけになると言って、泣いて嫌がった。アンナは、コーリャの歯ぐきを触ってみたが、痛がるようなことはなかった。アンナの指には、血がついて、前歯はぐらぐらしていた。もしかしたら、永久歯が、乳歯を押し出しているのかもしれない。おそらく、そうだろう。この年頃の歯は、不安定なのだろう。

甘草の根は、噛まれて、黄色くなり、筋だけ残って、よれよれになって、味などほとんど残っていない。それでも、だれもが、飽くことなく嚙み続ける。口に何かが含まれていることで安心なのだろう。コーリャが食べるものが何もなくて泣くときに、アンナがコーリャにやることのできるものが、三つある。ひとつは、甘草の根だ。二つ目は、古くなった革の通学カバンを短冊に切ったものだ。アンナは、すでにその短冊をぐつぐつ煮て、保存している。いま、残っている、柔らかくなって、嚙みでのある短冊は、コーリャを宥《なだ》めるためには役に立つかもしれないし、すこしは、からだにいい成分も残っているだろう。この二つが用をなさないときには、アンナは、自分の指を舐めさせる。これが、アンナが提供できる三つ目のものだ。コーリャは、両手でアンナの手を摑んで、指にしゃぶりつく。そして、そのまま、眠ってしまうこともある。

「いいわよ。眠りなさい」と、アンナは、コーリャの面影が雪のなかに溶けてゆくと、大きな声で言う。「冬のあいだずっと眠りなさい。そして、春になったら、目を覚ますのよ」

そんなことが、コーリャのためにできたらどんなにいいだろうと、アンナは思っている。コーリャをリスのようにすっぽりと包んで、この事態がすっかり収拾してしまうまで、ぐっすり眠らせるのだ。コーリャが目を覚まして、「アンナ、ぼく、お腹が痛いんだよ」と、アンナにはまさかそんなことは分からないだろうと言うように、訴えるのを聞くことは、アンナには耐えられないのだ。

コーリャは、アンナを咎めるように、目を向ける。

「コーリャ、何だと思う、あててごらん。蜂蜜の時間よ」と、アンナが言う。すると、コーリャは、蜂蜜の入った壺と一番小さくて持ち運びに便利な特製の白目スプーンとを持ち出すアンナの姿を目で追う。けれども、蜂蜜は、いつまでもあるわけではない。なくなってしまったら、どうしよう。朝起きて、二切れのパンを食べ、暖かい部屋に一、二時間ほどいたあと、コーリャの気を紛らせるものは、もう何もない。

「スプーン二杯、だめなの？　今日だけだよ。明日は、もうそんなこと言わないからさ」と、小さいコーリャが交渉を切り出す。目には、歳にはとても似合わない打算的な色が見える。空腹がそうさせているのだ。

アンナは、首を横に振って、「コーリャ、この蜂蜜はずっと持たせなければならないのよ」と言う。コーリャは元気を失って、すっかりしょげかえった顔つきになる。そして、アンナが高く持ち上げて、手が届かないようにすっかり隠してしまうまで、蜂蜜からじっと眼を離さない。コーリャは、聞きわけのない子ではない。しかし、あるとき、コーリャは、アンナの脚を爪でひっかき、よじ登って蜂蜜を取ろうと、アンナを引っ張ってかがませようとしたことがある。

また、雪の竜巻が悪鬼のように、舞を舞い始めている。それは、ただ、風が、吹き溜まりの雪をくるくると回転させているだけだ。でも、その悪鬼たちには、顔があり、よく見ると、みなアンナの知っている人たちの容貌に似ている。そのなかには、エヴゲーニアもいて、しきりに土くれをスコップで掘っては背後にほうり投げている。髪の毛をうしろに靡《なび》かせているカーチャもいる。捕まえたばかりの鱒を手にしているカーチャの父親の姿が、夕陽を背景にして、くっきりと浮かび上がっている。

わたしは、気が触れかけているわけではない。飢餓のせいなのだ。ちゃんと色々なことを思い出せる。口の内側に、白い発疹ができたら、はしかの兆候だと判る。その発疹を専門的には何と言うのだろう？　子どもたちの一人が発熱して、おできができたら、エリザベータ・アントノヴナは、いつも、口のなかをチェックする。母親たちのなかには、熱があるのに、子どもたちを連れて来て、呼び戻されないうちに、子どもを置いて、そそくさと出かけてしまう者がときどきいる。だからといって、そのような母親を責めることはできない。仕事に出なければならないからだ。際限なく仕事を休むわけにはいかないのだ。エリザベータ・アントノヴナが子どもたちに、口を開けなさいと言えば、子どもたちは、けっして逆らうことをしない。それで、口のなかをのぞけるのだ。

「そうよ。思った通りだわ。コブリック斑よ。この子はすぐに隔離させなさい。そうしないと、この保育園の子どもたちみんなに、伝染するのよ」

そう言って、エリザベータ・アントノヴナは、三通の報告書を作成するために、あんぐりと口を開け、真っ赤な顔をしたその子をそこに立たせたまま、行ってしまう。「いいわよ。もう、口を閉じてもいいのよ」とわたしが言う。そのことばで、子どもは、わあと泣き始める。

ほんとうに、わたしは、何年も、あそこで働いていたのかしら？　もしも、エリザベータ・アントノヴナが、ジーナの死んだ赤ん坊を見たら、何と言うかしら？

「母親の怠慢のおそれがあるわ。委員会へのレポートは、でき得る限り完璧なものを作成するつもりよ」

古い革の通学カバンを噛んでいるコーリャだったら……

「この年齢層の子どもには、きわめて不適当な食事の与え方です。しかし、アンナ・ミハイロヴナ、今後の栄養に関する再教育のために役に立つと思います。わたしに状況報告をお願いしますよ」

ひとつのことは確かだ。つまり、エリザベータ・アントノヴナは、かならず生き延びるだろうということだ。もし、エリザベータ・アントノヴナが特別の糧食を受けていなければ、うまく小細工をして、軍用機で、モスクワへの脱出を果たすことだろう。エリザベータ・アントノヴナは、信頼性が非常に高い報告書を作成して、きっと、モスクワにいる。

（通りの角で、ボハラ絨毯を運んでいる一人の男が、何か身にまとった人影に一瞥をくれる。その人影は、空っぽの子ども用のそりを引っ張っている。その男の耳に、笑い声が聞こえたなど、そんなことはありうるだろうか？　近頃では、通りで、人びとはとても考えられない異常なことをしている。）

わたしは、フェーディヤに何と言ったのか？「ロシアの大地に、かれらが納まる場所を見つけてやろう」

納まる場所――その通り――それに、復讐だ。そんなことを言おうなんて思いもよらなかった。つい、ことばが、口をついて出てしまったのだ。それが、プーシキンのことばだとは分かっている。だが、どの詩からのものかは思い出せない。父だったら、知っていることだろう。でも、ちょっと待って。もっと思い出すことができるかやってみよう。

とにかく、きみたちは、われわれを憎んでいる……
それで、いったいなぜなのだ？　答えてみろ。
まだ燃え盛るモスクワの焼け跡のなかで、
きみたちを震えおののかせた
あのナポレオンの厚かましい望みを
われわれが歯牙《しが》にもかけなかったためなのか？
われわれが、つぎつぎに、国を壊滅した怪物を
われわれの大地に飲み込ませたためなのか？
そして、われわれの血でもって、
ヨーロッパの自由と名誉と平和を
われわれがあがなったためなのか？
そういうわけで、
きみたちはわれわれを憎んでいるのか？

まだ、この続きがある。一分もすれば、思い出せる。一、二、三……学校では、詩を丸ごと覚えなければならなかったはずだ。おかしなことに、意味が分からなくて

も、頭のなかに叩き込まれる。そして、知らず知らずのうちに、口をついて詩句が出る。それにしても、この詩が、プーシキンのものであることは、まず間違いない。そう、プーシキンの言っていることは、正しい。われわれが、欲しいと望んでいるのは、自由と平和なのだ。まさにこういうことが、以前、起きたのだ。プーシキンが言っているのは、そういうことなのだ。同じ苦しみ、同じ侵略、同じ戦いなのだ。われわれは、そのようなことに、かつて直面せざるを得なかった。そしていま、ふたたび、そのようなことに、直面しようとしている。ただ、それに立ち会う人間は、違っている。以前に起きたあらゆることが、これからも起こり続けるだろう。

　そうだ、事態が戻ってこようとしている！　わたしが、こんなふうに、詩を暗唱するのがプーシキンの耳に届いたらなあと思っている。

　ロシアの大地は、立ち上がり、
鋼鉄の無精ひげをきらめかせて、
怒ることをしないのか？

　これは、いまの状況そのものだ。もしかしたら、以前、プーシキンはキーロフの工場に行ったことがあると思っている人びとがいるかもしれない。われわれに同伴して、あらゆることをつぶさに見たと思っている人びとがいるかもしれない。わたしは、また忘れてしまわないように、家に帰ったら、書き留めておかなくてはならない。鋼鉄の無精ひげをきらめかせて、そう、まさにこのことばの通りだったのだ。フェーディヤと話していたとき、この詩句を思い出していればよかったのにと思う。きっと、フェーディヤは、この詩句を気に入ったことだろう。

25

アンナが焼け落ちた建物に到着するまでに、陽が落ちて、あたりは暗くなっていた。焼け焦げた建物の悪臭が、アンナの鼻から喉に刺激を与える。アンナは、百メートルほど離れたところから見ていた。前方の雪のなかには、いくつか人影があって、ランタンがふたつゆらゆらと揺れている。そのランタンは、光をこぼし、何も映し出すこともなく、再び、その光を跡形もなく拭《ぬぐ》っているようだ。アンナは、建物に近づきながら、そりのロープを強く握りしめた。見ると、爆撃を受けた屋上の一部がえぐられたようになっていて、建物の三階と四階が、幅三分の一まで崩れている。

瓦礫の山がいくつも歩道のうえにできているが、正面の入り口あたりは、きれいに片づけられている。アンナが見ていると、人影がひとつ、こっそりと建物のなかに入ってゆく。ひとがなかに入ってゆくのなら、きっと、薪になるような木が残っているのだろう。アンナは、火勢のために雪が一度溶けてしまった場所にふたたび凍ってできた、ざらざらした黒ずんだ氷の隆起のうえを乗り越えて、前進する。アンナは、スカーフを引き寄せて、鼻と口を覆うようにして、敷居をまたぎ、そりを持ち上げて、背後に置く。

アンナのまえに、ライトを持った男がいて、その影が後ろにいるアンナのうえにかぶさっている。ことばをかけるなどとても考えられない。その男もアンナも、次元の違うこの世にまぎれこんで、廃墟のなかでさまよっている亡霊のような動きをしている。その男の姿が、きゅうに脇にそれて、持っていたライトも消えてしまう。

だが、まったく、暗くなってしまったわけではない。人影がいくつも群がってきて、アンナのまわりにあったスペースが塞がる。アンナの右方向の別の出入り口から、赤い悪鬼のような光がぱっと跳び上がる。アンナは、黙って、正面を向いたまま、横向きにじりじりと動く。そして、玄関ホールだったと思われる小部屋のなかをのぞく。見ると、床が跳ねあげられて、その中央で、小火災が起きて燻《くすぶ》っている。その近くで、ひとりの女が、二メートル以上はある太い木の円柱を鋸で切ろうと懸命になっている。その鋸は、子どものおもちゃの大工道具セットから持ってきたようなちゃちなものだ。

「消え失せるんだ。これは、わたしのもんだよ」と女が言う。女は、木のうえにかぶさるようにしてしゃがみ込んだ姿勢で、アンナをじっと睨みつける。ショールが両肩から背中にずり落ちて、隠していた顔が丸見えだ。老婆のように見えるが、ほんとうは若いのだろう。鋸は、なかなか切れない。ひとつには、それが大工道具というよりも、子どものおもちゃ同然だからであり、さらに、木が相当堅いものだからだ。たぶん、マホガニー材だろう。新築で瀟洒《しょうしゃ》な作りの家に使われるような、親柱か、あるいは、それに似たようなものなのだろう。この女には、この柱は、とても切ることはできないだろう。それに、切り取った一本でも、家まで引きずってゆくなど、どだい無理な話だ。この女はいかにも弱々しく、猫ほどの力があるとも思われないからだ。女は、アンナをじろりと見上げるが、もう攻撃的なところはなく、そうかといって、助けを求める様子もない。ここには、扱うに手ごわいものが三つある。木と寒さと体力のなさだ。どれをとってみても、手に負えぬものばかりだ。

アンナは、あとずさりしながら、部屋を出る。

アンナは、大きな、がらんとした、床が石造りとなっている玄関に出る。煙の悪臭が鼻を衝く。もしかしたら、手すりが残っているのではないかと、暗闇のなかで、階段のあたりを手探りする。しかし、空をつかむばかりで、触れるものは何もない。上の階で、ひとがハーハーと喘ぐような声がして、何かものを動かしているようだ。もしかしたら、うえには価値のあるものがあるのかもしれない。家具に期待をかけるには、遅きに失している。しかし、もしかしたら、木造の建具類のいくつかが見落とされていたのかもしれない。それでもアンナは、階段の一番下のところに、釘づけされたように、じっと留まっている。そして、建物に響く物音に耳を傾けている。埃が壁の割れ目を塞ぎ、めちゃくちゃに崩れた、うつろになった壁の内部に瓦礫が滑るように落ちては、物音が治まり、静かになる。アンナが階段を上って、踊り場でうえを見上げたら、屋上にあんぐりと開けられた割れ目が見えることだろう。

ドアがバタンと閉まる音がする。うえの階に、まだ被害を受けていない部屋があるとしても、生きている人間がいるはずなどないではないか？　そう、たしかに、いるはずがない。いのちが潰えたあとその余韻が聞こえるという、そのような音の空耳だったのだろう。

そういうわけで、アンナは、そこから動くことができないでいる。アパートの家にいるはずの父親の息遣いが聞こえてくるのだ。それで、この場所から身動きできないのだ。アンナが生まれてこのかたずっと、父親は、そのように呼吸し続けてきた。アンナには、その機会があったはずなのに、どうして、その呼吸の回数を数えなかったのだろうか？　よりにもよって、アンナが仕事に遅刻しそうで、コーリャがくる日もくる日も同じように食べていたポリッジがゆを嫌がって食べようとせずに泣いてむずかっているそんな験《げん》の悪い朝に、アンナは、どうして、じっと立ち止まって、耳を傾けなかったのだろうか？　アンナは、父親がまだ息をしているようにと祈るために立ち止まることなどいちどだってなかった。アンナが立ち止まって、ポリッジがゆが毎日恵まれるようにと祈ったことがないことも確かだ。そんな祈るなんてことはしないで、コーリャを急かせて、レギンスズボンを穿かせ、スカーフをコーリャの背中と胸を斜めに覆うように掛けてやり、ジャケットと毛皮の帽子とミトンのなかに詰め込んだのは、確かなことだ――それに、雪が降ってきて、ブーツのなかに入り込んで、身につけているものが濡れてしまったときのための、替えのソックスも忘れてはならない――それから、コーリャが汗をかき始めないうちに、ドアのそとに急いで出してやった。アンナは、そんなことをしたら、父親の目を覚まさせることになると思いながらも、いらいらが込み上げてきて、家を出るときに、ドアをバタンと音を立てて閉めた。父親は、眠ったままでいいのか？

アンナは、この建物から聞こえてくる物音に耳を傾けている。父親の鼓動が聞こえてくる。鼓動は、弱々しいが、洗面器のなかに水がポト、ポトと一滴ずつ落ちるのに似て、着実に、規則正しくうち続けている。アンナは、その音を耳から追い出して聞こえなくなるように、首を左右に振る。それでも、鼓動は、続いている。アンナには、それが現実のものかどうか聞きわけることができない。おそらく、このレニングラードという市全体が、希薄になって、夢の世界に放り込まれ、飢餓状態が進むにつれて、透明になっていっているのだろう。その夢の世界で、あと数日たって、アンナが生きていれば、どんな壁もするりと突き抜けて歩いて行くことができ、ネヴァ川の水面をかすめるように進むことができ、自分の思うがままのスピードで、レニングラードの市の端から端まで滑るように飛べるようになるだろう。

父親の鼓動の音が続き、アンナがそれに耳を傾ける。アンナは、自分は、ほんとうに生きているのだろうかと思う。アンナは、コートの厚い袖口をたくしあげて、そこを触ってみる。腕は、細く、冷たいが、柔らかい。ひとが死ぬと、木のように硬くなるはずだ。片方の手袋を外して、手を口のまえに持ってくる。よし、まだ息をしている。

鼓動の音のリズムが変わって、規則正しくなり、時計が時を刻むカチカチという音に形を変える。その時計は、爆撃と火災をくぐって生き延びたが、いまは、時計は、だれに対しても時を告げない。カチカチという音は、まえよりも大きくなり、その音で、アンナは、肘で押されるようにして外に出る。

アンナは、このまま行こうとする。木のことはもうどうでもいいと思いながら、この墓場から出て行こうとする。木はもう持って行かれてしまっているのだ。

アンナが踵を返すと、一人の男が、ホールの裏手から、手にローソクを持ち、リックを引きずりながら姿を現す。その男は、アンナのすぐそばまで来ると、立ち止まる。

「あんた、こんなところでウロウロしていないで、はやく家に帰りたいんだろ?」とその男は言う。そのとき、この男の耳にも時計のカチカチという音が聞こえてくる。

「時計は、時を刻み続けるさ。そうだろ。だれもゼンマイを巻く者がいなくっこもだ。愚かな奴だ。ちょうど、おれたちみたいだ」

アンナは、自分は、いったいどれくらい長いあいだここに立っていたのだろうかと思う。もうだいぶ時間を無駄にしている。いったい、どうしてこのまま薪用ストーヴ《ブルジュイカ》のための薪を手に入れられなくったって構わないと思ったのだろうか? 自分は、頭がおかしくなったに違いない。男の遠ざかってゆくローソクの光をたよりに、足元を確かめながら、ホールの裏へ、そして、応接室へと進んでゆく。いくつかのローソクの芯の残り火の光が、十くらいの数の長い影をつくって、壁面にのびて、さっと襲いかかったり、たがいに折り重なったりしている。

床に積まれたいくつものゴミの山が、そこにうずくまる女たちに姿を変える。女たちは、最後に残った二、三本の木のブロックを引っ剝がし、金てこでこじ上げながら、何かぶつぶつと不平を漏らしている。この部屋はなんと広いことか。洞窟のように、真っ暗で奥深い。ぜったいにふつうのアパートであったはずがない。五十年以上も前から、きっと舞踏室として使われていたのだろう。シャンデリアのもと、大勢の人びとがこの部屋に参集し、白い肌の肩を露わにした女たちが、きっちりと黒い服を着込んだ男たちを背景に、華やかに煌《きら》めいていたことだろう。当時の人びとは、この床のうえで、連日踊り続けていたのだろう。

ローソクの光のなかで、しきりに木などを掘り出している女たちは、ちょうど、戦場で戦死者たちから衣服や指輪を剝ぎ取る女たちに似ている。そこの空気は、どんよりと淀んでいる。女たちが、残っている木をかすめ取ろうとして、ほこりまみれになって、あたりをひっ搔きまわしているからだ。アンナが、木の束が五つか六つ積まれた乳母車のすぐそばに近づくと、その持ち主が、猫のように、つばを吐きかけてきた。

ここには、まだからだを動かすだけの空間がある。アンナは、両ひざをついて、そりの引き具を腰の周りにつける。そうして、両手でさっと目のまえの床の表面をなでるようにする。そこに木がはまっていた空っぽの溝以外何も手に触れない。アンナは、腰を回して、後ろも手探りしてみる。そこにも、何もない。アンナは、壁際に近づいてみる。

アンナが、這うようにして手探りしていると、ひとつのブロックにぶつかる。ひとつだけだ。引っ張ってみるが、なかなか手ごわい。しっかりと固定されている。だから、そのまま素通りされて、ほかのもっと楽に取り外せるブロックに向かわせたのだろう。アンナは、腰に巻いた袋のなかから、のみを取り出し、引き剝がしにかかる。どんな丈夫な歯にも、どこかもろさがあるように、このブロックにもたわみがあるような気がする。もういちど、のみをてこにして、引き剝がそうとする。しかし、勢い余って、のみが滑って、もう一方の手に刺さってしまう。痛みを鈍らせようと、浅く早い呼吸をしながら、手袋を外し、その手を口まで運ぶ。口に含んだその味は、塩辛く、温かい。傷口をていねいに舌で舐めて、それほどひどいものではないと判断する。両手に手袋をしていたのが、幸いしたのだ。口で吸って自分の血を味わいながら、また傷口を舐める。なかなかいい味だ……。

こんどは、もう一方の手の手袋を外して、素手を木のしたに差し入れることができるように、それを口にくわえる。はめ込まれた受け口から、ブロックがいきなり外れたので、尻もちをついてしまう。それでも、のみはしっかりと摑んでいる。アンナは、この大事な獲物を自分のサックのなかにしまい込む。でも、これをそりに載せていくわけにはいかない。いつなんどき、ほかの女が忍び寄ってきて、アンナが気づかないうちに、サックを盗もうとすることだってありうるからだ。アンナは、這うようにのろのろと前方に進んでゆくが、こんどは、そりは、うしろではなくまえにして、押しながら進んでゆく。灰が舞い、悪臭が漂う地面を探るようにしながら、自分のからだを盾にそりを護りながら、進んでゆく。

人びとが、その壁の周りをすっかり取り囲んでいる。黒焦げになって半分炭化しているブロックを剝がしている。そのブロックは、火が部屋の側面を舐めたにもかかわらず、すっかり焼けてしまわずに残っているものだ。アンナは割り込んで、自分の空隙を見つけ、からだを捩って、ナイフでいくつかのブロックをなんとか取り出そうとしている別の女にからだごとぶつかってゆく。その女は、ローソクを一本まるまる灯し尽くしてしまった。そのローソクの光のおかげで、アンナには、その女が、刃のすぐうえに二つ並んだイニシャルがある純銀のナイフを使っていることが見てとれた。だが、その女は、図案化されたモノグラムのイニシャルが似合うタイプの女には見えない——しかしまたその一方で、最近では、金と銀は、やたらとシラミのようにあちらこちらに横行している。いずれにしても、純銀のナイフは、ここにはまったくふさわしくない。柔らか過ぎるのだ。そこにあるブロックを取り外すには、のみが必要なのだ。あたりの人目をはばかるようにして、アンナは、その女に見つけられないように、自分のからだを盾にして、自分ののみを使ってみる。どのブロックも焼け焦げた木ばかりだ。その焦げ具合は、相当にひどいが、すくなくとも三分の一はまだ使えそうで、薪用ストーヴ《ブルジューイカ》の用に供さないわけではない。アンナは、二、三本掘り出す。まえのところよりも外しやすく、新じゃがのように簡単に引き抜くことができる。

「ねえ、あなた。わたしたち仲間よね」ささやく声は、しゃがれている。「あなた、道具を持ってきたのね。終わったら、必ず返すから、ちょっとだけ貸してくれない?」

アンナは、のみをギュッと硬く握り締める。いったん、手放したら、二度と戻ってこないだろう。その女は、大柄で、アンナよりもはるかに太っている。おそらく、ナイフを、本物のナイフをベルトに挟んで隠していることだろう。それに、アンナのサックの半分が獲物で占められていることを知っているのだろう。アンナは、答えない。その女は、涙声で訴えかけるように、歌うように、またアンナの耳元でささやき始め、アンナのからだに自分のからだを押しつけてくる。

「わたし、誓うよ。かならず返すわ。わたしにもブロックを二、三本取らせてよ」

アンナは思わず、のみをコートのしたに押し込む。ちくりとのみが肌を刺す。その女は、だんだん声を高め、アンナの顔に、不潔な息を浴びせかけてくる。「イゴリ! イゴリ! 急いでここに来て! この女がわたしの木を取ろうとするのよ」しかし、その女は、ながいあいだ、その場所で、ひざをついた姿勢を続けてブロックと格闘していたので、脚がしびれて、すぐには立ち上がれない。アンナに摑みかかろうとしたとたん、バランスを崩して、ひっくり返り、持っていたローソクの火も消えてしまう。

こうなれば、このホールは、闇に包まれ、影になって、隠れるには安全な場所だ。アンナは、身を低くして、一番遠い壁際に移動して、じっと耳を澄ます。あの女の声は、もう聞こえなくなっている。たとえ、じっさいに存在していたと仮定してみても、イゴリなんて男の気配さえない。アンナには、のみがあり、そりがあり、そして、木を半分ほど詰め込んだサックがある。それで十分だ。サック二個分の木を持って帰れるなどと想像することなどとてもできないことだったと、麻の撚りひもで、サックをそりにくくりつけながら、アンナは思う。この重さなら、大丈夫だろう。二、三百メートル進んだら、パンを四分の一食べよう。そうすれば、前に行こうとする者に寄りかかってなかなか離れようとしない、しつこい膠《にかわ》のようなこの女のことなど忘れて、このいやな気分を元に戻すだけの効果はあるだろう。

アンナは、建物の外から聞こえてくる、規則的なブーツの音を耳にして、からだを強張らせる。偵察中の兵士たちだ。エヴゲーニアが話していた兵士たちで、呼び止めて、必要以上の食糧と配給券を持っていたら、すぐに、その場で、銃で撃つようなやからだ。そして、今ここには、この建物に入る権利証を持っておらず、略奪した木の荷物を隠し持っているアンナがいる。斑点のようなライトがこの建物の入り口に当てられているのに、ブーツの音は、緩むことなく、通り過ぎようとしている。兵士たちが、手に手に松明《たいまつ》を持っていることは、だれにも想像できる。アンナの耳には、兵士たちの声が聞こえてくる。その声は、低く、忙しげで、多少の怯えがあるような気がする。このごろは、だれしも、たがいにたいして怯えを意識している。もしかしたら、わたしたちは、わたしたち自身に怯えているのかもしれない。

やっと、兵士たちが通り過ぎていった。もう、通りに出ていって、安全無事な夜気に触れてもいいだろう。

敵はふたたび砲撃を始める。アンナは、進むべき方角を見定めるために、立ち止まるが、万事問題ない。アンナの家の方角とは、まったく違う。敵軍の総司令部のそばのスモルヌイの方向から近づいてきている。砲撃手たちがもっとも好む、鉄のような夜になろうとしている。月は、三日月ほどにしか照っていなくとも、万物が光を放たざるを得ないほどに一面に結霜しているのだ。除雪されていない吹き溜まりのあいだの通路をゆっくりと進むにつれて、そりの滑走部がギシギシと軋む。どの通りにも、人影はない。寒気も危険も度を越している。まだ五時にもなっていないはずなのに、だれもが屋内にいる。窓枠に新たな霜が着くあいだ、だれもが、ベッドで身を丸くして、体温を保っている。通り過ぎるどの家の窓も、灯火管制で、真っ暗だ。家のなかにいる人たちが、生きているのか死んでいるのか確かめることは不可能だ。この市のなかで、木の荷を携えて、這うようにして動いている人間は、おそらく、アンナだけだろう。

でも、もちろん、そんなことはありえない。次の十字路を見ると、ひとつの人影が塀ぎわから現れて、アンナの進む通りを横切ってくる。毛皮の帽子をかむったひとりの男が、ローソクのランタンを腕に吊り下げている。男は、ランタンの窓を開けると、マッチを取り出し、ブーツの踵でこすって、ローソクの芯に火をつけ、小さなガラスの窓を閉め、その明かりをアンナの顔近くに持ち上げる。男は、フェルトではなく、先端に鋼《はがね》が付いたブーツをはいている。アンナは、頭がくらくらして、催眠をかけられたのではないかと思う。男は、この寒さのなかで、なぜフェルトのブーツをはいていないのか？　脚が凍えてしまうではないか。

「やあ、ここでは、どんなものが手に入るんだい？」

よく見ると、男は、妙な顔つきをしている。すぐさま、アンナは、この男がとても肉付きがいいものだから、いつになく見慣れない顔に思われたのだということに気づく。このような栄養十分に太った人間を見るのは、久しぶりのことだ。

「そのサックの中身はなんだ？」

「わたしの弟よ」とアンナは言う。「墓地に連れていくところなの」

男の目は、肉のひだの奥にあって、その表情を見て取ることができない。

「かわいそうに。やけに小さいね。小人だったのかい？」

「この子は、五歳だったの」

「どうも小人みたいだな。それで、なかに入っているのは、それだけかい？」

「間違いないわ」

「こんなふうに訊いているのは、きみが作り話をしてるんじゃないかと思ってるからなんだ。その児、可愛かったんだろ？」

「もちろんだわ」

「じゃあ、見せてくれよ」

「だめよ！　そんなことはさせないわ。言ったでしょ、この子、死んでるのよ。そっとさせておいて」

しばしのあいだ、アンナにとっては、このそりに横たわっているのは、ほかの大勢の子どもたちと同じように、硬直して、血の気を失って青くなったコーリャなのだ。おそらく、アンナはそのようなことばで、コーリャを殺したのだろう。

「だめよ。ぜったいに、この子には、手を触れさせないわ！」

「なにも危害を加えようってわけじゃないんだ。ちょっと見せてくれればいいんだ。それだけだよ」

この男、アンナをもてあそんでいるのだ。そんなことをするだけの体力がこの男には残っている。間違いなく、飢餓など無縁の人間だ。男がアンナの腕に手をのせるので、さっと引っ込める。

「きみ、心配しなくていいよ。べつに、きみに関心があるってわけじゃないんだ。わたしのような男はね、きみみたいなカラスの雛《ひな》に嚙みついてやろうなんて思いもしないよ。取って食おうというわけじゃないんだ。けどね、きみの弟には、とっても興味があるんだ」

男は、ランタンを高く掲げて、アンナをギラギラした目で見つめる。その目は、たしかに、肉のひだのなかに鎮座しているれっきとした人間の目だ。けれども、アンナの皮膚は、ぞっとして、鳥肌立つ。その目から、あるべきはずの何かが拭われてしまって空《うつ》ろになっている。この男にできないことは、何もない。男を押しとどめることができるかどうか、運を天に任せるしかない。アンナは、身動きせずにじっと立っている。男のランタンがアンナにかぶさるように近づいてくるにつれて、アンナは、からだを小さくして、自分自身のなかに引きこもろうとする。たっぷり時間をおいたあと、高く積もった雪のうえに、ランタンを置いて、男は、そりのまえに、両ひざをつく。慣れた手つきで、アンナがした結び目を解いて、サックを開く。

「ほら。見てみろ。きみが作り話をしてるってこと、ちゃんと、分かっていたんだよ。これが、死んだきみの弟だなんて、笑わせるじゃないか」

男は、サックを逆さにひっくり返して、雪のうえに中身の木をドサッとあける。

切れかかった電燈のように、アンナの頭のなかで、思いが明滅する。このひとは、わたしを殺そうとしている。このひとは、わたしを殺しはしない。

「きみが手に入れたのは、これだけかい？　気の毒に、って俺は、言うほかないな。もしかしたら、木じゃなくて、ほかにサックの底に押し込むのに、もっと価値のあるものをきみが持っているかもしれないと思ったんだよ。だが、そうじゃなかった。いいかい、きみは、そんなふうにしていると、ほんとうに、カラスの雛みたいだね。そうは言っても、木はたしかに価値があるよ。だから、木を拾って、元のように、サックに戻すんだ」

アンナは、すっかり手元が狂ってしまう。男は、腹を立てはしないだろうか。アンナは、雪のなかにうずくまり、男は、立ったままアンナを睥睨する。アンナの頰のすぐわきに、男の脚がある。先端に鋼が付いたブーツが動いて、アンナに触れ、また動いて離れる。やろうと思えば、卵を割るように、アンナの頭蓋骨を足で潰すことだってできる。また、脚が動く。アンナは、急いで、雪のなかから、木を拾ってサックのなかに詰めていく。わたしは、死んではならない。コーリャがベッドのなかから、わたしがどこにいるかと、からだをひねって、ドアの方を見ているのだ。もし、わたしが死ぬようなことがあれば、コーリャも死ぬことになる。

「きみ、木をすこし、ジャンパーに押し込もうとしてはいないだろうね?」

「してない――」

「そんなことをすれば、きみを身ぐるみ剝ぐことになるからね」

男は、面白がって、鷹揚な口調でそう言う。木は全部、元のようにサックにおさまった。アンナは、四つん這いになって、男を見上げ、男が何か言うまで、そのままの姿勢でいる。男は、木の入ったサックをそりに戻し、ロープを拾い上げて、肩にかけ、それ以上何も言わずに、アンナがやってきた方に向かって、歩き始める。アンナの耳に、そりが軋む音が聞こえてくる。その音は、しだいに小さくなって、まったく聞こえなくなる。アンナは、緊張で強張った上体を起こして、立ち上がる。

あの男は、のみを奪わなかったわ、とアンナは独りごとを言う。四分の一のパンも取り上げなかった。アンナは、両腕で胸を包み込むようにし、両手で腕をたたいて、からだを暖めようとする。走りたいのだが、寒すぎる。すくなくとも、あの男は、アンナの家がどこにあるのかを知らない。込み上げてきたつばをゴクンと飲み込んで、パンをひとかけら取り出し、それを手のなかで、赤子をあやすように揺すって、歯で砕いて、舌の上で転がし、柔らかくしながら、がらんとした、人気のない通りを歩き始める。

26

　雪のなか、そりなしで歩くほうが、ずっと困難だ。おかしなことだが、これよりも重いそりを引っ張ったときでも、そうだった。そりという錨を引きずっていなければ、ふらふらとどこに彷徨《さまよ》い迷うか分からない。進むのをやめて立ち止まってしまうかもしれないし、立ち止まったことも知らないでいるかもしれない。背後でいつも聞こえる滑走部の規則正しい軋み音が聞こえてこない。手に何も持たず、わだちができた氷結した雪道をよろめきながら家路についているのは、アンナひとりだ。つぎの街灯まで。そしてまた、次の街灯まで。そうして、つぎの曲がり角まで。それから、ふたつ目の中庭の入り口まで。

　アンナは、そこにたどり着くまでに、さらにふたりの兵士とすれちがった。ふたりは、長いコートを着て、フェルトのブーツを履いていた。アンナを見ても、何も言わなかった。砲撃がまた始まっていた。あたりの空気が震撼したが、近くでは何も起こらない。まだ遠くに行き過ぎてはいない。それでも、一キロ、それ以上遠くではないだろう。だから、アンナは、きっと、家にたどり着くことができるだろう。

　アンナの背後で、咳ばらいが聞こえる。振り向くと、ランタンのローソクが揺らめいている。あの男が、アンナの後をつけてきたのだ。尾行してきたのだ。手には何も残っていない。アンナ自身そのことをよく知っている。男は、そりも木の荷物も手に入れている。ほかになにを取ろうというのか？　身ぐるみ剝ぐことになるからね。男は、そう言っていた。アンナは、コートのなかに手を入れて、のみをしっかりと摑む。

「アンナ？」

　その声は、ふたりを隔てている氷の荒れ地を横切って聞こえてくる。

「アンナ、あなたでしょ、そうでしょ？　わたしよ。エヴゲーニアよ」

　その声は、しゃがれていて、まるで老婆のようで、とても、エヴゲーニアの声とは思えない。こんな声だったはずがない。エヴゲーニアだとしたら、こんな声は聞いたことがない。しかし、エヴゲーニア自身がそう言っているのだから、そうに違いない。寒さで麻痺した頭を覚まそうと、首を左右に振る。ランタンを持ち上げながら、その人物が雪の荒れ地を横切って、アンナのほうに向かってやってくる。

「やっぱり。あなただと思ったわ。ずっとあなたの後をつけてきたの。気がつかなかった？　あなた、あそこからずっと通りを縫うようにしてここまできたでしょ」

「わたしのこと？」

「そうよ。さあ。その顔を見せてちょうだい」

一瞬、ランタンのロ－ソクの光がアンナの顔を浮かび上がらせる。その光の向こうには、たしかに、エヴゲーニアの尖った黄色い顔がある。それに、エヴゲーニアの思いやりに満ちた目がある。

「さあ。わたしの腕につかまって」そう言って、まるで、少女たちがふたりしてダンスパーティに出かけようとするかのように、エヴゲーニアがアンナと腕を組む。アンナを抱えるように、背中に回したエヴゲーニアの腕の感触は、なんとも言えず心地よい。「さあ。行きましょう。そんなに遠くないのよ」

「でも、そっちは、道が違うわ。エヴゲーニア。わたし、家に帰るところなのよ」

「そんなふうでは、とても家にたどり着けないわよ。あなたのそのからだを暖めなきゃ。そうしなかったら、明日にも、だれかが、雪の吹き溜まりのなかに倒れているあなたを見つけるでしょうよ」

「わたし、寒くはないわ。エヴゲーニア。暖かいのよ」

「そうね。暖かいって感じるのよ。でも、ほんとうは、そうやって凍え死ぬのよ。ひとがくたばる寸前には、みんなそんなふうに感じるものなのよ。さあ。いらっしゃい」

エヴゲーニアのランタンが照らし出す、山と積まれた汚れた雪の吹き溜まりをいくつも通り過ぎて、ふたりは、歩き続ける。顔を胸に埋めるようにして、雪の吹き溜まりに立てかけられた男がいる。昨夜来の雪が脚の表面にかかって層をなしている。ブーツは履いていない。ふたりは、大通りを離れて、狭い路地に入る。さらに、もうひとつの狭い路地に入る。アンナには、馴染みの路地だ。広い公道では、電車が走り、人びとが確たる目的を持って店やオフィスに足早に歩いていた。そこを外れると、様子は、がらりと変わる。あちこちのアパートの窓から、子どもたちが、ぎゃーぎゃーと騒ぎ立てている声が聞こえてくる。女たちは、入り口の階段に坐って、人が通り過ぎると、話すのを止めて、じっと見ている。酔っ払いがひとり、誰彼かまわず、わめき散らしている。これが、いつもの路地の光景だった。

それがいまでは、ここには、ちらとも動くものはない。通りは、除雪されず、さながら雪に埋もれた大峡谷だ。窓は、灯火管制で真っ暗だ。砲撃のために、一軒の家がまるまる崩壊している。あたり一面、重苦しい死の沈黙が支配している。それは、自分の子どもたちが泣いているのに、目を覚まさない母親の沈黙に似ている。

「ほら。ここよ。この上なの。わたしたち、四階に住んでるの」

ふたりの女が、ある部屋の戸口を通ってゆく。そこでは、真上の壊れた煙突から落ちてきた氷が、環状になり、花輪のようになって、幻想的な情景を作り出している。ひとつの鍾乳石が、アンナの頭部の側面を突く。四階に向かう階段は、冷たくてじめじめしている。

「わたしたち、ここにいるの」エヴゲーニアがドアの鍵を開けて、ふたりはなかに入る。

部屋は、温かい。煙、温かい肉汁、カビ臭い衣類、ランプ・オイル、脂、それに古びたブーツの臭いが、アンナを取り囲む。アンナは、これこそが生活の臭いなのだということを、すっかり忘れていた。

「さあ。ここに坐ってちょうだい」

そこは、何枚ものコートを重ね敷いたベッドだ。エヴゲーニアは、ひざをついて、アンナのブーツを脱がせ、両手で足をこすり始める。

「あなた、いったい、こんな状態で、どれくらいうろうろしていたの？　脚は、まるで、氷のブロックよ。もっと、よく見せて。そうね。それほどひどくはないわ。ひどい凍傷にはなってないわ。でも、まだ、あんまりストーヴに近づかないでね」

いま、アンナは、脚が痛むのを感じている。歩いているあいだはずっと、痛むことはなかった。こんどは、エヴゲーニアは、アンナの手袋を脱がせた。そして、両手を包み込むようにして、こすってくれた。

「日が暮れたら、ぜったいに、外出はだめよ。まえにも言ったはずよ。それは、とっても危険なの。外にどんなひとがいるか、分かってるわ」

「わたし、分かってるわ」

エヴゲーニアは、きっと目を上げて、アンナを見た。

「いったい、何があったの？」

「知らない男が、わたしが見つけた木ばかりか、そりも持っていってしまったの」

「やっぱり。何かあったんじゃないかって、思ってた通りだわ。だって、あのときのあなた、あなたみたいじゃなかったもの。何か、危害を加えられたの？」

「いいえ」

「それじゃ、あなた、運がよかったのよ。わたしたち、本物のネズミは全部食べてしまったかもしれないけど、わたしたちの周りには、まだ、人間のネズミがうようよしているのよ。その男に、もしかしたら、あなたの頭、いとも簡単にたたき割られてたかもしれないのよ。それぐらいのことしかねないわ。ひと突きされたら、ひとたまりもないわ。あなたなんか、雪のなかに倒されて、起き上がれなくなるわよ」

「わたし、あなたに会ったとき、あの男がまた現れたと思ったのよ」

「たしかに、あなた、わたしに会っても、ちっとも嬉しそうじゃなかったもの」

エヴゲーニアの声は、すっかり変わっていた。昔は、元気がよくて、奥行きのある声だったのに、いまはまるで、病人のように、しゃがれている。エヴゲーニアは、見た目にも変わっている。まえよりも痩せてはいるけれども、このあたりの住人たちとは違う痩せ具合だ。エヴゲーニアは、飢えているわけではないし、薪用の木も不足しているわけでもない。留守中も、ストーヴをつけっ放しにしている。そうするには、薪をたくさん持っていなければならないはずだ。まさに、ベッドの足元には、薪が山と積まれている。しかも、いい代物ばかりだ。敵に破壊された古い木造の家の張り板を挽き割ったもののように見える。

「あなた、まだ、仕事してるの?」

「そうよ。いまもしてるわ。工場は、二十パーセントの生産まで落ちてるけど、例の仕事の大部分は、ここでしてるの」エヴゲーニアは、シーツのカーテンで隠している部屋の隅のほうを指さす。

「あなた、あの人たちをここに連れて帰ってるのね?」

「そうよ。もし万一、街の通りで、この仕事をやったとしても、砲弾が落ちてくるわ。どこで商売したって、同じことよ。それだけじゃないわ。ああいう連中だって、自分の家庭を安らぎの場にしたい、お茶湯沸かし器のサモワールを火にかけたい、ストーヴで薪を燃やしたい、そういうことすべてを望んでいるわ。そういうときには、ああいう連中は、ほんのちょっぴり金離れがよくなるの。わたしたちも、潤うってわけ」

エヴゲーニアが歯を見せる。「おかしいでしょ? ならず者みたいな汚い連中でも、いざ、自分の家庭とか、母親とかということになると、話は違ってくるのよ。ほかのひとの家庭や母親は、屁とも思ってないのによ。ああいう連中を何人も見ていると、いつもこう思うわ。あなたの魂は、もう、絞り出されてしまって、あとには、何も残っていはしないのよ。でも、わたしは、連中に何も訊ねはしないの。何も知りたくないからよ。連中を連れて帰ると、ここには、母さんがいるのよって、連中に言うの。そう言うと、連中は、すこしは、きちんとして、無茶なことはしないの」

　アンナは、注意深く、部屋を見回す。「あなたのお母さんが、ここにいらっしゃるの――」

「そこよ」エヴゲーニアは、アンナが坐っているベッドを指さす。「その重ねたコートのしたよ。壁にからだをくっつけてるわ。いつも、壁にピタッとしがみつくようにして眠っているわ。いまは、ほとんど寝てばかりいるの」

「ご病気なの？」

「ちがうわ。ただ眠りたいだけなの」エヴゲーニアは、まだ、アンナの両手を包んでいる。「母さんには、現状は厳しすぎるのよ」

　一瞬、ふたりは、たがいに了解し合った。アンナは、舌なめずりをして、唇を潤す。「あなた、坊やは？」

「ええ。あの子が食べるには、不自由してなかったわ。そのことじゃなかったの。咳なの。肺にまで達してたの。医者には、ちゃんとお金を渡したのに、何もしてくれなかったわ。母さんは、三日三晩、寝ずに、あの子を抱いていてくれたのよ」

　いまはいないけど、以前、子どもがいて、母が面倒を見ていたの。いまは、その子は、わたしの母が、自分の母親だと思っているわ。わたしの言うこと、あなたに分かるかしら。だから、わたしのほうからは、何も口出ししないの。

「名前は？」

「ゴーリャよ。あの子、ちゃんと埋葬されたのよ。わたし、それを確かめたの。わたし、墓地の門扉のまえに、ごみのように投げ捨てるようなことはしなかったわよ。母さんは、脚のせいで、行くことができなかったの。だから、あの子とわたしだけだったわ。墓掘り代として、ウォッカ一本を渡したの。そして、すぐ近くで、ちゃんと見張って、きちんと埋葬されたことを確かめたわ。あの子の全身を包んで温かくしてやったわ。わたし、あの子をそりに載せて運んだの。それから、ずいぶん待たされたわ。霜が地中深く凍っていたので、墓掘りの作業が手間取ったためなの。でも、途中で帰らないで、無事に埋葬が終わるのを見届けたわ。わたしは、あの子をそりから抱きあげたの。そのとき、まさに、ふたりいっしょってことを意識したわ」

「万事が終わって、落ち着いたら、そのお子さんのために、墓石を拵《こしら》えるのね」

「ええ。アンナ。わたし、こう思うの。たとえば、死ぬという最悪の事態であってもよ。万事が終わって、落ち着いて、時期が来たら、以前の状況にまた立ち戻るって、ずっと思い続けてるの。あなたに分かるかしら。死んだ人たちは、ほんとうは、永遠に死んでいるんじゃないの。ただ、とてつもなく長いあいだ、死んでいるだけなの。子どもが、かくれんぼしているのに似ているわ。何年も、じっと死んでいるようにして隠れていて、時期が来たら、『もういいよ。出てきてもいいよ』って言うの。そしたら、出てくるの。わたし、あの子が、埋葬されるのを見ていたときも、そんなふうに思っていたの。それから、わたし、頭が混乱してきて、あれは、たぶん、わたしの子じゃないって、思い始めたの。子どもを抱えてそこに立っていたのは、もしかしたら、わたしかもしれないと、ただそう思っただけなの。でも、わたし、ほんとうは、そんなふうに、感じてないの。ほんとうは、『ゴーリャは、死んでいる』と思っていて、それが正常で普通なんだけど、同時に、真実ではないように思えるのよ。わたしが言うこと、あなたに分かるかしら。それから、わたし、じっさいに、『もし、そんなふうに感じ始めたら、どうなるかしら?』って思ってるの。わたし、そう思うの。事態が変われば、万事が終わって、落ち着いたらってね」

アンナは、包んでくれていたエヴゲーニアの両手をほどいて、その掌をなでる。「そういうこと、わたしたちには、とても想像もつかないわ」

「とにかく、あなた、すこしからだが温まったでしょ」

「そうね。そろそろお暇しなければならないわ。家では、わたしのこと、とっても心配してるわ」

「けど、いまはまだ、ここに、こうやって坐って話をしているのが、あなたには、いいのよ。わたし、そんなに時間があるわけじゃないけど、お茶を用意するまで、すこし、坐っててね」

部屋じゅうが、暖かさでいっぱいになる。エヴゲーニアが、お茶を用意しているあいだ、しばらく休憩しよう。想像できるかしら。山と積まれた薪のそばで、ストーヴが燃え、みんなが、ものを食べてるのよ。見たら分かるわ。

それでも、どういうわけか、雪が部屋のなかに舞い込んでくる。アンナの目のまえで、くるくると舞っていると、そのなかから、男か女か分からないが、人影がひとつ現れて、アンナのほうに向かってくる。あのそりの軋む音だ……

「ほら。気をつけて、これ、落とさないでよ」

エヴゲーニアは、アンナの手に、熱い紅茶のグラスを置く。その芳香が、アンナの顔の周りを花輪のように漂う。アンナは、一口すすってみる。本物の紅茶だ。熱くて濃い。砂糖まで入っている。

「お得意さんが、カップ半分、砂糖をくれたのよ。ねえ、アンナ。だれか、ひどく酔っ払って、分からなくなってしまったら、そのひと、ものを失くしたりするでしょ？わたし、ずっと、母さんには気をつけるようにって言ってきたわ」

その声には、アンナが聞いたこともないような声音がまじっていて、どこかがさつで、傲然としたところがあるいっぽうで、恥じ入っているようにも聞こえる。

「いまは、そういう時代なのよ」とアンナが言う。「ほら、わたし、一刻を争うようにして、あの焼かれたアパートの建物の床のうえを這いずり回って、燃え残った木を掘り出していたのよ。その女は、わたしからのみを借りたがっていたけど、わたしは、貸そうとしなかったの。でも、それだけで済んだわけではないのよ。もし、むりやり奪い取ろうとしたら、わたし、そのひとにのみを突き刺していたわ。だれだってね、自分にそんなことができるなんて、思いもよらないことを知らず知らずのうちに、しでかしてしまうものなのよ」

「そのとおり、そういうことだわ。あなたは、だんだん変わってきてるのよ。でも、あなたは、昔の自分に戻る道は閉ざされていないといまも思っているのね。それが、ある日、そんなわけにはいかないことを思い知らされるのよ。それでも、酔っ払いの懐《ふところ》を探って、ものを盗み、外の雪のなかに放り出してしまうの。そして、その酔っ払いが凍死しようが、まったくお構いなしなの。そういうことよ。それで、調子はどう、元気なの？」

「父は、もうそんなに長くはないのよ。ほかの人間にとって問題なのは、みんなと同じように、飢餓だけよ」

「あなたに、木をすこしあげられるわ」

「でも、あなたのところでも必要でしょ」

「わたしだったら、これからも手に入れられるわ。お客がいるかぎり、生活には困らないし、あなたよりもましな暮らしができるわ。それに、わたしのことを知らないひとはいないのよ。それにね、あのひとたちは、またここに来て、一物が凍傷になることは望まないもの。それから、もし壊された木造の家があれば、たいてい、わたし、その場所をなんとか聞き出すわ」

「一物って！　あのひとたち、そんな言い方してるのね？　まったくいやなことばだわ」

「こういう言い方は、あのひとたちらしいのよ。自分の母親のことでは、特別なこだわりがあるらしくって、機会があれば、それはそれは、相好を崩して話してくれるのよ。そういうときの言い方とおんなじよ。アンナ。もうそんなこと言うの、やめましょ。母さんが、起きたわ」

冬眠から目覚めた動物が穴から出てくるように、重なったコートのしたで何かがごそごそと動く。ふたつの小さな鋭い目が、アンナをじっと見つめる。

「ゲーニア。このひとは、だれだい？」

「アンナよ。わたしの友だちよ」

エヴゲーニアの母親は、かけていたものを押しのけて、痩せて骨ばったからだを、痛みを堪えるようにして、じりじりと横向きに動かして、ベッドを離れる。

「わたし、こんなに眠っていたんだね……」

「そうね、母さん。眠ってたわ。でも、数時間よ」

「夢でも見られたらって、思ってたけどね。夢なんか見なかったよ。まだ、お昼にはなってないんだね？」

「夕方よ、母さん。そんなに遅い時間じゃないわ」

老いた女が、足を引きずるようにして、ふらふらと、そこからずっと離れた部屋の暗くて陰になった隅のほうに歩いてゆく。そして、二本目のローソクに火をともす。刺繍を施した布、小さなランプ、イコン聖画、子どもが写った小さな写真、そういったものが、アンナの目に入る。

「ゲーニア。わたしのランプ用のオイルは、いつ手に入るんだい？　わたしのこの大切な場所は、暗くてね。ランプが要るんだよ」

「母さん。手に入れられたらね。いまは、市場にもオイルはないのよ。それに、オイルは、大きなランプのために取っておかなければならないのよ。母さんには、ローソクがあるでしょ」

この老いた女は、からだを起こして、両ひざをつき、イコン聖画のまえで、なんども、くりかえし、十字を切る。

「母さんは、正教の信者なの。あなたがなんと言おうと、そのことは間違いないわ」と、エヴゲーニアが、ささやくように言う。「わたしたちの士気低下にたいして、このあいだ取り締まりがあったの。そのとき、わたしたち、工場でひとりずつ呼ばれて、子どもたちが洗礼を受けたかどうか、家にイコンがあるかどうか、訊ねられたわ。それで、わたし、どう答えたと思う？　うそをつくほかなかったわ。わたし、ゴーリャには、洗礼を授けなかったの。けど、母さんがこっそりどこかに行って、洗礼を受けさせたの。わたし、たぶん、母さんはそうするだろうと思ってたわ」

女は、ゆっくりと、からだを震わせながら、前かがみになって、イコンに描かれた、母マリアの片方の腕に抱かれた幼子キリストの足に、唇を触れる。

「もう、お暇するわ」

「大聖堂まで、わたしがご一緒するわ。そこまで行けば、もう大丈夫よ」エヴゲーニアは、束ねた木を麻袋に入れる。

「エヴゲーニア。そんなにたくさんでなくていいわ」

「子どもは、大人みたいに、温かさを保つことはできないのよ。この砂糖の残りもあなたのコーリャのために、持って行ってちょうだい」

アンナは、エヴゲーニアが、円錐形に巻いた新聞紙に残りの砂糖を注いで、注ぎ口をひねって閉じるのを、じっと見つめている。「エヴゲーニア。お母さんのためにも必要でしょ? 欲しいと思ってらっしゃるわ」

「あのひとを見て」

老いた女は、まだ、からだを前かがみにして、なにかつぶやいている。

「アンナ。母さんが、なにを言ってるか分かるでしょ?」

「エヴゲーニア、静かに、聞こえるわよ」

「聞こえはしないわ。母さん、耳が聞こえないの。母さんはね。ゴーリャのことで、みんなに、いろいろ指図するのよ。たとえば、こんなことを言うの。あの子が、ジャケットのボタンをいつもきちんとかけているように、よく見ていてちょうだい。あの子は、根菜のパースニップが嫌いなんです。どうか、お恵み深い処女マリアさま、かわりに、ニンジンを与えてやってください。寝るまえには、肝油を飲ませなければならないのに、ときどき、吐き出そうとするの。そういうとき、お願いよ、かならず、飲み込むまで、ちゃんと見張っててよね。

ときにはね。母さんの言うことを我慢して聴くだけで手いっぱいなときがあるの。わたしよりも、あのひとたちのほうが、ずっとまともに母さんの言うことをきいてくれるのよ。母さんは、わたしよりも、あのひとたちといっしょにいるほうがいいみたい。わたしが、母さんのまえに、おいしそうな食べ物を置くと、まるで、初めて見たかのような目つきで、じっとそれを見つめて、それからベッドに行って、あなたが見たようにして、眠ってしまうの。そうなの。母さんは、これ以上、生きていたくないと思っているらしいのよ。母さんは、あのひとたちといっしょにいたがってるわ。でも、わたしには、それがいいことなのか、よくないことなのか、分からないの。わたしは、これからも生きてゆきたいし、このさき、どんな悪い事態になっても構わないと思ってるの。それでも、わたし、生きたいっていう気持ちを捨てないわ」

「分かってるわ」

「わたしが、あなたに会ったとき、あなたもおんなじような状態だってこと、すぐに分かったわ。思っていることをそのまま話してもいいのよ。あのひとたちのなかには、あのほう、全然ダメなひとたちもいるのよ。そういうひとたちは、結局、だんだん姿を見せなくなるわ。あそこで、あなたとカーチャを見て、あの壁があなたたちのうえに倒れたって、ちっともおかしくないと思ったわ。そんなことで死ぬなんて、わたしたちの望むべくもないことだわ。それが、いまのわたしたちの実情なのよ。ただ、ひたすら、生き続けるのみよ。いまは、母さんみたいにしているほうが楽だろうと何度も思うの。ただね。そんなこと、わたしには、できないことだわ。いまのわたしには、ただ、残された余生を生きてゆかなければならないってことよ」

「あなたが、どうして、そんなふうにはっきり言えるのか、わたしには、分からないわ」とは言うものの、アンナは、エヴゲーニアの言うことは、正しいと思っている。たくましく、骨太のエヴゲーニアの顔を一目見れば、死神は、もっと楽な標的を求めて、退散することだろう。死神は、そういう標的が大勢いることを知っている。

「母さんは、いまは、終末だって言ってるの」と、エヴゲーニアは言う。

「それ、どういうこと?」

「母さんは、預言が書いてある小さな本を持ってるの。そして、そこには、終末には、二匹の巨大な蛇が、世界を火と雷で食い潰すまで、たがいに戦うだろうと書かれてるの」

「その蛇がだれを指しているか、わたしには、想像できないわ」

「わたしにもよ。母さんには、そんなのくだらないたわごとだって言い続けてるの」そう言いながらも、エヴゲーニアの鋭く、皮肉めいた目が、きらきら輝いている。

「それでも、わたしたちが、一方の蛇をだしに二匹の蛇を追い払うことになれば、そんなにひどい事態にはならないと思うわ。そうでしょ?」

「でも、そんなことしてるうちに、その二匹の蛇は、もう、世界を食い潰してしまっているわ」

「そうね。ほんとうに、その通りだわ。でも、それでも……『終末のとき、血のとき』その本に、そう書かれてるわ」とエヴゲーニアが言う。

ふたりは、玄関のほうに向かう。

エヴゲーニアは、母親のほうを振り返って見ながら、

「母さんは、まだ数時間はあんなふうにして、あそこにいるわ」

「あなたにとっては、つらいことね」

「母さんが、わたしに、何か一言でも声をかけてくれればいいのにと思ってるの」

「わたしの知っている医者は、こんなふうにみんなを変えてしまってるのは、飢えのせいだって言ってるわ。当人のせいじゃないのよ」

「母さんは、飢えてるわけじゃないの。それは、確かよ。母さんが食べようとしないとしたら、いったい、こうまでしてあげているわたしのどこが問題なの?」

「エヴゲーニア。あなた——」

「大丈夫よ。わたし、ただ、すこしおかしくなりかけてるだけなの」

ふたりは、抱き合い、たがいの腕のなかにいる。そして、そのまま、からだを揺らしている。

「わたしは、大丈夫。しばらくすれば、すべてが終わるわ。もっといい時代になって、思いっきり泣けるときがかならず来るわ……」

ながいあいだ、ふたりは、抱き合ったままでいる。五分、いや、おそらく、十分はたったことだろう。その十分は、ふたりだけの時間だった。それからおもむろに、エヴゲーニアが、頬の涙をぬぐいながら、身を引く。

「もう、出かけたほうがいいわね。また会えると思うわ」

「わたしは、大丈夫よ」

「分かってるわ。あなたが、しなければ——」

「——無駄をしなければね——」

「——血が出るほどにね——」

「そういえば、あのレナっていってた子、血が出るほどにって、言ってたかしら、それとも、もっと汚いことばだった?」

「血の滴るって言ってたわ」

「ああ。そうそう。あの血が滴るソーセージね」と、二人そろって言う。ふたりの顔は、数センチしか離れていない。

終末のとき、血のとき……しかし、ここには、血は、存在しない。雪が、屋根のうえで、凍てついている。凍りついた公園に、だらりと横たわる死体の体内で、血が、凍てついている。一晩中、一滴の血もこぼれ出ることは

ない。ここは、バルチック海の沼沢地に建設された、ピョートルの市なのだ。労働者たちは、土をマントのなかに抱え込むようにして運んで、この地に市を建設した。労働者たちは、みずからの骨を敷き、そのうえを市が闊歩した。労働者たちは、この地に身を沈めた。それが、十分な数に達したとき、ピョートルの市の基礎づくりが達成されたのだ。

昼近くなれば、木々の枝のうえ、氷柱《つらら》から滴る水滴のうえ、雪のうえ、半球状の屋根のキューポラとすっかり板囲いされた銅像のうえ、そういうもののうえできらきらと輝く強烈な霜とともに、ライラックの赤みがかった藤色の夜明けがおとずれるだろう。広々とした大通り、雪色に彩られたネヴァ川、公園と堤防、これほど美しいものは、かつて存在したことはなかった。ただ、人びとが、家からぞろぞろと出てきて、燦然と輝く雪の世界へ姿を現すと、たちまち、その美しい情景の完璧さが損なわれてしまう。たぶん、その人たちは、今日のような日には、配給パンの列には、とても行き着けないことだろう。窓の二重板ガラスのあいだで、身動き取れなくなったハエどもが、しきりに、這いまわり続けている。

27

十二月に入って、死者数は、うなぎ登りに増している。その数は、正確ではありえない。死者たちのすべてが、教会の墓地にも、凍った地面にダイナマイトを仕掛けて掘った共同墓地にも、たどり着くとは限らないからだ。だれの記憶にもない目的地におもむく途中、家のなかで凍えていたり、雪のなかで埋もれていたりする人たちを数えることは、不可能だ。だれもが、そのような死者たちを目撃するように、パヴロフも目の当たりにしている。目の前のこの雪の吹き溜まりから、片足がひとつ突き出ている。ひと塊の人びとが、ネヴァ川の氷上にうつぶせになっている。こういう死者たちは、そこから移動することはない。埋葬されることもなければ、腐敗することもない。春になれば、公衆衛生に関する大きな危機に直面することだろうと、パヴロフは無意識に思うが、その思いを、すぐに頭から消し去る。そんなことは、パヴロフが抱え込む問題ではないのだ。

パヴロフが、さしあたり問題にしなければならないのは、あしたのことであり、あさってのことなのだ。パヴロフの仕事は、レニングラードに少しずつ、いのちを注ぐことだ。死というものが存在しているのは間違いないし、ときに、それが大量であるがために、新聞紙のように、かかえこんで持て余すことになると分かっていても、パヴロフは、そのような死よりも、生きるための仕事をしていると思っている。

入手できる統計によると、十二月の死者数は、十一月の四、五倍になりそうだ。

「四万人に達しそうです」

「確かなのか？　その数字は、チェック済みで、確認済みか？」と、パヴロフは、鋭い調子で言う。「正確な状況を摑みたいのだ」

パヴロフは、来月初めに、何枚の配給券が再登録されるかを承知していなければならない。毎月、再登録するためには、本人が出頭しなければならない。だから、死んだ者たちが、この制度を掻い潜って、「幽霊」配給券が出回るようなことは、ぜったいにあってはならない。この制度があるために、詐欺的行為は、以前よりも困難になっているはずだが、まだ、いまのところ、その困難さもほどほどの状態だ。

そのような詐欺的行為、闇市、それに窃盗が、パヴロフの統計学を狂わせようとしている。パヴロフは、両目をこする。食糧の不正流用にたいする懲罰は、即決されなければならない。そうすることに、なんら問題はない。そのような懲罰は、すでに行われている。闇市商人も、泥棒も、配給券の偽造者も、けっして容赦しない。制度の内部関係者による巧みな誤魔化しは、最悪なことであり、もっとも厳しく、見せしめとなるような処断が下されなければならない。問題なのは、大勢の者が死に瀕しているときには、死刑という処罰は、効き目がないということだ。

一応、小麦粉も、砂糖も、脂も大量にある。高蛋白物資の空輸も行われようとしているが、その品質はと言えば、みじめなものだ。しかも、高カロリー食糧は、日に二百トンという目標数にたいして、五、六十トンにしか達していない。ときには、飛行機が地上にくぎ付けされて、飛べずに、なにも届かないことがある。軍用機が何を輸送してこようと、この何百万人もの人びとの腹を満たすことはできないだろう。

この市を救うものがあるとすれば、それは、ラドガ湖のうえを走る氷の道だろう。しかし、この道をたどろうとしても、まだ、遅々として進まない。いままでに、かなりの台数のトラックが、この氷の道をなんとか通り抜けるか、あるいは、途中で故障してそれ以上先へ進むことができなくなるかしている。それに、残されているトラックは、その旅程に当初予定されていた三倍近くの時間がかかる。繰り返しやってくるブリザードで、トラックが、氷上の基地から、つぎの基地まで移動することは、ほとんど不可能に近いといってもいい。上空に晴れ間が見えると、ドイツ軍の爆撃機が襲ってくる。勇猛果敢な戦いとなる。まさに英雄的だ。何をするにしても、勇気が要る。そんなことは、当たり前だと思うだろうが、事実はそうではない。パヴロフのペンが、紙のうえで、止まったままでいる。目をうえに向けて、計算しているのだ。その目は、煙と寝不足で、真っ赤に充血している。しかしパヴロフは、そんなことでへこたれるような弱い男ではない。それに、自分をどこまで酷使できるか、わきまえている。

キーロフの工場では、労働者たちが果敢にも工場の防衛にあたり、交代で睡眠をとり、疲労で立ち上がることができなくとも、持ち場を離れずに、まだ工場にとどまっている。それにもかかわらず、生産の停止を余儀なくさせられている。

これ以上、英雄は必要ない。必要なのは、戦車だ。対空砲兵中隊であり、スペアの部品を携えた技師たちだ。たとえ、無事に供給物資が氷上を乗り越えても、まだ、ラドガ湖からレニングラードまでの一本道という悪夢が待ち受けている。鉄道というルートもないではない。けれども、鉄道のスタッフはみな、ほかのすべての人びと同様、飢餓に苦しんでいる。したがって、鉄道線路を無難に保つことなどできはしない。砲弾襲撃があるたびに、補修を続けなければならない。エンジンを動かす燃料も十分ではない。腕のある人間も、不足している。それに、鉄道線路と停車場を使えるようにするために必要な数の屈強な労働者を集めることさえできない。

「これが最新の数値です」

パヴロフのまえに置かれた紙には、その数値のほかにもいくつもの数値が書かれている。その統計表を、食い入るように見つめるパヴロフの頭は、数値に取りつかれているようだ。それは、パヴロフの才能なのだ。つまり、数値は、パヴロフの頭脳を悩ますどころか、鋭敏にするのだ。この冬、五十回にわたって、機内で作成した最新の計画に、いま届いた新しい数値が、ただちに組み込まれる。人びとは、ひそかに、自分のことを「食糧皇帝」と称していることを知っているが、パヴロフ自身は、それを自分に対する称賛だと思っている。そのうえ、パヴロフは、敵を侮るようなことはしない。パヴロフは、ネクラーソフを認めている。「もっとも偉大な皇帝は、飢餓だ」——詩人ニコライ・アレクセイヴィチ・ネクラーソフは、正しく把握している。しかし、飢餓をまえにして怯むことは、けっして、好ましくない。怯むことなく、冷静さを保って、手遅れにならないうちに、攻撃をしかけなければならない。何を運ぶにしても、氷上列車用のイリノフスキー線を動かさなければならない。氷の道は、なんとしても、できるところまで延長させなければならない。奴らが、昼夜を分かたず鉄道線路を爆撃しても、構うことはない。そのたびに、作業員たちをその鉄道線路に送って、修理させればいい。任務を与えられた者たちが、仕事を引き受けなければ、銃殺すればいい。

もちろん、死傷者が出るという損害をこうむる可能性もないではない。だから、死者数がこれ以上増えないうちに、やらなければならない。死んだ者たちに、鉄道線路を修理できるはずはないし、氷上の基地にしても、人間の力ではどうにもならない。このことでは、軍の指揮権が、自分に味方してくれていることを、パヴロフは心得ている。すでに、レニングラード党第一書記アンドレイ・アレクサンドロヴィチ・ジダーノフには、話が通じている。

最低水準の配給しか受けられない人びとは、個々に貯蔵食糧をもっていなければ、長くは生きられない。そもそも飢餓状態がもうほとんど三か月以上続いているからには、そのような食糧をもてる見込みはまずない。まして、からだに脂肪を残すことなどできるはずがない。脂肪は、すっかり、燃え尽きてしまっている。貯蔵倉庫は、解体されてしまっている。このような人びとは、いまは、日々、混ぜ物をされたパンを二切れ受け取っているだけだ。

からだの脂肪がなくなってしまったので、体内の動力機関を作動させることによって、筋肉はどんどん消耗してきている。低体温症、心臓麻痺、疲労などの多くの病気で、人びとが急死している。これら万病のもととなっているのが、言わずと知れた飢餓なのだ。

「栄養失調、そのほか、飢餓関連の病気が原因の死亡者数は……」と、パヴロフの背後で、物憂げな声がする。「たのむから、そういうわたしの時間を奪うような報告は、止めてくれないか」と、パヴロフは、きつい調子で言う。「そういう病気に関しては、精通しているつもりだ。そんなことよりも、現在、どれだけの量の小麦粉が、西ラドガ貯蔵所にあるのか、その精確な数値が必要なのだ。あの氷の道を使って、供給物資の量を増加させるための可能なかぎりの努力をすることが、緊急に肝要なことなんだ」

　人間のからだから脂肪が溶けてなくなるように、パヴロフが食糧を注ぎ込まなければならない人間の口の数は、溶解しつつある。

「死者数、三万かい？　四万？　それとも、四万五千なのか？」

　数値が、つぎつぎに、いくつもの表に書き込まれる。別の表には、小麦粉と、脂と、砂糖と、肉のトン数が、事細かに、ノートされている。十一月末に、パヴロフが配給を削減したとき、「そんなことでは、市民はみんな死んでしまいます！」と、まだ経験の浅い女速記者が、うっかり口を滑らせた。そして、自分で言ったそのことばにはっとして、顔面蒼白となった。部屋には、ほかにはだれもいなかった。もしだれかいたら、パヴロフは、なんらかの措置を講じていたに違いない。

「きみは、わたしが、なんの人間的感情も持ち合わせていないとでも思っているのか？」と、すぐさま、パヴロフが、訊き返した。

「とんでもないことを——そんなつもりで、わたし——」

「わたしが、責任を引き受ける。分かったかね？」

「はい——」

　この娘には、分からない。分かるはずがない。どうにも避けられぬこととして、命令を書いた張本人が、けっして、心安からぬ心境にあることが、だれに分かろうか？　パヴロフが、書き綴っているものは、歴史となっているが、同時に、歴史は、パヴロフのことを、書き綴っている。この娘は、パヴロフに選択権があると思っているようだが、そうではない。それに、モスクワに戻れば、たえず、上司の監視のもとに置かれることになるのだ。

　しかし、やがて、事態は変わることだろう。いや、変わらなければならない。パヴロフは、世間の人びとが、見ることも、聞くことも、感じることもできない変化を、全身で、感じ取ることができる。それは、乾いた霜が数か月続いたあと、大気に漂う冷湿さに似ている。そのとき、南に何百キロも行けば、暖かい風がそよいでいるのだ。けれども、氷結した川は、まだこのことに気づいてはいない。こういうことを、だれも知識として知ることはないし、頭で考えて分かるはずもない。全身で、そういうものを感じ取って、血が騒ぐのだ。そうなのだ。これは、本当のことだ。こういうことは、何にもまして、大きな快楽であり、だれにも理解できる快楽ではない。

パヴロフは、さきほどからずっと、前かがみになって、デスクの端を両手で摑んでいる。いま、パヴロフがいるのは、冬将軍に取りつかれた灰色のレニングラードではない。モスクワの南西八十マイルのところにある村だ。氷が砕ける川の真上の奥行きのない崖のうえに立っている村だ。厚い板状の氷が、たがいにぶつかり合って、ぎしぎしと音を立てている。なかには、氷の上を走る流れの勢いに押されて、むりやり、水中に押し込まれるものもある。あたりは、勢いのいい、急き立てるような水のざわめきに満ちている。とつぜん、パヴロフは、この冬が、いかに長く静寂に満ちたものだったかに気づく。一羽の鳥が水面低く飛び、さっと水をかすめてゆく。それから、対岸の樹木の茂った堤をこえて、飛び去ってゆく。泥の臭いがし、冷たい波が沸き返る。折り重なるように隆起した丘陵の向こうの光が、まえよりも、明らんでいるのは、確かだろうか？　その光が、約束された将来を示すかのように、丘陵の稜線を際立たせている。

西ラドガには、大量の物資があり、レニングラードにも大量の物資の蓄えがある。レニングラードに送られている大量の物資が氷の道の途上にある。時は、十二月の第三週にあたり、一年のうちでも最も寒く、最も暗い週だ。生命の脈動が弱くなり、最も低く落ち込む時期だ。餓死することとは、もはや、ドラマティックなことではない。おもての通りにくり出して、食べ物を求めて文句を言ったり、わめいたりする者は、どこにもいない。それは、冬になると、巣箱のなかで蜜蜂が死ぬように、目には見えない災厄なのだ。春になって、巣箱が開けられると、すべてが明らかになる。蜂の巣室のように、レニングラードのアパートの部屋は、霜のために委縮し、黒ずんだ死体がぎっしり詰まっている。

パヴロフは、一枚の紙を自分のほうに引き寄せる。そのうえに、何かしきりに書きつけている。自分の手で配給を削減したことによって、死亡率がどのくらい上昇したか、その比率の推移を大まかなグラフにしているのだ。十二月半ばまで来た。一息入れて、一月の未知数値を推断して、書き込もうとしている。死亡率が十二月のパターンを踏襲すると仮定すれば、どうだろう。これ以上、配給を削減することがなくなり、死亡率の上昇もなくなるだろう。配給受給者たちは、そのまま、一日に百二十五グラムのパンを受け取ることになる。一月のあいだずっと、そして、二月まで続けられるだろう。パヴロフのグラフの角度は、右肩上がりで、天を指している。そのグラフには、レニングラードの人口の半分の死亡率を示すグラフには、レニングラードの人口の半分にあたる数のいのちが伴っている。死亡率は、なおも上昇し続けている。死亡する人の数は、加速している。

　パヴロフは、ふたたび、日々変化する予備食糧別の供給表に目を向ける。パヴロフが掌握できる予備食糧は、みじめなものだ。辛うじて、あと数日生き延びられるだけの保証しかできない。逆に、配給をわずか二十グラム増やすだけで、ぞっとするような危機を招くことになる。しかし、このまま放置すれば、確実に、レニングラード市民は、死ぬ。これにたいして妙策を講じる余地がないではない。ひとつだけある。それは、氷の道に託された可能性だ。もちろん、それは、この道がいままでレニングラードのために果たしてきた役割をさしているのではなく、これから、あらたに果たす役割を示唆している。パヴロフは、目の前のグラフと統計表を引き寄せながら、受話器を取り上げて、軍司令部のジダーノフに電話する。

　何時間も後になって、パヴロフは、レニングラードの予測される死亡率のグラフの紙を取り上げ、もういちど、精査する。それから、マッチを擦って、紙の隅をつまんで、火に近づけ、燃やす。その紙は、パヴロフにはもう不用なのだ。数値のすべてが、頭のなかに刷り込まれているからだ。それに、その書類は、だれの目にも、触れられる必要のないものだ。とくに、「そんなことでは、市民はみんな死んでしまいます！」と言っていた、白い顔をしたあの速記係の娘には、見せたくない。紙は、渦巻き模様をつくりながら、黒ずんでゆく。炎が、指にまで及びそうになって、やっと火を吹き消し、くしゃっと押しつぶして、灰にする。

　十二月二十五日には、労働者にたいして、二百グラム、扶養家族にたいして、七十五グラム、一日分のパンの配給が増やされるだろう。

＊

　しかし、速記の娘が言っていたことは、何から何まで、正しかった。レニングラードの別の場所、ヴァシリエフスキー島では、ひとりの女の子が、それから三日後に、ノートを開いていた。ポケットにちょうど入るほどの大きさの小さなノートだ。アドレス帳ぐらいの大きさだ。アルファベットの文字が、右側の頁に書かれている。しっかりとした教育を受けたとみられる十一歳の少女のきれいな手書きの文章で、最初の記載は、このようになっている。

　ゼーナ。こう書いて、戻って、傍線を引いている。ゼーナ。一九四一年十二月二十八日午前十二時三十分に死亡。

　これからあとの記載には、名前に、傍線を引くことはないだろう。この少女は、自分の家族の名前を、ひとりひとり、全員が記載されるまで、書き続けるつもりだ。そして、最後に、こう書くつもりだろう。ザヴィチヴィ家の者は、死んだ。全員、死亡。ただターニャだけが、生き残り、ここにいる。

パヴロフが言っていたことも、何から何まで、間違いない。パヴロフが、書き綴っているものは、歴史となっている。一方、歴史は、パヴロフのことを、書き綴っている。パヴロフは、目を擦る。部屋の向こうから同僚がうかがっている。パヴロフは、その男ににらみを利かせるが、その男が感じるのは、恐怖ではなく、憐憫に近いものだ。

28

真夜中を十分ほど過ぎている。暗闇、静けさ、それに、寒気。容赦ない、血液の鼓動を止めてしまうほどの強烈な寒気だ。死んだ人びとを、霜だらけの丸太棒に変えてしまうほどに強烈な寒気だ。

四人がたがいに身を寄せ合って、それぞれの体温を譲り分かち合っている。みんなが完全装備で、耳を包む覆いのついた帽子をかむり、手袋をはめ、スカーフで身を包んでいる。マットレスのすぐわきには、すぐに履けるように、四足のブーツが置かれている。換気窓は、二週間前の爆裂で粉みじんになったところが、段ボールを重ねて、修理されている。別の窓は、内側にも外側にも、霜がかさぶたのようにこびりついている。戸外では、氷を含んだ風が、あちらこちらの、人気のない通りの角で、雪をふるいにかけて、逆巻くつむじ風に変えている。

それにしても、暗い。じつに、暗い。まったく何も見えない。あるのは、寒気の容赦のなさだけだ。寒気は、獲物はいないかと部屋をうろつきまわる動物のようだ。曝された部分の肌を、小刻みに鞭打ってくる。戸外では、真夜中の気温が、零下十八度まで下がっている。三時から、あたりは、漆黒の闇に包まれている。この闇は、昼近くまで続くことだろう。何時間にもわたって、ただひたすら、たがいに身を寄せて離れず、いのちを守る以外、何もすることがない。

アンナが、薪用ストーヴ《ブルジューイカ》に触れても、ただ、凍えるほどに冷たい金属が掌にぴたっと吸いつくだけのことだ。あしたは、本をもう何冊か燃やそう。ありがたいことに、燃やすことのできる本が何冊か残っている。

父ミハイールは、自分の本が燃やされるさまを目にすることはない。四人は、一塊になってひと部屋にいるが、ミハイールは、となりの部屋に独りでいる。仰向けに寝ていて、つんと突き出た鼻が、寒気に曝されている。両手は、胸のところで重ねられ、そのうえに、一冊の本が載せられている。肌は、生気を失ってこわばっている。そのような無防備なミハイールのまわりで、寒気は、したい放題に暴れまわることはできても、これ以上、からだを損なわせることはできない。ミハイールは、すでに、寒気の一部になっているからだ。ミハイールの受けた傷を、寒気が腐食させてしまっている。病気臭は、もうしなくなっている。侵入してきた死神さえも、凍えたままでいる。いや、春になって、ようやくいのちを吹き返す、冬の訪問者のように、ただ、眠っているだけなのだ。

「眠ってるの？」

「いや。きみはどうなの？」

「わたしも、眠ってないわ」

「この子は？」

「眠ってるわ」

「確かかい？」

「確かよ。でも、この子の足、とても冷たいわ」

「きみの手はどうだい？」

重なった毛布のしたで、ふたりの手が触れたが、触れたその手は、温かくはない。ふたりの手は、硬く、ひんやりと冷たい鉄鋏のように、たがいに折り重なる。こうなれば、男であろうと、女であろうと、そんなことはもうどうでもいい。現にこうして生きているからだ。一方の手が相手の手のほうに伸びる。そして、たがいに触れ合う。子どもが、突然、発作的に咳き込む。体を震わせ、胸がゼーゼーと音を立てる。それでも、目を覚まさない。アンドレイとアンナは、コーリャのからだを両側から挟んで、できるだけ温めようと、さらに強くからだを押しつける。

「マリーナは、眠ってるの?」

「ええ」と、アンナが言う。「眠ってるわ。眠るしかないのよ」

コーリャが、からだを震わせて、咳をする。アンナは、コートのなかに招じ入れる。コートのボタンを外し、コーリャを引き寄せて、コートのボタンをかける。寒さでこわばった指を使って、ゆっくりと、コートのボタンをかける。コーリャは、アンナのなかに、身を埋めるように抱かれる。アンナの首筋の肌に押しつけられて、息が詰まりそうになっている。アンナは、やせて張りを失った太もものあいだに、コーリャの両脚をはさみ込む。

四人とも、夜でも脱ぐことのない服を着たきりなので、カビ臭い。マットレスのかたわらには、四足のブーツが置かれている。この毛布の穴倉から、凍るような部屋に抜け出るときには、かならずこのブーツを履かなければならない。しかし、何をするにしても、かなりの時間がかかる。呼吸がつらくなって、動悸がする。

マリーナは、アンナの背後で、握りこぶしを頬骨のしたのくぼみに押しつけるようにし、からだを曲げて丸くなり、三人に背を向けて横になっている。きっと、眠っていて、夢でも見ているのだろう。食べ物の夢、おいしそうな匂いがし、湯気を立てている乾燥マッシュルーム入りのスープの夢、そのスープには、黄金色をして、ふっくらとふくらんだ、小さなリンゴ入り蒸しだんごがいくつも浮かんでいる……

コーリャの蜂蜜は、ガラス瓶にはほとんどなくなって、わずかスプーン一さじほどしか残っていない。

事態は、好転するだろう。いや、そうならなければならない。封鎖は、解かれるだろう。ロシア軍が、ムガを取り戻し、モスクワ鉄道は、再開されるだろう。包囲の輪は、崩されるだろう。

ただ、コーリャの蜂蜜が、糸を引くようにのびて、いまというこのときから、事態が好転するときまでのあいだの時間を、繋いで欲しい。この細く、黒く、甘い、一本の糸からはヒースと煙の臭いがする。スプーン一さじの蜂蜜、それをコーリャの口元まで持ち上げるようすをみんながじっと見つめている。

「さあ。ゆっくりとね。いちどに飲み込んじゃあだめよ」

どうか、貴重なカロリーとビタミンを、からだが吸収してくれますように。そんなことは、ただ、みんなの想像にすぎないのだろうか? コーリャが、この蜂蜜を飲めば、衰弱してやつれた頬に、すこしは、血の気がさしてくるのだろうか? アンナは、手をのばして、ガラス瓶のわきにあてたスプーンからこぼれ落ちる一滴の蜂蜜を、指で受けて、その指をコーリャの口に入れて、なめさせる。コーリャは、スプーンをなめ、甘さが失せてしまったあとも、しきりになめ続ける。いくつかのこういう糸に、誰もがしがみついているのだ。

蜂蜜が入った瓶は、マットレスにはさみ込まれて、目のまえにある。もし、泥棒が押し入ってきても、簡単には見つけられないだろう。アンナが、その瓶を指で触る。胃がキリキリと痛む。アンナは、その手をさっと毛布の穴倉のなかに戻す。

寒々として、ひっそりとしたアパートの建物が部屋ごと、アンナのうえに傾いでいる。蜜蜂の巣板に作られた六角形の巣穴のようなアパートの建物に、ひとつひとつの凍った小部屋が宙づりされたように、ぶら下がっている。その建物のしたのほうに目をやると、氷のように冷たくて、踏むとぎしぎしと鳴り響く階段、死装束のように、雪で包まれた中庭、掃き清められることなく、汚れ放題の舗装道路、砲撃で破損した建物、空襲被災地域、それに、アンナが九月に、いまとは別の生活をするなかで、修復工事をした市内の防衛施設がある。そういうものの向こうに、侵略軍の鉄の輪があって、レニングラードの首根っこをじわじわと押さえつけてきている。アンナの血と肉のように麻痺してしまったレニングラードが、ここに存在する。

コーリャは、眠りながらも、なめる動作を続けている。五年前、まだ赤ん坊だったころ、懸命に食べ物を求めてしていたように、アンナの首筋に吸いついて、なめ続けている。アンドレイは、声を出さない。マリーナと同じように、眠っている。アンドレイの手は、もうアンナから離れて、だらりと垂れている。

こういう時間が、いちばん厳しい。真夜中過ぎのこの時間は、昼間までは、まだ、気が遠くなるほどに遠いからだ。アンナは、うとうととまどろんだかと思うと、急に、ぴくっと体を震わせて、目を覚ます。それから、また、まどろむ。胃が、きりきりと痛む。アンナは、両膝を引き上げ、ゆりかごに寝かせるようにして、コーリャのからだを抱き寄せる。つま先が、むず痒い。でも、この姿勢では、手が届かない。

死神が、となりの部屋で、歩き回っているような気配がする。その足音は、はっきりと、またすぐ近くで聞こえてくる。

明日も、食べ物を求め、暖を求め、さらに、もう一日生きながらえることを求めて、格闘することになるだろう。明日も、またしても、父親の亡骸を墓地に運ぶことにはならないだろう。あのとき、コーリャのそりが盗まれていなかったら、この亡骸をなんとかできたかもしれない。亡骸となった父親は、ここにい続けなければならないだろう。もう、六日も経っている。いや、七日だろうか？　毛布を重ねたマットのように、時が、するすると、すべり落ちるように、過ぎ去ってゆく。アンナは以前にさかのぼって、日を数え始める。それは、先週の木曜日のことだった——いや、その前の日だっただろうか——

明日になれば、蜂蜜もなくなってしまうだろう。いまは、そのことを考えるのはやめよう。アンナの胸骨に、コーリャの心臓の鼓動が響いている。子どもの心臓というものは、ふつう、こんなに速くうつものなのだろうか？　コーリャは、蚊の鳴くような声を出してぐずるが、咳はしない。その通り、眠っているのだ。だれにも、眠りをさえぎることはできない。

こうして、夜は、過ぎゆく。

それから、また、夜が訪れる。

アンナの父親の死から、今日で九日になる——あるいは、十日だろうか？　いま、午後二時だ。太陽が顔を出し、光が、十字の形をした紙を突き抜けて、アンナの父親が横たわる部屋に射し込んでいる。たちまち、部屋が燦然と輝く。霜でできた氷花の葉と花弁の影が、ミハイールの亡骸にかけられた白いシーツのうえに、くっきりと、その輪郭を描いている。顎鬚が、光沢を帯びて光っている。しかし、ミハイールは、極寒の静けさのなかで、ずっと眠り続けている。今日で、十日眠っているのだ。いや、九日だろうか？　空を黄色に染める雪の到来とともに、陽光が消えてゆく。

パン屋がまた一斉に、遅れて開店した。今日は、水が不足したために、パンを焼くのが遅れたのだ。アンナが、配給品を持って戻ったときには、夜勤を終えたアンドレイが、すでに病院から帰ってきていた。本来なら、ほかの医者たちのように、常時、病院に泊まり込まなければならないところなのだが、できるだけ帰宅することを押し通してきた。今日は、トラックに載せてもらって帰ってきたと、アンナに言う。そんなふうに無理をして、体力を消耗させることはむちゃなことなのだが、アンナはそんなことで言い争いをする気にはなれなかった。ただ、アンドレイに対しては、ここにいて欲しいという点では、どうしても引き下がらなかった。

アンナが家に入ると、アンドレイは、コーリャを両腕に抱えたまま、眠っている。かがみこんで、コーリャの息遣いをチェックする。すっかり、眠りに身を任せて、安らかな顔をしている。咳の具合は、よくなっているようだ。この時間の眠りは、昼食のパンのスープを終えたあとの眠りで、最高の安眠、最も深い眠りなのだ。今日は、ほかに、そば粉のポリッジがゆをスプーンに二匙ほどすることになるだろう。この家では、配給の半分を、夕方、できるだけ遅く食べ、残りの半分を正午に食べる習慣が身についている。そういうわけだから、アンナが、パンを持ち帰るのがどんなに遅くなっても、そんなことは、大したことではないのだ。この家には、すくなくとも、正午には、何か食べるものがある。そしてたとえ、パン屋がまったく店を開けないか、あるいは、アンナに、何か起きたとしても、翌日までは、なんとかやっていける。コーリャには、今日は、何も食べるものはないのよと、ぜったいに、言うことはしない。

十七時間の辛抱だ。朝七時から、翌日の正午までのあいだのことだ。今朝アンナは、コーリャのためのお湯で空になった蜂蜜の瓶をすすいだ。ほかの者は、アンナが、二番茶、三番茶にするために乾燥しておいたイラクサ茶で香りをつけた湯を飲んだ。アンナは、それに、ひとつまみの塩を加えた。塩には、めまいを止める効能があるからだ。

父親の死が、月のごく終わりに近いころだったら、どんなに有難かったことか。父親が死んだのは、再登録をしなければならないときで、配給は、数日分しか請求できなかった。再登録は、本人が出頭して、手続きしなければならなかった。もし、登録直後の月初めに死ぬ者がいれば、これ以上の幸運はない。三十日分の配給が手に入るからだ。アンナは、父親の配給パンが手に入ると、その日のうちに、薪用ストーヴ《ブルジューイカ》のうえで乾燥パンを作って、のちのちのために、取っておいたのだ。うえに、平らな重しを載せた花瓶のなかに、半分に切ったパン七枚を隠している。アンナは、毎朝、鼠どもがかっさらっていったのではないかと、チェックを怠らない。もっとも、鼠など、このあたりにはもういるはずもないのだ。猫もカラスも犬も、それに、鳩も、すっかり食べ尽くされている。死んだ者たちが、床のうえの凍った水たまりのなかに横たわるアパートでは、人間が、野鼠を食べ、野鼠が、人間を食べている。

アパートで、わなを仕掛けて、捕えた鼠を食べたことがある者だってきっといることだろう。鼠のほうでも、こんなところでは、とても、生きられないと分かっているだろうし、シラミだって同じことだ。鼠もシラミも、もう封鎖を突き抜けて、ドイツ軍の戦線に行ってしまったのだ。

アンナが、ふたを持ち上げた。だれの手にも触れられず、乾燥パンがそこにある。配給が削減されたり、コーリャがまた、別の病気にかかったりしたら、ということを考えて、すくなくともアンナは、このようにして、なんらかの備えをしている。コーリャが、泣き止まないときにも、備えている。いま、病気を克服しつつあるコーリャだからこそ、ますます、泣き声を上げるのだ。

ある日、コーリャがアンナに言ったことがあった。

「アンナ。いつになったら、ぼくのために、スープを作ってくれるの?」

「コーリャンカ。何のスープだったかしら?」

「ほら。ぼくが病気になったら、いつも、元気になるようにって作ってくれた、あのスープだよ」と、老人のように、咎めるようなまなざしをアンナに向けた。だれかが病気したあと、滋養のためにと、アンナがいつも作っていたチキンスープのことをコーリャは覚えていたのだ。そのスープは、パセリと一握りのアンズタケを加えて、味付けしたものだった。その色は、緑の斑のある黄金色で、表面には、ごくかすかに真珠色のチキンの脂が浮かんでいる。もし、小麦粉があれば、蒸しだんごも作るだろう。しかし、それは、羽根のように軽くて、底に沈むことなくふわふわと浮かんで、風でも吹けば、飛んでゆきそうなものになるだろう。コーリャは、この蒸しだんご作りを手伝うときに、おたまにひとつずつだんごを載せて、スープのなかに入れ、それがなべの底に沈んでゆき、しばらくすると、それが膨らんで、表面に浮かんでくるのを、じっと眺めているのが大好きだった。このだんごが、余分な脂を吸収してくれたので、スープの味は、申し分ないものになった。

コーリャは、まだ、しゃべっている。「ねえ。アンナ。チキンスープのことだよ。ぼく、あのスープが好きなんだよ」

アンナは、口のなかににじみ出てくるつばをごくんと飲み込んだ。

「じゃあ。スープを作りましょうね」

アンナは、水のなかで、半切れのパンを砕いて、塩を一つまみ加え、ストーヴにかけて熱して、コーリャのために、スープを作ってやった。コーリャは、カップを自分のほうにぐいと引き寄せて、獄に繋がれた受刑者のように、むさぼるように、スープを飲んだ。

そう。コーリャの具合は、しだいによくなってきてはいる。しかし、体力はかなり落ちてきて、弱っているので、凍らないようにしてある唯一の部屋から、一歩もそとへ出させはしない。浴室のパイプも、凍っていて使えないから、そこに入る必要もない。トイレも凍っている。だから、寝室用便器を使っている。アンナは、いっぱいになると、空き地の雪の吹き溜まりに捨てに行く。ときには、階下に運ぶのに体力が続かず、階段の踊り場に、悪臭を発散させる糞尿の詰まったその便器を、トタンのふたをして、置いておくこともある。寒さが厳しいと、便器そのものも凍ってしまい、凍った汚物をたたいて砕いたうえ、捨てることもあった。何をするにも、かなりの時間がかかる。日を重ねるにしたがって、アンナの動作は、緩慢になってきている。手は、こわばって固く、関節は、腫れ、指は、赤剝けしている。薪を割るときに、左手の親指と人差し指のあいだを切ってしまい、そのときから、癒えていない。アンナがそのようなヘマをしたことは、そのときまで、一度としてなかった。

　エヴゲーニアからもらった木は、もう、なくなってしまった。だが、アンドレイが、病院を囲む木製の塀が破壊されたときに、袋いっぱいの木を手に入れてくれた。それに、燃やせる本も、何冊か残っている。横たわる父親のベッドの脇に棚があり、そこに、シェイクスピアが、まだ残っているのだ。

　アンナは、キルトの上掛けを引っ張り上げて、アンドレイの頭を包むように巻きつける。しかし、マリーナは、どこにいるのだろうか？　薪用ストーヴ《ブルジューイカ》は、ほとんど消えかけている。アンナが、ストーヴのふたを開けてみると、火は下火になり、真っ赤な灰になっている。アンナは、両膝をついて、その灰から炎がめらめらと燃え立つまで、紙くずと木端で、灰を崩す。それから、焚き付けで、ウイグワム小屋のような半円のかたちを造り、そこに、病院の塀から取ってきた木材の塊のうちの二本を加える。ストーヴがあるこんなところでも、どの窓も、霜で真っ白になっている。昨日は、戸外の気温は、零下二十度まで下がった。ラジオの放送によると、子どもたちの胸を寒さから守るために、新聞紙の束が使われている。新聞というものは、ふだんは、平気でひとを侮辱するような性格を有しているから、このような状況では、かえって、卓越した保護の役割を果たしてくれるのだ。新聞紙がなければ、本の紙をばらし、それを何枚も綴じ合わせて、子ども用のチョッキにする。いや、それよりも、本は、燃料として使ったほうがよかったのではと思うかもしれないが、寒さとの闘いには、短期で構える武器ばかりでなく、長期で構える武器も必要なのだ。ある小児科の女医が、六歳になる自分の息子のために、トルストイの紙の束を重ね、綴じ合わせて、チョッキを作った方法を、事細かに、説明している。

キッチンのドアが閉まっている。

「マリーナ、そこにいるの？」だが、返事はない。たぶん、水を運ぶために、階下に下りて行ったのだろう。まえに、そういうことがあったのだが、水を持って帰れなくなって立ち往生しているとしたら、どうしよう？　上の階まで水を持ち上げるのに、アンナの手を借りなければならなくなっているとしたら、どうしよう？　とにかく、独りでバケツの水を持って上がるのは、きわめてよくない。電灯が点いているわけではないので、階段を数段上るたびに、立ち止まり、だれかほかの者が水を運んだときにこぼれて、凍った水溜まりのうえを、滑らないように、手さぐりしながら、上らなければならない。腹立たしさと無力さから、涙がこみ上げてきて、アンナの目をにじませる。

「マリーナ、そこにいるの？」

「ここに、いるわよ」と、アンナの父親が眠る部屋の閉じたドアの奥から、マリーナが答える。アンナは、父親がそこに安置されてから、なかに入っていない。アンナがドアを押すと、難なく開く。すると、なかから、凍えそうに冷たい一陣の空気がすっと送り出されてくる。すばやくからだをなかに入れ、コーリャが、その冷気を受けないように、後ろ手にドアを閉める。

父親の顔を、うっすらと羽毛のように軽い霜が覆っている。仰向けに寝かされて、両手のあいだに、一冊の本が挟まれている。それは、読み古されたプーシキンの本で、マリーナが、ミハイールの亡骸が死後硬直を起こさないうちに、そこに、挟みこんだのだ。コートとショールで身を包んだマリーナが、ベッドの傍らに坐っている。よく見ると、ドアのほうを向いたマリーナは、ショールで頭部を包んで、目だけを出している。しかし、手には、手袋をはめていない。両手で、ミハイールの手を包んでいる。

「マリーナ、その手――霜焼けになってしまうわ。ここにいてはだめだわ」

アンナは、マリーナの両手を取って、持ち上げる。その手は、こわばって、白っぽく、青と赤が混ざった大理石のようだ。

アンナは、エヴゲーニアがしてくれたように、マリーナの手を包むようにして、擦ってやる。

「大丈夫よ」と、マリーナが言う。「さっき、手袋を外したばかりよ。わたし、ミハイールに触れていたいの」

アンナは、しばらくのあいだ、擦り続ける。それから、ぎこちない手つきで、マリーナの指を、外した手袋に戻そうとする。マリーナは、されるがまま、アンナを手伝うことはしない。アンナが、どうしてそんなに自分の手を動かしているのか、まったく、分かっていないようだ。

「わたしたち、この部屋には、ずっとはいられないわ。そんなことをしていたら、凍死してしまうわ」

「大丈夫よ。それより、あなたは、向こうの部屋に行きなさい。わたしは、ただ、ミハイールといっしょにいたいだけなの」と、マリーナは、まるで、万事が至極あたりまえといったような口ぶりだ。

ひとが死んだら、別の部屋で、霜の骸布に包まれるまで、じっとしておくのが、普通なのだ。このような事情は、レニングラードのどこにいっても、同じだ。アンナがそれを知っているのは、配給の列に並んでいた女たちに、話しかけたことがあったからだ。

「わたし、とうとう、ひとりぼっちになってしまったわ。でも、あのひとと一緒にいるの。あのひとを、独り占めしてるってことね」

聞くと、どうも、いくつかの家では、同じ部屋に家族みんなが起居して、春の到来を待っているようだ。

アンナのところでは、まだ、父親を埋葬できないでいる。地面が、硬すぎて、穴を掘ることができない。墓地の門には、死体が山と積まれていて、埋葬されるのを待っている。かりに、墓が用意できたとしても、父親の亡骸を階下まで運び降ろすことは、家族全員の力をもってしても、不可能だ。それに、そりもないのよと、ミハイールに状況を説明している自分に、マリーナは、思わず気づく。だから、あなたをここに置いておくしかないの。どうしようもないのよ――

ミハイールも、マリーナを自分のそばに引き寄せている。マリーナは、こうして、ベッドのそばにいても、もう、大丈夫だ。ミハイールの頭のうえには、棚があって、そこには、シェイクスピア全集が並んでいる。赤い皮表紙で、厚いクリーム色の紙の七冊のものだ。マリーナは、アンナの視線に気づいて、「ミハイールが欲しかったのは、プーシキン全集のほうよ」と言う。

「父は、そんなことを、言っていたの?」

マリーナは、ショールを引き下ろして、覆っていた口を出す。「いいえ。でも、わたしには、分かっていたのよ」マリーナの青ざめ、やつれた顔が、ぱっと明るくなる。「あの決闘のあと、どうなるか、覚えているでしょ?」

オネーギンは、その若者のそばに駆けよって、じ

っと見つめ、名前を呼ぶ——だが、その甲斐もなく、
すでに、こと切れている。

それから、ザレッキーが、どのようにして、レンスキーの凍った亡骸を、馬ぞりに載せて、運んだのか？ 覚えているでしょ？ いまここで、プーシキンが言ったのと、そっくり同じことが、起こっているのよ。雪も、そりも、亡くなった男も、同じよ。あなた、その個所をお父さまが読むのを聞いたことがある？」

「よく覚えてないけど、父は、よくプーシキンを読んでいたわ」

「そうよ。お父さまが、声を出して、読んでいるのを聞いたことがあるのよ。いいえ。読んでいたのではないわ。暗唱していたの。目の前に本は置いてあったけど、そらで、覚えていたの。目を閉じてね。あのひとには、本は、暗唱できるので、必要ないものだったけど、両手で触って、その感触を楽しんでいたのね」

「ええ、わたし、覚えているわ。父は、記憶力が、だんだん薄れていくので、いつも本を持ち歩いているんだって、言ってたわ」

父ミハイールは、椅子に坐っているときには、背筋を真っ直ぐにして、心もち顔をうえに向けて、目を閉じ、口元に、かすかに微笑みを浮かべていた。父が暗唱をし始めると、アンナは、よく耳を傾けたものだった。しかし、やがて、退屈した——いや、退屈したのではなく、正確に言えば、落ち着かなくなったのだ。その場に、いたたまれなくて、立ち去りたい気持ちになった。そういうとき、うまい具合に、コーリャが食べるものを欲しがって騒ぎ立てるものだから、それを口実に、部屋を出たものだった。父は、いつも、ものを書いていた。あのとき書いていたものは、どうなったのだろう？ アンナは、父が書いた小説を読む努力はしたが、面白いと思ったことは、一度もなかった。書かれた内容は、アンナには、解説が必要だった。

いまは、そんなことを考えてはならない。

「このひとの暗唱は、役者がするようなのとは違っていたわ。だから、聞けばすぐに、だれもが、暗唱しているのはこのひとだと、その正体に気づいたの」と、マリーナが言った。「このひとは、詩の生命を尊重していたけど、それは、並大抵ではなかったわ」

「マリーナ。もう、この部屋を出たほうがいいわ」

「アンナ。わたしのために、このひとの絵を描いてくれないかしら？」

「えっ？ このままの父を？」

「そうよ」

「できないわ」

「このひと、このままでは、忘れ去られてしまうわ。すべて、忘れ去られてしまって、結局は、何も起こらなかったということになってしまうのよ」

「この状況を忘れ去られて欲しくなければ、あなた自身が、生きていなければならないのよ」

「さあ。紙を取ってきてちょうだい。お願い。スケッチでいいのよ。どうしても、記録に残しておかなければいけないの」

「もう、紙はないわ」

「このひとの本に描けるでしょ。そう。シェイクスピア全集よ。あの本には、余白が多めに取ってあるわ。それに、そうだわ。見返しの紙が、いいわ」

言い出したら、頑として引き下がらないマリーナは、からだを引き上げるようにして、棚の本を持ち上げて、降ろす。「ほら。鉛筆もあるのよ。描いてちょうだい。お願い。そうしないと、全部消えてしまうのよ」

「それじゃあ、わたしが描き終わったら、ここから出て、ストーヴのそばに坐ってくれるって、約束してくれますか？」

「約束するわ」

手袋をしたままの手では、うまく描けるはずもない。こんなことのために、霜焼けになるというリスクを負いたくはない。そのうえ、アンナは、見たくないと思っているものを見させようとするマリーナに腹を立てている。だが、絵を描くにあたって、困ったことは、その絵を納得のいくものにするとすれば、どうしてもしっかりと見る必要があるということだ。

父親は、いまでは、鉄製のベッドのうえの、鉄のように冷たい肉体となっている。頭部には、何もかけられていない。頭髪には、氷が結晶している。アンナは、頬と顎、突き出た鼻、それに、両方のこめかみのくぼみのおおまかな輪郭を描く。そこに横たわっているものをこよなく愛おしむかのように、細心の注意を払って、描いている。しかし実際には、アンナは、そのものを愛おしんではいない。父親は、もう逝ってしまった。だが、マリーナは、あのように、手袋をはめることなく、父親の肌にじかに触っていたときには、すこしも苦痛を感じはしなかった。ミハイールは、もうどこかよそに行ってしまっていて、ここにいる連中のことなど、まったく念頭にはないのだ。

でも、マリーナは――そう、マリーナには、そのようなことは、まったく分かってはいない。ふたりが、呼び合っていたように、ミーシャとマリーナは、いつもいっしょなのだ。マリーナは、亡骸となったミハイールを恐れてはいない。マリーナは、身を乗り出して、アンナの鉛筆からほとばしるようにして描かれる線の動きを、食い入るように、見つめている。

「それ、まさにこのひとだわ」とマリーナがつぶやくように言う。「いいわよ。その通り、描いてちょうだい」

スケッチが、終わった。父親から顔をそむけながら、アンナは、その本をマリーナに手渡す。

「マリーナ。約束した通り、部屋から出ましょう」

「ええ。そうするわ。でも、アンナ。あなたには、これが、どんなに大切なことか、分かっていないのよ。あなたが、気に入らないってことぐらい、わたしには分かっているわ。でもね。それは、あなたが分かっていないためで、わたしが、間違っているからじゃないのよ。あなたのお父さまは、ほんとうに、立派な方だったわ」

するると、たちまち、あらゆるものが、がらりと変わってしまう。アンナは、もういちど、父親のほうに目を向けるが、こんどは、腹立たしさを覚えてはいない。もう、父は、逝ってしまったのだ。父の望まないところに、行ってしまったのだ。そしていままでは、父は、凍った肉の塊になっている。いや、それよりなにより、両手に本を挟み、鼻を天井に向けて眠っている、偉大な父なのだ。父は、父のままだ。父は、変わっていない。

「たぶん、詩人は、この世に、なんらかの祝福をもたらすために、あるいは、かずかずの偉業を成し遂げるために生まれてきたのだろう。詩人の黙して語らなくなった竪琴は、さながら雷鳴のごとく、来るべき、いくつもの時代を通してこだまするほどの調べを奏でたかもしれなかった。たぶん、詩人には、出世の階梯のうえで、上りつめるべき、高い地位が待っていたことだろう。たぶん、詩人の殉難者としての魂が、聖なる秘密を、その地位とともに、あの世に、運び去ったのだろう……」

マリーナは、さらに、続けて言う。「アンナ。あなたは、きっと覚えてると思うわ。お父さまがよくその詩句を暗唱していたこと、あなた、覚えているでしょ?」

「ええ。そうね。覚えてる気がするわ」と、アンナは答えたが、こんどは、本気で、覚えていると思っている。マリーナの言うことが、間違っているとか、アンナの父親の小説が退屈で、理解しがたいものだということとか、たとえ、小説の原稿がすべて残っているとしても、だれも読みたいとは思わないということなど、いまとなっては、重要なことではない。そう。ミハイールという人間は、偉大ではなかったが、そのようなことは、まったく、どうでもいいことだ。

アンナは、はっきり、覚えている。別荘《ダーチャ》でのことだ。スイカズラのしたで、自分が書いた本を手にしている父、ソコロフ家の雲霞のようなハチの大群が、ブンブンうなりながら、花の周りを飛び回っていて、父が、庭の木蔭で、ベランダのほうを向いて坐り、そのベランダでは、アンナが、ストーヴのうえにかけた野イチゴのクラウドベリーのジャムをかき混ぜており、そのふたりが、穏やかな会話をする声が漏れ聞こえてくる、そのような光景が、まざまざとよみがえってくる。姿勢がよくて、何かにとりつかれたようなところがあり、少々非常識なところのあるアンナの父親は、振り向いて、めったにしないような愛らしい微笑みをアンナに投げかける。「そのジャム、おいしくできてるかい？　とっても、いい匂いがするよ。クラウドベリージャムが、ジャムのなかでは最高だね」

ほんとうに、父は、そんなことを言ったのだろうか？　そのことばに応えるとき、アンナは、何かの拍子に、手に持っていた木製のスプーンを揺らしてしまったので、クラウドベリージャムの小さなしずくが、いくつも、青い木綿のドレスに飛び散ってしまった。
「そう。わたしは、よく覚えているわ」とアンナが言う。マリーナは、満足げにうなずく。

29

マリーナは、寒くてたまらず、やっとのことで、ストーヴまでたどり着く。おぼつかない足取りで、ふらふらと部屋に入ってきて、アンナに、からだごとよりかかってくる。からだの震えが、マリーナを通して、アンナに伝わってくる。

「さあ。ここに坐って」と、アンナは、穏やかに言うが、ほんとうは、マリーナのからだを振りほどいて、無理やり、椅子に押し込みたい気持ちだった。しかし、マリーナは、かたくなに、立ち続けている。アンナは、自分の体験から、寒さが、すでに、マリーナのからだ全体にしみわたっていることが分かっていた。いままで、亡骸を両手で抱き続けていたのだが、そんなことは、けっしてしてはならないことなのだ。亡骸に触れたら、すぐに、その手を放さなければならない。

アンナは、マリーナを押し込むようにして、椅子に坐らせる。

「そこに、じっとしていてね。からだを温めてちょうだい」とアンナが言う。マリーナのそばを片時も離れられない。ふたりとも、暗い森のなかに、閉じ込められている。森の木々は、雨も太陽も通さないほど、うっそうと茂っている。褐色の針のむしろのように、居心地の悪い場所もあって、死場所を求めて人知れず死骸となった小鳥を見つけることもある。アンナは、助けを求めて、しきりにあたりを見回す。すると、目のまえに、もっこりと一塊になって眠っているコーリャとアンドレイがいる。アンナの目には、毛皮の帽子をかぶったふたりの頭のうしろしか見えない。いまでは、コーリャは、なんの不平も漏らさずに、いつも毛皮の帽子をかぶっているが、そうするようになったのは、アンドレイがかぶっているからだ。

「こんなふうにね、家にいても、猟師はいつも服を着たまま寝るんだよ。猟師は、松の樹皮で避難小屋を作って、それにしっくいがわりに雪を塗りつけるんだ。それで、じゅうぶん暖かい。雪は、断熱剤になるんだ。わかっただろ。コーリャ」

「ほんと？　じゃあ、ぼくたちにも、そういう避難小屋が作れるの？」

「ああ。また、安全に森のなかに入ってゆくことができるようになったら、そうしよう」

「アンドレイとぼくとアンナの三人でね」

やがて、小鳥たちが、戻ってくる。林には、また、コウライウグイスが飛び交うようになる。それに、ソコロフ家の農家のそばには、牧草地を流れる小川があるが、そこでは、ウズラクイナも泳ぐようになる。そして、冬から一転、急激に、春めいてくる。雪解けで濡れた枝には、小鳥たちが群れて、大合唱をする。ネヴァ川では、氷が砕ける音がし、真っ黒な大地からは、緑の芽が、いくつも顔をのぞかせる。レモン色をした鮮やかな暁の光が見られるようになる。そして、雪解け水が流れて、褐色の泡がつぎつぎに奔出するようになる。そういうものすべてが、ふたたび戻ってくる。わたしはそれを信じていると、アンナは、両手でマリーナの指の関節を包みこむようにしながら、独りごとを言う。

「まあ。なんて、きれいな色なの」と、マリーナが言う。足のしたのトルコじゅうたんの切れ端を食い入るように見つめている。ほとんど擦り切れて、糸が見えている。アンナが、生涯を通して信仰箇条としていることは、

「いいこと、手作りほど、価値のあるものはないのよ。いまどき、そのようなじゅうたん地など、とても、手に入らないのよ」ということだ。色は、黒っぽく、心もち深紅色で、見つめていると、だんだん、深い褐色に見えてくる。「ほんとうに、美しいわ」

「もう、すっかり、擦り切れてしまっているわ」と、アンナが言う。

「でも、あなたが、こういうものを使っていて、うれしいわ。あなたは、美しいものを使うべきよ。しまっておいてはだめよ」

アンドレイとコーリャが、目を覚ましている。アンドレイは、体温で暖まった自分の毛布をはいで、それをマリーナの頭のてっぺんから足の先まで、包み込むようにかけてやる。それから、ストーヴの窓を開けたままにして、熱を取り込めるようにする。アンナは、湯を沸かすために、そこに水を載せている。

「お茶よ。マリーナ。飲めば気分がよくなるわよ」

「わたしのブーツのなかを、見て」毛布でできた洞穴のなかから、マリーナのくぐもった声がする。

「あなたのブーツですって?」このことばで、アンナはとうとう頭にきてしまう。「でも、あなたのブーツは、足のところにあるわ。あなたの足がブーツを履いてるのよ」

「違うの。このブーツじゃなくて、別のよ」

「マリーナは、フェルトのブーツのことを言ってるんだ

よ」と、コーリャが、元気のない、どこか大人びた口調で、口をはさむ。アンナはその声を聴いて、恐ろしさのあまり、髪が縮み上がる。「それ、キッチンにあるよ」

そのフェルトのブーツは、ほんとうは、マリーナのものではなく、母親のヴェラのものだった。アンナには、ずっと小さすぎて使えなかったが、そのまま、新聞紙に包み、樟脳の玉をいくつも入れて、何年ものあいだ、取っておいたものだ。そのような大切なフェルトのブーツを、いったいだれが捨てるだろうか？　初雪が降ったときのためにと、アンナの父親が覚えていて、マリーナに与えたのだろう。しかし、そのブーツが、マリーナの足にぴったりだったことは、アンナを不快な思いにさせていた。

「そうよ。キッチンよ。アンナ。すぐに行って、ブーツのなかを見てちょうだい」

そのブーツは、キッチンのドアのうしろに置かれている。アンナはそのブーツを持ち上げる。ふつうのブーツにしては重すぎる。右のブーツのなかに、片手を突っ込んでみる。その指先に、何か冷たいガラスのようなものが触れる。アンナは、小さなジャムの瓶を引き出す。よく見ると、マリーナの奔放で、槍のような手書きのラベルが貼ってあって、それには、「ラズベリージャム　一九四〇」と書かれている。アンナは、左のブーツにも、手を入れてみる。そこにも、ガラスの壺があって、こんどは、クラウドベリージャムだ。どれも、それぞれ、五百グラムほどの量が入る小さな容器だ。マリーナは、どのようにして、こんなことをしたのだろうか？　どこに、こんな隠匿行為をやってのけるだけの力があったのだろうか？

「マリーナ！」

「さあ。ここへ持ってきてちょうだい。ジャムでお茶が飲めるわよ。でも、これっきりなの。わたしが持っているのは、これで全部よ。こっそり、隠しておいたの。いまこそ、これを食べるときだと思うの。だって、これ以上、事態が悪くなることはないからよ」

「アンナ。それ、なあに？」と、コーリャが、ドアのそばにいる姉のアンナを見ながら、声をかける。アンナは、顔を燃えるように光り輝かせて、両手にそれぞれジャムの容器を捧げ持ったまま、頬に涙を流している。その姿はまるで、血を流し、からだじゅう、ぼこぼこになって最終ラウンドを終えたボクサーが、勝利のポーズをとっているかのようだ。

「ジャムよ」

「ジャムだ！」

みんなが、マリーナのところにわっと寄ってきて、たがいに、抱き合う。膝をつき、中腰になって、毛布のなかで、絡まり合っている。コーリャは、マリーナの膝のうえに、頭から突進する。「ジャムだ、ジャムだ、ジャムだ！」乱暴に、ぶつかってゆく。マリーナの服をつめでひっかく。「ジャムだよ、マリーナ！　ジャムだよ！」「見て。ラズベリージャムよ！」アンナは、よく見えるように、その容器を持ち上げる。容器のなかには、イチゴのルビイ色をした果肉についている粒々のような、ラズベリーの種が見える。

「それに、クラウドベリーも……」と、アンドレイが言う。「クラウドベリーは――大好物なんだ」

何週間にもわたって、このようなことばが、みんなの口をついて出るようなことはなかった。昔の食べ物のことは、つねに頭から離れないのだが、あえて、口にすることはしない。そのような食べ物への渇望は封印されて、けっして、口に出して言われることとなく、遠ざけられている。ゼリーとたっぷりの肉を包み込んだ小さな美味しいパイ。真っ赤なキャヴィアと白いサワークリームを塗ったそば粉パンケーキのブリヌイ。「去年の夏に食べた、あのアイスクリームだけど――あのとき、ぼく、食べ切れなくて」そのアイスクリームが、いまも頭のなかをよぎって、苦しめる。チョコレート・エスキモーのお菓子。光沢があって、クリームと砂糖がたっぷりで、ヴァニラの芳香がする。そのお菓子が、舌のうえをするりと滑って、ポトポトと地面に落ちて、半分が無駄になるなんて、間違っても、そんなことは考えられない――そんなもったいないことが、できようはずはない。

ラズベリー、クラウドベリー。この二つが、アンナの両手のなかに鎮座しているのだ。黒くて、光沢があり、砂糖で包まれ、透明な環状の蠟紙のなかに、密封されている。

「これ、見てごらん。きれいでしょ」

「ビタミンがたっぷり詰まってる」と、アンドレイが、壺を調べながら言う。指が震え、ガラスがぶつかり合って、カチカチと鳴っている。「抗壊血病性の――煮沸した松葉よりも、はるかに効果がある」

アンドレイの患者の多くは、壊血病だ。病院で処方されているのは、松葉から調製されたエキスだ。アンドレイは、調製法を手に入れて、毎日服用しなければならない水薬を作ったが、その味は、ひどいものだった。

「ていねいに、その壺、ていねいに扱ってね。ちょっと、待ってて。ソーサーとスプーンを持ってくるわ」

アンナは、スプーンを四本もって、戻ってくる。そうして、クラウドベリージャムの壺のふたを回して開ける。「まず、コーリャからね。ここにきて！　口を開けなさい」コーリャは、頭をうしろに傾けて、口を大きく開け、目を閉じる。アンナが、スプーンですくったジャムを、確実にコーリャの口に入れようとするとき、飢えと渇きのせいでいやな臭いのするコーリャの息が、アンナの目を刺激する。「すぐに、飲み込んではだめよ。いいわね。しっかり、味わうのよ」

子どものからだ全体が、震えている。コーリャは、目に涙をためて、ヒーローにでもなった気になって、口のなかにジャムを含み、それから一気に、ごくりと飲み込む。コーリャは、目を開けて、「もっと」と言う。

「すこししてからね」

「ねえ。もっと」

アンナは、スプーンでジャムをすくう。

「待ちなさいね。いちどに、たくさん食べるとからだによくないのよ」

大人たちは、アンナが湯を沸かして、お茶の用意をするまで、じっと我慢して、自制している。

「アンナ。あなたは、ほんものの正真正銘のスタハーノフ労働者だわ。何にもないところから、こんなお茶を作り出すんですもの」

「そうね。わたしたちの偉大な指導者に、この通りですよと、お手本を送り届けなければならないわね。『暮らし向きはよくなった。生きることが楽しくなった』証拠の品がここにあるわ。コーリャ。あなたのお茶よ。こんどは、クラウドベリージャムとラズベリージャムと、どちらのジャムが欲しいの？」

コーリャは、眉をしかめているが、どちらを選んだらいいか、選ぶのを楽しんでもいる。「ラズベリーのほう。でもね。アンナ。ほんとうはね。ラズベリーがどんな味だったか、ぼく、覚えてないんだ。思っていたのと、違うように見えるんだ」

「ほら。スプーンよ。口を開けなさい。それから、ソーサーに少し入れるわね」

「多すぎないようにね」とアンドレイが注意する。「コーリャは、慣れていないから、ゆっくりなめさせるんだ」

「さあ。なめて。いい子ね。もう、スプーンで二匙なめたわ。ゆっくりね。まず、香りをかいで。おいしいでしょ？」

コーリャは、ソーサーを鼻のところまで持ち上げて、砂糖漬けのラズベリーの芳香を鼻で吸い込むようにして、かぐ。「ぼく、まず、縁のほうを全部食べてから、真んなかを食べるよ。それから、ソーサーについたのを残らずなめるんだ」

アンドレイが、自分のスプーンをアンナの持つソーサーのうえに、じっと差し出している。「あなたは、どちら?」

「クラウドベリーのほうだね」

「わたしもよ」

ひとは、お酒でなくとも、このような甘いものでも、酔うことができるのだ。ジャムシロップが、舌のうえ、それから、口蓋に、最後に、喉へと、滑るように流れる。そのようにして、砂糖の味がしたとたん、からだがほかほか暖かくなり、最高級のクラウドベリージャムが、つねに失わないでいるあの酸味を感じる。それから、やけどするほど熱いお茶をすする。頬がほてってくるのを感じる。たしかに、最後に残ったスプーン四分の一ほどをすくい上げるときには、しばらくは、再び、自分を取り戻せたかのような顔つきになる。肌がつやつやして、はち切れそうな若者に戻ったような気分になる。それから、ソーサーをきれいに指で拭って、その指をしゃぶる。

「クラウドベリーといえば、家のことを思い出すよ」と、アンドレイが言う。「それに、ブラックベリーもだ。ブラックベリーは、灼熱の太陽にあたって、熟すと、もう、ジャムのような甘い香りがするんだ」

「でも、シベリアに、灼熱の太陽はないでしょ」

「もちろん。その通りさ。シベリアのような夏を経験したひとは、いないだろうな。あそこでは、太陽は、この大地に、わたしたちのいるところまで、降りてくるんだ──高いところにとどまっている、ペテルスブルクの太陽とは、まるで違うんだよ。それにね。太陽は、ほんとうに、燃えているんだ。わたしたちは、冬、雪のなかで転げまわるのと同じように、夏には、太陽を浴びて、転げまわるんだ。そういうことは、じっさいに、あそこに行ってみないと、分からないさ。アンナ。きっと、きみを連れて行くよ。それまですこし待って欲しい。

パンと山羊のチーズ、それに、ベリーを容れる手桶も持って行こう。冬にも、ありかを突き止めて、雪のしたから、ベリーが採れるんだよ。雪のした深く掘ると、そこに、ベリーがあるんだよ。硬い氷がかぶさっていて、それを砕くと、なかには、柔らかい雪があってね。さらさらしていて、粉のようなんだ。そこまで掘り進んで、そこからは、そっと、指先を使うんだ。そうしないと、せっかくのベリーがつぶれてしまうからね。雪を払いのけると、茂みが急に姿を現す。そこに、氷に包まれたベリーが見つかるんだよ。氷が、ベリーを保存しているんだ。ベリー採りで、一日中そとで歩き回っても、ちっとも疲れないんだ。帰るときには、出かけたときよりも、ずっと気分がよくなるんだ」

「そうね。山羊のチーズ……マリーナ。もう一匙、いただいてもいいかしら、それとも、取っておいたほうがいいかしら？」

マリーナは、訊かれたことが聞こえなかったふりをしている。そして手で、ソーサーをくるりと回すが、食べているわけではない。

「マリーナ。あなた、食べないつもりなの？　食べなくてはいけないわ」

「いまは結構よ。お茶をいただくわ。でも、あなたは食べてね。もう一匙よ。コーリャ。わたしの分を少し食べなさい。そうすれば、クラウドベリーがどんな味だったか思い出すわ。あなたは、クラウドベリーから、わたしが、何を思い出すか、分かる？」

「何？」

「復活祭《イースター》よ」

「イースター！　どうして？」

「あなたたちはみんな若いから、覚えてないと思うわ。わたしたち、灰の水曜日から六週間、断食したのよ。ええ。四旬節よ。二十歳か、二十一歳のときだったわ。劇場にいても、断食したのよ。断食をしていると、様子が変わってきてるってことに、急に、気づくのよ。それは、ちょうど、風向きが変わって、南西の風が吹き始めるときの、あの感覚に似ていたわ。そのようにして、聖週間になったの。わたしは、聖木曜日がいちばん好きだったわ。その日、わたしたちは、イースターの準備のために、オニオンの皮を煮て、色を付けるために、卵を水に浸したものよ。そういう雰囲気があったわ。そして、人びとが、このような状態はとても続かないと気づくときまで、イースターを迎えるその雰囲気は、日に日に、高まっていったの。川に行けば、氷の下で、水が勢いよく流れているの。あのざらざらした氷の表面は、溶ける寸前以外、ほかのときには、ぜったいに、見られないものなのよ。

わたしたちはみんな、ほんとうはキリスト教徒ではない人たちも、教会に行って、告白をしたものよ。信仰を持っていなくても、何かが起こっているって、確信が持てたわ。まるで、魂から、冬という季節が払拭されたような気分だったわ。そうして、あらゆることに、気づかされたの。たとえば、真っ赤なほっぺをした、焼きたてのパンのように、瑞々しい幼い子どもたちが、駆け回っているようす、それに、太陽が届かない壁の陰では、氷が溶けずに、厚く、汚れたまま残っているようす、そういうものに、気づかされたの。

わたし、低いかかとの、黒いスウェード皮のブーツを持っていたのよ。転ばないように、足元に注意しながら、劇場に通ったことを覚えているわ。ブーツの小さい四角いつま先を見ると、そこがまあなんて完璧に作られているのって思ったり、舗装道路を歩くときの、かかとの音がなんてすてきなのって思ったりしたわ。イースターになったら、とつぜん、わたしたち、役を取り合ったライバル同士でも、みんなが、気持ちを篤くして、おたがいに助け合いをするようになったの。でももちろん、長続きはしなかったわね。復活の大祝日当日の日曜日になると、みんなが、だれかれなく、お祝いのことばを交わしたものよ。『キリストが、復活された!』と言うと、『まことに、キリストは、復活された!』と言って応えたの。大祝日の日には、家では、大人になってからだけど、いつも、デザートのパスハといっしょに、クラウドベリージャムが出されたの」

「マリーナ。お願い。食べてちょうだい」

「あとでいただくわ。すこし疲れてるの。休ませてちょうだい」

「すこしでいいの。これ、匂いをかいでみて」

アンナは、スプーンを、マリーナの口元まで持ってゆく。マリーナは、口をすぼめ、すこし開けるが、すぐに閉じてしまう。アンナは、こころから、マリーナに、口に含んで、自分の分は食べて欲しいと思っている。しかし、このジャムのことを除けば、アンナの気持ちはそのような気持ちとはまったく裏腹で、アンナの胸のうちとはこうだ。「マリーナが食べなければ、コーリャにもっと食べさせてやれるわ。それに、正直、いままで、わたしが、そうするようマリーナに仕向けようとしたことがなかったわけじゃないわ」

「やめて、アンナ。もう、横になりたいの。ほんとうに、お腹は空いていないのよ」みんなで、マリーナをベッドに横たえさせ、ストーヴで温めた毛布をかける。マリーナは、その場にいる者に目もくれず、すぐに目を閉じ、眠りにおちる。

「さあ。コーリャ。ソファーで寝ましょうね……」

コーリャは、チェス盤と紙の駒をもって、自分の巣のなかで、丸くなって坐る。「すると、それから、悪しき馬が姿を現して、すべての人びとを飲み込もうとする。だが、人びとは、そうはさせず、その場から逃走する。すると、人びとに味方する者たちが、援助の手を差し伸べる……」

「悪い兆候だな」と、アンドレイが、穏やかな口調で、言う。

「えっ？　でも、コーリャは、まえよりもずっとよくなってるように見えるわ。まえよりも、体力だって――」

「コーリャのことじゃないんだ。マリーナだよ。食べなかったんじゃなくて、空腹を感じていないんだよ。この状態は、飢餓の生理学において認知されている段階なんだ」

　われにもなく思わず、そして、マリーナに寄せる暖かい同情心にもかかわらず、アンドレイは、そのように精確で、専門的な診断を下したとき、かすかに満足のきらめきが顔に現れ、よぎるのを避けることができない。アンドレイはマリーナが、まさに、なすがままに記憶を奔出させていることまで、マリーナの容態を熟知していた。食欲のことだって、ほんの一部でしかない。何が起きているか、アンドレイには、すべて分かっている。それに、そのことを正しく解説できることばも周知している。それは、二日前に、アンドレイの教授が言っていたことでもある。「きみは、ごくわずかな医者たちにしか経験できなかったことを、すでに、経験してしまったんだよ。生きていれば、いい医者になれると思うよ」そのことばを聞いたアンドレイは、まんざらでもなく、悦に入っていた。病院の凍てついた廊下には、丸太のように幾体もの死体が横たわっているにもかかわらず、アンドレイは、間違いなく、得意然とした気持ちになっていた。

　しかし、いま、アンドレイが語っているのは、マリーナのことだ。アンドレイにとっては、マリーナは、いつもちょっぴり怖い存在だったが、マリーナは、すでにこの「ホーム」の一部になっている。マリーナは、ほんの数週間の間に、四十年続いた家族よりも、親密な絆を確かめ合えるようになったのだ。ここでは、アンナが、コーリャに合わせて口をもぐもぐさせながら、コーリャに覆いかぶさるようにして、ものを食べさせているし、マリーナとアンナは、銀の容器に入った芳香のする石鹸を、ふたりで共用している。ここには、本も、絵も、それに、使って擦り切れているがために、なおのこと、大切にされている大昔の敷物もある。それに、スープとシリアルがある。それを、できるだけ細かく、きっちりと、同じ分量になるまで分配しようとすると、ふたりの女が、そろって異を唱えて、最終的には、コーリャのいのちの糧となるかもしれない、運命の秤《はかり》に載せられた、あの羽毛のように軽いものを、コーリャに食べさせようと、勝手に決めてしまうのだ。

　そこは、アンナが、猛烈な寒さのなか、何時間も配給の列に並ぶために、出かけなければならない家であり、また、ラジオ・レニングラードの最新ニュースを項目ごとに、アンドレイが帰宅するまでに、忘れてしまわないように、ざっと書き留めておく場所でもある。アンナは、記憶力が薄れてきていることを不安に思っている。しかし、アンドレイは、それは一時的な徴候に過ぎないと言っている。アンドレイが、アンナの食事には、ミネラルとビタミンが不足していると、もったいぶった言い方をするので、ふたりして思わず吹き出してしまう。しかし、アンドレイには、アンナの不安が、それですっかり吹っ飛んだことが分かっている。アンナは、アンドレイのブーツの裏地が剝がれかけているのを見て、父親のインク吸い取り具のフェルトの布を使って、アンドレイのために繕ってやる。

アンドレイは、マリーナについて、あたかも病棟回診をしている最中に診た、名前も定かでない患者について語るような言いかたをすべきではなかった。すぐに、自分の言ったことばを打ち消すために、こう言う。「マリーナには長すぎる睡眠は禁物だ。一時間以上経たないうちに起こして、何か食べさせなければいけないんだ。それから、体温のチェックも、怠らないようにね」

「ただの過労よ。心配ないわ」と、アンナが言う。「でも、あのひと、いったいどれくらい長いあいだ、あの部屋にいたのかしら?」

「そうだね」アンドレイは、すっかり、自分の思いにとらわれたようすで、むずかしい顔になる。「あんなに、話させてはいけなかったね。マリーナは、かなり弱っている」

「マリーナが望んだことよ」

「そう。そんなふうになるものなんだ。過去のことは、現在のことよりも、鮮明に覚えているものなんだよ。そして、過去のことを、ひとに話さないではいられなくなるんだ。それから、話すことをやめるんだけど、それは、もうそれ以上、思い出さないからなんだ。ただ、昔に、立ち戻っただけなんだよ」

「……馬が、足をはげしく踏み鳴らすので、人びとはみな恐れをなして、馬が、人びとに追いつかないこの場所まですぐに戻って、家のなかに身を隠す……」

「アンナ。きみだったら、あんなふうにしてくれるかい?」

「何をするですって?」アンナには、その問いの意味が、すでに分かっていたので、時間を稼ぐために、そう言う。

「つまりぼくが死んで、そしてもうぼくにしてくれることが何もなくなってしまっても、まだこうして、ぼくのそばにいてくれるかい?」

「アンドレイ。わたしたちは、あの人たちとは違うわ」

「そうだね。分かってるよ」

「わたしたちも、それぞれ、違った生きかたをしてきたわ。あの人たちは、わたしたちとはまったく違った時代に生まれたのよ。そして、なんとか、現代人であろうとしているけど、そんなこと、できるわけないわ」

「ふたりは、おたがいに、愛し合っていたんだね」

「マリーナは、そうだったけど、父は、はっきり分からないわ。たぶん、マリーナが自分を愛してくれているということを大切にしていたのだと思うわ」

「それでも、マリーナは、愛し続けていたんだね」

「そうよ。そして、愛し続けることをやめるつもりもないんだわ。死ぬまで、愛し続けるつもりでいるわ」

「どうして、そんな言いかたをするんだい?」

「それが、本当のことだからよ」

「アンナ。きみの言いかたは、冷たいよ」

「わたし、冷たくなんかないわ。犠牲というものが、だれのためにもならないものなら、自己犠牲なんて、信じるに足るものじゃないと思っているだけよ」

「でも、そうすることをマリーナが望んでいるんじゃないか」

「わたしには、分かるのよ」

「だから、きみは、ぼくのそばにいてくれないのかい?」

「アンドレイ。あなたは、わたしに、まったく無意味なことを訊ねているのよ。わたしは、マリーナじゃないわ。わたしは、コーリャのことを忘れるわけにはいかないの」

「そんなことは、分かってるよ。そのことを理解していないわけじゃなくて、ただ——」

「分かったわ。あなたは、コーリャがいなければいいと思ってるのね。わたしたちだけの生活を一から始めたいのでしょ。そして、おたがい以外のだれのことも考えず、ふたりだけで生活したいのね。わたし、あなたのことを責めてるんじゃないのよ。保育園で、エリザベータ・アントノヴナが、いつも、言ってたわ。『アンナ・ミハイロヴナ。ほんとうに、だれだって、その子はあなたの子だって思うわよ。それがみんなに悪い印象を与えてるってことに気づかないの?』ちゃんとしたソヴィエト市民が、わたしなんかに、二度も目をくれるなんて、そんなこと、あのひとは、考えてもみなかったのよ。まず、わたしの氏素性、それから、世話をしている子ども……そうね。あのひとが言ったことは、たぶん、正しいわ」

「どうして、そんなことが言えるんだ? ぼくは、そんなこと、言おうとしているんじゃない。ぼくが話しているのは、きみのことであって、ほかの人たちのことじゃないんだ」

「その通りだわ」

コーリャの声が、だんだん小さくなって、かすかなつぶやきとなっている。ジャムが与えてくれたエネルギーを燃え尽きさせたあとでは、コーリャも、すっかり疲れ切ってしまっているのだ。コーリャは、ソファー・クッションを並べたうえに、仰向けに、横たわっている。顔の憂鬱さは、きれいさっぱりぬぐわれ、焦点の定まらない目が、窓に貼られた十字の細長い紙をじっと見つめている。何かを言っているようで、口を動かしている。

「コーリャ。あなた、何を話してるの？」

「ぼく、子馬と話してるんだよ。勇気を持ってってね。だって、大きな馬が、子馬の頭を怪我させたんだ。脚で蹴ったんだよ」

「それは、よくなかったわね」

「うん。ひとを蹴っちゃあいけないよね。アンナ。マリーナは、死んじゃったの？」

「そんなことないわ。もちろん、死んではいないわ。どうしてそう思ったの？」

「だって、死んでるように見えるから」

「マリーナは、眠ってるのよ。とても疲れてるの」

「父さんみたいだね」

「そう。父さんは、死んだのよ。コーリャ」

「あなた、覚えてるでしょ。あなた、父さんに、さようならって言ったわよね」

「もちろんさ。覚えてるよ。ぼく、もう赤ん坊じゃないんだよ。アンナ。いつも、こんなふうに、大勢のひとたちが死ぬの？」

「ちがうわ。こんなことってないのよ。あなたに言ったことがあったでしょ。戦争のためなのよ。ひとは、たいていはね、年を取って、それから、死ぬものなのよ」

「えっ、そんなこと聞いたかな。ぼく、忘れちゃったよ」

「コーリャ。チェスをやろう。もうすぐ、出かけなければならないからね」と、アンドレイが言う。

「病院？」

「そう。病院だよ」

「アンドレイ？」

「何だい？」

「ぼくたち――ほら――父さんとマリーナみたいになるの？」

「それ、死ぬっていうことかい？」

コーリャは、唇をきっと結んで、うんとうなずく。

「そんなことないよ」と、アンドレイが言う。「死ななー「死なないよ。きみもぼくもアンナもだ。生きてるさ」

コーリャは、わざとらしく、平然として唇をすぼめ、音の出ない口笛を吹いてみせる。「何だか、よく分からなかったんだ。それで、知りたかったんだ」と、ことばを継ぐ。

アンドレイは、コーリャ相手に、チェスの守備位置に紙の駒を進め始める。「さあ、コーリャ。やってごらん。キングはどう進める、クイーンは」

蠟が細く流れるローソクの光をたよりに、十分かそこらのあいだ、ふたりは、チェスをする。アンナは、一言も口を差し挟まず、そのようすを、じっと見つめている。まもなく、その場を離れなければならないが、すぐにというわけではない。アンナは、父親のものと思われる革製の爪切りセットの容器を見つけた。部屋着のポケットに入れていて、忘れてしまっていたのだろう。それは、豚革だと、アンナは思っている。入っていたはさみと爪切りと爪やすりを取り出して、留め金具を外した。いまから、水を持ってきて、爪切りセットの容器をストーヴにかけ、煮出し汁を作らなければならない。豚革がやわらかくなるまでには、だいぶ時間がかかるだろう。だが、やってみるだけの価値はある。きっと、栄養分が含まれているに違いない。みんなが、汁を飲み、コーリャが、革をかむことになる。

アンドレイは、チェス盤から目を上げる。ローソクの光が揺らめく角度によって、アンドレイの若い肌にくぼみができて、老人のようになった顔が見え隠れする。アンドレイはアンナに微笑みかける。このほの暗い光のなかでは、アンドレイの目はふたつの影にしか見えないが、その目がどんな色をしているか、アンナには、はっきりと判っている。それは、バイカル湖の水の色と同じ、ブルーブラックだ。アンドレイは、バイカル湖の深さは、十キロだと言っている。バイカルチョウザメが三百年生息できると言われているが、湖底がどうなっているかだれも知らない。湖の水は、純粋で、いのちを育《はぐく》むのに適している。湖岸の浜に転がる石ころでさえ、幸せをもたらすと言われている。

十キロもの深さの湖底であれば、いったい、どれほど多くのものを隠せるだろうか。しかし、アンドレイの目は、その奥底に何も隠してはいない。アンナには、何の隠し立てもしていない。どんなに奥深い場所に赴いても、アンドレイには、愛がある。その愛は、アンナが怖いと思うほど完璧で、邪心のないものだ。アンナは、複雑な人びとと生活し、複雑な話を聞くことには慣れているが、アンドレイは、そういう種類の人間ではない。「きみを愛している」とか「きみといっしょにいたいんだ」とか「ぼくといっしょに行こう」とか、アンナは、そういうことばとともに、育ってはいない。おそらく、そういうわけで、アンナは、アンドレイがアンナに訊ねたとき、アンドレイをかわすような言いかたをしたのだろう。アンナが、ほんのちょっぴり怖いと思ったのは、きっと、アンドレイが、あんなに深い水のなかでも、ゆったりと、寛いでいるせいだろう。アンドレイは、アンナをそこに誘い込もうとするつもりなのだ。そして、アンドレイは、いままで、だれもたずねたことのないかずかずの問いを、アンナにぶつける。「だから、きみは、ぼくのそばに坐ろうとしないのかい?」

「あなたたち、元気そうだわ」と、やっとアンナが言う。

「あなたとコーリャ」

アンドレイは、応えることなく、微笑む。

「いいえ。坐るわ」アンドレイには、とても聞こえそうもないくらいの小声で言うが、じつは、はっきりと聞こえている。

「えっ。何をするって?」

「あなたのそばに坐るわ」

*

外では、風が、ヒューヒューと音を立てて吹いている。雪混じりの風になっていて、アンドレイが、アパートの風よけから一歩外に出れば、たちまち飲み込まれてしまうだろう。その風は、アンドレイをもてあそび、目つぶしをし、帽子とまつ毛に覆いかぶさってくるだろう。氷の粒が目に突き刺すようにぶつかってくるだろう。壁を抱くようにしたり、桜の木で作った杖で、舗装道路の縁を確かめたりしながら、よろよろとよろめき歩き続けるだろう。こんなブリザードで死ぬことなど、赦《ゆる》されるはずがない。

「アンナ。アンドレイは、いつ帰ってくるの?」

「明日までは無理なの。あなたに、そう言ったでしょ。だから、もうそんなこと訊かないで。あのひと、夜勤なのよ」

「ずいぶん長いあいだ、行ってるんだね」

アンナは、ローソクを吹き消して、灯火管制用の黒幕の角を持ち上げる。しかし、何も、見えない。

「アンナ。まだ、雪が降ってるの?」

「ええ。まだ、降ってるわ。さあ。眠りなさい」

ドイツ戦線では、歩哨たちが、足を踏み鳴らしている。クリスマスが過ぎ、実にいやなロシアの天気となって、新年を迎えている。本来なら、今頃は、中国に向かう道の中間点まで行っていたはずなのだ。ほどなく、その地点にたどり着くことだろう。あと数週間の辛抱だ。

レニングラードでは、一台の戦車が、前線の途中にあるモスクワ凱旋門に向かって、駆動している。戦車は路面電車の軌道の上を、三十トンの鋼鉄を積んで、揺れながら、やっとのことで、前進を続けている。町から戦場までは、まったく、遠くはない。

バルチック海の岸辺近くの海水も凍っていて、そのうえに、雪が厚く降り積もっているので、どこで、海が終わり、どこで、陸地が始まっているのか、見当がつかない。

雪は、樺の樹間と、凍ったネヴァ川のうえに、降っている。砲撃を受けたアパートの瓦礫と、ミハイールが卵を買った燃え尽きた農場を覆っている。見捨てられ、略奪された村々のなかに、漂うように流れ込んで、掘りの浅い墓を覆い隠している。二つの大隊が、ブリザードを透かして、目を凝らし、敵に動きがないか見張っている。戦闘機はすべて地上にあるので、今晩はもう爆撃はないだろう。そこで、氷の道、命の道を通って、何台ものトラックが、管制哨所から次の管制哨所まで、ゆっくりと前進するのだ。氷は、冬が深まるにつれて、日に日に厚さを増している。そうして、氷の道が、託された役目を果たし始めている。

＊

ヴァーシャ・ソコロフは、氷の道にトラックを走らせることを断念することなど、いちども考えたことはない。それが、ソコロフに託された任務であり、いま、遂行していることでもあるからだ。ソコロフは、自分に運が向いていることを知っている。ソコロフは、運をつかんで、現在まで、保持し続けている。この前線の仕事を最後にするつもりはない。小麦と弾薬を満載にして、今日、二回目の横断が行われつつある。三回目の横断ができれば、計画を上回るあと数樽は、運べるだろう。同志たちよ！きみたちが、小麦袋を余分にひとつ運べば、その分が、百人のレニングラードの子どもたちを、飢餓から救うことになるのだ！　よし、わかったぞ。しかし、実際には、そううまくいくものではない。いつもそのようにできるとは限らない。遅れが出たり、小麦の袋がひっくりかえったりして、どこにも荷物が届かないようなときには、いくら努めても、とても無理だ。

とにかく、トラックは粗悪品だ。今週は、ずっと、ステアリングが故障続きだ。ヴァーシャは、ハンドルを手で激しく打ちたたく。この野郎、俺をからかうんじゃない。トラックよりも無価値のものとして、人間が、つぎつぎに銃撃されている。トラックは、滑ったり、滑走したり、うなったりしながら、轍《わだち》のついた氷のうえに乗り上げる。それでも、左側に傾いたまま、引きずるように動いているが、いったい、どれほどの距離を戻れば、修理できる地点に着くのだろうか？　二百メートルくらいか？　いや、そこで、踵を返すなんて、そんなこと、とても考えられぬ。この野郎、前進あるのみじゃないか。俺を怒らせるんじゃない。

トラックは、隆起した氷の背に乗り上げる。車輪が空回りし、それから、ギヤをとらえる。エンジンが喘いでいる。その瞬間、トラックが振動して、激しくきしみ、連接がゆるんでしまう。かといって、電気の火花が飛び散るほどのことではない。それでも、エンジンは停止してしまう。

ヴァーシャには、どこの故障か、すぐさま指摘できる。まえにも、同じことがあったからだ。ボンネットを開けて、ゆるんだ連接を、しっかり繋ぎ戻せばいいだけだ。ヴァーシャは、エンジンをじかに触ったことがある。自動車整備コースで学んだことがあったからだ。ヴァーシャには、この粗悪野郎をふたたび動かすことなど、お手のもので、五分と時間はかからないだろう。そして、すくなくとも、つぎの管制哨所まではもたせることはできる。

ヴァーシャが、耳覆いを締め直して、足元のドライバーを手さぐりしているあいだ、雪がフロントガラスに降りかかる。ドアを開けると、風が顔を打つ。その風は、北から直接吹いてきて、飛んでくる雪が刺すようだ。零下三十度。風のために、五十度にはなっているだろう。皮膚が剝がれるようだ。思わず、ウッという衝撃音が、ヴァーシャの喉の奥から出る。口を閉じ、片手を金属の車体に載せたまま、手さぐりでトラックの前面に回る。このような猛吹雪のなかでは、トラックから五メートルも離れれば、永久に姿を消すことになるのだ。

ボンネットが、きしみながら開く。風で閉まらないように、支えを立て掛け、よじ登るように、からだを傾けて、内部を覗き込む。しかし、雪が激しく降り積もってきて、とても、配線を見ることはできない。ヴァーシャは顔をぬぐって、もういちど始める。よく見ると、それは、いつも見ている連接部ではない。そっと、手繰り寄せてみるが、そこのコードは、別に問題ない。よし、もういちど、やってみよう。雪が、暖かい金属の車体のうえに、はらはらと降ってきては、すっと溶ける。おっ。これだ。コードを引き寄せるが、その端が見当たらない。あっ。だめだ。摩耗しているうえに、短すぎる。これでは、繋ぎようがない。それでも、そんなことは、問題ではない。それよりも、コードがもう一本欲しいだけだ。そうだ、運転台のうしろにあるはずだ。問題はない。どこが故障しているか、ヴァーシャにはもう分かっているのだ。風に吹きつけられて、息を切らせながら、もういちど運転台を手さぐりし、よじ登り、あったはずのコードを探す。何もない。どこかの野郎が、ちょろまかしたのだ。

いや。そうじゃない。犯人は、ヴァーシャ自身だ。昨日使ってしまって、補給することをすっかり忘れていたのだ。ヴァーシャの顔の表情に影がさすが、何をするでもない。こんどは、ハンドルを打ちたたくことはしない。

いますぐ、何か、思いつくものはないか。どんな金属でも間に合うだろう。そうだ。たしか、うしろの荷台の枠を保護している鉄線があったはずだ。

ヘアピンひとつでも、間に合うだろう。たとえば、ヘアピンをしている女の子が車のなかにいて、何かの拍子に、抜け落ちたヘアピンをヴァーシャが見つけ、片手でちょうどよい長さにする。そんなものでもあれば、時を移さず、仕事をやりおおせたことだろう。

うしろに回って、荷物を固定していたひもを緩め、木枠に目をやる。そのとき、とつぜん、エンジン音が聞こえたような気がする。ヴァーシャのうしろに、近づいてくる者がいる。たぶん、若者のひとりで、厄介者のユーリかミーチャだろう。

「ここだよ。兄弟!」と、ヴァーシャが声をあげる。「俺だよ。ここだ!」

ヴァーシャは、ひもを放し、両腕を上げて、振っている。そうしながら、トラックから離れて、エンジン音のするほうへ歩を進める。頭脳にこの寒風が吹きつけるようなことがなかったなら、こんな行動はとっていなかっただろう。

ヴァーシャは、思いのままに行動する。自分の積荷は残してきた。人間は、それよりも無価値のものとして、銃撃される。両手を差し出し、両腕を泳がせて、自分の周囲を探る。そっちのほうにあるのは、雪だ。エンジンの音が聞こえてきたのは、そっちのほうだろうか? ヴァーシャの耳には、もう聞こえてこない。風の音がうるさくて、頭のなかまで、激しくはいりこんでくる。こっちのほうでも、雪が降っている。手を伸ばして、金属を探ろうと、もう一歩踏み出す。両腕のなかに、雪が降りこんでくる。

ヴァーシャの小麦粉の袋には、「レニングラード向け食糧」と印が押してある。動き続けなければ、計画を超える輸送はできない。さあ。トラックに戻って、コードを見つけて、連接部を繋いで、エンジンをスタートさせるのだ。

しかし、見つからない。トラックも、いまどこにいるのか教えてはくれない。雪のなかで、隠れん坊をしながら、動かずにいる。

「この野郎。お前は、いったいどこにいるんだ?」と、ヴァーシャ・ソコロフが言う。

風が吹きつけてくる。雪が、ヴァーシャに浴びせかかる。両手で目を守ろうとするが、雪は、容赦なく、目に突き刺さってくる。ますます、自分がどこにいるのか分からなくなる。

ヴァーシャは、ヘアピンさえあればと、思っている。おそらく、女の子たちは、後ろに束ねておくために着けているのだろうが、よくなくしてしまって、髪が、ばさりと、顔にかかってしまうことがあるようだ。

「ヴァーシャ。ヴァーシャ。わたしのヘアピン知らない? 水のなかに、落としてしまったの。どうしても、探さなくちゃならないの!」

むかし、だれかが、そう言ってたな。あれは、だれだっただろうか?

アンドレイは、あるアパートの入り口の風よけのところに、佇んでいる。アンドレイには、自分がどこにいるか分かっている。ここから、真っ直ぐに進み、右へ右へと三回角を曲がり、病院へと向かう。このような猛吹雪のなか、雪のすだれをくぐって進んでも、ちゃんと道は分かっている。だから、数分間なら、思いのままに、休憩を取ることができる。階段に積もっている雪を靴で押しのけて、そこに、ほんのわずかな時間、腰を下ろしたとしても、よいしょと立ち上がることは、簡単にできるだろう。杖を持っているからだ。

アンドレイは、これよりもひどいブリザードにも慣れっこだ。だから、それにたいする対処の仕方を心得ている。さすが、イルクーツク出身だけのことはある。氷柱がいくつも垂れ下がっているこの幻想的な小さな入り口は安泰だ。ここには、ものを考えるだけの時間がある。まるで、動物園に行けるかどうか尋ねるかのように、死んでしまうかどうか尋ねるコーリャのことを、思い巡らす。そして、わたしは、そんなことはないと、言ったのだ。

だが、病院に行けば、いままで以上の数の患者が待っているとだろう。そこには、ふくらんだ腹のうえに、手足を伸ばした子どもたちが横たえられている。みな、まだ、肌に光沢がある。廊下には、死んだ老人たちが寝かされている。そこにあるのは、発熱、赤痢、栄養失調、凍傷、失明、化膿性歯肉炎、結核、それに、肺炎だ。そこにいる患者のほとんどは、いずれ死ぬことだろう。しかし、死ぬまえに、医者から、目と口と耳の精密な診察を受ける必要がある。胸の音を聴き、脈をとり、水とありきたりの薬を渡す。それでも、まだ、辛うじて両足で立つことが出来、瀕死の母親が抱きかかえている赤ん坊をその腕から受け取って、「大丈夫。この児の世話は、わたしたちでするよ」と、言ってやることのできる者がいるに違いない。わたしたちは、人間であって、野獣ではないのだ。

アンドレイがからだを上下に揺すって、アパートの入り口の風よけから外に出ると同時に、一陣の風が吹いてきて、雪が顔に降りかかる。瞬きをして、頭部を守ろうと、両肩のあいだに首をすくめる。桜の木の杖をしっかりと握って、風のすだれをくぐるようにして、歩き始める。

30

五月だ。天高く、紺碧にして、限りなく澄み切っている。地平線のあたりでは、フィンランド湾に向かって、わずかに雲が流れているが、太陽を隠したり、陽射しを遮って、夏の光の輝きをくすませたりはしない。

通りにも、公園のなかにも、橋のうえにも、水辺にも、散策している人びとがいる。陽光のまぶしさで、瞬きしている。みな、病弱のせいで、やせ細っている。若いのにもかかわらず、杖によりかかっている者もいる。人びとは、砲撃時、最も危険と注意書きのある、通りに面した側には、近寄らないようにしている。そのことに注意を払いつつ、物陰に身を隠しながら、歩かなければならない。レニングラードは、まだ、包囲下にあるのだ。

だが、食べるものはある。ここにいる人びとは、今朝食事をし、今晩も夕食をとることになるだろう。みな、ひもじい思いをし、栄養不足だが、もうこれ以上の飢餓に苦しむことはないだろう。電車が走り、電気も通じている。一月には、氷の道は、人びとの期待にちゃんと応えてくれた。残る冬の日々を通して、また雪解けの時期がやってくるまで、この道は、食糧と燃料を運び込んでくれた。いま、生きている人びとの大部分は、これからも、生き延びることだろう。

砲術のスペシャリストの戦線司令官が、あらたに任に就いた。レオニード・ゴヴォロフと呼ばれる人物だ。この新任の司令官の名前を聞いた人びとは、「ちょっぴり声を大にして、司令官が、われわれのために大砲を手に入れてくれることを、期待しようじゃないか」と言う。というのは、司令官は、相当な戦術家としてその名が知れ渡っているからだ。ドイツ陣地を砲撃するとなれば、司令官は、虎のごとく、猛然と戦うからだ。相手が大砲を発砲し始めるよりもまえに、いち早く、相手の砲兵隊に、一撃を加えるというやり方だ。そう、そんなことは、至極明らかなことだ。もし、大砲を手に入れることができれば、そのような道理は、だれにでも理解できる。そのうえ、ゴヴォロフは、大砲入手のコツを知り抜いているようなのだ。

しかし現場では、ゴヴォロフはむしろ謎の人物だ。攻撃をするためには、ときに撤退しなければならぬことがある、というのが、ゴヴォロフの方針なのだ。だが、プルコヴォ丘陵から砲撃を加え、ペテロフ宮殿に駐留しているドイツ軍が、これほど至近距離にいるというのに、いったい、どこに撤退する場所があるというのだろうか？　最前線の兵士たちは、ドイツ兵たちが、ときどき、ロシア語ではないかと思われることばを大声で叫んでいるのが聞こえると言っている。「ロシア人は全滅だ！スターリンはやっつけられた、レニングラードは陥落したぞ！」そんなふうに、誰もが知っている人物について叫ぶ声を聞くのも滑稽だ。

ゴヴォロフは、ネヴァ川対岸にあって、わが軍の足場となっているネフスカイア・ドゥブロフカから、第八十六連隊を、すでに、撤退させている。おそらくそこから、いつかわがロシア軍が、ドイツ軍本体に突入することができたはずだったのだ。ネフスカイア・ドゥブロフカは、すでに、おおくの生命を犠牲にしてきた。たしかに、そこは絶対に見捨てるべきではなかった。たしかに、こんなちっぽけな土地でも、血の犠牲が払われた以上、それに見合う報いを払わせる以外、ほかに選択の道はなかったはずなのだ。ゴヴォロフは、何が起ころうとも、この土地を死守するのではないかと、だれもが思ったことだろう。いったい何人の人びとが、この土壌に、咳き込んで内臓を吐き出し、そして、ちょうど、かつて、ペテルスブルク建設で、当時の人びとがしたのと、そっくり同じように、あとから来る人びとが、踏んで通ってくれるよう、みずからの骨を敷いてくれたか、ゴヴォロフは、知らないのだろうか？　それとも、ゴヴォロフは、そんなことは知ったことではないとでも思っているのだろうか？　ゴヴォロフは、神からの直接の命令を携えた、もうひとりの高官として、この地に、空路送り込まれたのだ。

「ゴヴォロフは、申し分ないよ。自分の果たす任務をちゃんと心得ている。いまに分かるよ。ゴヴォロフには、腹案があるんだ」と第八十六連隊の一歩兵が言う。レニングラード・レジスタンスの英雄という称号をもらっていてもいいほど立派な歩兵のことばだ。

今日の砲撃は、それほどひどいものではない。混じりっ気のない鋭い光が、あらゆる人びとに浴びせかかり、あらゆるものを露わにする。ここにいるのは、飢餓の冬をなんとかやり過ごしてきた、生き残りだ。唇は、蒼白で、ひび割れしている。顔は、痩せこけて、逆三角形となり、髪には、潤いがなくなり、ほこりをかぶっている。この包囲が、この人びとのはらわたを抜いてしまったのだ。

まだ、半分も終わっていない。四分の一でさえもない。ラジオは、人びとに、元気を出し、前向きになって、英雄的なレジスタンスを継続するようにと、伝え続けている。ドイツ軍は、依然として、ロシアに進軍し続けている。情報筋によると、ドイツ軍は、あらたにレニングラードに攻勢をかける計画があり、したがって、しばらくは、封鎖は、膠着状態のまま続くようだ。しかしいまは、当面の食糧、装備は、整っている。氷がすっかり消えてしまったいまでも、市への食糧と弾薬を輸送する船の航行は、続けられるだろう。

パヴロフは、もはや、裸電線を踏んで歩くような、危険を冒すことはしていない。一覧表のマスを増やさなければならないほどの数字をいくつも握っている。あの冬、レニングラードを身動きできないようにさせた無の恐怖、その恐怖は、消滅した。あの冬。その冬について、語るべきか、語らざるべきか、それが、問題だ。その冬は、ちょうど、人びとが、辛うじて落ちるのを免れた、はかり知れないほど大きな陥穽のように、厳重に隠された、大掛かりなものだ。その奥には、人びとを飲み込んでいたかもしれない穴が隠されていて、そのまわりは、切り立った、氷で覆われた側壁で囲まれているのだ。

死者たちは、通りからも、家々からも姿を消した。雪とごみの山も、きれいに、片づけられた。ネヴァ川の水は、きらきらと青く輝いている。そこは、ついこの間まで、女たちが、死臭のする水を入れたバケツを携えて、凍った荒地を這うようにして横切っていたところだ。

このときまで生き延びた人びとが、さらに生き延びるチャンスを倍加させる要因が、別にもうひとつある。食糧だ。いまでは、命を繋がなければならない人の数は、以前よりも少なくなった。そのことを口にする者は、だれもいない。だが、レニングラードの人口が、かつての半分にまで落ち込んでしまったのは、真実だ。「もちろん、氷の道を通って、何千――いや、何万もの人びとが疎開した」と、たがいに言い合っている者がいるが、それも、真実だ。それとは別に、もっと多くの人びとが死んでいることを知っていても、それを口にする者はいない。

いまでは、どの木造の家並みからも、どのアパート、店、博物館、図書館、工場、病院、孤児院、学校からも、冬の亡骸が、取り除かれている。家々は、空き家のまま放置され、アパートには、陽が差すようになり、入り口には、ゴミが溜まったまま清掃されず、学校の教室では、先生がいなくなったり、生徒数が三十人から十人に減少したりし、図書館では、空席が目立ち、店は、閉店のまま開店する気配はなく、詩など一行も書かれなくなり、病院では、手術の予定がない。そして、小型の舟が、幾艘も、覆いも掛けられず、剝がれたペンキの塗り替えもされず、浅い砂浜から、バルト海に乗り出すことになるだろう。

太陽が、明るく輝いている。からだを温め、タンポポとイラクサを、荒れた地面から引き出してくれる太陽が姿を現したいま、どんなことも、不可能ではなくなった。どんなにゆっくりであっても、まだ歩くことができ、そして、太陽に向かって顔を上げ、赤く輝く靄《もや》のような光を、まぶたに染み通らせるために、ときどき立ち止まることができる限り、何もかもが可能なのだ。ラジオ・レニングラードは、母親たちに、子どもたちを日光浴させるように、奨めている。そうすることが、ビタミン摂取の有効な術となるからだ。不可能のように見えて、子どもたちは、依然として、生まれている。

ひと組の老夫婦が、足を引きずりながら、陽の当たる場所に歩いてゆく。こちらに近づくにつれて、ふたりはじつは年寄ではなく、意外にも、若者であることが分かった。男のほうは、でっかい、いがぐり頭にちょこんと縁なし帽をかむっている。女は、薔薇の花柄をあしらったスカーフで、頭を包んでいる。ふたりは、たがいに、支え合いながら、歩を進めている。

「見て、あれは、ジーナとフェーディヤじゃないかしら?」

「あの男を、ぼくは、知らないんだが」

「あのひと、すっかり変わってしまったわ……」

そう。あのひと、きっと、病気だったんだわ。腫れあがった足に、スリッパを履いている。フェーディヤじゃなくて、ジーナのほうが、支えとなっているのね。

「ジーナ?」と、アンナは、怪訝な様子で、声をかける。

「アンナ? あなたなの?」

「そうよ。わたしよ」

「ごめんなさい。だれを見ても、すっかり変わってしまってて」

「それで、お元気なの?」

「わたしたち、なんとか生きてるわ。わたし、フェーディヤも失ってしまったと思ってたのよ。でも、見て、このひと、フェーディヤよ」

たしかに、フェーディヤがここにいる。だが、かつての、あの逞しい体軀は失せてしまっている。痩せこけて、鼻の皮膚も顎の皮膚も、紙のように、すっかり伸び切っているが、脚部と足は、腫れあがっている。あの豊かで美しかった髪の毛は抜け落ちている。

「そうなの。このひと、ずっと、具合が悪くって、入院していたの。ほかのひとだったら、死んでいたわ。でも、このひと、助かったの。フェーディヤ。あなた、頑張ったのよね。そうでしょ?」

ジーナは、両手でフェーディヤの手を包んだ。微笑んだその顔には、自負と優しさと母性があらわれている。フェーディヤは、自分が生きられただけにとどまらず、ジーナをよみがえらせもしたのだ。もし、フェーディヤが病気にならなかったら、ジーナは、ヴァンカのあとを追っていたことだろう。

「わたし、あなたのそのスカーフ好きよ」とアンナが言う。

「知ってるわ。すてきでしょ? わたし、薔薇がとっても好きなの。戦争が終わって落ち着いたら、この人が本物の薔薇を買ってくれるって。そうよね、フェーディヤ?」

フェーディヤは、うなずくだけで、ひと言も口にしない。立っているだけで精一杯なのだ。

「それで、あなたたちのようすは、どうなの?」と、相手を気遣いながら、ジーナが訊ねる。

近頃は、こういう言いかたしかできない。露骨な訊きかたなどできはしないのだ。

「父は、死んだわ。マリーナ・ペトロヴナも死んだわ」ジーナは、アンナの肩に片方の手を置く。「でも、坊やは?」

「あの子は、あそこにいるわ」アンナは、陽が射している通りを指さす。ふたりの男の児が、壁際で遊んでいる。頭を寄せ合って、うずくまっている。ふたりは、自分たちの遊び以外、この世のあらゆるものを頭から払拭してしまっている。

「遊び相手がいることは、いいことだわ」とアンナが言う。

「だから、坊やは、生きられたのね」

「ええ」

ふたりは、黙ったまま、立ち尽くしている。冬が、過ぎ去った。そして、死者たちは、依然として、死んだままだ。戦争が終わるまで死んでいただけなどという言いかたは、けっして、真実ではないからだ。山積みされた亡骸が、当局の計らいで、大急ぎで、埋葬されている。先月には、一万人以上もの人びとが、埋葬された。通りは、静寂に包まれている。人びとは、群衆ではなく、小グループになって歩いている。うわさでは、百万人が死んだらしい。しかし、その数は、おおよそのものにすぎない。

コーリャと、もうひとりの子の小鳥のようなさえずりが、急に険悪になる。

「ぼくが、攻撃する番だよ!」

「違うよ」

「ぼくの番だよ。うそつき」

「それじゃあ、ぼくのトラック、返してよ。もう、お前となんか遊ぶもんか」

目に手をかざして、陽をよけながら、母親がアパートの入り口から、現れる。「さあ。もういいでしょ?——グリーシャ。あなたたち、五分と経たないうちに、喧嘩になるんだから。あなたは、ずいぶん長いあいだ、いっしょに遊ぶ友だちがいないって、嘆いていたのよ」母親は、通りのほうを見晴るかし、アンナと目が合い、肩をすくめ、子どもたちに声をかける。「そこのおふたりさん! 五分でも仲良くできれば、上々よ」

「コーリャ。遊びたくなければ、遊ぶのはやめなさい。遊んでるんだったら、気持ちよく遊ぶのよ」

子どもたちは、とがった顔をして、その声のほうをじっと見つめる。子どもたちと言うものは、大人に何ができ、何ができないかを知っている。

口をついて流れ出たそのことばは、何年もかけて、アンナの人生を作り上げてきた幾筋もの通り一遍の凡庸な流れだ。それを、「社会化」と、エリザベータ・アントノヴナは、呼んでいる。けれども、自分では、毫《ごう》もそんなふうには思っていない。だが、保育園は、再開されているものの、アントノヴナは、まだモスクワから帰ってきてはいない。現在いるところで、重きを置かれているからだ。新しい指導者が来ることになるだろう。けれども、いままでのところ、だれも任を命ぜられたものはいない。だれであろうと、代わりの人物を見つけることは、むずかしい。

「あなた、コーリャを疎開させるの？　いまが、チャンスだわ」とジーナが訊ねる。

「いいえ。ここにいさせるわ。アンドレイが、病院の裏に、狭いけど、一区画の土地を手に入れてくれたの。それで、そこに、じゃがいもとキャベツを植えたの」

「わたしたち、なんとかやってかなきゃならないわね」とジーナが言う。

アンナは、フェーディヤに言っておきたかったことがあったことを、思い出す。いままで、すっかり忘れていたことだ。だが、いま、アンナには、それが何か、どうしても思い出せない。こんなに物忘れが激しくなったのは、ビタミン不足のせいだと言うアンドレイのことばは、正しいと思っている。アンナの脳は、いちどきに、ひとつのことしか考えられないようだ。

「フョードル・ディミートリエヴィチ……」

病気のために、どんよりしたフェーディヤの目が、アンナに向けられる。もちろん、はっきりと、覚えている。あのときも、こうだった。ふたりが、最後にたがいに顔を合わせたときのことだ。雪のなかで、フェーディヤは、木を積んだそりを引っ張って、家に帰る途中だった。ヴァンカが、亡くなったあとのことだった。アンナは、そのときの情景が、沸き立つようによみがえり、自分の身に憑りつくと、思わず、後ずさりしそうになる。雪深い通り、死者たちの詰まった家々、ブーツの鋼のつま先を、アンナの頭のそばに突きつけたあの男が思い出される。それは、過去のことではない。それは、歴史ではない。けっして、歴史になることはないだろう。それでは、いったい、どんなものになるというのだ？

いまは、そんなことを考えるときではない。フェーディヤは、ちゃんとここにいる。かつてのように、ハンサムではないし、好奇の目をもって、アンナを見るようなこともしない。以前、フェーディヤに、プーシキンの詩の一行を教えてやったことがあった。「ロシアの大地に、かれらが納まる場所を見つけてやろう」アンナは、そう言ったのだ。そのとき、ふたりは、一瞬、おたがいに理解し合えたような気持ちになった。そして、まるで、結局はおたがい同類の人間であって、同じ敵と戦っているような気持ちになったものだった。フェーディヤは、こう応えた。「そう言ったのは、もののよく分かった人間だな。かれらを葬ってやろうじゃないか」しかし、その詩の残りの部分を思い出したのは、ずっとあとになってからのことだった。

「聴いてちょうだい」と、アンナが言う。「いま、詩の全部を思い出したわ。こういう詩よ。

われわれが、つぎつぎに、国を壊滅した怪物を
われわれの大地に飲み込ませたためなのか？
そして、われわれの血でもって、
ヨーロッパの自由と名誉と平和を
われわれがあがなったためなのか？……」

フェーディヤは、それでも、口を開いているようには見えない。おそらく、光の影が、フェーディヤの顔をよぎっているのだろう。

踊り場で、見かけたことがある、ランニングシャツとズボンというういでたちのフェーディヤが、肌を露わにした肩にタオルをひっかけて、バスルームに駆け込んでゆく。ほんもののレニングラードの若者、田舎育ちの若者だ。灰色の目、筋肉質の肩、それに、豊かな美しい髪を持つ若者の代表だ。

「さあ。行きましょう」と、ジーナが夫に言う。「このまま立っていると、あなた、我慢できないほど、くたくたになるわよ。立っているほど、疲れることないんだから。アンナ。あなた、どうしてか分かるでしょ。この人、病院に連れて行かれるぎりぎりまで、工場で頑張っていたのよ。そんなフェーディヤをとめなければいけなかったのに、この人、自分から、止めようとしなかったの。勲章ものだわ」

「ほんとうに、その通りだわ」と、アンナが言う。五月の陽光が、アンナの目を突き刺すように射して、痛みを覚えるほどだ。ジーナの言うことは間違っていない。このように、立ったままで、むかしの友だちと話すなんて、なんとしても、このうえなく、疲れるものなのだ。

ジーナ夫婦が、足を引きずりながら去ると、アンナとアンドレイは、たがいに見つめ合う。

「腎臓病だね」とアンドレイが言う。

「そんなこと、分からないでしょ」

「うん。そうだね」とアンナのことばに応じる。「きみの言うとおりだよ。ぼくも、確かじゃないんだ」

ふたりのほうに来るように、コーリャを呼んで、そのまま歩いてゆく。

「ほら。見てごらん。タンポポよ！」と、アンナが言い、膝をついて、根元から葉をつかむ。「よく注意して、捜してごらん。もっと見つかるわよ。あなたのほうが、地面に近いところにいるんだから」

コーリャが、石のあいだを捜しに、駆けて行ってしまうと、アンナは、タンポポの葉のようすを調べてみる。この色は、長くは持たないだろう。陽射しが強くなれば、それだけ黒ずんできて、柔らかさが失われてくるだろう。一年おきにそうなるように、葉は、歯型のようにぎざぎざになってしまう。アンナは、葉を一枚採って口に運び、そっとかじってみる。

「ビタミンCがたっぷりだね」と、アンドレイが言う。

「それに、貧血によく効く葉酸が含まれている有益な繊管束があるかもしれないんだ」

「もっと見つかれば、サラダを用意するわ。葉を炒《いた》める油ぐらいはあるのよ」

「そうだね。サラダは、スープよりいい。いろんな栄養素が含まれているからね」

「アンドレイ。もう、そういう言いかた止めてくれない？」

アンドレイは、アンナを見て、にっこり微笑む。そのアンナは、お気に入りの、あの緑色の服を着ている。アンナは、腰のベルトをしっかりと締めるまえに、服のひだをきちんとたたみ、それから、もういちど、ベルトを緩めるといった具合に、その服を、心を込めて、ていねいに、身に着けた。まえよりも見栄えがよく、ゆったりとした感じだ。アンドレイには、アンナが考えていることが分かった。アンナは、まだ、痩せてほっそりとしていた。着替えのとき、裸になって目のまえに立ったアンナの手足が、激しい息遣いに合わせて、震えながら、上下するのが見て取れた。その荒い息をおさめるのに、そう時間はかからなかった。それに、アンナの胸は、薄く、けっして豊満ではなかった。アンナは、アンドレイの視線を感じて、いそいで、服を身に着けた。しかし、そのときのアンナの残像が、一枚の写真のように、はっきりとアンドレイの脳裏に焼きついて離れなかった。肌は、冬の蒼白さを帯び、骨盤はみごとなかたちをして、膝から腿にかけての骨格は、はっとするほどしっかりしていて、ふっくらと隆起している。

アンナは、服を着ると、振り向いて、アンドレイに目をやり、あいまいな微笑みを浮かべた。「わたし、この服を着るの、今年になってはじめてなの。どうかしら？」

アンナの細くて、蒼白な腕が、服の広すぎる袖からのぞいていた。アンナは、身振り手振りで、自分がアンドレイへの供物《くもつ》だといっているかのようなしぐさをして見せた。「わたし、ひどい恰好でしょ？」

「いや。ちっとも、ひどい恰好じゃないよ」

「アンドレイ。そんなこと言っても無駄よ。わたし、鏡を持ってるんだから」

「ちゃんとその鏡と同じ姿を見てるんだよ」

「あなた、わたしたち、また以前と同じようになれると思う？　ほら、見て、この髪、わたし、髪を梳くたびに、毛が抜けてしまうの」

「そのうち、生えてくるさ。きみに必要なのは、そう、タンパク質と――それに、ミネラルと――」

「そんなこと、分かってるわ」

アンドレイは、アンナの二の腕に触れる。そこに生えている一本の細い柔毛が、窓から降り注ぐ光にあたって、きらきらと光っている。それとても、栄養不良のしるしだ。アンナに触れている自分の両手が、いやに大きく見えた。骨ばった指関節の突起した塊と、皮のすりむけた大きな手根骨が、目に入った。いったいだれが、こんな武骨な手で触ってもらいたいと思うだろう？　しかしアンナは、じっと目をつむり、吐息をつき、アンドレイにからだを預けてきた。アンドレイは、自身恥じ入っていたその手が、アンナに触れて、汗ばみ、じわじわとこわばってくるのを感じた。冬のあいだ、いつもふたりは、たがいのからだをエビのように曲げて、眠っていたが、何の感情も湧かなかった。アンドレイは、アンナを近くに引き寄せた。すると、アンナは、乾いた、必死に求めようとする唇をアンドレイのそれに重ねた。ふたりは、たがいに、唇を求めあった。しばらくして、アンドレイは、言った。「いつもと違う味だね」

「分かってるわ。わたしの息、もう、いやな臭いがしなくなったからよ」

それは、本当だった。飢餓が発散させる墓地の臭気は、ふたりからすっかり抜けていた。アンナの唇は、乾いてはいたが、ひび割れてはいなかった。それは、アンナ特製のイラクサスープ、それに、配給の量が増加したおかげだったに相違ない。アンナの口のなかは、しっとりと潤いがあった。ふたりは、たがいに口で、たがいの味を確かめ合い、たがいを探り合い、緑色の服のひだと、ぴったりと肌にはりついたシャツのひだを通して、アンナは痩せたからだを、アンドレイのからだに押しつけた。ふたりとも、からだが骨張っていたが、さらにきつく抱き合った。アンナは、からだをすこし動かして、自分のからだを、アンドレイのからだに合わせるようにした。「そうよ。間違いなく、あなたの味よ」と、アンナが言った。「また、まえと同じ、あなたの味がするわ」

アンナは、タンポポの葉をたっぷり集めて、束にした。コーリャは、先頭に立って、爆撃で壁が崩壊して、砕石の山となったところに駆けてゆく。イラクサが芽吹き始めている。それに、タンポポも、それから、若葉の群生も始まっている。コーリャは、あちこち、駆けまわって、葉を摘み採っている。

「アンナ。荷車が何台も必要だよ！　ここには、何百万枚もあるんだよ！」アンナに向かって、葉の束を握った手を振っている。それから、すぐに膝をついて、また、葉を集め始める。アンナは、手のなかのタンポポの葉に目をやる。陽に照らされて、きらきら光っている。まだ、芽吹くまえのように、みずみずしい。アンナは、もう一枚、葉を食べてみる。辛くて、ピリッとする。それは、いのちの味で、死のそれではない。

マリーナとミハイールは、しばらくのあいだ、からだを寄せ合って横になっていた。いま、ふたりは、同じ墓のなかに横たわっているが、同時に、ふたりは、ほかの何千人ものレニングラード市民たちと、墓を共用し合っている。ふたりはともに、この墓に、投げ込まれた。それで、マリーナが望んでいたかもしれぬように、ふたりが、いま相触れ合っているとすれば、それは、おそらく、偶然であろう。いや、それよりも、ふたりは、まったく離れ離れになっていると考えるほうが妥当だろう。

アンナとアンドレイが、ミハイールのベッドに、ふたりを寄り添わせ、相触れ合うようにして寝かせた部屋で、亡骸となったふたりを、霜が覆ったように、いまでは、すでに若葉が、ふたりが横たわっている共同墓所の盛り土を覆い始めている。アンナは、マリーナを床のうえに寝かせるなど、とてもできなかった。アンナは、鼻先を天井に向けて、寄り添うようにして、横たわっているふたりを眺め、それから、ドアを閉めた。ふたりが、いっしょにいるなど、アンナには、とても考えられないことだ。

大勢の人びとが、ふたりが葬られた墓所を訪れることだろう。十五年後には、レニングラード封鎖の犠牲者たちの慰霊行事が、開始されることだろう。何世代ものレニングラード市民たちが、ここ、ピスカレフスキー共同墓地に、来ることだろう。人びとは、しばらくのあいだ、立ち止まって、燃え盛る永遠の炎をじっと見つめ、慰霊碑に刻まれた詩文を読んで、献花する。土のなかで、ゆっくりと、人知れず、それぞれ別々に、マリーナとミハイールの肉体は、骨から離れ、溶けて、静寂と極寒に包まれた部屋のなかで餓死した、ほかのレニングラード市民の肉体と、融合することだろう。それは、誰の目にも触れられず、消されてしまうまえに、辛うじて、陽の当たる場所に姿を現すのに間に合った、ミイラ化した赤児たち、エスキモー・アイスクリームを食べながら、サマー・ガーデンのなかを腕を組んで歩いていた学生たち、教授たち、家財道具を積んだ荷車を押しながら、レニングラードまで、命からがら逃げてきた避難農夫たち、リハーサル・ルームの室温が零度以下に下がっていたために、指なしの手袋をはめて、練習を続けていたオーケストラのメンバーたち、作家たち、旋盤工たち、博物館学芸員たち、技師たち、街路清掃夫たち、それに、児童生徒たちだ。その多さといったら、とてつもない数で、考えただけで、頭がくらくらしてしまうほどだ。慰霊碑には、ここに眠る人びとは、けっして、忘れ去られることはないこと、そして、ここで起こったことが、真実であることが、明記されることだろう。

草葉の陰に眠る人びとにとって、そんなことで十分なのだろうか？　ここに眠る人びとは、なんといっても、レニングラード市民なのだ。真相を知っているのだ。レニングラード市民は、一夜にして石など簡単に持ち上げられ、銅像も倒壊され、名前も書き変えられ、刻まれたことばも、消し去られてしまう可能性があることに、いつも、気づいていることだろう。侵略者どもが、また押し寄せてくる可能性だってある。石に書きとめられた事跡を信用しすぎることは、むだなことだ。

レニングラードの市の別の場所では、強靭で、そばかすだらけの腕を露わにした、赤毛の女が、穴を掘っている。公園の芝生を取り除いた跡に、幾筋もの畝を作って、まだ若いキャベツが、植えられている。市に、一平方メートルの空き地があれば、そこは、二度目の包囲の冬に備えて、食糧生産の用に供されなければならない。ビートはすでに収穫している。じゃがいももだ。その女は、前かがみになって、鋤を土深く刺し込み、慣れた力を足に込めて、鋤を緩め、鋤に載せた重い土を振り上げる。それは、かつて、草花を成長させた、レニングラードの市の土だ。しかし、その土は、世界中いたるところ、春になれば匂うのと、同じ匂いをしている。酸性にして、発酵性があり、農耕には、十分見込みのある土壌だ。冬のあいだ、幾度も、降霜を重ねて、砕けやすくなっている。エヴゲーニアは、すぐわきの畝に移動して、また、鍬を使い始める。

制服姿の男がふたり、立ち止まって、エヴゲーニアを見つめている。エヴゲーニアのうしろから、陽が射しているので、赤い毛が、燃え盛る後光のようになっている。頭にかけていたスカーフを外して、ブラウスの袖を肘までまくりあげている。エヴゲーニアは、いつも好んで、肌を陽に曝す。

男たちは、まだ、エヴゲーニアをじっと見ている。格好の悪いジャケットとズボンとが、エヴゲーニアのからだを隠してはいるが、この女こそ、まさに、ふたりがいつもこころに描いている理想的な女なのだ。この女の服のしたのからだを、容易に思い描くことができる。労働してかがむときの強靭な腰のふくらみ、臀部、それに乳房は、見事に違いない。ふたりは、エヴゲーニアの白い腕の強さに感嘆の声を上げる。痩せすぎもせず、わずかながら、なんとか、ふさわしい肉付きを失わないで保っている。

「あの女を見てると、いつまでも、永遠に、あんなふうにして、仕事を続けられるみたいに思えてくるよ」と、一方の男が言う。

「わたしも、そう思うよ。あれこそ、ほんものの労働者だな」

エヴゲーニアの鍬は、鮮やかに、地中に切り込む。また、鍬いっぱいの土がすくい上げられる。その土には、春の湿り気がまだ残っていて、チョコレートのように、てかてか光っている。やがて、このうえに、太陽と雨が降り注いで、甘美さを加えることになるだろう。まだ若いキャベツは、やがて、根を張り、地中奥深く伸び、白夜の絶えざる陽光に触れて、ふっくらと身を太らせることだろう。このキャベツは、やがて、おのが仕事をしなければならないときが来るだろう。霜がふたたびめぐってきて、その茎を黒ずんだ軟泥に変えるまえに、まばゆい北方の短い夏のあいだに、身を太らせて、いのちを漲《みなぎ》らせなければならない。

エヴゲーニアの肩甲骨のあいだに、継ぎはぎのようなかたちの汗が、広がっている。顔の汗を手で拭うので、まだ新しい土が、顔に縞模様を作っている。エヴゲーニアは背後に目をやるが、男たちは、その場を立ち去っている。だれか、自分を見つめているような気配を感じる。エヴゲーニアは、そういうことを好まない。さらに、四筋の畝を耕して、休憩をするつもりのようだ。あるいは、もうすこし、頑張って続けるかもしれない。

シュミット大尉橋のすぐそばの堤防をひとが三人、ゆっくりと、歩いている。傾きかけた太陽が、ふたりがいるほうに注ぎ、水にあたって跳ね返り、そのおかげで偏光して、ふたりの目を保護している。男と女が、肩と腰と太腿に手をやりながら、寄り添うように歩いている。固く結ばれたふたりは、のろのろと歩いているが、ふたりとも、まえを行く子どもから目を離さないでいる。歩道の縁石のうえを駆けているその子は、男の子だろうか、それとも、女の子だろうか？　三人は、遠く離れてしまったので、定かではない。三人は、とつぜん、水から反射した光の帯のなかに曝される。砕けて、震えるように揺れる光の粒が、三人のからだを上下させているように見える。まるで、ダンスをしているようだ。

この父親と母親と子どもは、この美しい五月の午後に、散策に出かけているのだ。ようやく、このうえなく静寂な凪の海に浮かぶ白鳥のようなレニングラードが、落ち着きを取り戻している。

しかし、もちろん、あの人たちではない。

「いや、わたしは、ぜったいに、死なない……」（アレクサンドル・プーシキン）

主要参考文献

次に掲げる参照文献等の著者に深甚の謝意を表したい。

The Road to Stalingrad by John Erickson, Cassell & Co., 1975

Russia's War by Richard Overy, Penguin, 1998

The Siege of Leningrad by Harrison E. Salisbury, Secker & Warburg, 1969〔邦訳『攻防９００日――包囲されたレニングラード（上・下）』（ハヤカワ・ノンフィクション・マスターピース）大沢正訳、早川書房、二〇〇五年〕

The Russian Century by Bryan Moynahan, Chatto and Windus, 1994

Leningrad v. Period Velikoy Otchestvennoy Voinny 1941–1945, Leningrad Historical Museum

Notes of a Blockade Survivor by Lydia Ginzburg

Everyday Stalinism by Sheila Fitzpatrick, OUP, 1999

Stalinism, New Directions, ed. Sheila Fitzpatrick, Routledge, 2000

Life and Terror in Stalin's Russia 1934–1941 by Robert W. Thurston, Yale University Press, 1998

Stalingrad by Antony Beevor, Viking, 1999〔邦訳『スターリングラード　運命の攻囲戦 1942–1943』堀たほ子訳、朝日文庫、二〇〇五年〕

Reinterpreting Russia by Hosking & Service, Arnold, 1999

Echoes of a Native Land by Serge Schemann, Abacus, 1998

Soviet Women by Francine du Plessix Grey, Doubleday, 1990

A Week Like Any Other by Natalya Baranskaya

The Making of Modern Russia by Lionel Kochan and John Keep, Penguin, 1990

Into the Whirlwind and Within the Whirlwind by Evgenia Ginzburg, Collins Harvill, 1989

Hope Against Hope and *Hope Abandoned* by Nadezhda Mandelstam, Harvill Press, 1999

A People's Tragedy by Orlando Figes, Pimlico, 1997

The Rise and Fall of the Third Reich by William L. Shirer, Secker & Warburg, 1960

＊

次の詩人たちのさまざまな編集および翻訳による著書。アレクサンドル・プーシキン、アンナ・マフマートヴァ、マリーナ・ツヴェターエヴァ、ニコライ・グミリョフ、ウラジミール・マヤコフスキー、オーシップ・マンデリシタム、ボリス・パステルナーク、アレクサンドル・ブロック。

The Cambridge Companion to Modern Russian Culture, ed. Nicholas Rzhensky, CUP, 1998
Art Under Stalin by Matthew Cullerne Bown, Phaidon Press, 1991
Modern Poetry in Translation No. 15, ed. Luca Guerneri, 1999
Pushkin's Button by Serena Vitale, Fourth Estate,1999
Introduction by Lydia Pasternak Slater to *The Poems of Boris Pasternak*, Unwin Paperbacks, 1984
Pushkin, Selected Verse by John Fennell, Bristol Classical Press, 1991
Mandelstam Variations by David Morley, Littlewood, 1991

プーシキン（の「青銅の騎士」、「エヴゲーニイ・オネーギン」、「ロシアを中傷するものたちへ」、「わたしは記念碑を建てた」から採った詩句）の英訳は、わたし自身の手による。

この小説に登場する人物は、歴史的な理由から、隣国フィンランドの国民にたいして、好意的な見方をしていない。したがって、わたしの現在の見方とは異なっている。短く、驚くほど美しいバルト海の夏と陰鬱なバルト海の冬をはじめてこよなく愛するようになったのは、わたしが、かつて数年間、フィンランドで生活したことによる。本書は、フィンランドの風景と国民に負うところ大であるが、それ以上に、フィンランドの偉大なる隣国ロシアの歴史と風景と国民に負うている。

訳者あとがき

オレンジ賞の第一回受賞者のヘレン・ダンモア（Helen Dunmore, 1952-）が本書『包囲』（*The Siege*, 2001）を出版したとき、「新境地を拓いた作品で、ダンモアの代表作となるだろう」という書評が複数あったが、まさに、そのことばが的中したといえるだろう。

作家としてのダンモアのキャリアの出発は、詩であり、ついで、短篇小説を手がけるかたわらの、エミリー・ブロンテ、D・H・ロレンス、F・スコット・フィッツジェラルド、それに、ヴァージニア・ウルフの評論といったオーソドックスなイギリス文学研究、それに、トルストイ研究を経て、長篇小説の世界で活躍するようになった。

一九九五年に出版された三作目の *A Spell of Winter* のオレンジ賞受賞を皮切りに、執筆活動が盛んになり、*Ingo* 年代記四部作をはじめとする子供向けの物語、それに、絵本にも手を染め、それぞれのジャンルで、成果を上げている。

このような文学経験を経て、第七作目の長篇として、本書『包囲』が執筆された。「主要参考文献」の末尾にもあるように、ロシアの隣国フィンランドでのダンモアの生活体験がいきいきとした自然描写と両国民の歴史感覚の理解に役立ったことは確かであり、引用されたプーシキンのいくつかの詩句には、詩人ダンモアの見識が、挿入された童話には、子どものための物語作家ダンモアの感性が、登場する女性たちの生き方には、垣間見られぬこともないフェミニスト的な側面が、この長篇を構築する要素となっている。

本書に寄せられた数多くの書評のなかでも、圧巻は、とかく、ノンフィクションに携わる人びとが、フィクションの存在を貶めがちであるなか、いまや世界を代表する歴史学者アントニー・ビーヴァー（Antony Beevor, 1946-）の評である。二〇一二年に出版された本書の続編である『背信』*The Betrayal* にも賛辞を寄せている。

圧倒的な説得力。悲惨な状況下で展開する二つの恋物語は、深い感動を与えてくれる。恋人たちがおのれの生存を賭して闘う物語は、すべての偉大なる文学作品がそうであるように、簡潔である。世界レベルの小説だ。（『ザ・タイムズ』紙）

美しい筆致で書かれた、深い感動を与える物語。スターリン晩年の時期における恐怖と喪失と恋と誠実さ、それに常軌を逸した虚偽を描いている。私は、文字通り、本書を読む手を休めることなく、一気に読んだ。「頁を繰る者」（『フィナンシャル・タイムズ』紙）

アントニー・ビーヴァーの著作はすべて、出版以前から、翻訳出版先が決定しているというほど、世界のいたるところに愛読者が遍在している。実は、二〇一二年刊行の著作 *The Second World War* が出る前には、レニングラード包囲戦をテーマにした著作を大方の読者は、期待していた。アントニー・ビーヴァーは、あるインタヴューで、二〇一一年に発売された Anna Reid 著の *Leningrad: The Epic Siege of World War II: 1941-1944* を、古文書を十二分に活用して書かれたものとして、高く評価している。おそらく、その周到さでこと足りたとして、方向転換したのではないかという憶測が当たっているかもしれない。

ダンモアは、一九九三年に、大人向けの最初の長篇小説 *Zennor in Darkness* を出版し、この作品を、その創作の性質から、「情報収集に基づく小説」（Researched novel）と呼んでいる。第一次世界大戦中、ドイツのスパイの疑いをかけられていたD・H・ロレンスと妻フリーダがコーンウォールのZennorで過ごしたときのことを題材としている。本書『包囲』は、二作目の「情報収集に基づく小説」で、ウィットブレッド賞（現コスタ賞）とオレンジ賞の最終候補作となった。フランス語、ロシア語に翻訳され、サンクトペテルブルクでラジオ放送された。

レニングラード包囲戦（一九四一年九月八日～一九四四年一月十八日）は、第二次世界大戦中、ヒットラーのバルバロッサ作戦に抵抗するスターリン体制下のソ連の約九百日に及ぶ戦闘で、戦死、病死、餓死などによるレニングラード市民の犠牲者は、レニングラード市の人口のおよそ三分の一にあたる百万人を越えたと言われる。『包囲』は、一九四一年六月に始まる、レニングラードの市井に暮らすレヴィン家の人びとの物語である。

ダンモアは、この『包囲』を創作することで、非常に密度の濃い「事実」を「虚構」というきめ細かい濾紙で濾すことによって、純度の高い「真実」というエキスを抽出したのである。読者は、スターリニズム下のレニングラードで、ヒットラーの過酷な作戦に巻き込まれるという二重の包囲状態のなかでも、必死に、人間の尊厳を守ろうと健気に生きてゆく登場人物たちの姿から、いかなる極限状況にあっても、希望を失わない人間の逞しさを感じずにはいられないだろう。

私ごとだが、翻訳は長期にわたったが、とくに、ことばが見つからないときなど、テレビで亀山郁夫教授が解説されていたショスタコーヴィチのあの『交響曲第五番』をBGMにしていたことを思い出す。時空を超えて、小説の世界に入り込むことができたからである。なお、引用されているプーシキンの詩の訳については、河出書房新社刊『プーシキン全集』を参照させていただいた。

最後に、拙訳がこのようなかたちで日の目を見るようになったのは、ひとえに、編集部の清水範之氏のおかげである。原文との照合によって、綿密な校正と編集をしていただいた。心からお礼を申し上げる。

ヘレン・ダンモア　Helen Dunmore

一九五二年英国ヨークシャー生まれ。ヨーク大学卒業後二年間教員としてフィンランドに滞在する。その頃から多くの詩集を著し、いくつかの賞を受賞している。また、短篇小説を執筆するかたわら、ブロンテ、ロレンス、フィッツジェラルド、ウルフ、トルストイに関する研究にたずさわり、ほかにも、児童書や絵本を手掛ける。三作目の小説 *A Spell of Winter*（一九九五）は創設最初のオレンジ賞を受賞した。また、第七作目の *The Siege*（二〇〇一、本書）はウィットブレッド賞とオレンジ賞の候補作となった。その続篇にあたる *The Betrayal*（二〇一〇）もブッカー賞とオーウェル賞の候補となった。異色のゴースト・ストーリー *The Greatcoat*（二〇一二）も話題となっている。

小泉博一　こいずみ　ひろいち

一九四二年山口県生まれ。南山大学文学部英語英文学科卒業。元京都工芸繊維大学教授。

専攻イギリス文学研究（E・ウォー、G・M・ホプキンズを中心に）。

編著書に、『イギリス桂冠詩人』（世界思想社）、『イギリス文学カレント・トピックス』（鳥影社）、『表現と癒し』（至文堂、共編）、訳書に、E・ウォー『一握の塵』（山口書店）、ピーター・ミルワード『童話の国イギリス』（中公新書）、サリー・ヴァーロウ『英国読本紅茶の時間に』（文理閣、共訳）、ピーター・ミルワード『ファンタジーの七つの時代』（BookWay、共訳）などがある。

包囲《ほうい》

二〇一三年二月五日初版第一刷印刷
二〇一三年二月十五日初版第一刷発行

著者　ヘレン・ダンモア
訳者　小泉博一
発行者　佐藤今朝夫
発行所　株式会社国書刊行会
東京都板橋区志村一—十三—十五　〒一七四—〇〇五六
電話〇三—五九七〇—七四二一
ファクシミリ〇三—五九七〇—七四二七
URL: http://www.kokusho.co.jp
E-mail: sales@kokusho.co.jp
印刷・製本所　中央精版印刷株式会社
ISBN978-4-336-05635-1 C0097

土台穴

アンドレイ・プラトーノフ／**亀山郁夫訳**

四六判変型／二五四頁／定価二四一五円

一九二〇年代の旧ソ連を舞台に、社会主義国家の建設をグロテスクに諷刺した中篇。理想の住宅を実現するために、土台となる穴を掘り続ける労働者、技師そして孤児の少女。二十世紀ロシア最大の作家の代表作。

チェゲムのサンドロおじさん

ファジリ・イスカンデル／**浦雅春・安岡治子訳**

四六判変型／四二四頁／定価二九四〇円

豪放磊落な主人公サンドロを中心に、旧ソ連、黒海沿岸の国アブハジアの人々の生活と文化をユーモラスに描いた破天荒な物語。「アブハジアのガルシア＝マルケス」の代表作。

僕の陽気な朝

イヴァン・クリーマ／**田才益夫訳**

四六判変型／三〇〇頁／定価二三一〇円

クンデラと並ぶチェコ文学界の巨匠クリーマの、滑稽で破廉恥、少し奇妙で不条理な傑作短篇集。ユーモア、ペーソス渾然一体の世界を描く。色仕掛の金髪娘、不倫、様々な出来事が主人公の身に降りかかる……。

ロマン（上・下）

ウラジーミル・ソローキン／**望月哲男訳**

四六判変型／四二〇頁・三八〇頁／定価二六二五円・二五二〇円

十九世紀末のロシア。村を訪れた弁護士ロマンが恋に落ち、やがて結婚する。祝宴の夜、祝いの斧を手にした彼は村人の殺戮を開始する……。想像力の限界を超えたスプラッター・ノヴェル。

税込価格。定価は改定することがあります。

オスカー・ワイルドとキャンドルライト殺人事件

ジャイルズ・ブランドレス／河内恵子訳
四六判／四〇八頁／定価二四一五円

ロンドンのとある建物の一室で発見された美少年の惨殺死体。第一発見者ワイルドはコナン・ドイルの協力を得て捜査に乗り出す。絢爛と暗黒渦巻く世紀末のロンドンを舞台にした大ベストセラー・ミステリ。

ウルフ・ソレント（上・下）

ジョン・クーパー・ポウイス／鈴木聡訳
A5判／各四六四頁／定価各三七八〇円

ドストエフスキーやトルストイをも凌ぐ圧倒的な文学世界を構築したポウイスが、凶々しいまでに繁茂するドーセットの自然を背景に、人々が織りなす魂と実存のドラマを描いた、二十世紀最高の文学作品。

オデッセイ

デレク・ウォルコット／谷口ちかえ訳
四六判／二六四頁／定価二五二〇円

トロイア戦争の後、苦難の果てに故郷にたどり着いた名高いオデュッセウスの物語を、カリブ海域文化に特有のドラマティックな活力や比喩に満ちた言葉で生き生きと描いた、ノーベル賞詩人による傑作詩劇。

子供のための教訓詩集

ヒレア・ベロック／横山茂雄訳
A5判変型／一五六頁／定価一六八〇円

『マザーグース』の国イギリスで百年にわたって愛読されているナンセンス詩集。ルイス・キャロルやエドワード・リアの作品と並ぶ傑作。奇妙奇天烈な挿絵も満載。

税込価格。定価は改定することがあります。